# PLUIES NOIRES

Susie Moloney

# PLUIES NOIRES

*Roman*

PRESSES
DE LA CITÉ

Titre original : *A Dry Spell*
Traduit par Alexis Champon

© Susie Moloney, 1997
© Presses de la Cité, 1998, pour la traduction française
ISBN 2-258-04621-1

*Pour Josh, qui a toujours cru en moi*

## Remerciements

On ne fait rien tout seul, et par bien des aspects ce livre est le résultat d'un travail de groupe. Je tiens à remercier Sharon Alkenbrack, un banquier réellement humain ; Jan Huffman, du Bureau of Criminal Investigations ; Gary Proskiw, qui connaît tout des silos. Je remercie aussi *The Farmer's Almanach*, Jolanda Bock pour les « cartes routières », et Stephen George pour les études démographiques. Mes remerciements vont de même à Judy Kift, qui m'a procuré les livres dont j'avais besoin. Une mère ne ferait rien sans aide, c'est pourquoi je remercie tout particulièrement Tammy Hurst-Erskine pour celle qu'elle m'a apportée. Mick Moloney m'a transmis le fruit de ses expériences agricoles, même si j'ai dû lui redemander cent fois la même chose. Josh Rioux et Mick ont relu mon travail et m'ont apporté leurs critiques constructives. Michael m'a donné une raison de rentrer chez moi tous les jours. Je remercie tout spécialement Lynn Kinney. Merci aussi à Jackie Cantor pour sa patience et ses bons conseils : « Trouve le temps de dormir. » Quant à mon agent et amie Helen Heller, merci d'avoir répondu à mes coups de téléphone.

## Prologue

Arbor Road est hantée. Toutefois, l'homme qui passait là ne pouvait le savoir car c'est une légende locale. Il ne pouvait pas non plus savoir qu'Arbor Road était souvent surnommée Abattoir Road, toujours selon une légende du cru. La route serpente à travers la forêt et les broussailles, en virages brusques et aigus, en pentes soudaines et brutales. La partie la plus dangereuse, le « Toboggan de la mort », s'étendait sur huit bons kilomètres, dans la commune de Telander, à la frontière du Minnesota et du Dakota du Nord. Le Toboggan de la mort avait déjà emporté sept adultes — dont deux jeunes mères — et pas moins de neuf adolescents, depuis que la route avait été pavée, en 1959.

L'homme qui avançait le long de cette route s'engagea dans un léger virage qui débouchait sur une voie droite et plus large sur quelques centaines de mètres. Il avançait lentement, d'un pas tranquille, exercé, avec l'allure penchée de celui qui compte marcher un bon bout de temps.

Il ignorait qu'il avait atteint le Toboggan de la mort. Ce jour-là, il n'y avait pas de croix sur la route, pas de signes, et les fleurs à la mémoire du dernier accidenté avaient séché et disparu depuis longtemps. Il marchait les mains enfoncées dans les poches de son jean, non pour

11

se tenir chaud, car c'était l'été, plutôt pour assurer son équilibre.

Il était trop vêtu pour la saison, mais comme il changeait rarement de tenue, il se sentait bien avec celle qu'il avait — un ciré, avec un col en cuir et des manchettes noircies par l'âge et la saleté, sous lequel il portait une vieille chemise à carreaux qu'il avait trouvée deux ans plus tôt chez un fripier. Et un T-shirt blanc *Fruit of the Loom*, le seul article acheté neuf car il aimait le dessin et le toucher du coton blanc. Celui-ci était gris et fatigué par l'usage. Il portait aux pieds d'épaisses chaussettes de laine et des bottes encrassées, usées aux talons. Mais les bottes étaient encore fantastiques. Comme le lui disait sa mère : « Il faut toujours en avoir pour son argent, Tom. »

Il portait sur le dos un sac en toile vert, un vieux sac de scout dont il avait oublié depuis longtemps la provenance. Sur le côté, une poche renfermait un paquet de Drum et des feuilles à rouler, mais il n'avait plus d'allumettes et il avait oublié son briquet quelque part dans un bar. Dans une autre poche se trouvait une grammaire scolaire avec le nom de sa mère inscrit sur la page de garde et masquant en partie le tampon du collège. Le livre était bourré de reçus qui ne lui servaient pas, de papiers, de lettres, de paquets vides de Drum remplis de notes et d'adresses inutiles. Sauf une. Un bout de papier, le dos d'une enveloppe déchirée, avec l'adresse de l'expéditeur qui indiquait sa destination présente. Une carte géographique usagée, souple comme du coton, et un morceau d'une vieille carte routière étaient coincés sous la couverture du livre. Sur les pages, dans les espaces entre les paragraphes, il avait gribouillé des notes, le plus souvent quand il était ivre. Des mesquineries, des pensées tristes, des choses qu'il aurait mieux valu ne pas écrire, et qu'il relisait rarement.

Le sac de toile contenait encore deux T-shirts, achetés en même temps que celui qu'il portait. Il y avait aussi une chemise légère, avec un nom brodé sur le cœur : *Don*. Ce n'était pas le sien. Il s'appelait Thompson Keatley, Tom.

Le sac contenait aussi une paire de chaussettes de rechange et un journal vieux de plusieurs mois dont il utilisait les pages pour allumer du feu quand il avait froid, qu'il était fatigué et qu'il devait s'arrêter pour un somme de quelques heures. Dans le sac, il y avait en outre un carton de lait vide dans l'attente d'une poubelle et, quelque part dans le fond, un billet de cinq dollars, de la menue monnaie, une lampe-stylo dont les piles étaient mortes. Peu importe, il aimait l'obscurité.

Attachée au fond de son sac avec deux gros lacets noirs se trouvait une couverture de l'armée râpée, mais c'était toujours mieux que de dormir à même le sol. Il voyageait léger.

Si sa démarche et son accoutrement le rapprochaient de tous les vagabonds d'Amérique, on ne pouvait pas en dire autant du reste : une barbe de deux jours à peine ombrait ses joues. Il aimait être rasé de frais. Il avait besoin, c'était parfois impératif, de sentir la douceur propre de la pluie ruisseler sur son visage, le souffle léger du vent sur sa peau. Il se rasait le plus souvent à sec, ou s'accroupissait au bord d'un lac, d'une mare, pour voir son reflet dans l'eau. Il savait y faire et se coupait rarement.

Il avait une mâchoire carrée au contour suffisamment prononcé pour donner à son visage un aspect régulier, sa peau était mate, perpétuellement tannée par la vie au grand air. Il était d'une bonne taille, un peu plus d'un mètre quatre-vingts, et ses cheveux longs paraissaient étirer sa silhouette.

Les femmes qu'il rencontrait, dans les bars la plupart du temps, le trouvaient séduisant, mais, à moins qu'il ne soit ivre, rien dans son attitude ne les incitait à lui parler longtemps. C'étaient ses yeux, auraient-elles dit. Quand il avait envie d'être seul, ce qui était souvent le cas, il lui suffisait de plisser les yeux pour décourager les bavards. Mais il avait aussi des qualités moins apparentes qui pouvaient être attirantes. Le choix de la compagnie lui appartenait entièrement.

Tom approchait de la partie la plus respectée de l'infâme Abattoir Road, le Toboggan de la mort. Sa légende et les risques encourus expliquaient l'attirance qu'il exerçait sur les adolescents, souvent des novices dont la photo n'avait pas eu le temps de sécher sur leur permis de conduire. Le truc consistait à déboucher à cent à l'heure dans le toboggan et à « décoller ». Si on réussissait, c'était le pied d'enfer. Si on ratait son coup, on avait de grandes chances d'être regretté par ses amis et pleuré par ses parents.

Le problème était le suivant : Arbor Road couvrait la distance entre Telander et Oxburg, or les deux villes refusaient de prendre la responsabilité de redresser les virages — une lourde dépense, même en partageant les frais, les deux communes vivant principalement de l'agriculture — ou de réduire la vitesse des véhicules, les conducteurs, immatures ou non, ignorant déjà l'ancienne limitation. Il était interdit de dépasser les soixante kilomètres à l'heure, mais personne ne roulait aussi lentement, même pendant les tempêtes de neige.

C'étaient souvent les adolescents qui prenaient les plus grands risques. A chaque mort, les amis plantaient une croix blanche dont la lueur sinistre se distinguait dans la nuit et rappelait aux imbéciles les dangers du décollage. Nul ne savait ce qu'il advenait des croix après environ deux semaines de vigilance.

Néanmoins, la route avait acquis une nouvelle célébrité au cours des quinze dernières années, depuis que Richard Wexler et son camarade Wesley Stribe avaient décollé à la fin de leurs études secondaires, alors qu'ils s'apprêtaient à entrer dans une vie active aux perspectives désespérément mornes et ordinaires.

« Dicky » conduisait son bébé, une énorme Mercury Montcalm, gonflée pour atteindre des vitesses fabuleuses. A l'arrière, une série de pots d'échappement et un becquet maison donnaient au véhicule un aspect redoutable. Les mères refusaient de laisser leurs filles monter dans ce cercueil ambulant.

Wesley s'en foutait royalement. Dicky et lui avaient l'habitude de sécher le collège, de se saouler et de sillonner Arbor Road en se vantant de leurs bonnes fortunes. Si Wesley en avait plus qu'assez des bravades de Dicky, il n'en pipait mot. Les deux jeunes, à dix-huit ans tout juste, étaient souvent seuls à bord de la Mercury. Avec Wesley, Dicky se vantait d'être un dur. Avec Dicky, Wesley pouvait raconter comment il allait baiser pendant le week-end et bramer que les filles l'adoraient — au point que l'une d'elles l'avait payé ! —, Dicky le rembarrait rarement. Ils séchaient les cours et rataient leurs examens ensemble depuis la sixième.

C'était un samedi soir sans filles, en 1980, l'année où Ronald Reagan se présenta à la présidence des Etats-Unis, à la fin des longues et mornes années 70. La cocaïne n'était pas encore à la mode au collège de Telander-Johannason, les yuppies et le sida appartenaient à un avenir lointain. Dans la Mercury, Wesley et Dicky s'approchaient d'Arbor Road ; leurs cris couvraient *Thunderstruck* d'AC/DC.

Après le premier virage la voiture grimpa à quatre-vingts. Vitres baissées, les deux garçons avaient chacun un bras dehors pour sentir l'air chaud et sec de l'été.

— Cette saleté de collège commence dans moins de quatre semaines, et on n'y sera plus ! brailla Wesley.

Fonçant dans la tiédeur de la nuit, les deux garçons firent un bras d'honneur aux études. Tous deux avaient passé leur examen avec des notes limites, grâce à une campagne acharnée de leurs parents exaspérés.

Le compteur monta à cent. Le Toboggan de la mort approchait, au prochain virage à gauche.

— Décollage !

Ce fut le dernier mot que Dicky prononça, et le dernier que Wesley entendit. La voiture quitta le sol à cent à l'heure et percuta de biais un chêne au tronc massif. Wesley mourut sur le coup, un bras tranché, les deux jambes fracassées par la portière tordue dans le choc. Dicky mourut de ses blessures à la tête, il avait décollé une dernière fois en traversant le pare-brise, la colonne vertébrale brisée, les deux bras déchiquetés, le crâne enfoncé ; on attribua la mort à cette dernière blessure.

Par la suite, Arbor Road fut rebaptisée Abattoir Road... et devint hantée.

Tant de gens avaient vu le fantôme que de nombreuses émissions de télévision s'étaient penchées sur le phénomène. Régulièrement, des automobilistes racontaient comment ils avaient dû freiner brutalement pour éviter un jeune homme sorti de nulle part, qui avait ensuite disparu tout aussi mystérieusement. On déplorait trois accidents, les conducteurs avaient soufflé dans le ballon avec succès et prétendaient avoir failli renverser un piéton dont ils donnaient tous la même description.

Ce mystérieux jeune homme constituait une sérieuse menace.

Des adolescents se réunissaient sur Abattoir Road pour invoquer l'esprit de Dicky, communément tenu pour le dangereux fantôme. Le plus souvent, les séances arrachaient des larmes aux filles et les garçons devaient attendre des heures que leurs dents cessent de s'entrechoquer après être rentrés chez eux.

La télévision n'avait pas encore réussi à filmer le fantôme, mais, si Dicky l'avait su, il se serait manifesté devant les caméras et aurait, pour elles, sauté devant les voitures en agitant ses chaînes. Vulgaire et fatigant de son vivant, la mort l'avait rendu cruel. Il aurait préféré tuer les gens plutôt que de les effrayer. Il aurait aimé pousser les voitures hors de la route, regarder les conducteurs traverser leur pare-brise en vol plané et le rejoindre dans les fourrés. Il aurait eu de la compagnie pour l'éternité.

Par cette nuit sans nuages, la lune éclairait le Toboggan de la mort. Il y avait bien un fantôme dans les fourrés qui bordaient la route — l'esprit agité de Dick Wexler. Mais il n'avait pas la forme à laquelle ceux qui l'avaient connu auraient pu s'attendre. A ce moment précis, Dicky patientait dans un vaste fourré sous la forme d'un mélange d'énergie et de brouillard, un nuage invisible qui s'accrochait aux rochers, aux tiges et aux feuilles.

Il sentit plus qu'il n'entendit ou ne vit l'homme approcher ; il se rassembla et se changea en une forme singulière. Il s'avançait lentement sur la route quand l'homme arriva d'un pas serein, faisant claquer les pavés du Toboggan de la mort à un rythme régulier.

Les deux esprits, aussi agités l'un que l'autre, se rencontrèrent sans que l'homme en eût conscience. Comme celui-ci arrivait près du fantôme malfaisant et cruel, l'ancien Dicky Wexler perdit son air fanfaron. L'homme le dépassa ; l'ancien Dicky se heurta à une résistance venue des profondeurs et s'enfuit, effrayé. Tom Keatley passa devant Dicky Wexler sans le voir.


Arbor Road débouchait dans une artère d'Oxburg, une ville distante d'une journée de marche de l'endroit où se rendait l'homme. Tom Keatley, sans adresse connue, s'engagea dans l'artère, dont il ne saisit pas le nom lorsqu'il dépassa les panneaux indicateurs. Peu importe qu'il voie ou non les panneaux, qu'il les lise ou pas, car il se dirigeait d'après la carte qu'il avait arrachée à un atlas routier dans une petite bibliothèque de Virginie, des mois auparavant, et mémorisée. Il savait qu'il était toujours dans la bonne direction, car il était doté d'un sens aigu de l'orientation et d'une patience suffisante pour s'y fier.

Il marchait, comme tous les jours précédents, hormis un long passage au début quand, fatigué, il avait pris un car de Columbus à Sioux City. Un trajet sans accroc, mais il avait repoussé l'idée d'attendre de nouveau dans une station d'autocars. S'il devait voyager comme un bouseux, ce serait à pied.

De temps en temps, par habitude, il tâtait le terrain mentalement, et il sentait la pluie derrière lui. C'était bon signe. Ses vêtements étaient de nouveau secs, mais de toute façon cela n'aurait rien changé ; il était habitué à l'humidité et à la fraîcheur. La pluie le suivait désormais, elle se dirigeait vers l'est, comme lui.

Il marcha environ une demi-heure ; le paysage se dégagea et lui permit de voir au loin, et ce qu'il vit lui était familier. Des lumières. Il savait ce qu'elles signifiaient, même s'il ne s'était jamais aventuré si loin dans le Nord (New York excepté, mais New York ne comptait pas), et il ignorait complètement ce qu'Oxburg avait à lui offrir. Les lumières, les néons clignotants : un bar. Ce bar qu'on retrouvait dans tous les villages, toutes les villes des Etats-Unis d'Amérique, ce beau et merveilleux pays, que Dieu nous bénisse.

Avec cinq dollars et de la menue monnaie, il n'avait même pas de quoi se griser, et il s'était promis d'attendre son prochain contrat pour se saouler. Il n'avait jamais été capable de tenir les promesses qu'il se faisait, mais il s'entêtait. Les rompre ne lui coûtait guère. Quand on est fatigué, on dort ; quand on a faim, on mange ; quand l'esprit réclame sa part, on s'attable dans un bar et on l'abreuve.

Partout en Amérique, il y a dans les bars un quelque chose qui fait qu'on se sent chez soi dès qu'on en franchit le seuil. Une sorte de promesse d'appartenance, l'assurance qu'on pourra cesser de prétendre être un autre et qu'on se conduira tel qu'on est vraiment. Un soupir de soulagement cosmique est prêt à vous accueillir dès votre entrée, le vôtre et celui des autres consommateurs présents, réjouis de voir leur semblable, simple quidam de passage — fatigué d'errer, pressé de caresser une bonne bouteille bien fraîche, de se régénérer en engloutissant de la musique par tous les pores, des airs pleins à craquer de la déprime d'un autre. Après une heure ou deux, on est prêt à inventer des histoires sur ce qu'on fera dès que le prochain contrat sera terminé, dès qu'on recevra le prochain coup de fil. L'odeur de la pluie sur ses talons, Tom entra dans le bar, dont le néon fatigué proclamait *Charlie Chu k — Aub rge d s Soiffards*, pour entamer sa descente familière.

Les beuglements du juke-box cachaient une réalité plus prosaïque : une salle presque vide, quatre clients attablés au bar et trois tables à moitié occupées. Dans le fond, une vieille pocharde, qui essayait de lire un roman, dodelinait dès qu'elle tournait une page. Tom gagna le bar et s'assit à deux tabourets du groupe qui braillait.

Le barman opina dans sa direction et Tom lui cria par-dessus la musique :

— Une Bud !

Il était déjà ragaillardi, la poussière de la route descendait en fins nuages sous son tabouret.

Il tâta son sac à dos, prit l'argent et laissa tomber le sac par terre. Il régla sa bière et laissa un nickel de pourboire sur le comptoir, que le barman ignora avec une moue de dégoût. Tom poussa le nickel sur le comptoir trempé de bière, dans sa direction. Il lui en laisserait peut-être un autre d'ici la fin de la soirée. Il n'était d'humeur généreuse qu'imbibé, et cinq dollars n'y suffiraient pas. Il lui fallait de l'argent s'il voulait manger le lendemain.

Lorsque la dernière chanson se termina, le silence soudain fut plein des voix qui n'avaient pas baissé de volume. Les quatre types à sa droite se hurlaient dessus, à propos d'un truc que quelqu'un avait ou n'avait pas fait à la voiture de Gage.

— C'est pas les vis platinées qui vont pas. Je l'ai ramenée et les vis platinées sont nickel. Nickel, j'te dis.

Gage pointa un doigt vacillant sur le visage de son ami. Le doigt retomba et atterrit sur sa cuisse, où une démangeaison soudaine exigeait son intervention. La casquette de base-ball vissée sur son crâne indiquait *Lansdown Motors*, et la facture qu'il brandissait était couverte de graisse.

Gage était le plus saoul du lot, mais à voir le nombre de bouteilles alignées sur le comptoir, les autres allaient vite le rattraper.

— 'spèce de crétin, coassa son ami.

Gage s'esclaffa et un type à la barbe rousse dit qu'il avait rapporté la Cruiser chez le concessionnaire.

— On peut pas se planter avec un concessionnaire, conclut-il.

Les autres ricanèrent et se lancèrent dans une discussion oiseuse sur les prix. La femme de la table du fond oscillait, appuyée au juke-box ; elle se mit à lire les titres, un œil fermé.

Les trois hommes attablés près du juke-box louchaient

vers Tom ; il leur fit un signe de tête. Ils répondirent lentement à son salut, tout en sirotant leurs bières. A l'évidence, ils parlaient de choses sérieuses, les têtes rapprochées, les visages impassibles. Tom ne saisit qu'un mot :

— ... la pluie...

La femme s'éloigna du juke-box à petits pas bizarres, dans une parodie de danse, et KT Oslin entonna une chanson sur les petites villes ; la musique étouffa la discussion des trois hommes. Tom éclusa sa bière et en commanda une autre d'un geste. Il emporta la bouteille jusqu'au juke-box, laissant au barman la possibilité de lui ouvrir une ardoise, pour le cas où il aurait de la chance. Il ne lui restait plus qu'un dollar.

Faisant mine d'examiner les titres, il tendit l'oreille pour deviner de quoi parlaient les hommes, à la table. Les mots qu'il attrapa étaient entrecoupés de paroles de chanson :

— ... hier... Cy a fait un tête à queue... pas depuis que la banque... c'était pas des manières...

Entre deux chansons, Tom saisit des bribes de la conversation :

— Tank prétend que si ça s'arrange pas cette année, il va être obligé d'émigrer en Floride, chez sa sœur.

— Il blague ?

— Non, je ne crois pas. Ça sera la quatrième année. Quatre ans sans pluie ! Sur la route 70, un type a planté une grande croix en bois devant sa pelouse, et tous les soirs il va prier devant avec sa famille. C'est des blagues, ça ?

— Doux Jésus ! Un endroit pareil, ça vous fait réfléchir.

— C'est une foutue malédiction, oui !

Juste avant que la voix traînante de Conway Twitty ne jaillisse du juke-box, Tom émit un commentaire :

— On se dit que ça pourrait arriver ici.

Il ferma les yeux ; le juke-box, le bar, les hommes et leur conversation s'estompèrent et moururent. Il sentit la pluie. A l'est. Ici, dans cette ville, tout était sec. Il n'avait pas plu... depuis cinq jours environ. C'était assez pour inquiéter les paysans.

Il rouvrit lentement les yeux et scruta de nouveau les titres des chansons ; les éclats de voix lui parvenaient pendant les passages lents et les temps morts.

Son dollar en poche, Tom attendit que la chanson se termine. Alors, il s'approcha de la table.

Il salua les hommes d'un signe de tête. Ils portaient tous les trois des vêtements de travail qui les désignaient comme fermiers. L'odeur d'animal et de grand air s'accrochait à eux et ne les quittait probablement jamais. C'était une odeur que Tom connaissait bien, aussi bien que celle de la terre après la pluie.

L'homme qui connaissait Tank était un grand malabar, les joues mangées par une barbe de trois jours, une dent pourrie sur le devant. Lorsque Tom s'avança, l'homme bascula sa chaise sur les deux pieds arrière et le toisa, l'air indifférent, malgré une moue de mépris pour ses cheveux longs tirés en queue de cheval. Les deux autres ne bougèrent pas, les coudes sur la table collante de bière, leur verre à moitié vide devant eux.

— Ouais ? fit celui qui portait une casquette Feedmaster.

Tom resta debout, mais lorgna la chaise vide, entre deux des hommes. L'invitation tardait. Cela pouvait attendre.

— Je vous ai entendus parler de pluie, dit-il.

— Et alors ? grogna Feedmaster.

Le type qui était à côté de lui portait une combinaison et ses bottes étaient crottées. Tom le remarqua et en sentit l'odeur. Il se demanda ce que la femme du bonhomme dirait s'il laissait des traces dans la maison. C'était peut-être pour cela qu'il préférait le bar.

— Je peux faire pleuvoir, dit Tom.

Trois paires d'yeux ahuris le fixèrent.

— Pour... (il calcula la somme que les trois hommes pouvaient avoir sur eux)... cinquante dollars.

Il y eut un long silence, puis l'homme à la dent gâtée

21

redressa sa chaise et, avec un dernier regard méprisant pour la queue de cheval, lança :

— Va te faire foutre !

Les deux autres suivirent son exemple et retournèrent à leur bière. Le maigrichon à côté de Feedmaster but une gorgée. Une gorgée de politesse, pour briser le silence.

— Il n'a pas plu depuis quoi ? Cinq jours ? demanda Tom, risquant un chiffre.

Il se trompait rarement, mais cela lui arrivait parfois. Il avait pu pleuvoir la veille, et la terre sécher depuis ; il avait découvert que dans le Nord les vents étaient capricieux.

Les trois hommes levèrent les yeux. Il avait sans doute vu juste. Avant qu'ils puissent répondre, Tom débita son texte :

— Sans déconner, je peux faire pleuvoir... pour cinquante billets. Accompagnez-moi dehors, vous verrez, il va pleuvoir.

— La météo dit qu'il ne pleuvra pas avant deux jours, bougonna Feedmaster, mais tu connais peut-être quelqu'un qu'on connaît pas. Fais donc ce que Blake t'a dit, fous le camp... hippie !

Il cracha le mot comme une injure. Tom ne bougea pas, soupesant ses chances. Son dollar dans sa poche, le souffle superficiel et rapide tandis qu'il surveillait le vent dehors, le vent qui amènerait la pluie. Il dévisagea les trois hommes tour à tour, puis s'arrêta sur Blake. Les autres regardèrent Blake.

— Et comment tu t'y prends pour faire pleuvoir, minus ? demanda Blake.

— Je fais pleuvoir pour cinquante billets, sourit Tom.


Dehors, il faisait une nuit noire, brisée seulement par le néon et la lune, décidément moins lumineuse. Le cœur battant, Tom quêta les sensations autour de lui, grisé par les quelques bières sur son estomac vide et la perspective d'une cuite.

Le trio lui emboîta le pas.

Blake s'arrêta près d'un camion, ouvrit la portière côté passager et chercha à tâtons quelque chose dans la cabine. Il ressortit avec une bouteille de Wild Turkey.

— C'est bon, petit con, fais pleuvoir, dit-il en dévissant le bouchon.

Il prit une longue rasade et tendit la bouteille à Feedmaster, qui fit de même et passa le whisky au maigrichon nerveux, respectant l'ordre hiérarchique.

Personne n'en offrit une goutte à Tom.

— J'ai besoin d'espace, dit-il.

Blake sourit et fit un clin d'œil aux deux autres.

— Pas de problème, dit-il, un rictus cruel au coin des lèvres.

Le maigrichon ricana nerveusement.

Les trois hommes se repassèrent la bouteille pendant que Blake les entraînait derrière les buissons, loin de la route et des lumières du *Soiffards*. Derrière eux, la musique s'estompa en une vague vibration.

Ils s'arrêtèrent dans une vaste clairière jonchée des déchets de l'humanité : pneus, boîtes de conserve, bouteilles de bière, mégots de cigarettes et emballages de toutes sortes. Des sacs en papier qui voletaient doucement s'accrochèrent à un tronc d'arbre.

— Voilà, fit Blake en étendant les bras, une clairière. T'as besoin d'autre chose ? Un truc de sorcière ? Un œil de crapaud ? Tu veux passer un coup de fil à Dieu ?

Les deux autres se bidonnèrent. Le maigrichon, qui tenait la bouteille, s'arrosa le gosier. Tom n'entendait plus le bourdonnement de la musique, mais il sentit une autre vibration dans l'air. Une mauvaise vibration.

Il l'ignora ; comme il ignora leurs plaisanteries lourdes, leur mépris pour les hippies et leur lente descente dans l'ivresse. Il ferma les yeux et, avant de s'éloigner, regretta de ne pas avoir réclamé les cinquante dollars d'avance. Il oubliait toujours.

Perché sur un monticule herbu, il s'obtura l'esprit.

Tom se laissa dériver, haut dans le ciel, tout en haut, dans un espace vertigineux où il n'y avait que de l'air sec et chaud. Il laissa le ciel le pénétrer, le caresser, l'attira à lui, le repoussa, cherchant la pluie. Vers l'est, à une soixantaine de kilomètres de là, il sentit les premières traces d'humidité. Elles se concentrèrent d'abord dans sa bouche, puis commencèrent à envahir son corps, coururent le long de ses bras, dans son dos, dans sa nuque, imprégnèrent ses cheveux, et toute son énergie se mêla à celle des grosses gouttes d'eau fécondes. Il sentit la pluie et la tira.

Blake but au goulot, puis contempla le hippie qui se tenait debout, statufié, et qui transpirait, sans doute de fatigue, ou peut-être à cause de la drogue. La plaisanterie avait perdu tout intérêt. Le Wild Turkey offrait d'autres possibilités.

Les deux autres regardaient Blake, attendant un geste pour le suivre. Des béni-oui-oui.

— Alors ! cria Blake. Où elle est, ta pluie ?

Le whisky faisait son œuvre, les mots sortaient en trébuchant, empâtés.

Gleason, le maigrichon, se tordit de rire.

Tom resta figé sur le monticule, sans un regard pour Blake ou les autres.

Feedmaster, plus connu des villageois d'Oxburg sous le nom de Ben Jagger, s'empara de la bouteille, le cœur battant en prévision de la bagarre.

Blake lança un coup d'œil vers Gleason et Jagger.

— M'est avis que ce hippie est drogué.

— Défoncé à mort, renchérit Gleason.

Après cinq bières et plusieurs rasades, il avait retrouvé sa langue.

Blake arracha la bouteille des mains de Jagger. Il la vida d'un trait et, la saisissant par le goulot, la lança dans un buisson avoisinant où elle atterrit avec un bruit mat. Il marmonna « camé » dans sa barbe, se pourlécha les babines et lorgna le hippie débarqué en ville. Il détestait ces types, qui plastronnaient et profitaient des femmes des autres sans même dire bonjour. Ils ne pensent qu'à avoir nos femmes, forcément.

Il le clama à la cantonade.

Jagger émit un rictus cruel : c'était donc ça. La femme

24

de Blake était son point faible. Il se pouvait que ce vagabond soit un meilleur coup au lit que Blake, que sa femme surnommait Cocotte-Minute. Jagger, qui connaissait la médiocrité de Blake sur ce point, ricana.

Tom se hissa dans le ciel et tira. L'eau l'inondait à présent, la pluie faisait autant partie de lui que du ciel. Il n'était conscient de rien d'autre. Ses bras se levèrent sans qu'il s'en rende compte. La pluie ruissela le long de ses bras. Sa chemise à carreaux et son T-shirt trempés commencèrent à imprégner son ciré. Son jean se mouilla.

Il l'attrapa. Il la tenait ferme, il tira encore plus fort, et l'air humide et chaud se rapprocha. Il la tint au-dessus de leur tête et la laissa couler.

Il y eut un moment de surprise pure quand les premières gouttes de pluie tombèrent. Gleason poussa un cri horrifié quand Blake marcha sur Tom, toujours statufié.

— Nom de nom ! souffla Jagger.

Devant l'averse soudaine, Blake contempla un instant le ciel, figé en plein élan. Puis son visage perdit son air stupéfait et une détermination malfaisante le défigura. D'un geste maladroit, il sortit quelque chose de la poche de son jean ; la lueur de la lune accrocha l'objet qui scintilla violemment.

Blake s'approcha de Tom dont les bras venaient juste de retomber le long de son corps et dont les yeux s'ouvraient à peine. Retranché du monde, Tom avait une expression d'extrême satisfaction. Il contempla les trois hommes en demi-cercle autour de lui, et ne put empêcher les mots de sortir de sa bouche :

— Cinquante billets... commença-t-il, puis il s'arrêta en apercevant Blake, sa main brandie et le couteau qui brillait.

— Fumier de hippie ! hurla Blake.

Le couteau s'abattit, ratant la tête du garçon d'un cheveu. Dans son élan, Blake lui heurta la cuisse et ils culbutèrent tous les deux.

Tom roula hors d'atteinte, mais reçut un coup de botte malodorante dans les côtes. Jagger ricana d'un air mauvais, se pencha sur lui et lui décocha un méchant coup qui lui atterrit sur le coin de l'œil. Pris par surprise, Tom hurla de douleur. Jagger le frappa de nouveau.

La pluie tombait de plus en plus fort. Elle redoublait avec chaque coup de pied de Jagger.

Blake se releva et chercha son couteau. Autour d'eux, la pluie imbibait la terre desséchée avec un agréable bruit régulier.

Tom vit le couteau briller à la lueur de la lune. Il regarda, fasciné, Blake tituber vers lui, l'œil torve, plein d'une rage bêtifiante.

Gleason regardait avec une égale fascination. Il hocha la tête, faillit crier à Blake d'arrêter, mais la lame scintillante se retournerait contre lui s'il osait, et ce serait dommage, songea-t-il, vraiment dommage. Il tourna les talons et s'enfuit dans les fourrés. Il ne s'en rendit pas compte, mais il hurlait en courant.

— Je vais te piquer, gronda Blake.

Jagger contemplait la scène, tout émoustillé. Il hocha la tête, regarda une fois le ciel et se dit : « Ce petit morveux a fait pleuvoir, pour sûr », puis il détourna les yeux pour ne pas voir ce que Blake allait faire. « Pour sûr ».

Tom se releva d'un bond, les mâchoires serrées. Si Blake remarqua son changement d'expression, la peur cédant la place à une grimace dure, il n'en montra rien. Tom, le corps tendu, prêt à se battre, s'éloigna de l'homme. Il y avait dans l'air de l'électricité. Il pleuvait désormais à torrents, et des trombes d'eau s'abattaient sur la terre détrempée. Tom vit Blake s'essuyer les yeux.

Derrière lui, Tom entendit Jagger :

— Fais-lui sa fête, Blakey !

Un courant électrique claqua dans l'air. Le tonnerre, d'abord distant, se rapprocha rapidement. Un éclair embrasa soudain le ciel. Blake ne pouvait voir le visage de Tom, sinon il aurait été terrorisé.

Tom se dressait sous la pluie tel un pilier. La foudre frappa autour de lui. Il souriait.

La foudre tomba à quatre pas devant Jagger qui sentit la terre vibrer quand elle toucha le sol. Le choc le renversa ; il cria à Blake de ficher le camp.

— La foudre ! hurla-t-il, inutilement, au milieu des roulements de tonnerre.

Blake ne se retourna même pas.

Au milieu des trombes d'eau, la silhouette de Tom lui parut chanceler, comme s'il allumait la foudre et disparaissait aussitôt dans le noir. Et pourtant, il ne bougeait pas d'un pouce.

Un éclair craqua juste à côté de Blake, un courant électrique parcourut une flaque d'eau et remonta le long de ses jambes. Blake le ressentit, surpris. Il fit un pas vers Tom.

A travers la pluie, il vit le visage de Tom tourné vers le ciel, un drôle de sourire aux lèvres, les yeux clos. Blake brandit son couteau.

Tom baissa la tête et fixa Blake dans les yeux. L'éclair fusa et frappa l'extrémité du couteau ; Blake tomba à genoux, hurlant de douleur. Son bras fumant, la foudre quitta la lame, puis son coude, et se ficha dans la terre, tel un couteau. Dès qu'il hurla, Tom le poussa de la pointe de sa botte. Blake s'écroula en se tenant le bras.

Tom respirait à petits coups tremblants ; il était complètement trempé. Les éclairs cessèrent aussi brusquement qu'ils avaient commencé. L'averse continua, en une pluie joyeuse, désormais.

Tom roula Blake sur le flanc, sans se soucier de son bras meurtri. Il tâta les poches de son jean crotté et en tira un portefeuille. Il prit deux billets de vingt dollars et un de dix, et laissa le reste s'éparpiller sur le sol détrempé.

— Cinquante dollars, fumier de bouseux, dit-il.

Il lança le portefeuille dans une flaque d'eau, aux pieds de Blake. La pluie diminuait. Le cœur de Tom battait toujours aussi fort, mais sa colère s'estompait. Il enfouit les billets froissés dans une poche de devant, ramassa son sac à dos à l'orée de la clairière où il gisait, trempé. Le sac serait lourd, mais Tom avait l'habitude.

Il traversa la clairière sans se retourner, grinçant encore des dents, épuisé, ses bottes inondées produisant des bruits de succion à chaque pas. Il retourna sur la grand-route par où il était venu, sans s'inquiéter de la bière qu'il n'avait pas payée, ni de l'homme qui gisait dans la clairière en serrant son bras brûlé. Cela lui servirait de leçon.

Tom marchait dans la nuit, conscient des billets froissés contre ses cuisses.

Il lui restait une journée de marche pour atteindre l'endroit où il allait.

Il était en rage. Il n'avait même pas pris d'allumettes au bar. Or il avait toujours envie d'une cigarette après une bonne averse.

# 1

On prêtait aux habitants de Goodlands, dans le Dakota du Nord, le dicton selon lequel on pouvait se rendre n'importe où en moins d'une heure, et c'était vrai, à condition que ce soit à Bismarck ou sur la nationale 94. En revanche, si on voulait aller au Canada, au Dakota du Sud, au Minnesota ou au Montana, mieux valait emporter des provisions.

Nichée au beau milieu de l'Etat, Goodlands était une ville isolée. Elle s'était constituée cent ans auparavant, et ses habitants avaient acquis depuis longtemps leur autonomie en même temps que leur indépendance. La terre était riche et fertile, l'horizon dégagé, l'espace illimité. Le pétrole était bon marché, les impôts au plus bas, l'immobilier au plus haut, et le mode de vie s'articulait autour de la famille, contrairement à tous ces endroits où la nationale vous conduisait. Si on prenait le temps de les interroger, les habitants disaient que c'était l'endroit idéal pour cultiver la terre et fonder une famille. Comme le proclamait la pancarte au carrefour qui précédait l'entrée dans Goodlands, c'était une « Bonne petite ville » !

Jusqu'à l'arrivée de la sécheresse.

Cela commença subrepticement, comme souvent. Quatre ans plus tôt, l'*Almanach des fermiers* avait prédit un printemps frais et pluvieux pour la région, suivi par des mois de juin et de juillet secs et un mois d'août pluvieux — un temps auquel on s'attendait bon an mal an, avec de légères variations. Goodlands, comme le reste des grandes plaines du Nord, bénéficiait d'une précipitation annuelle d'environ cinquante-cinq centimètres. La première année de sécheresse, la pluie attendue n'avait pas été au rendez-vous, il ne tomba pas plus de vingt-deux centimètres. Pour leur part, les villes avoisinantes d'Avis, de Mountmore, d'Oxburg, de Larson et de Weston firent état de précipitations juste en dessous de la normale. La deuxième année, Goodlands eut droit à quinze centimètres. L'année suivante, il ne plut pas une goutte. On n'avait pas connu pire depuis 1934. Autour de Goodlands, les villes continuèrent de recevoir leur quota d'eau prévu. Mais à Goodlands, c'était la sécheresse.

Une mauvaise saison peut être désastreuse pour des fermiers. Deux, et les faillites affluent. Trois peuvent mener aux saisies, aux ménages brisés, à l'alcoolisme, à la violence, et à la mort d'autre chose, d'une chose qu'on ne peut nommer. Les habitants de Goodlands affrontaient leur quatrième année de sécheresse. S'il ne pleuvait pas d'ici juillet, ils seraient face à cette chose innommable. Bien des fermiers en étaient déjà là.

La sécheresse n'était pas la seule malédiction qui affligeait Goodlands. Depuis quelque temps, la commune semblait maudite. Il y avait eu une série d'incendies dans les Badlands — un nom qui désignait officieusement le seul bidonville de Goodlands, un rassemblement de caravanes et de lotissements dont les habitants faisaient leurs courses dans la décharge municipale, ramassant les déchets des mieux lotis. Les Badlands étaient vulnérables aux incendies car la caserne des pompiers volontaires était située de l'autre côté de la ville, près de l'église catholique. Le temps qu'on appelle les pompiers et qu'ils se réunissent dans la caserne avant de partir, sirènes hurlantes, éteindre l'incendie dans ce quartier misérable, il ne restait plus que des cendres.

Une fois, deux caravanes avaient flambé d'un coup,

leur système électrique ayant pris feu, et les voisins, terrorisés, s'étaient rués en hurlant dans les rues. Le feu avait détruit les deux caravanes, dont une appartenait à l'une des rares familles convenables du quartier, les Castle, qui avaient quatre enfants de deux à quatorze ans. L'autre ne fut pas une grande perte. C'était celle de Teddy Boychuk, un ivrogne doublé d'une peau de vache qui battait sa femme et — du moins le soupçonnait-on — avait violé sa fille avant qu'elle s'enfuie pour une destination inconnue.

Il y avait eu d'autres événements étranges, pas aussi graves que les incendies, mais qui avaient néanmoins troublé les responsables municipaux et la police locale. On avait déploré un accroissement des accrochages les deux dernières années, et certains avaient donné lieu à des échauffourées entre conducteurs. Chez Rosie, le café de la ville, les congélateurs étaient tombés en panne sans raison et deux semaines de viande, de glaces et de produits congelés avaient péri dans l'affaire, à une époque où l'argent ne coulait pas vraiment à flots dans la ville. Le lendemain, lorsqu'on avait demandé à Larry Watson de vérifier l'installation, il avait découvert que les congélateurs avaient été débranchés, tout simplement. Larry Watson avait tout de même facturé son déplacement et le café n'avait même pas pu réclamer un dédommagement à la compagnie d'assurances.

Goodlands connaissait une période de malchance. D'aucuns, surtout parmi les habitants des Badlands, commençaient à dire — plaisantant à demi — que la ville était ensorcelée. Après le dernier incendie, plusieurs familles déménagèrent, ce qui se ressentit dans les versements d'allocations. Bon débarras, à quelque chose malheur est bon, comme disait Mr. Shoop, le maire (on oubliait facilement qu'à cause de la sécheresse bien des familles parmi les plus convenables de Goodlands recevaient aussi des allocations). Mais le malaise gagnait. Pour la première fois depuis des années, la fréquentation des églises grimpait en flèche. Chaque dimanche, et même dans la semaine à l'église catholique, les bancs étaient pris d'assaut — et on trouvait beaucoup de visages

31

nouveaux à la messe. Les gens étaient nerveux. Ils étaient sûrs que quelque chose allait arriver. Simplement, ils ne savaient pas quoi.

Karen Grange poussa la boîte de Kleenex vers l'extrémité du bureau, mais Loreena Campbell refusa de s'en servir. « Elle veut me voir pleurer. » Les larmes ruisselaient sur ses joues et tombaient — à bon escient, jugea Karen — sur les papiers éparpillés sur le bureau. Karen avait eu envie de pleurer, elle aussi, mais elle s'était retenue. Non, elle ne pleurerait pas.

Bruce Campbell était assis à côté de sa femme, une main sur chaque cuisse, comme sur le point de se lever. Son visage était blême et impassible. Il regardait dans le vide. Il n'avait pas dit un mot depuis un bout de temps.

Il n'y avait rien que Karen pût dire ou faire ; tout avait déjà été dit. Il restait encore quelques documents à signer, mais, comme le gros des papiers, le formulaire de saisie gisait, froissé, dans un coin de la pièce, Karen décida d'attendre que la poussière se redépose avant d'en parler. Elle attendrait même peut-être plusieurs jours avant de les apporter à la ferme.

— Pouvez-vous leur parler ? redemanda Bruce.

— Ça ne servirait à rien, j'en ai peur.

Elle pouvait leur expliquer les raisons, une fois de plus, mais cela lui semblait stérile.

Elle s'efforça de ne pas regarder Loreena. Le nez de la fermière avait commencé à couler et Karen se demanda d'un air sombre si elle n'allait pas s'essuyer d'un revers de manche. Bruce avait l'air de plus en plus désespéré.

— Vous avez de la famille en Arizona, Bruce, n'est-ce pas ? fit-elle.

Il leva la tête.

— En Arizona ? répéta-t-il d'une voix blanche.

C'était la chose à ne pas dire. Il n'y avait pas de culture en Arizona.

Karen finit par se lever ; ses jambes la tenaient à peine.

— Je peux vous laisser sortir par l'arrière, si vous ne voulez pas affronter...

Elle laissa sa phrase en suspens. C'était le milieu de l'après-midi, l'heure du café dans une petite ville de province. Tous ceux que les Campbell connaissaient se promèneraient ou seraient au café. Le nez de Loreena était rouge comme une écrevisse, tout comme ses yeux. Son maquillage était ruiné, son nez coulait. Ne fût-ce que pour elle, Karen espéra qu'ils sortiraient par l'arrière.

Loreena se leva.

— Non, je veux qu'on me voie, dit-elle. Je veux qu'on sache ce qui se passe. Je veux qu'on sache ce que *vous* avez fait.

Karen la contempla avec une fascination horrifiée.

— Vous auriez pu faire quelque chose, mais vous n'avez pas voulu, déclara Loreena.

Elle hurlait presque, incapable de se contenir davantage, comme Bruce, quand il avait tapé du poing sur le bureau.

Karen resta figée. Bruce leva vers sa femme le même regard torve qu'il avait adopté depuis qu'il avait entendu le mot. *Au commencement était le mot. Et le mot était saisie. Et les cieux s'ouvrirent.*

— Les fermes, les familles et Commercial Farm Credit, cracha Loreena.

C'était le slogan de CFC. Au désespoir de Karen, Loreena se mit à chantonner le jingle qui passait toutes les heures sur Radio 7 et Radio 9, les deux stations locales du comté de Capawatsa : « Commercial Farm Credit connaît vos besoins. Commercial Farm Credit fait partie de votre arbre généalogique. Apprenez vite à nous connaître ! Les fermes, les familles et Commercial Farm Credit... une équipe ! Commercial... »

— Loreena, je vous en prie... commença Karen.

— Non ! Et ne vous avisez plus de m'adresser la parole ! Vous êtes... (elle se dirigea vers la porte du bureau, l'ouvrit) ... une sans-cœur... une garce.

A l'accueil, Jennifer leva la tête, gênée. Elle avait tout entendu. Dieu merci, la banque était déserte. Comme d'habitude.

Loreena franchit la porte. Elle avait recommencé à

pleurer. Elle sanglotait, plutôt ; elle n'avait plus de larmes disponibles.

Bruce finit par suivre son épouse. Karen le regarda avec compassion et tendit la main.

— Si je peux faire personnellement quelque chose, Bruce...

Il cracha à ses pieds sur la moquette.

— Non, vous ne pouvez rien faire, Karen.

Et il rejoignit sa femme.

Il s'arrangea pour claquer la porte d'entrée de la banque. Il fut obligé de la pousser avec force sur ses gonds pneumatiques, mais il y parvint.

La banque était silencieuse. Karen était encore devant son bureau quand elle croisa le regard de Jennifer, qui détourna les yeux. Elle n'était que caissière, ses parents avaient déposé de l'argent à la banque, et elle attendait sa lettre de licenciement, elle attendait la fermeture de la ferme familiale, la ferme Bilken. Mais elle était née et avait grandi à Goodlands, dans le Dakota du Nord. Elle faisait partie des *Nous*. Au cours des quatre dernières années, Karen Grange avait d'une certaine manière basculé chez les *Autres*. Elle referma lentement la porte sur le regard accusateur de Jennifer.

Elle alla machinalement dans le coin de la pièce, ramassa la note de saisie et la défroissa. Elle l'étala sur le bureau, tenta de lisser le papier, sachant pourtant qu'elle finirait par en faire taper un autre. Elle contourna prudemment la tache sur la moquette, tira deux mouchoirs de la boîte de Kleenex, s'accroupit près de la tache infâme, et l'essuya, à la fois dégoûtée et meurtrie.

Karen travaillait depuis une semaine à la banque quand Bruce Campbell était venu demander un prêt pour une moissonneuse-batteuse. A l'époque, Karen aurait été incapable de distinguer une moissonneuse-batteuse d'une pelleteuse, et le lui avait dit.

« Il vaudrait mieux que je sache pour quoi j'approuve un prêt », lui avait-elle dit en s'excusant.

Plutôt que de se moquer de son ignorance, il lui avait souri avec gentillesse et avait expliqué :

« C'est celle qui a le gros machin ronflant qui pointe en haut et les lames sur le devant qui coupent le blé. »

Le tout accompagné de gestes des mains et des doigts pour illustrer son explication. Elle avait ri, puis lui avait demandé d'un air de conspirateur ce qu'était une pelleteuse. Depuis ce jour, chaque fois qu'elle croisait Bruce en ville, elle ne manquait jamais de lui demander comment marchait la moissonneuse-batteuse.

« C'est mieux que si j'avais une pelleteuse », répondait-il.

Deux hivers plus tôt, quand Karen avait eu la grippe, Loreena était passée lui demander si elle n'avait besoin de rien.

« Je sais que vous n'avez pas de famille en ville », avait-elle dit pour justifier sa démarche.

Et Karen avait prononcé la saisie de leur ferme.

Elle se sentait des picotements dans les yeux, mais pas de vraies larmes. Le pire, c'était qu'elle s'y habituait.

Elle remit la boîte de Kleenex à sa place, et commença à rassembler les papiers. Elle le faisait non parce qu'il fallait le faire mais pour s'occuper, afin de chasser les émotions qui flottaient encore dans la pièce et qui la bouleversaient. Ses mains tremblaient. Elle les maintint fermement pour les forcer à se calmer. Elle n'avait pas le droit de se laisser aller. Pas de sentimentalisme, c'était la politique de la compagnie.

Jusqu'à l'année précédente, Karen avait été une professionnelle rigoureuse ; gérante de la seule banque de Goodlands, elle gardait soigneusement ses distances tout en maintenant une relation personnelle avec la ville. Elle y était quelqu'un. Elle siégeait dans les commissions, participait aux collectes de fonds, allait au bal de Noël, à la foire du printemps, au barbecue des pompiers. Cette année, la foire du printemps avait été supprimée et le barbecue, même s'il se déroulait à la date prévue, ne permettrait pas de collecter les fonds nécessaires à l'achat de la télévision que les pompiers auraient voulue pour les volontaires de garde. Plus personne n'avait d'argent.

Malgré les changements, Karen s'efforçait de sauver les

apparences. Elle continuait de jouer son rôle, s'habillait pour les grandes occasions, grâce à une garde-robe bien remplie. Elle était la banque, jusqu'au bout des ongles, et même si la banque connaissait ses heures les plus noires, qui pourrait s'en apercevoir ?

Mais son professionnalisme rigide avait commencé à se lézarder, en même temps que les résultats financiers déclinaient. Malgré quinze ans d'expérience, des stages annuels et une copie des procédures à suivre dans son tiroir, c'étaient les gens qu'elle connaissait, ceux avec qui elle vivait, ceux qui avaient transformé sa vie... pour son plus grand profit. Ils l'avaient accueillie, lui avaient fait comprendre qu'elle était des leurs, et avaient effacé de sa mémoire pour trente mille dollars de mauvais souvenirs. Jusqu'à la première saisie importante, deux années auparavant, on la saluait amicalement dans la rue, on lui demandait de ses nouvelles, des conseils, on l'invitait à dîner, à des soirées. Elle se croyait acceptée. Mais, politique de la banque ou pas, ce n'était pas la CFC qui saisissait les fermes, c'était elle.

Bruce et Loreena Campbell ne l'auraient sans doute pas cru, mais Karen était intervenue en leur faveur. Ses bonnes intentions lui avaient valu une lettre de réprimande et un rappel à moins d'angélisme. La lettre ajoutait judicieusement qu'elle était bien placée pour aider les clients dans leur « situation financière passagère », étant donné sa propre expérience. « Vous devriez être la plus à même de les guider, au vu de vos engagements financiers dans Commercial Farm Credit. » Comme l'aurait dit son père, Karen avait investi un sacré paquet de fric dans la CFC. En fait, c'était la raison pour laquelle elle était à Goodlands.

Elle avait essayé de les aider. La ferme de Campbell était dans la famille depuis 1890. Des rumeurs prétendaient que le père de la lignée, John Mason Campbell lui-même, avait payé les Indiens en fusils et en fourrures pour qu'ils déménagent, et avait poursuivi sa politique jusqu'à obtenir quarante hectares. La ferme avait prospéré avec les années, et quand les prix avaient flambé,

comme beaucoup de fermiers de la région, Bruce Campbell avait revendu quelques hectares. C'était une ferme
familiale.

Karen était allée les voir deux semaines plus tôt, et était
restée une heure et demie dans la cuisine avec Bruce, son
frère Jimmy et Loreena ; elle avait fait des allusions pour
les préparer et leur faciliter les choses, sans transgresser
les règles plus qu'il n'était nécessaire. Ils avaient consi-
déré sa visite comme un signal d'espoir. Comme la
preuve que les choses n'allaient pas aussi mal qu'ils le
croyaient. Loreena avait même complimenté Karen pour
sa tenue. Ils avaient pris le café ensemble, et Loreena lui
avait montré des photos de leur neveu, qui venait de
naître en Arizona.

Karen rangea les papiers dans le tiroir supérieur de son
bureau. Elle consulta sa montre. Quatorze heures. Les
Franklin seraient là dans quarante minutes environ. Normalement, elle serait sortie manger un morceau et
prendre un café au bistrot, bavarder avec les clients, mais
les Campbell avaient sans doute déjà remonté la grand-
rue.

Karen avait le sentiment qu'elle ne serait pas populaire
aujourd'hui. Tout le monde savait certainement que
c'était maintenant au tour des Franklin. Il n'y avait pas
de secrets dans une petite ville. Karen n'avait pas envie
d'affronter les regards qui se détourneraient dès qu'elle
les croiserait ; elle n'avait pas envie de voir des visages
effrayés, d'être traitée comme une paria. Elle aurait dû y
penser plus tôt et apporter son déjeuner.

Les Franklin seraient la cinquième saisie depuis le
début de l'année fiscale. Une année à scandales, pouvait-
on dire. Et il ne s'agissait pas des saisies habituelles ; il
ne s'agissait pas des petites fermes, mal gérées. Celles-là
avaient disparu dès le début de la sécheresse. Il s'agissait
des vraies fermes, des fermes familiales, des exploitations
rentables qui prospéraient parfois depuis des décennies.

Il ne restait plus que les fermiers les plus entreprenants,
ceux qui avaient tout planifié au centime près, ceux qui
avaient des projets, s'étaient appuyés sur des techniques

et des études pour être en avance sur leur temps. Leurs fermes disposaient de réserves et de soutiens financiers. Si des fermiers pouvaient supporter quelques mauvaises années, c'étaient bien ceux-là. Ils s'accrocheraient jusqu'au bout. Les Campbell et les Franklin faisaient partie de ces familles. Cela préfigurait ce qui était en train d'arriver à Goodlands.

Bizarrement, ils étaient un peu de sa famille. Ils étaient là à son arrivée, huit ans auparavant. Ils avaient fait tout leur possible pour qu'elle se sente bien accueillie, l'avaient invitée pour qu'elle s'intègre à la communauté. Sa première communauté, en fait. C'était la première fois qu'elle se sentait chez elle quelque part.

L'année précédente, il y avait eu six saisies ou faillites, pour la plupart des fermes de taille moyenne, une grande, toutes des exploitations familiales. Celle d'avant avait vu quatre saisies. Toutes étaient la conséquence de la sécheresse, de mauvaises gestions, de mauvaises assurances ou de défaut d'assurance. Si l'intuition de Karen se vérifiait, trois autres fermes seraient en faillite avant la fin de l'année. C'étaient des chiffres élevés pour une ville de la taille de Goodlands. Les résultats financiers plongeaient et, si les choses ne s'arrangeaient pas, elle perdrait la banque. Son travail consistait à faire des profits, or cette année les profits seraient nuls. La direction lui donnerait peut-être une année pour se refaire, peut-être davantage s'il pleuvait en été et que la situation s'améliorait, mais guère plus. Bien sûr, elle ne perdrait pas sa place, elle serait mutée. Forcée de quitter Goodlands. Et si la ville ne la regrettait pas, Karen regretterait Goodlands.

On frappa à sa porte. Elle regarda sa montre. Il était quatorze heures quarante-cinq.

— Oui ? fit-elle d'une voix calme, alors que son cœur commençait à battre plus fort.

— Les Franklin sont là, annonça Jennifer en ouvrant la porte.

Karen se leva pour les accueillir. Jessie Franklin esquissa un sourire plein d'espoir. Leonard marchait derrière elle, quelque peu caché par l'embonpoint de sa femme. Jessie était enceinte.

— Asseyez-vous, Jessie, je vous en prie, s'empressa Karen.

Quand Leonard s'avança, Karen s'aperçut qu'il portait leur enfant de trois ans dans les bras. Ainsi, ils avaient amené Elizabeth. Ils avaient tous trois revêtu leurs plus beaux habits de ville pour venir voir Karen, la banquière. Son cœur flancha. Elle aurait voulu disparaître ou leur claquer la porte au nez et se cacher derrière son bureau. Elle aurait voulu rentrer chez elle.

— Comment allez-vous, Leonard ? demanda-t-elle en leur tenant la porte.

Quand Leonard entra, il posa gentiment une main sur l'épaule de Karen et la laissa passer devant eux. Elle se sentit perdre le contrôle de ses émotions. Le geste de Leonard était simple et poli. Elle alla vivement s'asseoir derrière son bureau. Ses yeux recommencèrent à la piquer, elle cilla pour chasser les larmes et détourna la tête pour qu'ils ne la voient pas pleurer. Leonard posa Elizabeth à côté de la chaise de sa mère et lui tapota doucement la tête. L'enfant se tint entre ses parents, un sourire timide aux lèvres, un doigt dans la bouche.

Karen tira délibérément sur les manches de son tailleur crème qui n'était plus de la première jeunesse. C'était son tailleur préféré. Elle parvint à se maîtriser.

Elle leur sourit et les remercia d'être venus. Elle fit un petit bonjour à Elizabeth, dit à Jessie qu'elle avait bonne mine et s'enquit poliment de la date de l'accouchement. Dans deux mois. « Mon Dieu ! »

Quand le silence tomba entre les échanges de politesses et la véritable raison de leur présence, elle croisa le regard de Leonard. Il savait. Il semblait déjà abattu. Jessie jouait avec Elizabeth. Elle évitait de regarder Karen. Ils savaient tous les deux. Cela ne devrait pas se passer trop mal, ils lui faciliteraient la tâche.

Karen se leva et ferma la porte, puis retourna s'asseoir derrière son bureau.

— Leonard, Jessie. Quand je suis passée vous voir l'autre jour, j'avais des informations...

Dehors, le soleil resterait haut dans le ciel presque toute la journée. Lorsque Karen retourna chez elle en voiture à la fin de l'après-midi, la température oscillait autour des vingt-six degrés et l'air semblait se mouvoir par vagues tremblantes devant ses yeux. Le soleil ne se coucherait pas avant dix heures du soir. C'était la mi-juin, les jours les plus longs.


Karen Grange était venue de Minneapolis à Goodlands, grâce à l'obligeance de Commercial Farm Credit. Ses supérieurs l'ignoraient à l'époque, et s'en fichaient éperdument d'ailleurs, mais ils lui avaient sauvé la mise en la mutant.

C'était censé être une sorte de punition, un bannissement, un exil dans la cambrousse à cause d'une faute suprême. Karen Grange, directrice d'agence, qui gérait maintenant l'argent d'autrui, distribuait les crédits, s'était autrefois retrouvée dans un « sérieux pétrin », comme on disait dans son métier. Un pétrin financier.

Avant Goodlands, Karen avait été directrice d'une petite agence de Minneapolis. Elle n'aimait pas parler ni penser à l'époque qui avait précédé, mais c'était aussi un facteur déterminant. Avant Goodlands, avant les huit années dans une agréable campagne, dans les champs de blé et d'avoine, les paysages à perte de vue, les couchers de soleil qui duraient des heures, avant qu'elle loue à l'écart de la ville la petite maison que les habitants continuaient d'appeler la maison Mann, avant qu'elle apprenne tout sur les saisons, les moissons, les semailles, à connaître ses voisines, à s'enquérir de leur jardin, de leurs enfants, de leurs maris, de leur santé, à attendre patiemment son tour au supermarché pendant que Peggy finissait de raconter à Chimmy comment elle avait tricoté une brassière pour le bébé des Houston (et à demander ensuite des nouvelles du bébé), Karen vivait à Minneapolis dans un appartement trop cher pour elle et étouffait lentement sous les dettes.

Peu après sa promotion, passant de caissière à agent de prêts, on l'avait encouragée à utiliser les services de la banque pour elle-même. Elle avait demandé un petit crédit pour s'acheter une voiture. Les remboursements étaient faciles. Elle gagnait décemment sa vie, et serait augmentée chaque année. Cela lui suffit pour emménager dans un plus grand appartement. Ensuite, elle découvrit les joies du paiement à crédit. Les meubles, les serviettes, les draps, la literie, les ustensiles de cuisine, les appliques, tout cela nécessitait une qualité que les articles bon marché n'offraient pas. Elle demanda donc une carte de crédit. Au début, elle se limita aux choses dont elle avait réellement besoin. Lorsqu'elle eut épuisé sa carte, elle reprit son souffle, effrayée par le contenu de ses armoires. La ligne entre le nécessaire et le superflu s'était estompée. Il y avait par terre un carton encore intact de soutiens-gorge et de petites culottes assortis qu'elle avait achetés sur un coup de tête pour une amie, et qu'elle avait ensuite jugés inadéquats — pour elle comme pour son amie. Il y avait des paires de draps, des serviettes — superbes, douces, des serviettes au triple tissage si épaisses et absorbantes qu'il suffisait d'en enrouler une autour de soi pour être sèche. Il y avait un manteau en cuir véritable, si lourd qu'il était tombé du cintre. Pas assez chaud pour les hivers du Dakota du Nord, néanmoins trop chaud pour l'été, trop délicat pour le printemps imprévisible, elle ne pouvait le porter que deux mois par an.

Lorsqu'elle vit ce jour-là tout ce crédit étalé sur le sol, elle connut la première d'une longue suite de crises d'angoisse. Elle avait été trop loin, il fallait faire marche arrière. Elle y réussit... la première fois.

Elle mit un an à rembourser ses dettes. Un an de privations, d'achats en espèces, de fréquentation des soldes. Mais elle régla les meubles, les draps, les sous-vêtements assortis, et les innombrables achats qui parsemaient son appartement. Dès que tout fut payé, il fallut fêter l'événement. Pour se récompenser, elle s'acheta un petit quelque chose. Avec le recul, elle se dit que cela avait été facile de tout rembourser. Vraiment pas de quoi en faire un drame. D'autant qu'elle avait conservé ses achats.

Karen célébra souvent la fin de son année de célibat financier. Cette fois, elle mit deux fois moins de temps à épuiser sa carte de crédit.

Karen n'avait pas besoin d'un psychologue pour savoir pourquoi elle dépensait autant. Elle n'aurait pas gâché son argent pour un psy, même si elle en avait eu encore. Elle aurait pu trouver la réponse dans n'importe lequel des magazines féminins qui traînaient sur l'étagère, surtout dans les numéros qui paraissaient pendant la grande saison des soldes, au printemps et en automne : elle rejetait une partie de sa vie.

Elle avait grandi auprès de parents si mal équipés pour gérer leurs propres finances, si pauvres, que les seules nouveautés dans la maison étaient les dernières factures des créanciers.

Elle aimait la nouveauté, l'aspect, le toucher et l'odeur des choses si neuves qu'elles sentaient encore le parfum de l'usine, qu'on percevait les empreintes des ouvriers sous-payés qui les avaient assemblées ; on pouvait, si on le voulait, conserver leur virginité en les laissant dans leurs cartons, les sortir de temps en temps pour les admirer, les caresser, et les ranger, intactes, toutes neuves, les étiquettes des prix encore épinglées dessus, précieuses comme tout ce qui est cher.

Et choisir le standing du magasin, palper un article, le désirer, avoir le pouvoir de l'acheter et de le rapporter chez elle ! C'était le frisson quand elle passait une main sur un si beau tissu, si léger et si fin qu'il existait à peine. Quel plaisir de feuilleter les catalogues d'achats par correspondance des magasins de villes éloignées, quelle excitation de remplir le bon de commande, de donner son numéro au téléphone, de demander l'article, « en urgence, s'il vous plaît », afin de l'avoir le lendemain en rentrant de la banque...

Ce qu'elle achetait, avec ces vêtements, c'était une nouvelle apparence. Une nouvelle Karen. Grande, svelte, et brune, voilà ses qualités. Des vêtements bien coupés lui allaient aussi bien qu'aux mannequins des magazines. Si la beauté de Karen était plus fade que celle des mannequins, les habits équilibraient le score. Ses cheveux noirs mettaient en valeur sa peau claire qui luisait sous les crèmes et les riches tons écrus qu'elle préférait. Ses grands yeux marron étaient soulignés par un petit nez droit. Sa beauté pouvait passer inaperçue des années et éclater soudain par surprise. Les hommes ne se retournaient pas sur son passage, mais, parfois, ne pouvaient détacher leurs yeux d'elle au cours d'un dîner. « Vous avez un très joli visage », disaient-ils. « C'est la veste », répondait-elle avec conviction. Karen était persuadée que les habits faisaient la femme. Donc, elle en achetait.

Elle mit trois ans à se trouver sérieusement dans le pétrin. Les ennuis commencèrent un an après qu'elle eut obtenu un nouveau jeu de cartes de crédit. Elle rédigeait aussi des chèques en « oubliant » de noter la date ou en glissant le mauvais chèque dans la bonne enveloppe.

Le pétrin sérieux s'appelait litige, une menace de saisie sur salaire. Arrivée là grâce aux cartes de crédit, aux chèques, aux achats location, aux paiements différés, elle avait plus de trente mille dollars de dettes.

D'où la lettre de la direction de la CFC. On la mutait à Goodlands pour la punir, et ce fut là qu'elle trouva son foyer. Goodlands, dans le Dakota du Nord, où, notat-elle avec une ironie désabusée, il n'y avait pas de magasins dignes de ce nom. Elle ne laissait pas grand-chose derrière elle. Après tout, elle emportait ses achats.

Sa nouvelle maison avait au moins dix mètres carrés de plus que son appartement luxueux de Minneapolis. C'était une ferme, de construction récente pour Goodlands, mais bâtie et rebâtie afin d'agrandir la grange qu'elle avait dû être à l'origine. Lorsqu'elle arriva, la terre avait déjà été vendue par parcelles et il ne restait plus que trois arpents, dont le verger de pommiers derrière la maison, et le jardin. Devant la maison, les précédents locataires avaient planté une pelouse resplendissante et créé un jardin de rocailles dont Karen se moquait éperdument. Hormis l'adorable pompe manuelle, peinte en rouge — encore un cadeau des précédents locataires —, l'arrière de la maison n'était qu'une vaste étendue déserte, dont Karen se désintéressait tout autant. La maison avait besoin d'une touche personnelle.

Lorsque Karen était au collège, ses parents avaient déménagé dans un autre quartier de la ville, dont le moins qu'on pouvait dire était qu'il était pire que celui qu'ils venaient de quitter. Ils habitaient auparavant dans un quartier ouvrier. Ils vivaient uniquement sur leur salaire, comme la plupart de leurs voisins. A l'époque, son père travaillait dans une usine qui fabriquait des revêtements en plastique pour ordinateurs. Lorsqu'il perdit son emploi, ils durent abandonner leur maison. Ils n'étaient que locataires, mais Karen y avait vécu douze ans et la considérait comme la leur.

La famille emménagea dans un appartement du centre-ville, et Karen changea de collège. L'appartement était situé au quatrième étage et la chambre de Karen donnait sur une ruelle où, par la fenêtre de la chambre d'en face, elle pouvait voir les deux jeunes enfants des voisins. Comme elle avait apporté les rideaux de son ancienne chambre, elle les laissait toujours tirés.

Ce fut après ce déménagement qu'elle commença à songer à une vie meilleure. Avec le bruit des voisins, des voitures, des chiens qu'elle entendait, fenêtres fermées, elle rêvait de la grande maison avec jardin que sa famille aurait un jour ; ils étendraient une belle couverture blanche sur la pelouse, poseraient le panier en osier des victuailles au milieu et pique-niqueraient tranquillement.

Dans ses rêves, il y avait toujours un homme et deux enfants. L'homme et les enfants restaient flous et variables, mais le jardin ne changeait jamais. C'était un grand jardin luxueux et verdoyant. Et il y avait toujours un belvédère. Parfois, Karen dansait avec l'homme dans le belvédère et les seuls bruits qu'elle entendait étaient les claquements des talons sur le sol tandis qu'elle valsait dans ses bras. Plusieurs années plus tard, même consciente de la naïveté et du romantisme puéril de ce rêve, il restait profondément ancré dans sa mémoire.

Pour son premier été à Goodlands, Karen fit construire un belvédère.

« Un quoi ? » demanda George Kleinsel, le charpentier qu'elle avait engagé sur les conseils d'une habitante.

Karen dessina le minuscule bâtiment, y ajoutant soigneusement des détails, comme l'arche tarabiscotée, les colonnettes blanches et la chaîne dont elle voulait qu'on le clôture. Et aussi un sol en ciment, sans préciser que ce dernier détail lui était inspiré par son rêve, dans lequel les talons résonnaient sous le toit de bardeaux.

George arriva avec Bob Garfield le samedi suivant à huit heures, comme promis, pour construire le belvédère pendant le week-end. George affirmait que cela ne prendrait que deux jours. « La peinture en plus », lui dit-il, son éternelle cigarette aux lèvres.

Le belvédère ne se construisit pas en deux jours, comme prévu, mais ce ne fut pas la faute de George.

Karen se souvenait de ce jour comme d'une succession de scènes colorées, mais incomplètes. Elle se revoyait accoudée sur la rambarde du porche avec une tasse de café, prête à regarder les deux hommes donner vie à son rêve. Elle se souvenait d'avoir raillé George sur l'état de délabrement dans lequel il laissait sa propre maison.

— George, il paraît que votre femme se plaint de ne pas avoir de porte à sa salle de bains, lançait-elle.

George acquiesçait en rougissant.

— Oui, je m'en occupe cette année, disait-il.

— Ça fait dix ans que tu dis ça, glissait Garfield.

— Qu'est-ce qu'elle a besoin d'une porte, d'abord ? Elle fait des trucs en secret là-dedans ?

Et cela continuait avec le toit, les tuiles empilées dans son jardin, le camion qui dormait sur cales derrière son garage.

C'était une chaude matinée, le début de l'été. A dix heures, les hommes transpiraient déjà dans leur combinaison et leur chemise à manches longues, ils travaillaient sans chapeau sous un soleil de feu.

Ils passèrent la majeure partie de la matinée à faire ce que George appelait « glandouiller », prendre des mesures, délimiter le terrain, ajouter des chiffres et des lignes au dessin du belvédère que Karen leur avait fourni. Il était près de onze heures quand ils démarrèrent la pelleteuse et commencèrent à creuser.

Quoi qu'en pensât Karen par la suite, ce qu'elle faisait souvent, le reste sembla se dérouler au ralenti. Elle sur le porche, pour une fois en T-shirt et en jean, George sur la pelleteuse, de gros écouteurs sur les oreilles, Garfield derrière lui, agitant les bras pour le diriger, ou en train de fumer, appuyé sur une pelle, dans la pose classique d'un homme en plein travail. La machine grondait, miaulait, pétaradait. Il y eut des bruits métalliques, métal contre métal, puis, brusquement, le bruit du métal rencontrant un objet inattendu.

Garfield agita ses bras comme un commissaire de course ; George ne comprenait pas ; le visage rouge de colère, il secoua la tête, montra ses écouteurs. D'un geste frénétique, Garfield désigna un obstacle dans le sol, hurla pour se faire entendre. Karen était assez loin du bruit de la machine pour saisir quelques bribes :

— ... touché quelque chose... hurlait-il. Y a une fichue bestiole...

Karen posa sa tasse de café sur la rambarde du porche et s'approcha, les mains dans les poches, juste au moment où George arrêtait son engin.

Un silence soudain suivit.

Garfield, le visage ahuri éclairé par le soleil matinal, montra une énorme trouée, se pencha et parut hésiter à faire les deux pas nécessaires.

— C'est un crâne ! s'écria-t-il. Un crâne humain !

Les yeux écarquillés, George tendit le cou pour regarder dans la trouée.

Karen se figea. D'où elle était, elle apercevait une chose blanchâtre — plutôt grise, d'ailleurs — et arrondie qui disparaissait dans la terre noire, entourée de l'herbe verdoyante. Mais en fait, elle ne vit rien.

— Bougre de Dieu, siffla George.

Il s'accroupit avec réticence, sans trop s'approcher.

— Vaudrait mieux appeler Henry, dit-il en se retournant vers Karen. (Henry était le shérif. Karen ne bougea pas.) Allez-y, Miss Grange. C'est bien ce qu'il a dit que c'était.

Ce ne furent pas tant les mots de George que la façon dont il les prononça qui poussèrent Karen à se rendre, impassible, dans la maison, à téléphoner au shérif pour lui expliquer la situation, puis à revenir, toujours impassible, à la place qu'elle occupait auparavant.

Le week-end où le belvédère devait être construit se changea en quinze jours de fouilles dans le jardin, à la recherche d'autres cadavres. La femme, car c'était une femme, était morte depuis de nombreuses années. Un pathologiste de la ville affirma qu'elle était peut-être morte depuis plus de cent ans, ce qui fit croire aux habitants qu'un cimetière se trouvait sous le jardin de Karen. On fouilla à fond pendant deux semaines mais on ne trouva rien. On dévasta le jardin et l'étendue déserte derrière la maison, qui n'appartenait plus aux propriétaires ; on laissa un véritable chantier avant de décider que la femme avait été enterrée seule, pour des raisons inconnues.

Le pathologiste avait dit que la femme morte avait alors entre 19 et 30 ans. Elle n'avait jamais eu d'enfant, et ses cheveux avaient été roux ou auburn, ce dernier détail provenant des mèches encore accrochées au crâne. Ce furent les cheveux qui troublèrent le plus Karen. Ils lui donnèrent de la morte une image horrible.

L'identité de l'inconnue ne fut jamais confirmée. On retrouva à côté d'elle des lambeaux de tissu, dont on pensait qu'il s'agissait de vêtements, mais aucun papier ni aucun bijou. Le crâne avait encore des dents, mais comme il n'existait pas de dossiers médicaux à la fin du siècle dernier, elles ne servirent qu'à donner un âge approximatif à la défunte. On ne sut pas davantage les causes de sa mort, par manque de traces ou de cicatrices sur les ossements.

Nullement intimidés, les habitants s'arrêtaient pour

demander ce qui s'était passé. George, Garfield et Karen devinrent des célébrités locales, et les deux hommes se délectaient à raconter leur découverte. Garfield avait certes trouvé le crâne le premier, mais c'était George qui avait eu l'idée de demander à Karen de prévenir la police.

— J'y ai dit : « Vaudrait mieux appeler Henry », et elle restait plantée là, comme terrorisée. Alors, j'y ai dit : « Allez-y, Miss Grange », alors elle a fini par y aller.

Comme il n'y avait pas de trace de cercueil et que les restes présentaient des signes évidents de bonne santé, on spécula sur une mort soudaine. Il n'y avait aucun moyen de prouver que la femme avait été assassinée, mais ce fut néanmoins le bruit qui courut en ville, même longtemps après avoir remis le jardin en état, longtemps après avoir construit le belvédère. On ne sut jamais qui elle était, et on enterra sa dépouille dans le cimetière catholique avec une pierre tombale numérotée.

Les gens cessèrent peu à peu d'en parler, et le sujet ne ressortit qu'en de rares occasions. On demandait parfois à Karen si sa maison était hantée. Elle souriait poliment et disait qu'elle entendait des bruits étranges la nuit, mais qu'elle était sûre qu'ils provenaient de la tuyauterie.

En réalité, cette affaire l'avait mise mal à l'aise. Elle s'était si bien sentie dans la petite maison, comme si le fait de quitter la ville l'avait profondément changée intérieurement. Goodlands était devenu son véritable foyer. Et puis cette chose horrible arriva et cela la glaça.

Elle avait essayé de remettre les choses en perspective. Un bon mois après que le belvédère avait été construit, elle s'était contentée d'en faire le tour, et elle décida enfin d'aller s'y asseoir.

Elle se servit un verre de vin qu'elle y emporta, ses baskets presque silencieuses sur la dalle de ciment que George avait posée avec soin, bien qu'à la va-vite. Pas de talons qui claquaient, pas de valses dans les bras du mari rêvé.

Cela s'était passé à neuf heures du soir. Le soleil se couchait, et elle s'était accoudée à la balustrade pour l'admirer. L'horizon était dégagé, superbe, sillonné de rose et d'orange, le soleil descendait comme un ballon lumineux, et des nuages cotonneux défilaient dans le ciel.

Tout était silencieux. A cette heure, les voitures étaient rares — celles qui passaient devant chez elle se rendaient chez Clancy, à l'auberge. Le chant des criquets ne parvenait jusqu'à elle que lorsque le vent soufflait dans la bonne direction.

Le jour ne s'était pas encore entièrement couché et pourtant elle avait l'impression de ne plus voir. Elle plissa les yeux, le front anxieux. A mesure que la nuit tombait, les bruits nocturnes se rapprochaient. Si elle n'avait pas été accoudée à la balustrade, elle aurait pu se croire au milieu d'un pré.

Elle s'efforça de chasser cette impression en buvant une gorgée de vin, mais elle eut quand même le sentiment de n'être pas tout à fait seule.

Penaude, elle regarda vers la maison, mais il faisait trop noir pour qu'elle la distingue clairement. C'était comme si elle avait disparu, comme si elle avait été avalée.

Et il faisait froid.

On était en juillet et Karen portait des vêtements légers. Mais une brise s'était levée et elle sentit le vent s'introduire par les jambes de son short, pénétrer le tissu de son chemisier. La brise courait sur sa peau et elle avait l'impression désagréable d'être nue.

Elle se mit à penser à la femme, à la façon dont elle était morte. A cet instant, Karen eut la nette impression que la femme avait succombé à une mort atroce. Elle était consciente de se faire peur inutilement, mais elle ne pouvait chasser cette image. Elle voyait le visage de la femme, tordu de terreur tandis qu'une chose invisible s'abattait sur elle. On agrippait ses longs cheveux auburn, on la faisait basculer, ses pieds se dérobaient sous elle, on la traînait sur le sol boueux. Karen entendait même ses cris.

L'image soudain terriblement réelle, Karen se forçait à la repousser. Mais la joie paisible l'avait fuie. Elle se retourna en frissonnant. Bien sûr, il n'y avait rien, mais elle avait réussi à s'effrayer pour de bon.

Elle quitta le belvédère et se hâta de rentrer. En approchant de la maison, elle éprouva un vif soulagement : la maison n'avait pas disparu, et elle ne se tenait pas au beau milieu d'un pré.

Elle referma la porte derrière elle et reposa son verre sans finir le vin.

Plus tard, elle regarda de nouveau par la fenêtre. La nuit tombait. Elle était restée une heure dehors. Et il faisait chaud à l'intérieur, elle n'avait pas froid. Après tout, c'était le mois de juillet.

Par la suite, elle retourna rarement dans le belvédère, et jamais la nuit.

Mais l'image de la femme et la façon dont elle était morte continuèrent à la hanter. Karen ne cessa de penser à elle que lorsqu'on ne parla plus de l'événement, et que la sécheresse empira.


Vida Whalley se glissa sans bruit hors de la maison et s'engagea dans le noir sur la route en terre battue. Il n'y avait pas de lampadaire. En fait, il y en avait seulement trois dans les Badlands : un au début de la route qui menait au bourg, un autre à la fin, qui conduisait à la nationale, et un en face du terrain des caravanes. Ce dernier était facile à éviter pour qui le voulait. Il suffisait d'entrer dans le campement par l'arrière. Il fallait traverser des taillis et, pendant la saison des pluies, patauger dans une zone de boue visqueuse qui s'étendait de la maison de Vida jusqu'au campement de caravanes. Heureusement pour Vida, il n'y avait pas eu de pluie à Goodlands depuis un bout de temps.

Ce soir, elle ne se rendait pas au terrain des caravanes. Elle traversa la route et se glissa dans le champ de mines des Larabee. Ensuite, elle couperait à travers la cour du Français. Les Larabee avaient deux affreux chiens, pas des chiens de combat comme ceux de son vieux, des bâtards gras et paresseux qui aboieraient et donneraient l'alerte. Comme tous les chiens des Badlands, et aussi ceux de Goodlands, ils n'étaient pas attachés. Mais elle leur avait apporté un cadeau appétissant. Deux lapins, morts, tués par son vieux pour le dîner du lendemain. Ou peut-être pour son casse-croûte, quand il rentrerait ce soir, saoul, dégoûté et affamé. Il lui crierait sans doute de lever son cul du lit et de faire cuire les lapins. Ils auraient disparu, dommage. « Quels lapins, Papa ? » Dommage, ha, ha !

Elle appela à voix basse les chiens de Larabee.

— Ici, Cassius, viens, mon chien. Digby, Cassius, ici, chuchota-t-elle.

Elle entendit leurs sourds grognements, puis ils repérèrent l'odeur des lapins qu'elle transportait dans un sac en plastique. Le fond du sac était troué. Elle le brandit devant elle.

Il y avait de la lumière chez les Larabee, mais de l'autre côté de la maison, dans la chambre à coucher. Les chiens s'approchèrent, peu disposés à cesser leurs grognements, mais curieux malgré tout, tentés par l'odeur familière. Ils n'aboyaient toujours pas.

Ils reconnurent Vida, et Cassius se mit à remuer la queue. Il était un peu plus amical que Digby, mais c'étaient tous deux des clébards stupides.

Elle lança le sac devant elle ; les chiens se précipitèrent, tête baissée, reniflant le fumet. Ils se jetèrent sur le sac et commencèrent à déchirer le plastique. Vida les contourna tranquillement.

— Imbéciles, murmura-t-elle d'une voix amicale.

Elle traversa la cour des Larabee, puis celle du Français, et s'enfonça dans les taillis. Elle entendit les deux chiens se battre pour le dîner de son père. Exactement comme à la maison ! Elle sourit.

Il faisait chaud, et Vida portait une casquette de baseball, ses longs cheveux noirs roulés en boule sous la coiffe, retenus avec des élastiques et des épingles. Elle portait aussi le T-shirt de son frère, trop grand pour elle. Elle avait dû le prendre dans le tas de vêtements sales éparpillés dans sa chambre, et il puait. Son jean aussi était sale, mais au moins était-ce le sien. Une grosse boîte d'allumettes qu'elle avait chipée dans la cuisine et qu'elle remettrait en place après déformait sa poche de devant. Elle avait des heures devant elle avant que ses frères, son père et la petite amie de son père, cette garce, reviennent de chez Clancy. Ils ne rentraient que lorsqu'on les jetait dehors, ou à la fermeture. Comme ils y retournaient pour la première fois depuis le soir où on les avait virés, ils se conduiraient bien, c'était couru. Elle avait des heures devant elle. Il n'était que dix heures et demie. Elle avait attendu qu'il fasse vraiment nuit, il fallait à tout prix qu'on ne la reconnaisse pas. C'était pour cela qu'elle portait la casquette et le T-shirt trop grand. De toute façon, elle était petite, pas plus d'un mètre cinquante, et au besoin, elle pouvait se rouler en boule et se tapir dans le noir. Personne ne la verrait. Personne ne l'avait jamais repérée dans ses excursions nocturnes.

Des branches, des brindilles craquèrent sous ses pas et lui éraflèrent les bras, la seule partie de son anatomie exposée, des feuilles sèches se collèrent à ses jambes et à ses chaussettes. Elle jurait chaque fois qu'elle avait mal. Elle s'arrêtait de temps en temps pour ramasser des branches bien taillées et du bois mort. Il lui restait pas mal de taillis à traverser pour arriver à l'endroit où elle allait. Le T-shirt empestait vraiment. Elle s'efforça de respirer le nez en l'air.

On ne trouvait pas beaucoup de fourrés autour de Goodlands, surtout des prés, mais ceux qu'il y avait semblaient disposés stratégiquement pour séparer les Badlands du reste du bourg. Après dix minutes à se faire griffer et gifler, Vida déboucha dans le champ d'orge d'Ed Kramer. Evidemment, il n'y avait pas d'orge. Ed Kramer avait perdu sa ferme l'année précédente et l'endroit était abandonné depuis huit mois. La ferme appartenait à la banque, désormais. La banque possédait pas mal de terrains autour de Goodlands depuis la sécheresse, et Vida n'allait pas s'en plaindre. Elle n'avait aucune sympathie pour Goodlands.

Et Goodlands n'avait aucune sympathie pour les Whalley en général. On considérait que Vida était la meilleure du lot, mais les habitants ajoutaient parfois qu'elle était la meilleure « pour l'instant ». Ce qui signifiait qu'elle n'avait pas encore déraillé autant que les autres, mais qu'on verrait plus tard. À part elle, les seuls bons Whalley étaient des Whalley morts, ha, ha ! Les Whalley étaient des pestiférés, ivrognes, agressifs, violents, voleurs, ils enquiquinaient Goodlands depuis des années. Vida était la plus jeune de la famille. Elle pouvait s'inspirer d'une longue lignée de frères, sans parler de son père, le patriarche du clan Whalley, de l'allée des Bidonvilles — appelée allée des Bougainvilliers dans les registres de la ville. Les bougainvilliers en question étaient de simples peupliers et l'allée donnait sur une décharge municipale et des kilomètres de prés rocailleux incultivables. Lorsque, par politesse, les habitants étaient obligés de parler à Vida — souvent pour des questions d'argent —, on prétendait qu'ils lui demandaient en plaisantant comment allaient les choses dans l'« allée des Bidonvilles » et leur *bon mot*[1] était suivi d'un gloussement et parfois d'un clin d'œil à un copain. Plus d'un vieillard devait se frotter les yeux et les détourner de ses formes généreuses quand il lui parlait de la sorte. Alors, elle grimaçait un sourire et ajoutait poliment : « Ça va, merci » ; le soir, il lui arrivait ensuite de sortir et d'aller ouvrir le poulailler du mauvais plaisant pour que le renard affamé s'y livre à un carnage. Les Whalley et les habitants de Goodlands ne pouvaient pas se sentir.

De l'autre côté du pré, il y avait un coupe-vent vieux d'une centaine d'années, une trentaine d'énormes peupliers de Virginie, plus ou moins morts, secs comme du bois de construction.

« C'est tout bon pour moi », se dit Vida.

Elle se dirigea vers le coupe-vent, sans se soucier de se faire remarquer.

La ferme d'Ed Kramer était à dix bonnes minutes du bourg. Le plus proche voisin était un autre Ed, le vieux Ed Gordon, qui vivait sur une parcelle de terre d'à peine

---

1. En français dans le texte.

quatre hectares. Ed Gordon avait quatre-vingt-dix ans bien sonnés. Il n'allait certainement pas se lancer à sa poursuite. Elle avait bien choisi... comme d'habitude.

Arrivée aux arbres, Vida avait ramassé une bonne brassée de bois mort. Fredonnant une chanson, elle empila avec soin le bois sous le peuplier du milieu, tira une grosse branche sous l'arbre du bout et la jeta sur un tas de broussailles. Elle prenait son temps, efficace. Elle avait des heures devant elle. L'herbe qui avait réussi à pousser sous les peupliers était très sèche. Il faudrait qu'elle fasse attention.

— Chut, mon chéri, sois sage... Maman t'achètera un oiseau moqueur...

Elle sortit la boîte d'allumettes de sa poche. Celles-ci s'allumaient « n'importe où », mais elle utilisa le grattoir. L'allumette craqua et s'enflamma. Vida la laissa brûler, puis elle se courba et la glissa sous la pile de petit bois. La flamme grandit en consumant l'allumette. Elle en gratta une autre et l'enfouit sous l'autre extrémité de la pile. Puis elle fit de même avec une troisième qu'elle disposa sous la branche.

Ensuite, tout se passa très vite.

L'herbe prit d'abord feu et les flammes s'étendirent en arc de cercle autour de l'arbre. L'herbe enflamma le petit bois. La grosse branche fut plus longue à prendre, mais l'herbe brûlait déjà bien. Quand Vida se retourna, l'arbre était en feu. Des bras de feu, par douzaines, s'élançaient vers le sommet, comme s'ils cherchaient à s'évader.

Vida adorait le feu, l'entendre craquer et grésiller, surtout le feu de bois. Elle admira son œuvre. Les feux de bois étaient imprévisibles ; elle était toujours étonnée de voir qu'une maison pouvait prendre feu avec une cigarette entamée oubliée dans un cendrier, alors que, parfois, on n'arrivait pas à allumer un four avec du bois sec et toute une boîte d'allumettes. Les feux de bois étaient imprévisibles, certes, mais c'étaient les meilleurs, ceux dont l'odeur était la plus agréable. Vida ne sentait presque plus la puanteur de son frère sur le T-shirt crasseux. La fumée la chassait. Elle aurait préféré une brise plus soutenue, mais elle avait déjà de la chance qu'il y ait du vent. Rien n'avait marché ces derniers temps.

Les caravanes n'avaient pas été des réussites, question bruit : juste des sifflements et de légers fracas. Et elles avaient brûlé lentement, en dégageant une odeur chimique. Le bois, c'était le mieux. Ah, l'agréable odeur du feu de bois, son chant ensorcelant !

La spirale de fumée ayant atteint des dimensions de cathédrale, Vida comprit qu'elle devait partir. On allait voir le feu du bourg. Quelqu'un avait peut-être déjà donné l'alerte et les pompiers allaient vite charger leur camion. Si elle restait, Vida n'allait pas tarder à entendre les sirènes. Bof, elle les entendrait bien assez de chez elle.

L'air était épais, la chaleur intense. Malgré cela, elle pesta de devoir s'en aller.

Elle tourna les talons et se lança dans une course enivrante. Elle regretta que ses cheveux ne flottent pas librement pour pouvoir les sentir rebondir sur son dos.

— Si cet oiseau moqueur ne chante pas, Maman va mettre le feu à ta ding-a-ling !

Elle rentra par le grand détour, évitant les Larabee parce qu'elle n'avait plus rien à offrir aux chiens.

Personne ne la vit. Lorsqu'elle perçut la sirène du seul camion de pompiers en état de marche, elle était dans sa chambre, à sa fenêtre, et elle contemplait la fumée qui s'élevait au-dessus du champ de Kramer.


Karen accrocha le torchon au porte-serviettes. La cuisine était propre ; elle n'avait vraiment eu besoin que d'un rapide coup de torchon. Le salon était rangé. Karen n'avait rien à lire, et il n'y avait rien à la télé. Elle mit la radio, régla le volume au minimum et un air de Harry Connick emplit la cuisine. Karen ne savait pas quoi faire.

Elle erra dans le salon, ramassa un verre qu'elle n'avait pas vu, retourna dans la cuisine, le rangea sur le comptoir, puis ouvrit le réfrigérateur. Rien ne la tentait. Les commissions dans lesquelles elle siégeait, les organisations auxquelles elle appartenait s'étaient dispersées pour l'été et avaient laissé un vide dans sa vie. Il y avait bien une bouteille de vin dans le placard, mais elle n'avait pas envie de boire.

Elle dormait mal depuis quelque temps et elle mettait ses insomnies sur le compte de la chaleur, sur les cafés trop nombreux qu'elle buvait tous les jours, sur le travail à la banque. Les chiffres qui s'alignaient en rangées ordonnées ajoutaient quelque chose qu'elle ne pouvait voir, ni toucher ni sentir, et dans les cas comme ceux des Franklin et des Campbell, elle était impuissante. De sorte que, la nuit, elle errait dans sa maison et cherchait vainement à s'occuper.

Lorsqu'elle était rentrée chez elle cet après-midi-là, elle avait enfilé son plus vieux jean car elle avait besoin de sa douceur familière pour effacer la dureté de sa journée. Une mauvaise journée. Elle avait déboutonné son chemisier, l'avait laissé pendre par-dessus son pantalon et avait retroussé ses manches. En déambulant dans la maison, elle sentait le coton de son jean, la façon dont le tissu soyeux de son chemisier blanc battait contre sa taille, l'effleurant parfois, toujours présent, dansant avec son corps. La chaleur accentuait ses sensations.

Elle alla à la porte et éteignit la lumière dans la cuisine. La nuit semblait plus fraîche. Elle sentit la sueur perler dans son dos, son chemisier se coller un instant à sa peau. Elle alla à la fenêtre ouverte et scruta la pénombre de son arrière-cour.

Il n'y avait pas grand-chose à voir, bien que la lune, bientôt pleine, éclairât les arbres et la pelouse. Les colonnettes blanches de son belvédère — quelle idée stupide ! — luisaient joliment. Ces temps-ci, Goodlands était plus beau la nuit. Par moments, le chant des criquets étouffait la musique.

Elle se pencha à la fenêtre et une brise, aussi soudaine qu'inattendue, la fouetta par-derrière. Le vent se glissa sous son chemisier, remonta le long de son dos, rafraîchit la sueur qui trempait sa peau et la fit frissonner de plaisir. Ses cheveux se dressèrent sur sa tête. Sa peau, si sensible depuis quelque temps, parut se gonfler à la rencontre du vent ; elle aspira une profonde bouffée et soupira, les yeux clos. Si seulement c'était toujours ainsi : une brise fraîche et la cuisine plongée dans le noir.

Karen rouvrit les yeux. Elle perçut soudain une forte odeur. La fumée... le feu. De la fenêtre de sa cuisine, elle ne voyait rien ; elle tendit le cou et regarda de chaque côté. Elle ne voyait toujours rien, mais elle pouvait le sentir, le vent charriait les odeurs.

Pendant une sécheresse, un incendie pouvait être dévastateur. Il y en avait eu beaucoup, ces derniers temps. Sticky, ce pauvre bougre des Badlands, était mort il n'y avait pas si longtemps. Tout était si sec !

Karen alla dans le salon et, même avant d'ouvrir la porte d'entrée, elle sentit l'odeur qui pénétrait par la fenêtre. Elle éteignit la lampe de la cour et vit la fumée à travers la porte-moustiquaire. On aurait dit des nuages d'orage défilant dans le ciel. Le feu venait de loin, la brise rabattait la fumée vers la maison.

Karen courut téléphoner aux pompiers.

— Karen Grange, de Parson's Road, à l'appareil. Je vois et je sens de la fumée. Elle vient peut-être de l'autre côté du bourg. On vous a déjà prévenus ?

— Oui, on est au courant. (C'était Jack Greeson, le frère de Teddy Greeson, qui avait contracté un emprunt important.) Je crois que c'est un feu de mauvaises herbes. Je ne suis pas allé voir moi-même. C'est du côté de la ferme de Kramer. Ah, c'est vrai, c'est plus sa ferme maintenant, hein ? Dommage que ça ne soit pas arrivé l'année dernière. Ed aurait pu faire jouer l'assurance.

Karen s'éclaircit la gorge.

— Je suis contente qu'on vous ait déjà prévenus.

— Vous devez être la vingtième personne. On s'en occupe. Faut pas jouer avec les allumettes par un temps pareil, hein ?

Il raccrocha. Karen sortit sur le porche pour contempler la fumée qui dessinait des volutes dans le ciel. Cela ressemblait vraiment à des nuages d'orage, mais Karen ne pensait pas qu'il allait pleuvoir.

Une demi-heure plus tard, Karen était encore sur le porche quand elle aperçut un homme qui remontait Parson's Road et se dirigeait vers sa maison. Il ne la regardait pas. Elle vit les cendres de sa cigarette rougeoyer quand il porta la main à sa figure. Il s'arrêta, se pencha et écrasa son mégot sur le talon de sa botte. Pour faire bonne mesure, il le pinça entre son pouce et son index, et le jeta.

Elle crut d'abord qu'il allait chez Clancy, à un peu plus d'un kilomètre en suivant la route, jusqu'à ce qu'il se dirige vers son allée.

Lorsqu'il fut parvenu à mi-chemin, elle lui lança :

— Je peux vous aider ?

L'homme s'arrêta et la regarda pour la première fois.

— Peut-être, fit-il, reprenant sa marche.

— Où allez-vous ?

Il s'arrêta de nouveau.

— Je cherche Karen Grange.

Il portait un lourd sac à dos, un court ciré et une casquette de base-ball. Sous la casquette, ses longs cheveux flottaient.

— Que lui voulez-vous ? demanda Karen, surprise.

Il était onze heures du soir. Elle fouilla dans sa mémoire, cherchant à mettre un nom sur son visage. Elle ne trouva pas. Même sa voix ne lui disait rien. Elle imagina un tas de possibilités.

L'homme sourit, ses dents blanches luisant dans le noir. Il toucha le rebord de sa casquette et fit un signe de tête.

— Vous êtes Karen Grange ?

Comme elle n'arrivait à penser à rien d'autre, elle acquiesça, d'un mouvement si furtif qu'il aurait pu ne pas le remarquer.

— Je suis le faiseur de pluie, dit-il simplement en se remettant en marche.

Karen recula vers sa porte quand il gravit l'escalier.

— Je suis crevé, dit-il. (En soupirant, il se délesta de son sac à dos sur le porche.) Il est lourd, expliqua-t-il.

— Je vous demande pardon ?

— Je suis Tom Keatley, dit-il en tendant la main. Le faiseur de pluie. (Elle refusa la main tendue. Il laissa retomber la sienne.) Je suis un peu sale, c'est la route.

— Le faiseur de pluie ?

— Oui, m'dame.

Et il hocha de nouveau poliment la tête.

— J'ignore de quoi vous parlez, dit-elle d'un ton sec.

Une légère brise rafraîchissante apportait des relents de fumée et une autre odeur. L'odeur d'une chose fraîche et agréable.

— Vous m'avez écrit, expliqua-t-il.

Karen était adossée à la porte-moustiquaire, un bras derrière elle, le poing crispé sur la poignée. L'homme n'était pas à plus d'un mètre. Elle tendit un bras pour l'empêcher d'avancer.

Le faiseur de pluie. L'homme avait l'air d'avoir marché des kilomètres. Des cernes noirs, un œil plus marqué que l'autre. Elle s'aperçut que c'était un bleu... un œil au beurre noir. Il était sale et couvert de poussière. Il devait transpirer, vu les vêtements qu'il portait par cette chaleur.

— Je vous ai écrit ? commença-t-elle, puis elle s'arrêta.

Elle écarquilla les yeux, plaqua sur sa bouche la main qui le retenait et rougit, mais il ne pouvait s'en apercevoir dans le noir.

— Ah, vous vous souvenez ?

Juste après que cet affreux Mr. Blane, de la CFC, était venu « discuter » de projets d'affaires pour l'agence. Cet affreux Mr. Blane, si plein de suffisance. Quel jour horrible !

— C'était il y a un an, dit-elle. Je... je ne pensais pas... je n'ai même pas imaginé que vous aviez reçu cette lettre. En tout cas, je ne m'attendais pas à ce que vous arriviez, juste comme ça. Je pensais que vous alliez me contacter...

Il leva les yeux vers le ciel puis les reporta sur elle.

— La sécheresse sévit toujours ? demanda-t-il, sarcastique.

— Ecoutez, je ne savais pas ce que je faisais, répondit-elle. J'étais... j'avais pris une drogue légère cette nuit-là, ajouta-t-elle avec une pointe d'ironie. Je ne sais pas pourquoi je vous ai écrit cette lettre. Je suis désolée.

— Quelle drogue ?

— Du café.

Elle sourit malgré elle. Elle s'était couchée tard, la banque lui causait des soucis, dix saisies l'attendaient, elle avait fait des projets irréalistes. Elle s'était aussi inquiétée de son avenir, de son échec éventuel, d'une nouvelle « promotion », peut-être en ville cette fois. Après avoir été si loin, après avoir trouvé une sorte d'équilibre, une région qui l'avait adoptée et qu'elle avait adoptée. Elle avait bu trop de café, il était trois heures du matin, elle ne pouvait pas dormir. Il n'y avait rien à la télé, hormis, sur Canal Météo, un programme câblé. Et voilà qu'il était venu.

— Vous préférez assister au dépérissement de votre village, remarqua-t-il.

Ils gardèrent le silence un instant. Elle était sur son porche avec un parfait inconnu. Et personne ne savait qu'il était là.

— Il faut que vous partiez, dit-elle d'une voix calme mais ferme.

Il dressa un sourcil.

— Je viens juste d'arriver, dit-il. (Il avait l'air irrité, comme s'il était temps de passer aux choses sérieuses.) Ecoutez, ça fait près de douze heures que je marche. Je suis sale, je suis couvert de poussière, et je suis crevé. Je crois vous l'avoir déjà dit. J'ai besoin d'un endroit où me laver et d'un endroit où m'écrouler... dans cet ordre. Je ne suis pas difficile. Je peux dormir sur un divan ou par terre, ça m'est égal...

— Vous ne pouvez pas rester, affirma-t-elle, inquiète.

— Mais vous m'avez invité...

Sa voix monta d'un cran.

— Je pensais que vous alliez écrire, ou téléphoner, je

ne sais pas ! Je ne m'attendais pas à ce que vous débarquiez ici de Winslow, du Kansas, sans même un coup de fil !

— Parfait, je vois que vous vous souvenez des détails. Sinon, j'ai encore votre lettre.

Il se pencha vers elle. Ils respirèrent bruyamment l'espace d'une seconde. Il était trop près. Karen se recroquevilla contre la porte-moustiquaire. Elle calcula ses chances de l'ouvrir d'un coup et de courir à l'intérieur. Réussirait-elle à atteindre le téléphone avant que... que quoi ? Qu'il l'empoigne ? Elle imagina les gros titres :

*Une jeune femme assassinée dans la campagne du Dakota du Nord... Les restes d'une directrice de banque éparpillés dans sa cour... La banquière sans cœur meurt de culpabilité.* Et les détails : *Le maire Ed Booker déclare : Le suicide le plus bizarre que j'aie jamais vu... Je ne sais pas comment elle a fait pour se mutiler comme ça.* Et encore, cette explication d'une émission de télé spécialisée dans les faits divers : *Karen Grange, directrice d'une agence rurale de la CFC, ne se doutait pas dans quelle galère elle mettait les pieds en accueillant un séduisant étranger la nuit du grand incendie. C'est l'histoire du vagabond... et de l'homme de paille.* (Gros plan d'une blonde.) *Angela Coltrain... Bonsoir. Bienvenue à Goodlands.*

Il poussa un soupir inattendu et son visage s'adoucit.

— Ecoutez, ma petite dame, je suis fatigué. Je suis sale. Je ne vous veux pas de mal, je n'ai même pas la force de vous toucher ! J'ai seulement besoin de m'écrouler quelque part. Je camperai dehors.

Il ramassa son sac et le jeta sur son épaule d'un geste las.

Cela finissait donc bien. Ils détournèrent tous deux les yeux. Il jeta un coup d'œil par-dessus son épaule, vers la fumée.

— Qu'est-ce qui brûle ?

— La ferme de Kramer, s'entendit-elle lui répondre. Les pompiers sont là-bas. Vous avez dû passer devant.

Il acquiesça.

— J'ai pas vu grand-chose, dit-il sur le ton de la

conversation. C'était à l'écart de la route. Y avait plein de gens qui se dirigeaient par là. (Ils regardèrent en silence la fumée flotter à l'horizon.) Avec ce temps, ajouta-t-il, les incendies sont mauvais. Encore heureux que le vent ne souffle pas trop fort. Ça pourrait s'étendre.

Elle acquiesça.

— Et votre truc, c'est de faire pleuvoir ? finit-elle par demander.

Il sourit de toutes ses dents, petites et blanches.

— Y a de la sécheresse, dit-il. (L'euphémisme arracha un sourire à Karen.) Et je suis faiseur de pluie.

— Comment puis-je en être sûre ?

Il remonta le sac sur son épaule, sourit et ouvrit les bras dans un geste de déférence.

— Eh bien, il faudra me faire confiance, dit-il, rajustant de nouveau son sac sur l'épaule. (Le sac était lourd, encore trempé.) On pourra parler de la sécheresse demain matin. Vous verrez peut-être les choses différemment.

Il descendit les marches et s'engagea dans l'allée qui menait vers l'arrière de la maison.

— Peut-être, concéda-t-elle.

Elle le regarda partir, incapable de le retenir. Apparemment, le sujet était clos. Il avait l'air fatigué, cela se voyait à sa démarche, à tout son être.

— Il y a un belvédère derrière, s'entendit-elle lui dire. Il n'y a pas de porte-moustiquaire, vous risquez d'être piqué. Remarquez, il n'y a pas beaucoup de moustiques, cette année.

— Un belvédère ?

Elle rougit. Ce n'était pas le genre de Goodlands. « Ça fait chic », comme avait dit George Kleinsel. Elle acquiesça d'un signe de tête. Il se retourna et reprit sa marche.

— Il y a aussi une pompe, lança-t-elle. L'eau est froide.

Cette fois, il ne s'arrêta pas. Elle le regarda disparaître derrière la maison.

Sa main était trempée de sueur et douloureuse d'être

restée crispée sur la poignée de la porte. Son cœur battait la chamade. Elle se demanda ce qu'elle était en train de faire. Elle rentra, verrouilla la moustiquaire et ferma à double tour, le verrou de la poignée et celui du pêne dormant. Celui-là, c'était la première fois qu'elle le fermait.

Elle fonça ensuite dans la cuisine, passa devant le téléphone, résista à l'envie d'appeler la police.

Dans la cuisine, elle ferma la porte de derrière, encore avec les deux verrous. Elle tira les demi-rideaux de la porte. Il allait faire près de trente-sept degrés dans la maison, mais elle décida de fermer aussi les fenêtres. Elle se pencha au-dessus du comptoir pour fermer celle de la cuisine. A travers la moustiquaire, elle entendit le chant des criquets. La fumée était toujours là, mais moins épaisse, et elle dégageait une agréable odeur de bois. La radio marchait toujours en sourdine, répandant une musique d'ambiance. On entendait les bruits de l'été. Parfois, quand le vent venait de la bonne direction, elle entendait la musique de chez Clancy. Ce soir, le vent soufflait de l'autre côté, heureusement.

Le visiteur avait fait le tour de la maison. De loin, éclairé par la lune, elle le distinguait mieux. Elle l'observa. Il était dans l'arrière-cour et, s'il regardait en direction de la maison, il ne la verrait pas dans sa cuisine obscure.

Elle le regarda traverser la cour et s'arrêter. Elle retint son souffle. La nuit était immobile, l'homme aussi. Essayait-il de l'écouter ? Il avait l'air de scruter la nuit. Elle mit une minute à comprendre qu'il regardait en direction du belvédère, comme s'il voyait quelque chose qui n'y était pas. A cause de la distance et de l'obscurité, elle ne pouvait discerner les rides qui se formaient lentement sur son front.

Il oscilla d'avant en arrière, comme s'il hésitait sur la marche à suivre. Finalement, il parcourut la distance qui le séparait du petit bâtiment et y pénétra, sans toucher les colonnettes. Sans hésiter, il déchargea sur le seuil son sac qui tomba juste à la limite de la dalle en ciment.

Il aperçut la pompe, que Karen considérait comme un ornement vieillot mais joli, et l'actionna plusieurs fois pour l'amorcer. On ne l'utilisait pas depuis des années, et le levier émit un grincement rouillé. Le bruit, inquiétant, fit sursauter Karen qui recula machinalement.

Il se débarrassa de son ciré, tira par-dessus sa tête sa chemise boutonnée et son T-shirt d'un même geste, et les laissa tomber. Sa peau luisait dans la lueur de la lune qui le faisait paraître très blanc. Il tournait le dos à Karen.

Il avait de larges épaules, ses cheveux longs retombaient en douces vagues noires. Il fit encore gémir la pompe, et l'eau jaillit en flots soudains, puis s'arrêta.

Il pompa encore et Karen observa les muscles de son dos tandis qu'il se penchait sous le jet et laissait l'eau l'asperger tout entier, cheveux, épaules, dos, reins, trempé jusqu'à son jean.

Karen se recula, les joues en feu. Elle referma la fenêtre le plus doucement qu'elle put, espérant que le bruit de l'eau couvrirait celui du panneau raclant le chambranle. L'espace d'une seconde, elle crut, affolée, le voir se tourner vers elle. Elle n'eut pas le temps d'en être sûre, abaissant la clenche de la fenêtre.

Elle quitta la cuisine sans se retourner et traversa la maison pour s'assurer que les portes et les fenêtres étaient bien fermées. Au cas où.

Elle tira les rideaux de sa chambre et descendit aussi le store.

Elle songea à fermer sa porte à clef, mais il ne fallait pas céder à la paranoïa. La maison était barricadée comme Fort Knox. C'est exactement ce qu'il me faut, remarqua-t-elle. Après tout, c'était un étranger, et elle était en pleine campagne, loin du bourg. C'était du bon sens, rien de plus.

Elle se déshabilla prestement, comme s'il pouvait la voir à travers les murs, se glissa dans le lit et se couvrit d'un simple drap. Elle resta étendue sur le dos, les cheveux étalés sur l'oreiller afin de dégager son cou brûlant. Il faisait chaud dans la chambre. Elle avait chaud dans son pyjama, elle était agitée. Il faisait sans doute trente degrés dehors. Ce qui, calcula-t-elle, donnerait quarante degrés à l'intérieur des murs, surtout dans la maison verrouillée comme un couvent.

Elle éteignit sa lampe de chevet et ferma les yeux, mais les rouvrit en sursaut une seconde plus tard. Elle rejeta le drap d'un coup de pied, retourna son oreiller pour trouver un peu de fraîcheur. Elle s'agita, roula d'un côté, de l'autre... finalement, elle alla ouvrir les rideaux de sa fenêtre et lever le store. La lune entra et inonda la pièce d'une lumière blafarde. Elle n'était pas encore pleine, mais le ciel était clair et rempli d'étoiles.

Sans raison, elle repensa à Loreena Campbell fredonnant le jingle de Commercial Farm Credit dans son bureau. Cela aurait pu être drôle, mais ç'avait été une scène d'une noirceur horrible. Karen se demanda si les Campbell dormaient. Elle en douta.

Elle retourna se coucher, sur le drap. Elle pensa à l'homme dans la cour. Dormait-il déjà ? L'image de Jessie Franklin enceinte flotta devant ses yeux, chassée par le visage de Bruce Campbell crachant sur la moquette. Elle pensa aux trois fermiers à qui elle devait téléphoner le lendemain pour leur rappeler de payer. A ses parents. A la façon dont on la regardait depuis quelque temps, aux yeux vitreux, aux fronts plissés, perpétuellement soucieux ; à la façon dont le silence se faisait quand elle entrait dans le café. A l'étranger dans la cour.

Un faiseur de pluie. C'était un faiseur de pluie. Elle se souvint du passage à la météo. A l'époque, l'idée lui avait semblé bonne. Il avait fait pleuvoir dans une région qui n'avait pas eu de pluie depuis dix-neuf mois. Goodlands pulvériserait le record. *Il avait fait pleuvoir*, avait affirmé la météo.

Un faiseur de pluie. Etait-ce possible ?

Elle ferma les yeux mais ne s'endormit pas.


Goodlands est une ville qui se couche tôt. La majorité des fermiers se couchent tôt. Le travail est un dur labeur qui commence à l'aube et s'arrête rarement plus d'une heure pour le déjeuner, souvent pris dans les champs, s'interrompt une heure ou deux pour le dîner à la ferme et reprend jusqu'au soir. Les paysans se couchent avec le soleil, s'endorment même parfois avant, sur le canapé, en attendant la rubrique agricole au journal télévisé du soir.

Ces derniers temps, néanmoins, Goodlands souffrait d'insomnie, et Karen Grange n'était pas la seule à avoir du mal à s'endormir. Partout en ville, les lumières allumées ou non, les gens étaient éveillés.

Ed Clancy était éveillé.

Il y avait pas moins de douze Ed à Goodlands. C'étaient tous des Edward, sauf Clancy, qui s'appelait Edwin. Il possédait et faisait tourner le Clancy, le seul bar de nuit dont Goodlands pouvait s'enorgueillir. En fait, c'était juste un vieux pub. Ed dirigeait le Clancy depuis vingt-deux ans et espérait prendre bientôt sa retraite ; et son vœu ne semblait pas impossible. Le bar restait ouvert uniquement pour ceux qui souhaitaient après les corvées boire quelques bières et oublier leurs ennuis pour un temps. Lorsqu'il encaissait leur argent, il ne pouvait s'empêcher de se sentir coupable parce qu'il gagnait son pain sur leur malheur, mais il avait un commerce à faire vivre, lui aussi, et il souffrait comme eux de la soudaine trahison de la terre. Il pensait fermer boutique dans un an, vendre à un des imbéciles de la ville qui passaient par là et disaient à leur femme : « Tu ne crois pas que ça serait marrant de s'occuper d'un joli petit pub comme ça ? Provisoirement, bien sûr. » Ed était toujours d'accord avec eux. Qu'ils achètent et qu'ils se ruinent ! Il avait un commerce à faire vivre, lui aussi. C'était pour cela qu'il restait éveillé la nuit, à se demander combien il obtiendrait de son pub.

Les meilleurs amis d'Ed étaient Walter Sommerset et sa femme, Betty. De braves gens, sérieux. Ils travaillaient ensemble à la ferme ; Betty était là depuis le début, et Walter était fier de la présenter comme une femme d'affaires douée. C'était elle qui avait eu l'idée de mettre tout sur ordinateur dès qu'un logiciel agricole avait vu le jour, avec lequel on pouvait noter chaque centime, chaque graine, chaque bête, et chaque goutte de pluie. Ils avaient englouti près de quatre mille dollars dans l'ordinateur et ils avaient fini de le payer deux ans plus tôt. Juste au moment où la sécheresse les avait rattrapés et ne les avait plus lâchés.

Cette nuit-là, terrés dans leur bureau mansardé, ils épluchaient leurs livres de comptes pour la énième fois, essayant de trouver assez d'argent pour rembourser leur emprunt. A condition de ne pas payer les frais d'université de leur fils pour le deuxième trimestre, ils tiendraient jusqu'en novembre. Mais c'était un sale coup, de dire à leur fils d'arrêter ses études.

Bruce Campbell pensait lui aussi aux sales coups. Encore attablé dans la cuisine de la maison qui ne leur appartenait même plus légalement, il buvait avec son frère. Ils avaient vidé les réserves de bière que Bruce conservait pour les journaliers et avaient entamé le whisky que Jimmy tenait du Noël précédent. La table était jonchée de bouteilles de bière, de papiers, de journaux, et de mouchoirs en papier encore trempés des larmes de Loreena. Presque toutes les heures, Loreena entrait dans la cuisine, pleurait un coup et demandait à Bruce ce qu'il comptait faire. « Pas question que j'aille chez Mémé ! » insistait-elle, et elle lui rappelait qu'elle ne s'entendait pas avec sa mère. Les enfants évitaient la cuisine. Ils n'avaient jamais vu Papa vaciller à ce point, la voix pâteuse, et Maman se conduisait comme une folle. Elle était en haut, elle fouillait dans les placards et les cartons, descendait de temps en temps quelque objet qu'elle montrait d'abord aux enfants. « Est-ce qu'on a besoin de ça ? Est-ce qu'on peut le mettre aux enchères ? » Avant qu'ils aient le temps de répondre, elle l'emportait dans la cuisine et posait les mêmes questions à leur père et à Oncle Jimmy. Elle s'arrêtait de temps en temps pour se moucher et s'essuyer les yeux. Les enfants n'avaient même pas eu de vrai dîner, ils s'étaient servis eux-mêmes dans le frigo. Ils s'étaient couchés tout seuls.

Charlene Waggles — Chimmy pour les amis — et son mari, propriétaire de l'épicerie-mercerie-quincaillerie, se couchaient toujours tard, mais comme toutes les nuits, c'était Chimmy qui épluchait les comptes. Son mari regardait la télévision sans un mot pendant qu'elle lui distillait des commentaires sur qui possédait quoi, qui allait réclamer son dû, qui il fallait payer et quels fournisseurs pouvaient attendre. Ces derniers temps, elle prenait un malin plaisir à remplir le registre de rouge. Encore un centime que la banque n'aurait pas.

Butch Simpson, qui allait avoir douze ans en juillet et voulait une bicyclette neuve, restait éveillé dans sa chambre et écoutait ses parents se disputer à propos d'argent, car leurs cris lui parvenaient par le conduit de la cheminée.

Ce n'était pas la première fois que Goodlands restait éveillé, soucieux et rêveur. Comme le reste du pays, la ville avait traversé deux guerres et la Crise de 1929. Elle avait vu ses registres de contribuables fondre avec l'émigration de ses habitants vers les villes, alors que ses enfants grandissaient et que les temps changeaient. Les villageois avaient tenu bon devant les averses de grêle, l'érosion des sols, l'augmentation et la chute des prix agricoles, et l'arrivée des mégafermes. Ils avaient tenu bon devant les épreuves, sans doute parce qu'ils considéraient que les épreuves leur étaient envoyées par Dieu. Dans certaines familles, la foi sortait renforcée par les crises, et devenait inébranlable dans les désastres les plus profanes.

Or il y avait eu bien des crises de nature profane à Goodlands. La sorte de crise qui ne dévastait pas une récolte, ne détruisait pas une grange, mais ébranlait les fibres morales invisibles qui liaient entre eux les individus d'une même communauté.

Quelque quatorze ans plus tôt, on avait murmuré que Paul Kelly avait lentement et méthodiquement assassiné sa femme Denise, de dix ans son aînée, avec un poison. Rien n'avait été prouvé. Mais Paul Kelly s'absentait souvent et à chaque fois qu'il revenait, après plusieurs semaines, la santé de sa femme déclinait. Elle récupérait quelque peu après son départ, mais retombait malade à son retour. Finalement, elle dépérit et mourut. Il vendit la ferme et partit pour une destination inconnue. La rumeur était devenue un fait communément accepté. Vrai ou faux, cela faisait désormais partie de l'histoire de Goodlands.

On prétendait que Don Kramer, dont le père, Ed, avait été victime de l'incendie, se livrait à des attouchements sur les enfants. Don était marié, mais n'avait pas d'enfants et, pendant des années, il avait été le responsable du club des Louveteaux, un club d'hiver pour jeunes garçons, qui comptait parmi ses activités un week-end de camping sur les terres de Kramer. Don faisait la cuisine lui-même et dormait sous la tente avec les garçons, alors que son propre lit, autrement plus confortable, n'était qu'à dix mètres de là. Des parents s'étaient étonnés de son intérêt singulier pour les jeunes, âgés de onze à treize ans, et certains avaient retiré leurs enfants du club lorsque les rumeurs avaient commencé à courir. Aucun enfant du club n'avait jamais accusé Kramer de vilenies, mais cela n'avait pas empêché qu'une bagarre éclate une semaine avant le camping annuel ; plusieurs pères avinés s'en prirent à Don et le tabassèrent avec tant de rage qu'il dut être hospitalisé. Cette année-là, le camping fut annulé et Don Kramer cessa d'être responsable du club des Louveteaux. Il abandonna la ferme familiale, et sa femme et lui finirent par quitter définitivement Goodlands.

Larry Watson avait commis l'adultère avec la femme du docteur. Il n'y eut pas de commérages car un médecin pèse encore un certain poids dans les campagnes.

Cependant, il y avait eu des rumeurs persistantes sur les Griffen, une famille de médecins dont Grace Griffen Kushner était une parente éloignée. A la fin du siècle dernier, les Griffen vivaient dans une aisance respectable. Quatre de leurs fils pratiquaient la médecine, mais William Griffen fut le seul à exercer à Goodlands.

Grace connaissait les rumeurs sur les Griffen mâles, dont chacun était accusé d'une tare quelconque. Pour

Matthew, l'aîné, c'était la morphine ; pour William, le plus jeune, c'étaient les femmes.

On prétendait que William avait violé certaines de ses patientes. La rumeur affirmait aussi qu'il les épiait par les fenêtres et qu'il avait les mains baladeuses lorsqu'il les auscultait. La rumeur la plus odieuse faisait état d'avortements.

Le Dr Griffen n'avait jamais été arrêté ni ouvertement accusé de regarder par les fenêtres, de pratiquer des avortements, de violer ni de peloter ses patientes. Ce n'étaient que rumeurs et suppositions. Il s'était fait rosser par un mari et, une fois, le père d'une jeune fille l'avait chassé de chez lui. La fille ne s'était jamais mariée et avait plus ou moins perdu la boule. Mais on n'avait rien prouvé. Et il s'agissait d'un médecin ; il avait droit à une certaine intimité avec ses patientes, et si les femmes étaient trop sensibles ou mal informées, elles ne pouvaient s'en prendre qu'à elles-mêmes.

Une seule fois, la rumeur dérapa.

Elle s'appelait Molly O'Hare. C'était une Irlandaise qui avait émigré en Amérique pour rejoindre la ferme de son frère après le décès de leur mère. Trop âgée pour être considérée comme une jeune fille, elle avait près de vingt-cinq ans lorsqu'elle commença à raconter des choses. On la prenait pour une hystérique. Le prêtre de sa paroisse lui avait même cherché un mari convenable.

Lorsque l'épidémie de grippe frappa Goodlands, les O'Hare tombèrent malades comme tout le monde. Le Dr Griffen faisait ses tournées chez tous ceux qui étaient atteints, surtout ceux des quartiers pauvres. Après sa guérison, Molly se plaignit au curé que le Dr Griffen avait profité d'elle, et qu'il avait passé la limite raisonnable. Se méprenant, le père avait engagé une paroissienne pour expliquer à Molly les aspects particuliers de l'examen médical d'une femme.

Tout ce que disait Molly ne tombait pas aux oubliettes. Un voisin qui, la nuit tombée, venait rendre des outils à moudre à la ferme des O'Hare avait vu un homme collé à la fenêtre de la chambre à coucher du rez-de-chaussée, celle de Molly. Le voisin avait crié et l'homme s'était enfui avant qu'il puisse le reconnaître. Mais il affirma que l'homme portait une sacoche. Et en rentrant chez lui, il avait reconnu le cheval du médecin, attaché à un arbre entre les deux fermes, dissimulé à l'écart de la route.

Comme beaucoup d'épouses qui avaient été des patientes du docteur dans leur jeunesse commencèrent à consulter dans un autre village, les rumeurs s'accrurent. Certaines de ces femmes se mirent même à prendre Molly en pitié.

Un an environ après sa première plainte contre le Dr Griffen, Molly trouva un soupirant, un homme d'un village voisin, plus âgé qu'elle et qui ne s'était jamais marié ; il se mit à la raccompagner chez elle après la messe.

Lorsque Molly disparut, un mois ou deux après le début de leur cour, on jasa. Elle s'était volatilisée entre l'église et sa maison, distante de trois kilomètres. Voyant qu'elle ne reparaissait pas, on accusa son soupirant. Heureusement pour lui, il n'était pas à Goodlands le jour de sa disparition, mais au chevet de son père malade.

Ce furent les femmes des Griffen qui remarquèrent les premières que William avait un trou de deux heures dans son emploi du temps.

Les langues se délièrent. William Griffen perdit d'autres patients, devint alcoolique et mourut d'une chute à cinquante-huit ans.

On ne retrouva jamais Molly O'Hare.

Goodlands était habitué à son lot de mauvaises nouvelles, comme n'importe quel village du comté de Capawatsa. Sauf à une... la sécheresse. Pour la première fois de son histoire, Goodlands restait silencieux. Les gens ne parlaient pas de la sécheresse. Ils parlaient des factures, des enfants, de ce qu'ils feraient si les choses ne s'arrangeaient pas. Ils parlaient de la pluie ; ils parlaient de vendre, de partir, de rester. Ils tournaient autour du pot, mais ils ne parlaient pas directement de la sécheresse.

Dans leur cœur, ils croyaient qu'elle leur avait été envoyée par Dieu, et qu'ils étaient punis. Punis pour quoi, personne ne pouvait le dire.

Le jour se leva de bonne heure. Les premiers rayons se glissèrent entre le store et le chambranle de la fenêtre et frappèrent la chambre de Karen. La lumière dessina une balafre sur son visage. Elle ouvrit les yeux. Il faisait très chaud dans sa chambre. Elle avait rejeté les draps pendant la nuit, s'était débarrassée de son pyjama. Elle gisait nue, vêtue seulement de sa petite culotte. Elle coula un œil machinal vers le réveil : cinq heures du matin. Il n'avait pas sonné.

Elle descendit du lit, enfila son pyjama en trébuchant, ouvrit la porte de sa chambre et se figea. Quelque chose n'allait pas.

Elle se réveilla d'un coup. Elle entra à pas de loup dans le salon et se retourna pour jeter un coup d'œil dans la cuisine.

Une silhouette se découpait dans la lumière de la fenêtre... le faiseur de pluie.

Ils s'observèrent.

— Bonjour, dit-il doucement.

— Comment êtes-vous entré ? gronda-t-elle.

Il lui sourit.

— Vous buvez du café en vous levant ? demanda-t-il en brandissant la cafetière. Je viens juste d'en faire.

Et il remplit une tasse.

— Comment êtes-vous entré ? répéta Karen sans bouger.

— Par la porte de derrière.

— Elle était verrouillée.

Il haussa les épaules. Elle avança d'un pas pour vérifier l'état de la porte. Elle était à demi ouverte, intacte. Pas de signe d'effraction. Elle le regarda. Il buvait son café à petites gorgées.

— Je peux commencer aujourd'hui, proposa-t-il.

(Karen le fusilla du regard, puis scruta la porte.) Mais je veux la moitié d'abord, reprit-il. Le reste quand il pleuvra.

— La moitié ? répéta-t-elle, ahurie.

Elle avait pourtant verrouillé les portes à double tour.

— La moitié de cinq mille dollars. Ça devrait faire deux mille cinq cents dollars, non ?

— Pour quoi faire ?

— Pour faire pleuvoir.

Ils s'observèrent à distance respectable tandis que le soleil se levait sur ce qui promettait d'être une journée sèche, très sèche.

## 2

A l'approche de l'aube, Vida Whalley se débattit dans un affreux cauchemar. Elle n'arrivait pas à se réveiller, sa poitrine se soulevait et retombait à un rythme alarmant. Elle gisait sur les couvertures, les yeux clos, le visage tordu, le corps immobile, et seule sa poitrine semblait vivre, comme sous l'effet d'un air horriblement vicié. A ce moment, Tom Keatley se glissait adroitement dans la cuisine de Karen.

Une brise soufflait doucement par la fenêtre ouverte. Les rideaux, noirs de crasse et effilochés par l'âge, flottaient presque jusqu'au plafond et retombaient. C'en était trop pour la tringle : l'ensemble s'écroula avec un cliquetis bruyant. Vida ne l'entendit pas.

— Ferme-la ! lança son frère depuis la chambre voisine. J'essaye de dormir, pauvre dingue, marmonna-t-il.

Vida ne l'entendit pas davantage.

La sueur perlait sur sa poitrine et sur son front ; sa chemise de nuit collait à sa peau. Elle aspira : l'air emplit ses poumons, son corps trembla et se gonfla, mais cela ne la soulagea pas. Ses poumons brûlants réclamaient de l'air.

Sans se réveiller, elle ouvrit la bouche, aspira à grands coups, avide d'air, anxieuse d'éteindre le feu qui dévorait ses entrailles. Elle transpirait à grosses gouttes. La sueur ruisselait le long de son corps, trempait ses draps. Ses cheveux se dressaient sur sa tête. Une douleur atroce la ravageait, comme des coups de couteau répétés, des pointes de feu qui lui labouraient le ventre. Sa chair en était percée de part en part. La douleur semblait dotée d'une vie propre, déchirait, arrachait. Glacée de sueur, Vida ne pouvait pas respirer. Quelque chose lui comprimait la poitrine et forçait son chemin en elle, la faisant gémir.

— Tu vas la fermer ! hurla son frère.

On entendit un éclat de rire.

Finalement, elle ouvrit les yeux. La chose était partout, en elle, autour d'elle. Elle l'aspira, la recracha. Elle avait mal. Des larmes coulèrent le long de ses joues.

Une longue bouffée brûlante vida ses poumons douloureux. Ses yeux cherchèrent sans voir, ses paupières frémirent. Elle se débattit légèrement, vit la pièce soudain plongée dans l'obscurité, et un noir d'encre l'enveloppa à mesure que l'oxygène la fuyait. Elle roula des yeux et retomba, immobile.

Au moment où Karen découvrait le faiseur de pluie dans sa cuisine, Vida s'était réveillée. Mais elle n'était plus tout à fait elle-même. Vida n'était plus seule. Dans son corps, une chose lui tenait compagnie.



— Allez-vous-en ! cria Karen.

Tom porta la tasse à ses lèvres et but une gorgée.

— Prenez donc une tasse de café, conseilla-t-il, ça vous fera du bien.

— Sortez de chez moi !

Elle était toujours dans le salon et ne voulait pas s'approcher de la cuisine. Elle s'accrochait à son haut de pyjama, serrait le col contre sa gorge. Mais Tom ne partit pas ; il s'appuya tranquillement sur le comptoir. La maison sentait le café et le renfermé, d'être restée verrouillée toute la nuit.

— Comment êtes-vous entré ? demanda Karen.

Il y eut un bref silence, au cours duquel il empoigna la cafetière, ouvrit le placard avec la même aisance que s'il était chez lui et sortit une autre tasse. Il la remplit de café brûlant et l'apporta à Karen.

— Buvez un peu de café. Ça fait du bien, insista-t-il, voyant qu'elle ne prenait pas la tasse qu'il lui tendait.

Il la posa avec précaution sur une petite table vernie, puis retourna dans la cuisine et but, lui-même, une petite gorgée.

Le cœur de Karen battait fort, elle était tendue, prête à s'enfuir. Le téléphone était sur sa gauche, mais trop loin pour l'atteindre. Elle hésita.

— Si on parlait affaires ? proposa-t-il.

— Vous ne manquez pas d'air !

Il gloussa, puis soupira.

— Détendez-vous, Miss Grange. Je suis désolé d'être entré chez vous sans y avoir été invité. (Il but une autre gorgée de café, claqua la langue de plaisir.) Faisons un marché, comme on dit. On peut faire pleuvoir et sauver votre village. C'est bien ce que vous voulez, non ? Bon Dieu, c'est vous qui m'avez demandé de venir. Eh bien, me voilà.

— Je vous interdis d'entrer chez moi sans y avoir été invité, dit-elle enfin.

— Je vais boire mon café dehors. Ça va, comme ça ? Habillez-vous et venez me rejoindre. On pourra parler de l'argent.

Il la gratifia de son sourire éclatant ; il avait vraiment l'air d'un homme bienveillant et séduisant. Un homme, tout simplement.

— Entendu, convint Karen, toujours aussi tendue.

— Parfait.

Il se dirigea vers la porte, poussa la moustiquaire et sortit sur le porche, tout en montrant la tasse sur la table.

— Votre café refroidit.

La moustiquaire se referma derrière lui. Karen resta un instant indécise. Puis, lentement, presque machinalement, elle alla décrocher le téléphone et appela le shérif de la ville de Weston, distante de quinze minutes en voiture. Pendant la sonnerie, elle prit sa tasse et nettoya la table avec la manche de son pyjama.

Tom buvait son café en la surveillant depuis le porche. Il savait qu'elle allait téléphoner. A son petit ami ou à la police, il n'était pas sûr, mais il savait qu'elle téléphonerait. Il la voyait de profil et il la regardait le regarder. Il sourit. Tôt ou tard, elle devrait choisir.

On répondit après deux sonneries. A l'autre bout du fil, Henry Barker grommela.

— Ici le shérif, j'écoute.

Karen ouvrit la bouche, mais rien n'en sortit.

— Ici le bureau du shérif, insista Henry Barker.

*On pourra faire pleuvoir et sauver votre petite ville... je suis le faiseur de pluie... tatati... tatata.*

Henry Barker se présenta une dernière fois avant de raccrocher. Karen garda un instant le combiné dans sa main, puis le reposa lentement sur son support.

Dehors, Tom souriait. Il leva les yeux vers le ciel. Hormis la sécheresse, c'était une belle journée.

Karen disposa ses vêtements avec soin. Elle avait rendez-vous avec deux hommes de la direction générale, c'était déjà pénible, mais un autre rendez-vous l'attendait. Elle s'y prépara. Elle choisit son plus bel ensemble, une jupe jaune vif et une veste qui lui avaient coûté sept cents dollars. Cela remontait à loin, à sa période sombre, comme elle l'appelait, mais le tailleur avait encore du style, il était en excellent état et il flattait sa silhouette. La jupe tombait juste au-dessus du genou et elle portait un collant, comme toujours, même par grande chaleur, parce qu'elle était banquière et qu'on attendait d'elle une tenue impeccable. L'étiquette de la CFC ne disait rien sur les jupes, mais il y avait des règles bien définies : la première et la plus importante était la maîtrise. Un banquier se devait de détenir tous les atouts. Elle ferait comprendre à Tom Keatley qui était le patron. En fait, il n'était pas différent des clients qu'elle voyait à la banque.

Certaines informations clés devaient être vérifiées avant de passer à l'étape suivante : « Quel est votre capital ? » Mr Keatley faisait pleuvoir.

« Etes-vous propriétaire ou locataire ? » A en juger par ce qu'elle voyait, Mr Keatley n'avait pas de domicile fixe. « Employeurs, curriculum vitae, références. » Elle pourrait toujours vérifier auprès des habitants de Winslow, au Kansas.

Il y avait d'autres questions, par exemple les dettes... A le voir, il n'avait pas l'air d'un créancier. Elle supposa que dans ce cas particulier, Mr Keatley ouvrirait un compte dans sa banque... « Et quand exactement pouvez-vous faire pleuvoir ? » Elle se demanda pourquoi Mr Keatley n'aimait pas les questions.

Une fois habillée, elle redressa les épaules et appliqua sur son visage son sourire de banquière : un sourire froid, sévère, entendu. La maîtrise.

C'est avec ce masque qu'elle sortit sur le porche, son professionnalisme ayant remplacé sa crainte du faiseur de pluie.

— Vous pouvez faire pleuvoir, dit-elle, et c'était davantage une constatation qu'une question.

— Oui, fit-il.

Il se retourna pour la dévisager. Ils formaient un contraste saisissant, elle en tailleur, resplendissante, lui en T-shirt et jean sales et froissés, chaussé de lourdes bottes.

— Comment ?

— Je peux faire pleuvoir pour cinq mille dollars, dit-il dans un sourire.

— Je ne les ai pas, dit-elle d'un ton cassant.

— Eh bien, débrouillez-vous pour les trouver.

L'absurdité de la réplique arracha un grognement à Karen, son vernis se craquela.

— Si qui que ce soit, vous par exemple, pouvait trouver cinq mille dollars juste comme ça, on ne serait pas en train de discuter.

— Oui, mais je ne souffre pas de la sécheresse.

Ah, c'était donc comme ça. Il jeta un coup d'œil au jardin par-dessus son épaule. Karen l'avait laissé à l'abandon. Il était jauni, envahi de mauvaises herbes, planté de buissons de lilas desséchés qui n'avaient pas fleuri. Derrière la maison, on apercevait le petit verger qui ne donnerait pas de pommes cette année. Au beau milieu du jardin se dressait son joli belvédère, avec sa peinture blanche vieille de six ans. Dans la lumière implacable du jour, le tout avait une touche gothique. On s'attendait à tout moment à voir arriver Heathcliff, tout droit débarqué de la lande, ou peut-être Scarlett, se jurant qu'elle ne serait plus jamais affamée.

— Il faudra que je voie, dit Karen, le front soucieux.

— Très bien.

Elle pivota brusquement sur ses talons hauts. Elle devait partir.

— Je serai à la banque toute la journée. Je ne peux pas vous interdire d'entrer chez moi, bien sûr ?

— J'ai un peu faim.

— Il y a de quoi dans le frigo, dit-elle, ajoutant entre ses dents : Ne volez rien.

Elle rentra chez elle par la porte de derrière, traversa la maison et alla chercher sa voiture sans prendre la peine de verrouiller la porte d'entrée. Au moins, cette fois, elle saurait le retrouver.

Elle monta dans sa voiture, démarra, sortit en marche arrière, effectua une manœuvre habile sur la route et partit en première. Elle aurait préféré ne pas avoir à penser au faiseur de pluie. C'était un jour important pour elle. Chase et Juba, de la maison mère, allaient venir et ils exigeraient de parcourir les livres de comptes. Karen craignait qu'on ne ferme l'agence, bien qu'on ne le lui ait pas dit. Les liquidités faisaient cruellement défaut et, sans la grande laiterie Hilton-Shane, le résultat financier de la banque serait égal à zéro. Elle n'en était pas loin.

L'agence de Goodlands de la Commercial Farm Credit connaissait des ennuis depuis la quatrième année de la sécheresse. Elle n'avait pas fait de bénéfice la troisième année. La direction aurait dû la fermer. En tant que directrice de l'agence, Karen était responsable du plan annuel qui donnait à la maison mère une idée des bénéfices à attendre de l'année suivante. Le plan annuel de Karen avait prédit un rétablissement, avec des bénéfices anticipés. Rien de spectaculaire, mais suffisamment pour que la direction accepte de laisser l'agence fonctionner encore un an. Malgré son slogan publicitaire, Commercial Farm Credit, comme toutes les banques américaines, s'intéressait davantage aux résultats financiers qu'aux familles et aux fermes. Karen avait truqué son plan annuel, même si elle pouvait prétendre avoir compté, comme tout le monde, sur la fin de la sécheresse. Après tout, l'*Almanach du Fermier* avait prédit de la pluie. Il avait plu partout ailleurs dans la région. Un parapluie invisible semblait planer au-dessus de Goodlands, et aucune explication scientifique ne justifiait ce phénomène. La météo avait prévu cinquante-cinq centimètres de précipitations. Pas une goutte n'était tombée. Pas de pluie, pas de récolte. Pas de récolte, pas de moisson. Pas de moisson, pas de remboursement des emprunts, des hypothèques, assèchement des comptes courants, retraits des économies, bénéfices à la poubelle.

Si on la mutait, elle perdrait sa place de directrice. On l'enverrait dans une petite agence citadine qui engrangeait des bénéfices stables et constants, où elle serait affectée aux emprunts ou à un poste aussi mineur, responsable, c'était le plus probable, des récupérateurs chargés de saisir les biens des petites vieilles pour défaut de paiement. Son mantra deviendrait : « Quel est votre capital ? » Or elle voulait rester à Goodlands.

Lorsque Juba et Chase entrèrent dans son bureau à neuf heures trente sonnantes, ses documents et ses chiffres étaient prêts. Elle était bichonnée, pomponnée, mais ne s'était pas parfumée. Les banquiers interprétaient toute odeur comme de la peur.


Vida mit ses plus beaux atours, une robe en léger coton imprimé, au motif floral tellement passé qu'il en était méconnaissable, mais propre, et pour finir une paire de tennis usées jusqu'à la corde, autrefois blanches, sans chaussettes. Elle s'assit sur le bord du lit et éprouva un sentiment de fierté inhabituel.

Comme elle avait l'impression que ses cheveux se dressaient encore sur sa tête, elle les tira, en faisant attention à l'électricité statique qui parcourait ses doigts dès qu'elle en touchait un, et tressa une épaisse queue de cheval qui retomba sur ses reins. Elle avait toujours eu de beaux cheveux, mais ils resplendissaient encore plus ce matinlà. Tout chez elle resplendissait, elle était bien plus pétillante que d'habitude. Le froufrou de sa robe sur ses jambes lui plut. Elle imagina avec plaisir la façon dont on la reluquerait, les regards vicieux des vieux porcs.

Tout le monde dormait dans la maison. Sur le canapé du salon, un homme ronflait bruyamment. La table basse, fêlée depuis deux ans, était jonchée de soucoupes débordantes de mégots, de bouteilles de bière — avec ou sans étiquettes — et d'autres de gnôle que son père fabriquait et vendait, toutes vides. Couché par terre, Butch, le chien de la famille, un rottweiler pantagruélique, rescapé de tant de bagarres que son père le gardait comme un trophée, ronflait et pétait, empestant comme une brasserie. Son vieux et ses frères s'amusaient à le saouler et à le regarder ensuite vomir. Elle ne connaissait pas l'homme qui dormait sur le canapé, et s'en fichait comme d'une guigne. Elle lui jeta à peine un regard.

Elle traversa la cuisine et sortit par la porte d'entrée. Elle n'avait pas de temps à perdre.

Elle évita les vomissures en bas des marches. Le soleil brillait fort, et elle entendit au loin le bruit d'une machine. Il n'y avait pas beaucoup d'oiseaux depuis que la sécheresse s'était installée. Vida s'en moquait. La sécheresse était une bonne chose. Elle l'avait souvent pensé et en était encore plus convaincue ce jour-là.

La sécheresse tuait Goodlands à petit feu. C'était parfait.

Vida déboucha devant chez elle dans l'allée des Bougainvilliers. Elle regarda à droite et à gauche comme si c'était la première fois qu'elle voyait l'allée. Elle la trouva différente, depuis les grands peupliers jusqu'à l'herbe sale et jaunie. Ce jour-là, l'allée luisait d'un éclat particulier.

Ses tennis fouettaient la poussière de l'allée en terre et la rabattaient sur l'ourlet de sa robe. Elle irait en ville. Il fallait qu'elle y aille. Parce qu'elle était folle. Elle avait à faire. Elle y alla d'un pas léger.

L'épicerie avait coupé les crédits à sa famille la semaine passée. Une vacherie !

Le soleil l'aveuglait. C'était sans doute pour cela qu'elle se sentait légèrement étourdie, comme hébétée. Pas comme si elle était malade, mais elle n'était pas la même que la veille. De drôles d'idées lui passaient par la tête ; elle les ignora et poursuivit sa route, espérant qu'un petit méfait de derrière les fagots lui rendrait son allant habituel. C'était souvent le cas. Elle n'avait pas encore décidé quel vilain tour elle allait jouer, peut-être seulement un vol de bonbons, ou ouvrir la porte de derrière et laisser entrer les chiens, ou débrancher le congélateur comme elle l'avait fait chez Rosie. Un petit tour de rien du tout, mais qui coûterait cher aux Waggles, espérait-elle. Ils ne vivaient que pour l'argent. Ils allaient être servis.

Lorsqu'elle arriva en ville, les rues grouillaient de monde. Elle n'avait pas prévu cela. Elle traversa la rue pour aller se réfugier sous le grand orme, en face de la poste ; elle craignait d'avoir raté une occasion et se dit qu'elle devrait peut-être revenir le soir.

La tête lui tournait toujours ; l'ombre de l'orme la calma et rafraîchit la sueur qui perlait sur chaque pouce de son corps. C'était bon de ne pas avoir le soleil dans l'œil. L'arbre était énorme, il avait au moins cent ans ; elle le savait parce que, sept ou huit ans auparavant, on avait proposé de le couper, ce qui avait déclenché une nuée de protestations. Les gens avaient parlé d'histoire, de patrimoine, et on l'avait finalement laissé... pour le voir se dessécher sur pied après quatre ans de sécheresse. Ensuite, on parla de plaque ou d'un objet commémoratif quelconque. Mais aucune plaque n'apparut. C'était un bon arbre vigoureux. Il se dressait juste en face de l'épicerie-quincaillerie, comme dirigé droit sur sa vitrine.

Il souffrait de la sécheresse comme tous les arbres de Goodlands. Vida l'imagina brûlant comme un cierge, mais il n'était pas question d'y mettre le feu. Après l'incendie de la veille, sans parler des autres, on commençait à jaser en ville. De toute façon, elle aurait dû revenir la nuit pour ça, or elle était déjà sur place.

Dommage qu'il ne s'écroule pas sur la boutique. Il faudrait qu'elle pense à quelque chose qui n'attire pas trop l'attention. Elle songea à se glisser derrière l'épicerie et à ouvrir la porte pour les chiens, mais l'arrière de la boutique donnait sur une rangée de maisons dont les jardins étaient sans doute encombrés de mômes surveillés par leurs mères. Au loin, elle entendit le cri aigu d'un mioche.

Dommage ! Quel arbre stupide ! Irritée, elle lui donna une tape.


John et Chimmy Waggles avaient acheté la boutique trois ans et demi plus tôt. Comme ils étaient de Minneapolis, on ne pouvait pas leur reprocher leur manque d'à-propos. Ils auraient peut-être dû se demander pourquoi les Hasten avaient été si pressés de vendre, mais comme ils étaient eux-mêmes pressés d'acheter, ils n'avaient rien remarqué. Ils avaient fait une si mauvaise affaire que Chimmy ne passait plus ses nuits à pleurer, elle avait désormais toujours l'air sur le point de craquer, et des poches permanentes sous les yeux. La dernière fois qu'elle avait pleuré, c'était lorsqu'elle avait congédié Tammy Kowzowski, après lui avoir promis de la garder en reprenant l'affaire. Elle n'avait plus eu de larmes par la suite. Elle avait cessé de soupirer quand un villageois venait acheter pour cent dollars de marchandises à crédit, elle se contentait de le noter pour de bon sur son ardoise. Les deux dernières années, elle avait cessé de s'inquiéter des factures en retard, de la banque et des grossistes qui réclamaient leurs arriérés. Sa rage contre les gros qui profitaient des petits lui avait valu la sympathie des habitants de Goodlands, qui l'avaient acceptée comme une des leurs. Lorsque l'argent rentrait après la moisson, les fermiers payaient leurs ardoises autant qu'ils le pouvaient. Lorsqu'elle parlait aux habitants, c'était toujours «nous contre eux», même si, techniquement, l'épicerie de Goodlands faisait partie des «autres».

De son côté, John n'arrivait pas à se ficher des factures en retard ni des menaces de fermeture. Trois ans de soucis avaient fini par avoir un impact négatif sur son caractère. N'ayant jamais été fort (il laissait Chimmy tout diriger), il se laissait aller depuis peu aux gémissements et aux plaintes chaque fois que l'humeur le prenait, et, certains soirs particulièrement sombres, pleurait comme un enfant. Sa grand-mère disait que tout le monde ressentait les mêmes choses, les bonnes comme les mauvaises, mais que chacun les exprimait à sa façon. Or Chimmy venait d'une famille où on disait tout haut ce qu'on pensait, où on jugeait préférable de ne pas garder ces choses-là pour soi.

Ce matin-là, Chimmy était descendue vers huit heures, épuisée, pour ouvrir la boutique. Ces deux dernières années, elle avait considérablement grossi et ses jambes s'en ressentaient. John n'en parlait jamais ; c'était leur accord secret : il buvait, elle mangeait. Néanmoins, elle en parlait elle-même chaque fois que l'occasion se présentait, juste pour qu'on ne s'imagine pas qu'elle n'avait rien remarqué. Elle appelait ses cuisses des «gros jambons» et son derrière «le seul fourgon de Goodlands encore en état de marche». Elle descendait avec précaution, parce que lorsque John n'était pas là, elle s'autorisait à sentir les douleurs qui suivaient partout ses pauvres vieilles jambes : des élancements dans les cuisses, mais c'étaient surtout les genoux qui souffraient. De grosses veines bleues sillonnaient ses jambes à cause des années passées debout à la bibliothèque, et travailler à l'épicerie n'avait rien arrangé. Certains matins, la douleur était telle qu'elle avançait pas à pas, en se tenant les jambes. Parfois, elle mettait dix minutes à descendre l'escalier.

C'était le milieu du mois, un grand jour. La banque allait téléphoner à propos du découvert et exigerait le remboursement. Cette bêcheuse, ce glaçon de Karen Grange appellerait elle-même. Mais Chimmy ne lui donnerait pas un centime avant qu'elle ne le réclame. Comme tous les mois à la même date, la banque téléphonait et Chimmy répondait grossièrement. Mais dix minutes pile avant la fermeture, elle arrivait avec l'argent. Elle n'avait jamais raté un remboursement, mais elle attendait toujours le coup de téléphone. Ils laissaient le minimum sur leur compte courant pour que la banque ne se serve pas directement ; ils gardaient le liquide à la boutique, dans un coffre. La banque pouvait toujours se brosser. Chimmy n'aimait pas penser au jour, pas si éloigné, où elle devrait en rabattre. L'argent que John et elle avaient apporté à Goodlands était presque épuisé. Les économies, la retraite, ils avaient presque tout mangé.

Elle se dandina jusqu'à la porte et la déverrouilla. Elle retourna la pancarte sur *Ouvert*. L'air était déjà chaud et lourd, et cela irait en empirant ; elle cala la porte avec la petite brique que les clients n'arrêtaient pas de déplacer, avec leurs grosses bottes. Comme les précédents propriétaires, Chimmy et John n'avaient pas réussi à installer la climatisation, trop chère. Il faisait parfois si chaud que les sucres d'orge fondaient dans leurs emballages et que les boules de gomme se collaient en paquets. Vers midi, même les mouches ralentissaient leur vol. Les fruits, surtout les bananes, ne duraient qu'un ou deux jours et terminaient dans la corbeille à prix réduits, bons uniquement pour les tartes et les milk-shakes. Avant, Chimmy ouvrait aussi la porte du fond, pour faire des courants d'air, mais elle avait eu des problèmes avec les chiens errants. La porte restait désormais fermée, sauf en cas d'urgence et quand la température dépassait les trente degrés. Cela n'arriverait pas avant juillet au moins.

A huit heures et demie, elle avait sorti les produits du

frigo, les avait disposés dans les corbeilles, avait compté sa monnaie et préparé la caisse enregistreuse ; la porte d'entrée était ouverte, il faisait encore frais. Elle s'assit derrière le comptoir et feuilleta les journaux de la veille en se massant machinalement les genoux.

Elle était plongée dans les mots croisés quand elle entendit les premiers craquements, suffisamment violents pour lui faire lever la tête. Par la vitrine, elle vit le sommet du gros arbre basculer vers elle. Il s'abattit avec un fracas monstrueux, les branches traversèrent les vitres, le verre vola en éclats, les pots de fleurs, les Tupperware et les vieux jouets jaunes furent projetés vers Chimmy. Elle eut à peine le temps de s'écrier : « Au nom du ciel, qu'est-ce que... ? » avant de tomber par terre la tête la première.

Ed Kushner et Gabe Tannac étaient vissés sur le banc, devant le café, quand l'arbre s'écrasa. Ils eurent à peine le temps de pousser un juron avant de se lever d'un bond. Dans le café, Grace, la femme d'Ed, leva les yeux à temps pour voir la vitrine de l'épicerie exploser.

— Appelez Franklin ! lança-t-elle à Larry Watson, le seul client présent à cette heure matinale.

Elle se rua dehors et heurta son mari de plein fouet. Leonard Franklin était le chef de la brigade des pompiers bénévoles. Grace, qui avait son certificat de secourisme, traversa la rue en courant, au cas où Chimmy serait encore en vie.

Des deux bouts de la rue, les gens affluèrent vers l'épicerie. Larry arriva avec une hache pour entrer par la porte de derrière juste au moment où Chimmy en sortait, égratignée, sanguinolente, mais plus estourbie que blessée, et un sourire éclatant aux lèvres.

— J'avais réglé l'assurance ! J'avais réglé l'assurance ! s'époumona-t-elle avant de zigzaguer et de s'évanouir au pied des marches.

Grace l'allongea du mieux qu'elle put sur la plate-forme de chargement et l'éventa avec son tablier.

— Va chercher le docteur... et tu ferais bien d'appeler aussi chez Gordon, dit-elle à Kushner en grognant. (Elle pensait à son propre congélateur qui avait rendu l'âme et que l'assurance ne lui avait pas remboursé.) Fais venir Ben Gordon, pas la petite larve qui bosse pour lui. Y en a peut-être qui vont gagner de l'argent aujourd'hui.

Devant la vitrine, une foule de badauds s'était rassemblée autour de l'arbre et on spéculait sur ce qui aurait pu se produire mais ne s'était pas produit. La nervosité avait gagné tout le monde. C'était un malheur de plus.

— Est-ce qu'on s'est engagés pour ceux-là ? voulut savoir Garry Chase.

Le bureau de Karen était submergé de papiers. Des dizaines de dossiers étaient étalés, ouverts, sur d'autres dossiers. Sur le tout reposait un grand tableau rempli de chiffres, qui énonçaient tous le même résultat.

Garry Chase s'était approprié le bureau de Karen, assis dans son fauteuil. Debout derrière lui, Richard Juba cochait les comptes que Chase répertoriait sur le tableau. Assise sur une chaise près du bureau, au cas où on aurait besoin d'elle, Karen était reléguée dans un rôle secondaire. Mais ils n'eurent pas besoin de ses services. Ils lui parlaient à peine. Le fait qu'ils soient avares de paroles signifiait qu'ils ne l'avaient pas encore virée. Son estomac grognait. Elle regretta d'avoir démarré sa journée avec un simple café.

— Hormis le compte Hilton-Shane, répondit Karen, on ne s'est engagés sur rien. Toutefois, je serais prudente avec les comptes particuliers, parce que, même en cas de redressement, les clients vont vivre à crédit. Je ne m'attends pas à des remboursements complets avant la moisson de l'année prochaine.

Elle aurait voulu pouvoir dire oui sur toute la ligne et qu'ils partent au plus vite. Elle aurait bien aimé lire dans leurs pensées. Son cœur se soulevait au rythme de leur respiration ; elle espérait qu'ils goberaient ses comptes truqués et, l'instant suivant, était persuadée qu'ils ne se laisseraient pas embobiner. Et elle se demandait quelle différence cela ferait.

Ils avaient laissé la porte du bureau ouverte et Karen sentait le regard de Jennifer dans son dos. Ils l'avaient laissée ouverte exprès, pour que la secrétaire voie sa patronne dans le pétrin. Parce que la porte était ouverte, ils entendirent un craquement lointain, juste avant le hurlement de Jennifer.

Les deux hommes levèrent seulement la tête, mais Karen sursauta. Jennifer avait couru vers la vitrine.

— C'est l'épicerie ! s'exclama-t-elle en la montrant du doigt.

Karen regarda et vit l'arbre écroulé sur la vitrine de la boutique.

— Il y a eu un accident, lança-t-elle à Chase et à Juba.

Elle sortit avec Jennifer.


Vida esquissa un sourire en voyant le remue-ménage. Elle souriait comme les chats, imperceptiblement. Elle plissa les yeux, les ferma à demi et contempla le ciel, lumineux, sans nuages, un ciel de sécheresse. Elle sentit le soleil lui caresser le visage, rejeta légèrement la tête en arrière pour profiter de sa chaleur. Les yeux fermés, elle tourna le visage vers le soleil, vers l'est. Un petit gloussement lui échappa, qu'elle étouffa d'une main avec un embarras affecté. Elle avait des fourmis dans la main depuis qu'elle avait poussé l'arbre.

Elle n'avait fait que lui donner une tape... et il était tombé. En plein sur Charlene Waggles, ce gros tas de lard.

Le soleil était chaud. Pourvu qu'il le reste ! Vida sourit toute la journée, gardant son secret aussi précieusement que la lettre d'un amant. Elle pouvait faire tout ce qu'elle voulait. Mais, ce jour-là, elle se contenta de regarder.


Henry Barker, le shérif, entra dans le café afin d'écrire son rapport pour l'assurance.

— Quelle journée ! dit-il. Donne-moi un café, Grace.

Grace apporta la cafetière et remplit aussi les tasses des

trois clients assis à la même table. Depuis quelque temps, Ed insistait pour faire payer les rabs de café, vu que les temps étaient difficiles ; mais Grace ne se rappelait jamais qui avait payé quoi, et personne ne réglait les quinze cents de supplément. Mais il fallait qu'elle fasse attention quand son mari était dans les parages.

— Bon, commença Henry. (Le silence se fit dans le café.) Je suis allé chez Kramer, et je crois que Franklin a vu juste. C'est quelqu'un qu'a mis le feu. Y a un tas de cendres haut comme ça quelque part vers le milieu, et Leonard a retrouvé une allumette. Elle est carbonisée, mais on la distingue encore assez bien. J'ai pris des photos, ajouta-t-il avant d'avaler une gorgée de café.

— J'ai vu un bonhomme marcher sur la route quand moi et Gooner on a été voir si on pouvait filer un coup de main, déclara Bart Eastly. C'était un grand type, il m'a eu l'air plutôt louche. Il venait de la grand-route, j'imagine, fier comme un paon. Un type sournois, les cheveux longs.

— J'ai déjà entendu parler de lui, confirma Henry sans remuer les lèvres, comme il savait si bien le faire.

— C'est qui ? demanda Gabe.

— J'en sais rien. Mais Jacob l'a vu, lui aussi. Avec Gena, ils allaient chez Kramer. Ils l'ont croisé sur Parson's Road. Gena l'a surveillé dans le rétroviseur, et elle a cru le voir obliquer vers chez Karen Grange.

Il s'arrêta. La femme de la banque vivait seule, et en dire plus aurait alimenté les rumeurs.

— Karen ? C'est un ami à elle ? demanda quelqu'un.

— J'ai pas dit ça, protesta Henry. (Il but une rapide gorgée de café.) Faut rien conclure trop vite.

C'était peine perdue, il le savait, et il regretta d'en avoir trop dit.

— La petite Whalley a eu la peur de sa vie, ce matin, pouffa-t-il, pressé de changer de sujet. Cet arbre, ça devait arriver. On aurait dû le couper depuis des années.

C'était une vieille querelle, et les disputes recommencèrent.

— Ça va encore être un drôle d'été, vu la façon dont les choses sont parties, glissa Gabe Tannac.

Personne ne lui répondit. La sécheresse était un sujet tabou.

Pendant que Chimmy racontait à tout le monde qu'elle avait payé son assurance et que Karen jouait son va-tout avec les envoyés de la direction, Tom Keatley errait à l'arrière de sa maison, qui avait abrité deux générations de Mann, à la recherche d'un endroit pour méditer. Il avait besoin de réfléchir.

Ce n'était pas seulement la sécheresse, remarqua Keatley, c'était le vide. Un vide d'humidité absolu. L'air qu'il respirait était chaud et sec, la terre assoiffée. Aussi loin que ses sens le percevaient, la terre était dépourvue d'eau. Les arbres, d'habitude réserves d'humidité, mouraient de soif. De toutes les sécheresses qu'il avait connues, combattues et vaincues, celle-ci était la pire. Il n'avait jamais rien ressenti de tel.

Il l'avait perçu la première fois en dépassant la pancarte annonçant au voyageur qu'il arrivait à Goodlands : « Goodlands, jolie petite ville ! 620 habitants. » Déjà, il l'avait senti.

Après que Karen fut partie travailler, il s'était lavé à l'eau froide de la pompe. Il avait ensuite rincé ses vêtements et avait enfilé un T-shirt propre ainsi que son jean encore trempé pour avoir un peu de fraîcheur, tandis que sa chemise étendue sur l'herbe séchait au soleil. Il s'était lavé les cheveux avec le petit morceau de savon retrouvé dans son sac et s'était peigné avec les doigts avant d'attacher ses cheveux en queue de cheval. Tout ce qui pouvait retarder l'inévitable, car il sentait qu'il y avait un problème.

Il évita le jardin, avec son herbe jaunie mais proprement tondue, et se dirigea vers l'arrière, où on avait planté une barrière d'arbres. Au-delà, la prairie s'étendait, écrasée de soleil. Il erra dans le petit verger, un

endroit agréable. Une quarantaine de pommiers encerclaient une petite clairière légèrement surélevée, une sorte
de colline. On les avait sans doute plantés de cette façon
pour que la pluie s'écoule naturellement dans le verger.
Ils n'étaient plus en fleur, à supposer qu'ils l'aient été au
printemps, et il était trop tôt pour les pommes. Il n'y
avait même pas l'ombre d'un commencement de fruit.
Mais c'étaient de beaux pommiers et leurs racines
devaient s'enfoncer avec vigueur dans la terre car ils semblaient plus sains que la plupart des arbres qu'il avait vus
à Goodlands.

La clairière aurait dû être l'endroit idéal. Mais, même
là, il le sentait. C'était archi-sec.

Quelque chose le travaillait depuis qu'il était arrivé. Il
ne savait pas exactement quoi, mais quelque chose clo-
chait. Il avait beau faire, il ne pouvait pas attirer la pluie.
Il la sentait au loin ; il ne pouvait la voir, mais ses sens
lui disaient qu'elle était là. Il pouvait presque crever les
nuages, mais ne pouvait pas les attirer.

Quand il était entré dans Goodlands, il avait perçu une
sorte de vide. Et comme la nature, Tom avait horreur du
vide : car dans son cas, cinq mille dollars étaient en jeu.

Les nuages bas étaient encore à quatre ou cinq jours à
l'est, exactement comme l'autre soir à Oxburg. Mais il y
avait des poches de pluie çà et là ; un crachin d'une demi-
heure se trouvait à une ou deux heures : il aurait dû pouvoir attirer ce petit nuage en moins de deux ! Il essaya et
réussit à l'attirer juste en dehors du village mais n'arriva
pas à lui faire parcourir les derniers mètres. Pourquoi
cette résistance ?

Avant la fin de la journée, Tom avait étendu sa couverture sur la terre desséchée et s'était allongé dessus, les
yeux rivés vers le ciel. Il attendait. De temps en temps, il
se concentrait, trouvait la pluie, sentait son humidité, sa
plénitude. Deux fois, il avait senti un nuage s'ouvrir et la
pluie se déverser quelque part au loin, puis dévier de sa
course. Comme s'il pleuvait partout sauf à Goodlands.

# 3

Ils lui avaient dit qu'ils lui laisseraient encore un an.
S'il pleuvait. En fait, ils reportaient la fermeture à la fin
du mois de juin. S'il pleuvait en juin, avait dit Chase, ils
lui donneraient jusqu'à la fin de la saison. En cas de
fiasco, ils fermeraient l'agence. Ils ne lui avaient pas parlé
de son avenir dans la CFC. C'était superflu. Elle était
censée connaître les règles du jeu. Elle avait juste réussi
à gagner un peu de temps, il restait près de deux semaines
avant la fin juin. Deux semaines à espérer, à prier, à sup-
plier, peut-être à payer pour la pluie. Deux semaines, pas
un jour de plus.

Et il fallait encore résoudre le problème de l'argent.

Dehors, après l'accident à l'épicerie, les tronçonneuses
s'étaient mises à l'œuvre. Leur grondement aigu couvrait
le bruit de la climatisation et, pour la première fois depuis
des semaines, les gens allaient et venaient. Auparavant,
ils restaient chez eux pour profiter de la fraîcheur, soupçonnait Karen. Il faisait trop chaud pour travailler en
plein air.

Personne ne s'arrêtait pour la saluer.

Elle devait téléphoner pour des cessations de paiement
à des familles qui avaient trois mois de retard dans leurs
remboursements d'emprunt. Elle eut d'abord affaire à

Mrs Paxton, qui lui répondit plus que froidement. Celle-ci déclara que son mari était aux champs et qu'il ne rentrerait qu'en fin de journée.

— Pouvez-vous lui dire d'appeler Karen Grange à la CFC quand il rentrera ? demanda Karen.

— Je ne sais pas s'il aura le temps, vous savez, répondit Mrs Paxton.

Cela signifiait un refus. Les Paxton avaient récemment planté une croix de quatre mètres dans leur jardin et Jennifer Bilken avait raconté à Karen qu'ils priaient au pied de la croix tous les soirs après le dîner.

Un désordre épouvantable régnait dans le bureau d'accueil de l'agence. Les dossiers que Chase et Juba avaient réclamés étaient empilés sur deux petits meubles et sur une partie du comptoir. Jennifer, qui ne savait pas quoi en faire, avait continué à travailler sans s'en occuper. Il était tard l'après-midi quand elle demanda enfin :

— Vous voulez que je commence à les classer avant mon départ ?

— Classez les comptes si vous en avez le temps, Jennifer, répondit Karen avec désinvolture. J'ai encore deux ou trois choses à vérifier.

Elle ne leva pas les yeux des comptes impayés sur lesquels elle travaillait, mais entendit Jennifer ouvrir le grand classeur métallique et commencer le rangement fastidieux.

A cinq heures moins le quart, Karen rangea son bureau. La banque fermait à cinq heures.

Cinq minutes plus tard, Karen entra dans le bureau d'accueil où Jennifer finissait de classer les dossiers.

— Je vous remercie, Jennifer.

Celle-ci jeta un regard plein d'espoir sur l'horloge.

— Je peux rester pour vous aider à ranger si vous voulez, dit-elle cependant.

Jennifer habitait avec ses deux frères et sa mère dans la ferme de son père, en dehors du village. Son mari travaillait en Alaska et lui envoyait de l'argent, mais Karen soupçonnait une difficulté. D'après ce qu'elle savait, le mari de Jennifer n'était pas rentré depuis Noël.

— Et vos enfants ?

— Maman a un jour de congé, expliqua Jennifer, qui loucha encore vers l'horloge. Je peux rester...

— Non, merci, Jennifer, ça ira. J'en ai encore au moins pour une heure. Vous pouvez partir.

— Vous êtes sûre... ?

— Je vous paierais volontiers des heures supplémentaires, dit Karen avec un sourire d'excuse, mais vous connaissez la situation.

Elle s'était efforcée de faire sentir à Jennifer l'intérêt qu'elle lui portait, mais doutait d'y être parvenue.

— Bon, fit Jennifer, déçue. Est-ce que Mr Chase a dit quelque chose ?

Karen comprit la question de Jennifer. Si la CFC fermait son agence de Goodlands, Jennifer perdrait son emploi. Elle devrait en trouver un autre, à Weston ou ailleurs. Elle serait obligée d'aller au travail en voiture, de prendre une nourrice pour ses enfants, de se lever à l'aube et de rentrer à la nuit tombée. Bien sûr, c'était le lot de presque tous les habitants de Goodlands, mais tout de même.

— Pas vraiment, répondit Karen avec sincérité.

Elle faillit ajouter, comme s'il s'agissait d'un secret savoureux, « Il va peut-être pleuvoir », mais se retint. En réalité, elle ne savait pas ; elle en connaissait moins sur la météo que sur la construction d'une navette spatiale. Et elle ne savait rien sur son invité, hormis son nom et ce qu'elle avait vu un jour à la télévision. Elle ignorait ce que deviendrait la banque, ou Jennifer, ou elle-même, et elle n'arrivait plus à y penser. Elle ne savait qu'une chose, son cœur battait à se rompre, et elle voulait que Jennifer s'en aille afin d'exécuter son plan.

— Ne vous en faites donc pas, dit-elle sans conviction.

*Et rentrez chez vous, cela vaudra mieux pour tout le monde.*

— C'est que... fit Jennifer, mon père et tout ça...

Son père s'accrochait à la ferme tant qu'il pouvait, mais il ne réussissait pas mieux que les autres. Même avec la pluie, il risquait de ne pas se rétablir. C'était le salaire de Jennifer qui leur maintenait la tête hors de l'eau. Sa mère travaillait chez Wal-Mart, à Avis, et c'était ce qui leur permettait de payer les traites.

— Ne vous en faites donc pas, répéta Karen, d'un ton plus ferme.

Elle se souvint du regard de Jennifer lorsque Loreena Campbell l'avait traitée de garce sans cœur. La jeune femme pensait sans doute la même chose. Et elle le penserait encore, même après la pluie. Jennifer lui jeta un regard méprisant et prit son sac sous le comptoir. Il était cinq heures.

— Au revoir, lança Jennifer. A demain.

Karen s'assit au petit bureau, entre le coffre et le comptoir, et répondit d'un bref geste de la main : garce sans cœur.

Elle patienta encore vingt minutes tout en jetant de temps en temps des regards inquiets vers l'horloge, fit semblant de prendre des notes, de replier des papiers, de ranger, d'être très, très occupée, jusqu'à ce qu'elle soit sûre que la ville fermait. Elle s'efforça de ne pas trop penser à ce qu'elle faisait. Ses mains tremblaient.

Son cœur battait la chamade quand elle alla prendre un formulaire de demande de prêt au comptoir. Elle le contempla longuement, l'air absent.

Puis elle inscrivit un nom. Ce n'était pas le sien.

« Larry Watson, RR 2, Goodlands, Dakota du Nord. » Elle inscrivit le numéro de sécurité sociale de Larry, des informations générales le concernant, puis des informations auxquelles n'avaient accès que le percepteur et elle-même — la position de son compte, son actif et son passif, et le montant de l'emprunt. Il possédait sa ferme ; sa voiture était vieille de dix ans et il avait acheté sa camionnette juste avant la sécheresse. Tout collait parfaitement.

Elle nota ses revenus de l'année écoulée, tricha légèrement mais pas plus que Larry ne l'aurait fait lui-même s'il avait dû demander un prêt à la CFC.

Lorsqu'elle eut tout rempli, elle nota l'échelonnement des remboursements pour l'emprunt que Larry Watson, l'un des rares fermiers de Goodlands à avoir des rentrées d'argent, était en train de contracter à son insu. Il empruntait cinq mille dollars. Et il ne le saurait jamais. Sauf s'il ne pleuvait pas. Auquel cas, la vérité éclaterait. La première échéance tombait dans trente et un jours. Karen aurait du mal à la couvrir. Il ne lui restait jamais grand-chose de son salaire. Si elle se faisait prendre — si la direction envoyait par exemple un mot de remerciement à Larry —, elle avouerait tout. On ne la transférerait pas, elle n'aurait pas de promotion, elle serait renvoyée sans les deux cents dollars de prime. On la poursuivrait pour escroquerie. Mais elle expliquerait ce qu'elle avait fait, son mobile, et attendrait le verdict. Elle comprit soudain que si elle disait tout dès maintenant, personne ne la croirait ; et si elle expliquait son mobile après s'être fait prendre, on l'accuserait de mentir pour échapper aux poursuites. Elle était coincée entre Charybde et Scylla.

Elle entra le prêt dans l'ordinateur. Tout était en règle. Ensuite elle ouvrit un compte séparé pour Larry, parapha les documents de sa signature familière si facile à imiter. Elle ajouta sa propre signature d'une main tremblante sur le formulaire de prêt, plus affermie sur les documents d'ouverture du compte qui n'exigeaient que ses initiales. Elle songea un instant à utiliser celles de Jennifer pour le compte bancaire, mais se rappela que sa secrétaire ouvrait rarement des comptes pour les clients — il n'y avait jamais de file d'attente à la banque — et renonça à la mettre dans le coup. Karen avait déjà suffisamment d'ennuis, et un faux et usage de faux constituait un délit supplémentaire.

Lorsqu'elle alla ouvrir le coffre d'où elle tira deux mille cinq cents dollars, son cœur s'arrêta subitement et elle reçut un coup familier dans le ventre. C'était la sensation des billets neufs qui craquaient dans ses mains, l'excitation d'avoir de l'argent, comme lorsqu'elle achetait dans les magasins. Elle revivait des souvenirs troubles, une irruption subite du passé. Malgré la climatisation, elle était en nage. Elle sentait sa propre odeur à chacun de ses gestes, l'odeur animale de la peur qu'elle avait si bien évitée le matin avec Chase et Juba. Mais cette fois, personne ne le saurait jamais.

S'il pleuvait !

Il fallait simplement qu'il pleuve. Karen rangea le reste des documents et classa le faux emprunt de Larry Watson dans le fond de son tiroir. Lorsqu'elle quitta la banque, les rues de Goodlands étaient quasi désertes.


En voyant la camionnette de Henry Barker garée devant chez elle, elle crut d'abord qu'il savait, que Jennifer lui avait téléphoné. « Mr Barker, je viens de quitter Karen Grange à la banque et je crois qu'elle est sur le point de faire quelque chose de mal. Vous feriez mieux d'aller voir. » Non, c'était impossible ! Elle s'efforça d'empêcher ses genoux de trembler quand elle descendit de voiture et fit un signe de la main en ouvrant le portail. Tom Keatley n'était pas en vue. Karen espérait que le shérif ne l'avait pas rencontré, que Tom ne lui avait pas offert de café et ne lui avait pas dit combien il détestait les questions. Elle essaya de tenir son sac à main avec désinvolture malgré les deux mille cinq cents dollars voisinant avec le rouge à lèvres, le peigne, le portefeuille et les pastilles de menthe.

— Bonsoir, Henry ! lança-t-elle en gravissant les marches du porche.

— 'soir, Karen. Pas trop chaud ?

Il s'écarta pour lui laisser atteindre sa porte, mais Karen resta sur le porche. Elle craignait que Tom ne soit à l'intérieur.

Elle posa son sac avec précaution. Il avait l'air bourré à craquer. L'espace d'un instant, elle eut peur que le fermoir ne lâche, que le contenu ne s'éparpille par terre et que Henry ne découvre les billets.

— On ne vous voit pas beaucoup ces derniers temps, Henry. Que puis-je pour vous ?

« Détends-toi, Karen, fais comme si de rien n'était. » Elle loucha vers son sac. Le fermoir tenait, bien sûr.

S'essayant lui aussi à la désinvolture, Henry sortit un

paquet de cigarettes de la poche de sa chemise, un geste qu'il avait vu faire dans *Matlock*.

— Euh, fit-il en montrant le paquet. Vous permettez ? (Elle acquiesça.) Merci. Vous savez, on ne sait jamais ce que les gens vont dire par les temps qui courent.

Il craqua une allumette et la protégea de ses mains en coupe. Il n'y avait pas un souffle de vent, mais c'était encore un geste qu'il avait remarqué dans un film policier. *Dans la chaleur de la nuit*, peut-être, une rediffusion.

— Vous en voulez une ? proposa-t-il.

— Non, merci.

Elle percevait l'odeur de sa propre peur. Elle se demanda s'il la sentait aussi. Est-ce que les flics sentent la peur comme les animaux ou les banquiers ? Ou bien était-ce seulement dans les feuilletons télévisés ? Elle dut batailler pour respirer normalement.

Henry tira sur sa cigarette.

— J'espère que je ne vous dérange pas en venant si tardivement vous poser des questions, assez personnelles ma foi, mais vous savez comment sont les choses en ville, avec ce qui s'y passe en ce moment. Faut que je me tienne au courant de tout, pas vrai ? Bon, eh bien, la nuit dernière, comme vous devez le savoir, il y a eu du bazar du côté de chez Kramer. Un incendie, dans son champ : le pare-vent a pris feu comme une allumette. Les arbres sont si secs, vous comprenez...

« Enfin, le Jacob Tindal et sa Geena, je ne sais pas si vous les connaissez, mais ils allaient chez les Kramer. Bonté divine, presque tout le village s'est pointé pour refiler un coup de main, enfin c'est ce qu'ils disaient, mais ils ont surtout empêché les pompiers de travailler correctement en se mettant dans leurs pattes, vous voyez le topo. John Livingstone s'est coupé la main sur une saleté de poteau, passez-moi l'expression, juste parce qu'il a voulu prendre un raccourci pour mieux voir le barouf. Les gens savent pas rester chez eux !

« Toujours est-il que les Tindal habitent à une dizaine de kilomètres plus haut, et il se trouve qu'ils étaient dans le coin et ils ont vu quelqu'un passer sur la route juste après l'incendie. Un gus, qu'ils ont dit. Vous n'auriez pas vu un individu, la nuit dernière, par hasard ? Disons aux environs de onze heures ?

Karen avait écouté les explications d'un air absent, en jetant de temps à autre des coups d'œil vers son sac. Elle ne s'attendait pas à cette question.

— Si j'ai vu quelqu'un ? fit-elle.

Ses genoux recommençaient à trembler. Elle aurait voulu s'asseoir.

— Oui, un étranger. Vous dormiez déjà ?

— Non, répondit-elle, trop vite.

Il tira sur sa cigarette et souffla la fumée d'un air pensif, en détournant la tête pour ne pas importuner Karen.

— Vous n'avez pas vu l'incendie d'ici ?

— Si, je l'ai vu. J'ai même téléphoné aux pompiers. Mais je n'ai vu personne.

Elle déglutit. Sa bouche était sèche comme de l'amadou.

Il avait fini sa cigarette, mais il la laissait brûler entre son pouce et son index. Karen sentit l'odeur désagréable du filtre en train de se consumer.

— Ça ne vous dérange pas que je vous pose une question personnelle, alors ? demanda-t-il en lui coulant un regard timide.

— Je vous en prie.

— Je me demandais si vous aviez de la visite ? Geena a cru voir quelqu'un se diriger par chez vous. Elle a vu dans son rétroviseur un individu qui s'engageait dans votre allée.

« Ah, les petites villes ! »

— Non, mentit Karen. Elle a dû se tromper.

Pourquoi avoir menti ? Il aurait été tellement plus simple de dire que Tom était un cousin, un frère qu'elle avait perdu de vue, un vieil ami. Elle aurait même pu se couvrir en disant que c'était un faiseur de pluie. Tout le monde aurait alors raconté comment Karen Grange, de la CFC, s'était démenée tant et plus et qu'elle avait fait venir un médium, en pleine nuit par-dessus le marché. Mais elle mentit.

Le sort en était jeté. Désormais, elle pouvait ajouter « entrave au cours de la justice » sur son casier judiciaire qui grossissait à vue d'œil. Et « complicité, recel de témoins ». Etait-ce aussi un délit ? Bien sûr, le « faux et usage de faux » était un délit fédéral, tandis que ces derniers faits mineurs relevaient sans doute de l'Etat. « Attendez votre tour, shérif Henry Barker. »

— Je suis désolée, ajouta-t-elle.

— Dommage, fit Henry. Je suis juste passé pour vérifier toutes les éventualités, si vous voyez ce que je veux dire.

Il laissa tomber son mégot sur le porche et l'écrasa du bout du pied, puis il se courba pour le ramasser. Le mégot laissa une marque noire sur la peinture. Il l'essuya avec sa chaussure. La marque resta. Il lança le mégot au loin, devant la maison, où il disparut dans les hautes herbes.

— Il était éteint, expliqua-t-il. Bon, je ne veux pas abuser de votre temps et retarder votre dîner. Il est pas loin de six heures et demie. Vous rentrez toujours aussi tard ?

— J'avais des choses à régler à la banque, répondit-elle en évitant de regarder son sac.

Elle ordonna mentalement à Tom, où qu'il soit, de rester caché le temps que Henry Barker s'en aille. Elle plaqua un sourire sur son visage.

— Bonsoir, Henry. J'ai été contente de vous voir.

— Ma foi, depuis quelque temps je suis plus souvent coincé en ville qu'avant. C'est l'époque qui veut ça, j'imagine.

Il regagna sa camionnette sans se presser. Karen comptait les secondes, espérant que Tom n'allait pas se montrer à l'improviste.

Avant de monter dans sa camionnette, Henry se retourna.

— Faites-moi savoir si vous voyez un individu suspect, hein ?

Juste avant d'ouvrir la portière, il remarqua un objet par terre et se pencha pour le ramasser. Il l'examina, puis le fourra dans sa poche. La radinerie de Henry était légendaire. Il avait dû trouver une pièce de dix cents. Karen étouffa un gloussement en se demandant comment il aurait réagi s'il avait ouvert son sac. L'aurait-il arrêtée ou aurait-il partagé le butin avec elle ?

Il lui fit un geste de la main depuis sa camionnette et démarra.

Un individu suspect. Dans une petite ville, cela aurait pu être n'importe qui, y compris elle-même.

Elle attendit que le véhicule ait disparu avant de ramasser son sac et d'entrer chez elle. Alors, pour la première fois depuis des heures, elle put enfin respirer normalement.

C'était un jour à marquer d'une pierre noire.


Karen resta assise dans le salon jusqu'à ce que le ciel s'assombrisse. Alors, elle crut qu'il était parti.

C'était un escroc. Il n'avait pas l'intention de faire pleuvoir. Il n'avait pas fait pleuvoir ailleurs, il avait juste eu de la chance. Ce n'était qu'un opportuniste. Il avait dû soupeser ses chances de se faire payer et en avait conclu que Karen ne marcherait pas. Elle aurait dû vérifier s'il ne lui manquait rien — elle possédait des objets de grande valeur, souvenirs de ses jours sombres —, mais elle n'en fit rien. Avec un peu de chance, un vagabond dépenaillé ne reconnaîtrait pas une belle porcelaine. Karen en possédait plusieurs.

En fait, d'où elle était assise elle voyait sa pièce de Capodimonte, un *objet d'art*[1] souvenir des jours sombres, ces mêmes jours qu'elle avait revécus cet après-midi.

Il avait peut-être allumé l'incendie chez Kramer. Henry en savait peut-être plus qu'il ne l'avait dit.

Elle avait presque supplié Chase et Juba de lui accorder un sursis d'un an. Elle avait mis en péril sa position déjà précaire. Elle s'était rendue ridicule, une fois de plus. On ne la muterait peut-être pas au service des prêts, elle retournerait à la caisse, lancerait « Au suivant ! » à ceux

---

1. En français dans le texte.

qui protestaient que la queue n'avançait pas assez vite. Là était son avenir. Et avec le salaire d'une caissière, elle ne pouvait pas espérer faire ses courses ailleurs que chez Wal-Mart.

L'argent était encore dans l'enveloppe blanche, dans son sac dont elle avait ouvert le fermoir pour éviter qu'il ne cède sous la pression. Le sac était dans le placard de sa chambre, derrière douze boîtes à chaussures soigneusement empilées. Il y resterait jusqu'au lendemain, jusqu'à ce qu'elle le rapporte à la banque, qu'elle détruise la demande de prêt avant qu'elle ne soit faxée à la maison mère, et qu'elle remette l'argent dans le coffre. Alors elle pourrait tout oublier et continuer comme si rien ne s'était passé.

Continuer quoi ? Elle repensa à l'émission de télé où elle avait vu le faiseur de pluie, à son expression, le corps trempé, immobile sous la pluie, un sourire en coin, cet air de satisfaction et de plaisir purs. En parlant, il avait rejeté ses cheveux en arrière, à deux mains, et son T-shirt était plaqué contre son corps, de sorte qu'on devinait sa peau au travers. Derrière lui, des gens marchaient sous la pluie, levaient les yeux au ciel, buvaient les gouttes, riaient, s'amusaient. Presque tous portaient des imperméables ou des parapluies. Il était le seul sans protection sous la pluie. Elle avait ressenti la même déception qu'aujourd'hui quand, après trois semaines, elle n'avait reçu aucune réponse de l'homme qui avait réussi à faire pleuvoir à Winslow, au Texas, quand elle avait compris qu'il ne viendrait pas. Elle alla dans la cuisine se faire du thé.

Il faisait nuit noire quand elle l'entendit gravir les marches du porche. Il ouvrit la porte-moustiquaire sans frapper et pointa sa tête à l'intérieur.

La maison était plongée dans l'obscurité. Karen ne dit pas un mot.

— Je peux entrer ? demanda-t-il.

— Non, fit-elle, et elle but son thé sans s'occuper de lui.

— Vous voulez que je ferme la porte ?

— Oui, sinon les moustiques vont entrer.

Il laissa la porte se refermer lentement. Le vieux fauteuil en bois, qu'elle avait eu avec la maison, grinça quand il s'assit.

Tom se roula une cigarette et l'alluma. Il s'adossa dans le fauteuil et étendit ses jambes sur la rambarde. La fumée piqua sa gorge desséchée, autant que les fourrés où il avait erré une grande partie de la journée, un peu partout dans la propriété de Karen, puis finalement autour de Goodlands, restant dans les chemins de traverse, plus tranquilles, pour humer, ressentir, tirer les bouts de ciel, à la recherche d'une poche de pluie qui le laisserait entrer. De la poussière et de la terre s'étaient collées dans les rides de son visage. Son T-shirt, propre encore le matin, était maculé de sueur et de crasse. Même dans la fraîcheur du soir, une heure après le coucher du soleil, l'air était épais et brûlant. Tom n'avait jamais été aussi assoiffé.

— Une tasse de thé me ferait du bien, lança-t-il depuis le porche avec une désinvolture qu'il ne ressentait pas.

De la maison, la voix de Karen parut plate.

— Pourquoi n'allez-vous pas vous chercher un verre d'eau ?

Il sourit d'un air piteux.

Malgré sa gorge irritée, Tom fumait tout en scrutant la nuit. Goodlands était un endroit paisible. La plupart des endroits où il allait étaient paisibles, c'était pour cela qu'il y allait. Mais ici, sous la tranquillité, il percevait autre chose. Un courant qui traversait la ville. Lorsqu'il tendait l'oreille, il entendait presque un bourdonnement continu. Le genre de bruit qu'on ne remarquait pas en plein jour, mais qui s'insinuait peu à peu en vous, qui commençait par vous irriter, vous rendait grincheux, et que, prêt à craquer, vous regardiez en face, horrifié. Lorsque Tom tendait l'oreille, comme il l'avait fait toute la journée, c'était ce genre de bruit qu'il entendait.

— Qu'est-ce que vous voulez ? commença-t-il. Un tour de passe-passe ? Une preuve ? « Seigneur, envoyez-moi un signe ! » singea-t-il, exaspéré.

— Je croyais que vous étiez parti.

Il se retourna, surpris. Karen s'était glissée sur le seuil, le visage collé contre la moustiquaire afin de le voir sans ouvrir la porte. Un cercle de chair se détachait en blanc à travers le treillis métallique.

— Je me promenais, je prenais connaissance de votre petite ville. Ces choses-là prennent du temps, ma petite dame.

— Je croyais que vous alliez faire pleuvoir aujourd'hui. Il hésita.

— Nous avions un arrangement, avança-t-il, prudent.

— Je vous paie, vous faites pleuvoir. C'est ça, notre arrangement ? Mais vous ne voulez pas, ou vous ne pouvez pas, sans argent.

— C'est un peu ça, acquiesça-t-il. Vous êtes de mauvais poil ?

Karen s'esclaffa. Elle plaqua une main contre sa bouche parce qu'elle avait peur d'avoir un fou rire, un rire hystérique.

— Oui, peut-être bien, consentit-elle. Le shérif est venu..

— Qu'est-ce que vous avez fait ? Vous avez dévalisé une banque ?

Sa plaisanterie le fit glousser. Le sourire de Karen s'évanouit. S'il l'avait regardée à ce moment-là, il aurait vu l'expression de ses yeux. Il l'entendit haleter. Le cercle de chair disparut du treillis.

— Le shérif pense que vous avez provoqué l'incendie de la nuit dernière. Quelqu'un vous a vu venir chez moi, précisa-t-elle d'un ton las. Vous avez épuisé mon temps et ma patience. (Elle se sentait un regain d'énergie.) Si vous avez un tour de passe-passe à me montrer, alors faites-le vite. Vous n'aurez pas un sou tant que vous ne m'aurez pas prouvé que vous pouvez faire pleuvoir. (Elle abaissa la clenche de la porte-moustiquaire.) Et je vous interdis d'entrer, ajouta-t-elle avant de fermer la porte intérieure.

Tom l'entendit tirer le verrou. Il aspira une longue bouffée de sa cigarette.

— Ces choses-là prennent du temps, répéta-t-il d'une

voix calme, plus pour lui-même que pour Karen, dont il savait qu'elle était restée de l'autre côté de la porte.

Il tira une dernière bouffée, écrasa le mégot sur la semelle de sa botte et le fourra dans sa poche de jean. Il y avait un truc bizarre dans cette petite ville, elle ne voulait pas le laisser entrer. Pourquoi ne pas partir ?

Son front se plissa. Il avait senti la porte du ciel se refermer sur lui. Cela ne lui était jamais arrivé, jamais depuis qu'il faisait pleuvoir. Alors, qu'y avait-il donc ? Tom se balança dans son fauteuil et songea à partir. Ce ne serait pas la première fois qu'il partirait sans un adieu. Il n'avait aucune raison de rester s'il ne faisait pas pleuvoir.

Il resta dans le fauteuil un long moment avant de se lever et d'aller dans le verger.

Au beau milieu de la nuit, Karen se réveilla en entendant frapper à sa fenêtre. Elle s'efforça d'abord d'identifier le son dans son demi-sommeil. Un oiseau ? La brise ?

— Grange ?

Karen se réveilla pour de bon. Elle remonta le drap sur son cou, se tourna vers la fenêtre et scruta les ténèbres. Il faisait trop noir... mais elle surprit une forme... une main.

— C'est Tom.

— Qu'est-ce que vous voulez ?

— Venez à la porte, dit-il.

L'ombre quitta la fenêtre et se dirigea vers le devant de la maison. Toujours crispée sur le drap, Karen ne bougea pas. Elle secoua la tête pour émerger de son chaos et s'assit.

Elle ne portait qu'une longue chemise de coton et chercha une robe de chambre. Elle en avait six. Pourquoi diable n'en trouvait-elle aucune ? Elle repéra ses chaussons, les enfila, aperçut enfin une robe de chambre sur la commode, la passa et la serra contre son corps d'une main. De l'autre, elle empoigna la chaise qu'elle avait coincée sous la poignée de la porte et la tira sur le côté d'un coup sec.

Il l'attendait sur le porche. L'air avait fraîchi et, bien qu'il n'y eût pas de vent, il faisait bon dehors, loin de la fournaise de sa chambre.

— Désolé, s'excusa-t-il. Je vous ai fait peur ?

— Qu'est-ce que vous voulez ?

— Je ne suis pas entré, fit-il remarquer.

— Quelle heure est-il ?

Il faisait encore nuit noire. Karen avait l'impression de venir de sombrer dans le sommeil, bien qu'elle ait dormi pendant des heures... une nuit agitée.

— Je ne sais pas, tard. J'ai un truc à vous montrer.

Il lui attrapa la main avant qu'elle ait eu le temps de l'en empêcher. Elle se dégagea d'un geste brusque.

— Ne me touchez pas !

— Holà ! fit-il, levant les bras pour lui montrer qu'il ne lui voulait aucun mal. (Il avait l'air tout excité.) Venez, suivez-moi.

— Non !

Et elle recula loin de lui.

Tom descendit quatre marches et se retourna en lui indiquant de le suivre.

— Venez, insista-t-il. C'est pour votre tour de passe-passe.

Il descendit les dernières marches et se dirigea vers l'arrière de la maison. Karen hésita sur le porche, puis finit par le suivre.


Ils se dirigeaient vers la clairière. Comme le soir où il était arrivé, Karen vit défiler les gros titres dans sa tête.

*Une banquière de Goodlands assassinée dans un verger. Les 2 500 dollars volés retrouvés dans un sac à main de luxe. La banquière découpée en morceaux. Il pleut enfin à Goodlands. Mais il pleut des lambeaux de banquière.*

L'herbe sèche et coupante lui déchirait les chevilles et ce serait pire dans la clairière où poussaient des buissons épineux. Tout en marchant, elle enfouit ses mains dans les manches de sa robe de chambre dont les pans battaient ses jambes. Elle essaya de ne pas perdre Tom de vue. Il marchait devant, se retournait de temps en temps, souriait quand il voyait qu'elle suivait.

Loin du sanctuaire que lui offrait le porche, elle eut une conscience aiguë de l'obscurité, de l'air immobile, de la façon quasi silencieuse avec laquelle il avançait.

Il approchait des pommiers. Une bonne dizaine de mètres en arrière, elle le perdait de vue de temps à autre, bien que sa chemise blanche se détachât dans le noir.

Ils coupèrent à travers la cour, dépassèrent le belvédère et ses lignes gothiques, le jardin de rocailles mangé par les mauvaises herbes — cercle de lueur pâle —, dépassèrent la rangée d'arbres qui marquait la limite du jardin, et pénétrèrent dans le verger. Tom disparut parmi les pommiers.

Karen s'engagea entre deux grands arbres qu'on avait plantés trop près l'un de l'autre et dont les branches s'étaient depuis emmêlées, et elle l'aperçut de nouveau. Il s'était planté au centre de la clairière. Elle s'arrêta, indécise : devait-elle regagner la maison au pas de course ? Ou devait-elle s'avancer dans la clairière ?

Son cœur battait fort. Peut-être était-ce le manque cruel d'activité dans sa vie quotidienne, ou peut-être à cause de lui.

La lune qui filtrait à travers les arbres et posait une lueur argentée sur leurs pauvres sommets assoiffés semblait donner à Tom un éclat luisant. C'était sa chemise blanche, décida Karen. Et ses yeux. Elle les distinguait, le blanc ressortant autour des iris bleus et exagérant leur rondeur. Il était comme la fois où elle l'avait vu à la télé. Encore un pas et elle serait tout près de lui.

Voulait-elle encore qu'il fasse pleuvoir ?

Elle sortit de la protection des pommiers et pénétra dans la clairière.

— Venez, dit-il en lui tendant la main. Venez à côté de moi.

Elle s'arrêta à quatre pas et ignora la main tendue.

— Je reste là, dit-elle, têtue.

— Bon, si vous voulez, gloussa-t-il.

Karen soupçonna que le sourire qui s'étalait sur son visage ne s'adressait pas à elle. Il se passa nerveusement les mains dans les cheveux, les dégagea de sa figure, comme il l'avait fait dans le clip vidéo. Ses mains nues réfléchissaient le peu de lumière qui habitait la clairière. Karen s'aperçut à quel point il faisait noir dans le verger. Si elle devait s'enfuir, verrait-elle assez clair ? Ou bien était-elle à sa merci ? La chair de poule la fit trembler. Ce n'était pas tout à fait de la peur.

— Donnez-moi votre main, dit-il en tendant le bras.

Elle secoua la tête.

— S'il vous plaît, insista-t-il, essayant de lui attraper la main. S'il vous plaît...

Elle se laissa finalement convaincre, tendit une main rigide, et n'aima pas le contact de sa paume large et chaude. Leurs deux mains s'effleuraient.

— A quoi joue-t-on ? demanda-t-elle, troublée par la chaleur de sa peau.

— Chut, fit-il.

Il la fit doucement creuser sa main en coupe et la maintint en l'air avec la sienne. Elle le regarda, vit ses yeux se fermer lentement. Il leva leur deux mains réunies, paumes vers le haut, bras à l'horizontale, et garda la pose. Elle lui faisait face, droite, rigide, inflexible, à peine consciente du changement soudain dans la prairie.

Elle l'observait.

Il ferma les yeux, puis les rouvrit.

— Un tour de passe-passe, dit-il, par Tom Keatley... pour Karen Grange.

Il lui fit un clin d'œil puis ferma de nouveau les yeux. Karen sourit. Il se tenait droit, immobile, telle une statue au milieu de la clairière.


Lorsque Tom ferma les yeux, il quitta son enveloppe charnelle. Il vida de son esprit Karen, les arbres, Goodlands, l'incroyable sécheresse qu'il ne pouvait expliquer. Il s'éleva, toujours plus haut, et trouva la pluie. Elle était là. Comme toujours, il sentit l'eau dans son corps ; les gros et gras nuages qui détenaient l'eau semblaient faire partie de son corps. Mais cette fois, c'était comme s'il se tenait tout près, toutefois pas assez. Comme il l'avait fait tant de fois depuis le matin, il essaya encore d'attirer l'eau à lui car lorsqu'il s'en emparait, il réussissait à tenir. Il sentait la pluie, elle se laissait caresser. Et il pouvait tirer un peu, comme si la porte du ciel était à peine entrouverte, mais il ne pouvait pas l'attirer. Il n'avait pourtant pas besoin de l'attirer complètement. Il lui suffisait d'en extraire une larme pour convaincre Karen, juste assez pour son tour de passe-passe.

Il tendit tout son corps contre le ciel, les dents serrées, les lèvres retroussées dans une grimace. Les muscles de son visage et de son corps se raidirent sous l'effort. Il trouva une gentille petite poche de pluie à l'ouest des nuages. Il se concentra sur elle. Et il travailla le ciel à travers la porte entrouverte.


Dans la clairière, la chaleur était infernale, suffocante. Karen vit le visage de Tom changer. Il leva la tête vers le ciel, une main tendue, paume en l'air. Rien ne bougeait dans la prairie. Karen sentit l'immobilité s'insinuer en elle et l'apaiser. Ses yeux étaient rivés sur Tom qui ne bougeait pas et ne semblait pas conscient de sa présence. Elle observa son visage. L'énergie semblait jaillir de son corps par vagues, et pénétrer sa main à elle. Elle sentit un changement dans l'air : sa robe de chambre se plaqua contre son corps, la sueur perla sur son front. Elle prit conscience des arbres, de leur parfum. Dans la clairière, tout devint hyperréel, hypersensible. Karen était subjuguée.

Elle observait toujours le visage de Tom, elle l'avait vu changer, se détendre, puis elle entendit le bruit, un murmure, comme celui d'un ruisseau. Une chose familière emplit sa main, traversa son corps brûlant, rafraîchit la chair de sa paume, glissa lentement le long de son bras.

Des éclats de lune scintillèrent, suivirent le ruissellement. Avec la lumière qui l'éclaboussait, Karen la vit enfin. Elle écarquilla les yeux, ouvrit la bouche comme pour happer une bouffée d'air.

Dans sa paume il y avait une petite flaque d'eau fraîche. Elle se glissa entre ses doigts serrés, ruissela jusqu'à son coude. Karen la sentait, la voyait, la respirait. La pluie !

# 4

De bruyants éclats de voix, éméchées et pâteuses, remontaient par la cheminée dans la chambre de Vida. En bas, la soûlerie battait son plein. Vida jugea qu'il était entre une heure du matin, la fermeture de Clancy, et cinq heures, lorsque le whisky et la bière de fabrication maison avaient raison des soiffards. A part cela, le temps était immobile.

Elle avait passé la majeure partie de la nuit à essayer de démêler les choses, à travers le brouillard qui l'avait accompagnée toute la journée. Le brouillard était un des points qu'elle avait essayé de résoudre. Il était en elle, il recouvrait ses pensées et se mêlait à celles de l'autre.

L'autre était une femme, qui habitait son corps.

Extérieurement, Vida était restée la même. Ses épais cheveux noirs avaient légèrement changé, peut-être, et ses yeux noisette étaient embués, mais il n'y avait pas de différence notable. Néanmoins, Vida en percevait, elle. Lorsqu'elle se regardait dans la glace, elle aurait juré voir les traits d'une autre superposés aux siens. C'était peut-être le verre de son miroir, les plaques d'argent qui manquaient, sa surface ondulée. Mais pour elle, ce n'était pas la glace. C'était la femme.

La femme avait un nom, et ce nom semblait toujours

hors d'atteinte, il apparaissait et disparaissait, elle l'avait sur le bout de la langue, mais n'arrivait pas à le saisir, comme les phrases murmurées qu'elle croyait entendre dans sa tête, jamais assez distinctes pour les comprendre tout à fait. Ce qui était clair et net, c'étaient les images, et c'était en image que les pensées de la femme lui parvenaient.

C'étaient des pensées simples : « Trouve l'homme. » L'image-homme qui revenait souvent était particulièrement claire et puissante. Un manteau de brouillard noir la recouvrait, telle une nappe de pétrole sur une mare, avec le bruit du pétrole, épais, graisseux, qui se déversait, trombes d'eau de mauvais augure. Parfois, une odeur accompagnait l'image, une odeur tellement fétide que Vida plissait le nez de dégoût. La puanteur de la sueur, du sang et des fèces. C'était une impression fugitive, plus visuelle que viscérale, mais néanmoins suffisamment forte pour déclencher en elle une réaction physique. Une simple pensée : Trouve l'homme.

Derrière, il y avait une idée plus sombre, dont le sens lui était caché. L'idée que, lorsqu'elle aurait trouvé l'homme, il y aurait un travail à accomplir.

Vida n'arrivait pas à distinguer le nom de la femme, et tandis que la beuverie faisait rage sous ses pieds, le plancher parfois secoué par quelque objet lancé au plafond, elle essayait distraitement d'écouter ce qui se passait en elle.

« Maggie ? Sally ? » C'était ce genre de nom démodé.

Elle ne s'attarda pas sur le nom de la femme. C'était de toute façon une amie, et cela seul comptait. C'était une amie et si Vida faisait ce qu'elle lui demandait — trouver l'homme — leurs désirs s'accompliraient.

Que désirait Vida ? Son esprit vagabonda au-dessus de Goodlands, cette petite ville qui avait refusé de l'admettre en son sein, de la sortir du caniveau où sa famille l'avait entraînée. Debout au milieu de sa chambre miteuse, l'ampoule nue pendant au-dessus de sa tête, Vida ferma les yeux et ressentit la présence de la femme.

Elle étendit les bras, rejeta la tête en arrière, le visage

pointé vers la lumière. Elle se concentra sur le courant électrique qui lui parcourait le corps. Il partait de son crâne, courait le long de son cou, de sa poitrine, formait une flaque étrange dans son ventre et, de là, rayonnait dans ses jambes, ses pieds, et irradiait le plancher.

Elle le sentit jaillir au-dehors, foncer vers la ville. Elle pouvait presque, mais pas tout à fait, voir sa route à travers les champs desséchés, à travers le coupe-vent calciné de la ferme de Kramer, survoler la côte de la route 55, redescendre la grand-rue, traverser l'épicerie, planer au-dessus des débris de l'arbre abattu, des tracteurs, des voitures et des camions, pénétrer les fossés à sec. Le courant inondait tout.

Quelque part, loin de Vida, se trouvait l'homme. Il était là, quelque part, en ville. Vida n'avait plus qu'à le trouver.

Au-dessus d'elle, la lumière s'éteignit, soufflée comme la flamme d'une bougie. Vida resta debout encore longtemps, bien après la fin de la beuverie, et elle resterait ainsi, longtemps après que la lumière du jour commencerait à ramper le long du mur de sa chambre. Sur son visage se dessinait un petit sourire déterminé.


Tom lui tenait toujours la main.

Karen était captivée par la petite flaque d'eau dans le creux de sa main. Elle leva la tête pour regarder Tom. Son visage luisait de sueur, mais il souriait.

— Vous me croyez, maintenant ?

— Oui.

Karen hocha la tête, incrédule, malgré son aveu. Mais l'eau était bien là, elle lui caressait la peau. La pluie avait glissé entre ses doigts, et le peu qui restait était désormais tiède.

La prairie était redevenue calme et immobile. Le ciel était clair, sans trace de nuages. Elle reporta son regard vers Tom.

— Comment... ?

Dans le noir, elle ne distinguait pas ses traits. Il haussa les épaules sans lui rendre son regard. Il tendit son autre main et plongea un doigt dans le reste d'eau de pluie. Pour Karen, son geste eut la douceur d'une caresse.

Ils étaient debout, presque collés l'un à l'autre. Karen sentit la chaleur qui irradiait de sa main, de son corps, si près du sien. Elle déglutit et se recula d'un pas. Mais il lui tenait toujours la main.

Karen trouva cette sensation pénible. Mais elle s'aperçut qu'elle ne cherchait pas à se dégager. Il y avait sur le visage de Tom une expression d'intense satisfaction, il semblait sur le point d'éclater de rire. En l'observant, elle sentit son estomac se serrer. Sa main était brûlante, comme animée d'une vie propre qu'elle était incapable de contrôler. Elle avait des bouffées de chaleur, ses joues étaient chaudes, sa bouche sèche, et bizarrement elle eut envie d'eau.

Tom leva les yeux. Ils se dévisagèrent un instant, et pour Karen le silence de la prairie parut s'accroître au point qu'elle n'entendit plus un bruit, pas même sa propre respiration. Tom approcha sa tête, presque à toucher la sienne.

Ils restèrent ainsi un long moment, puis Tom pressa la main de Karen dans la sienne l'espace d'une seconde avant de la libérer.

— C'était juste... commença-t-il, la respiration profonde, le regard ailleurs, perdu dans le ciel.

— Ce n'était pas juste un tour de passe-passe, n'est-ce pas ?

— Non.

Il esquissa un sourire et la dépassa pour se diriger vers les pommiers. Karen resta seule quelques secondes, puis le suivit. L'irritation qu'elle avait ressentie à son égard resurgit.

— Alors, lança-t-elle (et sa voix lui parut anormalement forte dans l'immobilité de la prairie), quand allez-vous faire pleuvoir vraiment ?

Il ne se retourna pas, ne répondit pas. Elle le suivit à travers le verger, dans le jardin. Tout sembla différent, alors, comme si ce qui s'était passé dans la clairière n'avait jamais eu lieu.

— Attendez !

Il s'arrêta, se retourna et la regarda.

— Vous avez entendu ma question ?

— Ouais.

— Eh bien ?

— Je ne sais pas, dit-il, et il se remit en marche.

Arrivé au belvédère, il entra chercher sa couverture et l'étendit sur l'herbe.

— Comment ça, vous ne savez pas ?

Tom s'assit sur sa couverture, remonta les genoux et y appuya ses bras. Karen remarqua que la chemise trempée du faiseur de pluie lui collait à la peau. Ses cheveux étaient plaqués dans son cou et sur son front. Sa peau luisait sous la lumière du porche.

— C'est l'argent, c'est ça ? Eh bien, je l'ai.

Elle se tenait debout au-dessus de lui. Evitant son regard, il s'allongea, les mains croisées sous la nuque. Alors, il la regarda. Ou plutôt, il regarda à travers elle. Elle croisa les bras sur sa poitrine, referma sa robe de chambre, se sentant soudain vulnérable et stupide dans cette tenue, dehors, en pleine nuit.

— Vous ne voulez pas me répondre ?

— Vous avez eu votre preuve, dit-il en fermant les yeux. Maintenant, il vous faudra attendre.

— Attendre quoi ?

Tom garda le silence. Karen entendit un oiseau s'envoler d'un arbre. Une minute passa.

Le corps de Tom se raidit ; il se rassit, l'air attristé, levant les yeux sur Karen ; elle penchait sur lui un visage crispé par la colère.

— Je ne sais pas, répéta-t-il. C'était juste une sorte de test. Pour quelque chose de plus important... n'importe quoi...

Il pensa au ciel qui surplombait Goodlands, si proche et inaccessible : fermé, il n'y avait pas d'autres mots. Mais il ne pouvait pas le lui dire, il ne pouvait pas lui dire que la pluie ne viendrait pas. Parce qu'elle viendrait.

— Ces choses-là prennent du temps.

Il eut l'impression de lui mentir. Parce que cela n'avait jamais pris de temps auparavant. Il s'étendit de nouveau sur sa couverture, croisa les mains derrière sa nuque et ferma les yeux.

Karen resta encore un peu ; elle n'avait pas l'intention de le lâcher si facilement. Lorsqu'il devint évident qu'il n'était pas disposé à lui faire la conversation, elle rentra chez elle.


Elle était trop énervée pour dormir. Le réveil indiquait trois heures et demie, et il fallait qu'elle dorme ; elle travaillait le lendemain et elle devait se présenter à la banque comme elle en était partie, sans rides soucieuses, sans poches sous les yeux. Il fallait qu'elle ait l'air normale. Normale. L'image de Tom allongé sur son sac de couchage lui revint avant qu'elle ferme les yeux.

Qu'est-ce qu'il était en train de faire ? Etait-ce un jeu ? Pourquoi ne disait-il pas ce qui se passait ?

Pourtant, cela s'était réellement passé. Elle ne pouvait pas se le formuler, mais elle savait instinctivement que cela s'était bien passé. L'eau claire et fraîche dans le creux de sa main, c'était de l'eau de pluie. La pluie avait quelque chose de différent de l'eau froide et âpre de Goodlands.

Dans son enfance, ses parents gardaient un tonneau d'eau de pluie à côté de la maison. C'était de l'eau qu'on utilisait pour arroser le jardin quand la terre était sèche, les jours où on manquait d'eau potable, et pour laver la lingerie fine, comme sa mère appelait ses larges culottes de vieille femme. Une louche était accrochée au tonneau, et par grande chaleur, lorsque Karen transpirait d'avoir joué au soleil, elle allait se servir à boire. Sa mère n'aimait pas qu'elle boive l'eau du tonneau, mais son père avait accroché la louche exprès pour cela. Lorsqu'il rentrait des champs, il allait directement au tonneau, y plongeait la louche, la ressortait débordante d'eau, et la vidait goulûment. Lorsque Karen était toute petite, il lui en donnait parce qu'elle ne pouvait pas atteindre la louche seule.

Si sa mère les voyait, elle lançait : « Hank ! Lui montre pas le mauvais exemple ! » Seule avec Karen, elle la grondait : « Les oiseaux font leur cochonneries là-dedans, ma fille. Ton père est un imbécile. Les Grange n'avaient pas d'eau potable chez eux, c'est pour ça que ton père boit au tonneau. Mais nous, nous avons l'eau courante, tu peux aller te servir un verre au robinet, dans la cuisine, quand tu veux. »

Le père de Karen ne buvait jamais l'eau de la cuisine, sauf quand il était très fatigué et qu'il avait très soif. Il appelait cela « l'eau de cuisine », et ajoutait avec une grimace : « Tout juste bonne à faire la vaisselle et à se laver le museau. »

Karen buvait au tonneau. En plein été, quand il faisait trop chaud dans la cuisine à cause du four, sa mère l'aidait parfois à se laver la tête à l'eau de pluie ; l'eau inondait la serviette enroulée autour de son cou, ruisselait sur sa nuque, trempait ses vêtements. L'eau du tonneau était douce comme du velours, odorante et fraîche comme le jardin après la pluie. Rien sur terre ne sentait ainsi. C'était une odeur inoubliable.

Et ainsi elle savait que Tom n'avait pas simplement exécuté un tour de passe-passe. Sauf s'il était capable de rendre l'eau aussi odorante que l'eau de pluie, et la prairie aussi silencieuse et immobile que dans les moments qui précèdent la pluie. S'il pouvait faire cela, elle le paierait bien volontiers.

Elle commençait à s'endormir, et les souvenirs affluaient. Elle revit ce moment — dans la prairie. Inconsciemment, elle creusa sa main droite en coupe. Il ne l'avait pas vraiment touchée, bien sûr, il lui avait simplement tenu la main pour qu'elle recueille l'eau de pluie. C'était son imagination qui lui avait fait croire qu'il avait gardé sa main dans la sienne plus longtemps que nécessaire.

C'était son imagination qui lui disait qu'il avait été sur le point de l'embrasser.

Elle ne voulait pas qu'il l'embrasse. Elle ne se serait jamais rapprochée, le visage tendu vers lui, suffisamment près pour rendre le baiser inévitable.

Le sommeil l'enveloppait. Sa main creusée se détendit et se rouvrit. Elle soupira.

Au moment où le sommeil l'emportait, elle vit son visage, encore plus près du sien qu'il ne l'avait été, un léger sourire aux lèvres, un sourire aussi doux et rafraîchissant que la pluie.

Tom était couché sur sa couverture, la respiration superficielle. Il ne dormait pas malgré sa fatigue. Il fixait le ciel d'un noir limpide, parsemé d'un million d'étoiles.

Il y avait un problème. Tom avait senti dès son arrivée le bourdonnement qui courait sous la terre, l'incroyable sécheresse persistante, la façon dont le ciel avait refusé de s'ouvrir, l'impression qu'un obstacle lui bouchait la vue du ciel et le laissait à la porte. Il lui avait fallu toute son énergie pour montrer la pluie à Karen. Il avait dû tendre chaque muscle, chaque nerf, pour tirer les quelques gouttes qui l'avaient traversé. Il n'avait jamais travaillé si dur pour si peu. Trois nuits plus tôt, il avait fait pleuvoir une averse sans problème.

L'éventualité de sa propre sécheresse l'effleura, mais il la repoussa. Il n'avait jamais envisagé une chose pareille depuis la première fois qu'il avait invoqué les cieux et qu'ils avaient ouvert les vannes en retour.

Il avait dix ou onze ans à l'époque. Il habitait avec sa mère et son père dans une maison de deux pièces, à côté d'une station-service et de la route qui menait à la ville. De l'autre côté couraient la voie ferrée et, au-delà, des champs de hautes broussailles épaisses et des bois remplis de cachettes que Tom connaissait par cœur.

Son père travaillait en ville, à l'usine, et touchait un salaire convenable, si on se fiait à la façon dont les autres ouvriers vivaient. Mais le père de Tom perdait son salaire au jeu ; il gagnait parfois, et dans ces cas-là il rapportait des cadeaux, des poulets frits, ou emmenait Tom et sa mère au restaurant. Lorsqu'il perdait, il restait absent des jours entiers, rentrait subrepticement, reprenait les cadeaux — la montre de Tom, les bijoux de sa mère, les casseroles, les poêles, tout ce qu'il pouvait dérober sans se faire voir — et disparaissait. Tom comprit par la suite qu'il les avait mis au clou pour tenter de regagner l'argent perdu. Aux mauvaises périodes, et elles pouvaient durer des semaines, son père restait absent des jours et des nuits. Lorsqu'il gagnait, il continuait à jouer ; lorsqu'il perdait, il ne pouvait pas s'arrêter. Il ne ratait jamais une journée de travail, ayant compris qu'il avait besoin de son salaire pour jouer, mais dès la sortie de l'usine, on était sûr de le trouver au champ de courses de la grande ville, autour du tapis vert, à une table de dés ou au bar en train de parier sur tout et n'importe quoi. Tout ce qu'il rapportait, on le rangeait de côté, mais on ne s'en servait pas beaucoup, car même les jouets de Tom risquaient de disparaître en un clin d'œil.

Tom ne pouvait pas oublier le caractère de son père même si, quand tout allait bien, son vieux était heureux, rieur et généreux. Mais il était d'humeur changeante quand la chance tournait. Dès l'âge de six ans, Tom apprit à ne pas se fier aux bons moments, et il se mit à éviter son père.

Sa mère, elle, gobait les bonnes périodes bouche bée. Elle dansait avec le vieux lorsqu'il rapportait le tourne-disques, elle dévorait les poulets frits, se léchait les doigts, riait de ses plaisanteries éculées, essayait d'entraîner Tom dans la ronde. Il refusait toujours.

Les bonnes périodes étaient accompagnées d'une foule de bonnes intentions. Le soir, quand Tom était au lit, il entendait son père dire à sa mère ce qu'il allait faire avec l'argent gagné, il avait toujours des projets merveilleux pour devenir riche. C'était un cycle infernal de gains et de pertes.

Lorsqu'il perdait, son vieux battait sa mère, que le travail et les soucis avaient marquée avant l'âge. Il battait Tom aussi, s'il s'interposait ou s'il essayait de l'en empêcher. Sa mère lui criait de s'enfuir, et Tom allait se cacher dans les bois, de l'autre côté de la voie ferrée. Parfois, il les entendait encore de sa cachette, mais c'était rare : tout se passait en silence, son père grognait et haletait, sa mère étouffait ses cris.

A dix ans, presque aussi grand que son vieux, il cessa de s'enfuir dans les broussailles. Il répondit aux coups. Comme il ne faisait pas le poids devant son père, plus grand et plus fort, il finissait par prendre plus que son compte. Mais il avait la rage que son père n'avait pas, et cela lui permettait de faire plus que de se défendre. Sa mère suppliait le père et le fils d'arrêter. Elle empoignait Tom par la taille et l'empêchait de se battre.

« Frappe-moi, Bart, implorait-elle. Frappe-moi mais laisse le gosse tranquille... »

Lorsque Tom eut onze ans, en plein mois d'août, le vieux disparut toute une semaine. On ne le revit pas pendant sept jours et sept nuits, mais on devinait sa présence, il se glissait dans la maison pendant que Tom et sa mère dormaient, ou pendant qu'ils cueillaient des mûres qu'ils allaient vendre en ville. La brosse, le peigne et le miroir en argent de sa mère, son trésor, avaient disparu ; le grand miroir en chêne n'était plus accroché au mur, à côté de la porte ; le pot à biscuits qui servait de tirelire — il contenait quatre dollars la veille encore — s'était envolé. Le beau couteau de son père, avec le manche en corne, n'était plus là. Le fusil de chasse serait le prochain article à partir, il avait été tant de fois gagé et racheté que l'étiquette du mont-de-piété pendait encore au canon. Ce serait ensuite l'alliance de sa mère, qu'il lui arracherait du doigt, et qu'il lui redonnerait dès que la chance tournerait. Certes, ce n'était pas toujours la même alliance, mais sa mère la reprenait malgré tout, avec le même enthousiasme et la même joie.

Ce mois d'août, son vieux n'étant pas rentré depuis une semaine, Tom et sa mère erraient dans la maison en silence, cueillaient les baies en silence, et allaient les vendre en ville en silence. Ils savaient que ce n'était qu'une question de temps.

Un jour, Tom essaya de parler à sa mère.

— Partons avant qu'il revienne, proposa-t-il.

Sa mère lui demanda de se taire.

Un autre jour, il lui dit qu'il trouverait du travail, qu'ils pourraient vivre ensemble ailleurs.

— Il a peut-être eu une période de chance, répondit-elle.

Ils savaient que c'était impossible, sinon il serait déjà revenu, fier de lui, brandissant un rouleau de billets. Il aurait rapporté des poussins, ou des perles pour sa femme. Ou une alliance gravée au nom d'une autre.

Il était près de minuit, un dimanche, lorsque son père se pointa au bout de la route. Tom l'entendit par la fenêtre ouverte. Il marchait d'un pas vif.

Sa mère était encore éveillée, bien qu'il l'ait entendue tirer le meuble-lit. Ils étaient tous deux couchés, chacun écoutant l'autre respirer. Quelque chose planait dans l'air, qui leur disait que le père rentrerait bientôt.

Lorsqu'il entendit la porte d'entrée s'ouvrir à la volée, Tom sentit une rage violente monter en lui. Une rage brûlante.

— Debout ! hurla son vieux à sa mère.

Tom entendit les ressorts du lit gémir et les pieds de sa mère heurter le plancher.

Avant de se glisser hors de sa chambre, Tom eut le temps d'entendre le cri étouffé de sa mère et le choc sourd de son corps sur le sol.

Il sortit par la fenêtre et fonça à la remise où le fusil de chasse était accroché et en vérifia la chambre.

La porte d'entrée était encore grande ouverte. En entrant, Tom vit son père debout au-dessus de sa mère, en train de lui lancer des coups de pied dans le ventre qu'elle s'efforçait de protéger.

Il leva le fusil et croisa le regard de sa mère.

— Non ! hurla-t-elle.

Son père se retourna, le temps de voir Tom le viser et tirer. Le vieux s'écroula sans un son, sinon un « ouf ! » lorsque la balle le transperça.

— Tu l'as tué ! s'écria sa mère. Tu l'as tué, espèce de petit salaud !

Entre deux sanglots, elle répétait sans cesse le nom de son mari.

Tom courut dans les bois, son cœur tambourinant, son sang bourdonnant dans ses tempes. Il courut à se faire éclater les poumons. Parvenu au milieu du bois, seul, entouré des arbres, il jeta le fusil et hurla vers le ciel.

La pluie explosa avec un craquement de foudre qui parut sortir de sa poitrine. Il ressentit le tonnerre en lui lorsqu'il gronda, l'éclair lorsqu'il zébra le ciel d'une lueur aveuglante. Cela provenait de lui, d'un fil invisible qu'il tirait sans le voir. Il le comprit tout de suite. Par la suite, il conserva ce don ; il fit d'abord pleuvoir quand il était tourmenté, en colère. Plus tard, devenu grand, il apprit à le maîtriser, bien qu'il ne jetât jamais un regard par la porte qu'il pouvait ouvrir à volonté. Il ne sut jamais s'il avait toujours eu ce don ou s'il lui était venu à la mort de son père, mais il associa toujours les deux événements. Jusqu'à ce qu'il arrive à Goodlands et que quelque chose lui ferme la porte.

Cette nuit-là, dans le jardin de Karen, Tom mit longtemps à s'endormir.

# 5

Henry Barker retourna à Goodlands dans la chaleur du matin, au ranch de Dave Revesette plus précisément. Celui-ci était en train de faire entrer une grande jument noire dans l'écurie. Henry s'arrêta au portail de la basse-cour, à distance respectable. Il n'aimait pas les chevaux. C'étaient, selon lui, les animaux les plus imprévisibles de la création.

La basse-cour, pleine de chevaux le matin, était déserte hormis une vieille jument claire, la préférée des enfants, depuis quinze ans bien passés. Elle n'était pas attachée et se tenait près de l'abreuvoir, y plongeant de temps en temps la tête pour boire une gorgée. Henry préférait de loin ce genre de cheval.

Il entra prudemment dans la basse-cour quand Dave sortit de l'écurie en s'essuyant le front avec un mouchoir.

— La garce n'en fait qu'à sa tête, pesta Dave, qui fourra le mouchoir dans sa poche et remit sa casquette de base-ball. C'est la jument de la petite Anna Best, elle est gâtée jusqu'à la moelle. Cette gosse vient une fois par mois et la gave de sucre. Personne ne la monte sauf nous, mais cette jument aurait bien besoin d'être dressée. Sa propriétaire aussi, pour être franc. Comment ça va, Henry ? ajouta-t-il en lui serrant la main.

— Mieux que toi, il paraît. Il te manque des chevaux ?

— Ouais ! Je suis sorti ce matin vers les six heures et demie. Y avait pas un cheval dans la cour à part Daisy. Les bêtes ne rentrent pas à cette époque de l'année, les nuits sont douces, mais j'ai quand même jeté un coup d'œil dans l'écurie, eh bien, y avait pas âme qui vive. Je suis monté sur Daisy et j'ai été faire un tour. J'ai trouvé la clôture comme elle est. Viens voir !

Dave montra un endroit, trop loin pour que Henry le distingue, mais dont il savait qu'il marquait la limite du pré et de la nationale qu'il longeait.

— T'en as perdu sur la nationale ? demanda le shérif.

— Pas qu'on sache pour l'instant, mais il nous en manque encore quatre. On a vu deux rouans du côté de Nipple Creek, Mike et le gars à Bobby Laylaw sont partis les rechercher. Mais y en a quatre qu'on a pas encore retrouvés. Tiens, on la voit d'ici, dit-il.

Henry suivit la direction du doigt qu'il pointait vers un pieu survivant de la clôture.

— Il a fallu qu'ils coupent une bonne trentaine de mètres de clôture, et de bon fil de fer. C'est le seul endroit où la clôture longe la nationale ; ceux qu'ont fait ça voulaient que les chevaux s'enfuient sur la route.

Sur la nationale, Henry vit Mike, le cadet des Revesette, qui chevauchait un bai châtain et en tirait un plus foncé derrière lui. Une centaine de mètres plus loin, un autre gamin en ramenait deux autres.

— T'en as combien en pension en ce moment, Dave ?

— Y m'en reste douze, mais y en a quatre à vendre. C'est moi qui m'en occupe, si tu connais des acheteurs. J'ai l'impression que Lester Pragg va reprendre les deux siens. Il ne peut plus payer. Faut dire que... tu sais comment vont les choses par ici.

Henry recula pour laisser passer les chevaux. L'un d'eux hennit, protestant contre la perte de sa courte liberté, et Henry sursauta.

— Merde ! jura-t-il.

— Y va pas te mordre, gloussa Dave. (Les deux jeunes

saluèrent Barker.) Conduis-les tout de suite à l'écurie, Mike. T'as vu Brian ?

— Nan ! répondit Mike.

— C'est le gars à Bobby Laylaw ? demanda Henry lorsque les deux garçons les eurent dépassés.

— Ouais, fit Dave, qui reprit sa marche. C'est Joe, mais y veut qu'on l'appelle Chance. Il veut être cow-boy, je te demande un peu !

Henry s'esclaffa.

— Tu connais des gens qui t'en veulent, Dave ?

— J'en vois pas. Je me suis creusé la tête toute la matinée.

— Ça serait pas des jeunes ?

— Ça va au-delà d'une mauvaise blague, Henry !

Celui-ci acquiesça. Avant d'arriver près de la clôture, Henry avait déjà eu un bon aperçu. Elle était coupée des deux côtés, une trentaine de mètres de fil de fer et quelques piquets gisaient par terre, tordus par les sabots d'une vingtaine, ou plus, de chevaux filant nerveusement vers la liberté.

Henry se baissa pour examiner l'endroit où la clôture avait été cisaillée. Les bouts n'étaient pas coupants, mais arrondis.

— Du beau travail ! s'exclama Henry. Ça m'a pas l'air sectionné. On dirait que le fil de fer a été cassé proprement, je ne sais pas comment.

Il passa son pouce sur l'extrémité lisse du fil de fer. Puis il tendit le fil entre ses doigts, imprima une pression. Le fil de fer se tordit, mais difficilement. Il soupira.

— Qu'est-ce que t'en penses ? questionna Dave.

— Euh, fit Henry. (Il n'avait rien à dire sinon qu'il était désolé pour sa clôture et pour ses chevaux.) Tu connais un outil qui aurait pu faire ce genre de travail ? Un truc qui casse net au lieu de couper ?

— Non, et ça fait trente ans que je pose des clôtures. Tu peux pas relever des empreintes, faire quelque chose ?

Henry lui jeta un regard navré.

— Faudrait que ça soit des doigts minuscules pour laisser des empreintes, tu ne crois pas, Dave ?

125

Ce dernier se releva, ôta sa casquette et en fouetta la clôture. De la poussière voleta. Il recommença.

— Nom de Dieu ! Les types qu'ont fait ce coup, faudra qu'ils paient ! Y me manque encore quatre chevaux ! (Il pivota brusquement, pointa un doigt sous le nez de Henry et éructa :) Je sais bien que je suis pas le seul qu'a perdu des bêtes comme ça, Barker. Y a plein de saletés qui se passent. Des ordures mettent le bazar exprès et que fait le shérif, exactement ? T'attends de les prendre sur le fait ? Je sais bien qu'on a fait un trou dans le poulailler de Boychuk, et que les renards ont fait un carnage. Il m'a dit que son poulailler ressemblait à cet enfer du Viêt-nam. (Il fouetta une nouvelle fois la clôture qui vibra.) Cette fois, c'est les chevaux. Qu'est-ce que t'attends, qu'ils se fassent écrabouiller par un poids lourd ? Ou tu préfères que mes chevaux aillent piétiner un potager, comme ça tu pourras venir m'arrêter ?

Haletant de fureur, il gifla une dernière fois la clôture avec sa casquette, puis s'en frappa la cuisse.

Henry ôta son chapeau, s'essuya le front d'un revers de main, repoussa ses cheveux en arrière et remit son chapeau. Il accrocha ses pouces aux boucles de sa ceinture, sous son ventre bedonnant.

— Bon, je vais jeter un coup d'œil par ici, et je m'en vais, dit-il. C'est peut-être un coup des jeunes. C'est les vacances et Dieu sait qu'il n'y a pas grand-chose à faire dans le coin. D'habitude, la seule distraction, c'est d'aller se saouler la gueule. Ils martyrisent peut-être une ou deux vaches, mais des chevaux... les gosses aiment les chevaux.

— C'est des bêtes de prix, Henry. Merci d'être venu, et excuse-moi de m'être énervé. Je te remercie infiniment.

Les deux hommes se serrèrent la main. Henry enjamba la clôture et commença à fouiner le long du fossé. Il était sûr de ne rien trouver, et ne trouva rien.


Le siège du comté se trouvait à Weston, la plus grande des sept villes qui composaient le comté de Capawatsa.

126

C'était une juridiction de bonne taille, et Henry Barker en était le shérif élu depuis trois ans, après le début de la sécheresse. A l'époque, on croyait qu'il s'agissait d'une mauvaise passe, d'un des malheurs qui frappent souvent les fermiers, comme la chute des prix du blé, par exemple.

Henry s'était présenté aux élections quand le vieux Ed Greer avait pris sa retraite, à soixante-sept ans, disant qu'il était trop âgé pour courir après les chiens et empêcher les bagarres. Le jour où il avait transmis le flambeau à Henry, il lui avait confié qu'il laissait tomber parce qu'il avait de plus en plus envie de sortir son arme et de tirer sur les fauteurs de troubles — chiens et ivrognes réunis — plutôt que de les arrêter. A cinquante-deux ans, Henry était bien moins fringant qu'Ed à soixante-sept, mais il était plus patient, et durant ses trois années de service il n'avait sorti son arme qu'une seule fois, pour achever un cerf renversé par un camion, ce qu'il aurait fait de toute façon s'il était resté simple citoyen.

Il rattrapait les chiens errants, séparait les ivrognes qui se battaient, aidait les ambulanciers à ramasser les jeunes sur la nationale, le plus souvent sur Arbor Road qu'on disait hantée. D'après Henry, la seule chose qui hantait Arbor Road était la côte en haut de laquelle les gosses aimaient décoller. Il donnait des contraventions pour excès de vitesse, des avertissements pour feux arrière cassés, des contraventions pour les chiens en maraude, et il intervenait quand un voisin se plaignait de tapage nocturne.

Il divisait chaque village en deux parties : la bonne et la mauvaise, et les deux étaient inconciliables. A une ou deux exceptions près — un petit malin des beaux quartiers frappait sa femme, par exemple, et à Avis, une femme tabassait régulièrement son mari —, la plupart du temps, les bons restaient avec les bons, et les mauvais avec les mauvais. Les quartiers honnêtes étaient cambriolés, et les cambrioleurs habitaient les mauvais quartiers. Une fois ou deux par an, souvent l'été, des privilégiés, des fils désœuvrés de la classe moyenne, cambriolaient la maison des parents d'un copain (souvent avec le copain) et se faisaient prendre aussitôt, après avoir caché le butin dans leur chambre où leur mère le retrouvait le jour où elle faisait le ménage.

En fait, pour autant que Henry pût en juger, à Capawatsa les délits n'avaient pas beaucoup changé depuis son enfance. Les objets volés étaient plus chers, mais davantage de gens possédaient des objets de valeur. Le vandalisme s'était accru parce que les jeunes étaient plus désœuvrés. La majeure partie des délits était le fait de passages à l'acte de veille de rentrée scolaire.

Henry passait ses journées à régler les querelles par la négociation et à rédiger des rapports sur des bris de clôture ou des tôles froissées. Tous les ans, quelqu'un se faisait tirer dessus, généralement à cause d'une femme, d'un chien, d'un excès de boisson, mais il n'y avait pas eu un seul meurtre en dix ans. A de rares exceptions près, les crimes commis étaient des délits mineurs, souvent des violations de propriété, et Henry pouvait dire sans peine qu'il n'y avait pas de meilleur endroit au monde que le comté de Capawatsa. Sauf si on habitait Goodlands.

Bien que Goodlands prétendît avoir la meilleure terre de la région — d'où son nom — rien n'était pire pour un fermier depuis quelque temps. Il n'y avait pas d'explications à ce qui s'y passait, et depuis le début de la sécheresse Henry avait vu son travail décupler. Les gens devenaient nerveux et, dans ces cas-là, les ennuis arrivent vite.

Et de drôles de choses s'y passaient. Carl Simpson, habituellement un type normal, propriétaire d'un troupeau d'une centaine de têtes, souffrait, comme tout le monde, de la fin d'une mauvaise saison. Il avait une femme et un fils, un brave gars du nom de Harold, qui se faisait appeler Butch pour jouer les durs et entrait dans les abysses de l'adolescence. Carl Simpson était venu voir Henry quelques semaines plus tôt et avait demandé à lui parler en tête à tête dans son bureau minuscule.

— Ce que j'ai à te dire, Henry, avait-il attaqué d'emblée, va peut-être te paraître étrange, mais je veux que tu m'écoutes jusqu'au bout et sans préjugés.

Quand quelqu'un demandait à Henry de l'écouter sans préjugés, il avait tendance à soupirer intérieurement et à s'attendre au récit dramatisé de malheurs de voisinage. Cette fois, il s'assit derrière son bureau, sortit son calepin et son crayon. Juste au moment où il léchait la pointe du crayon pour se mettre à l'ouvrage, Carl lui demanda de le ranger.

— Je préfère que tu ne prennes pas de notes, dit-il en jetant un regard par-dessus son épaule en direction du secrétariat désert. Ça pourrait nous valoir des ennuis.

Henry remisa son crayon dans sa poche, referma le calepin et s'accorda le plaisir d'un de ses soupirs intérieurs. Il se cala dans son fauteuil pour écouter d'une orcille distraite, et peut-être rêver en même temps à ses prochaines vacances. Néanmoins, par politesse, il fixa Carl d'un œil faussement attentif.

— Raconte-moi ce qui te tracasse, Carl.

— Voilà, j'ai pensé à la sécheresse ces derniers temps ; je me suis demandé pourquoi elle ne frappe que Goodlands, pourquoi Oxburg, quasiment cul à cul avec Goodlands, reçoit toujours son quota normal de précipitations, alors qu'on n'a pas une goutte de pluie.

Henry hocha la tête d'un air entendu. Quand on travaillait la terre à Goodlands, on était forcément amené à penser à ces choses-là.

— L'autre soir, je regardais la météo sur le câble, continua Carl, et ils parlaient d'un coin en Arizona appelé Groom Lake. C'est plus un lac, juste un lit asséché en plein désert. C'est plus une ville non plus, même si on voit encore la pancarte sur la nationale...

« Ce que c'est, c'est une installation militaire top secrète... (Il guetta la réaction de Henry, qui, assumant sa responsabilité de bureau des plaintes, fronça un sourcil.) Et c'est tellement secret que ça figure même pas sur les cartes de l'armée. J'ai vérifié. Don Orchard est sur Internet, tu sais, on a surfé dessus comme des malades, ça y est pas...

« Enfin, bon, les gens du coin connaissent l'existence de la base, et bien sûr, les spéculations vont bon train. D'après eux, c'est une base où on dégomme les soucoupes volantes. Tu sais, les ovnis.

— Les ovnis ?

— Oui, je sais ce que tu penses, et je n'y crois pas trop non plus, mais là où je veux en venir, c'est que la base est tellement secrète qu'il y a des pancartes tout le long de la route pour prévenir que si on franchit ce point, on pénètre dans une zone interdite ; si on franchit le second point, on entre dans une zone sous haute surveillance, et si on continue on arrive devant une pancarte qui dit : « Au-delà de cette zone, selon la juridiction de l'armée des Etats-Unis, vous risquez d'être abattu. »

Henry soupira. Il se demanda si les choses allaient vraiment si mal chez les Simpson ; Carl s'était peut-être mis à boire. Il n'avait pas l'air ivre ni drogué, mais il avait quelque chose dans le regard. Il semblait terrorisé.

— Et ça t'inquiète, Carl ? demanda Henry avec précaution.

Parfois, les gens se mettaient dans tous leurs états à cause de la situation dans le monde, et Henry, comme n'importe quel policier, servait de chambre d'écho, de conseiller ou de bouc émissaire.

— Non, pas tant que ça, Henry, mais je pensais à Goodlands et à la sécheresse, et peut-être à ce qui se passe dans leurs silos.

Les silos de missiles étaient source de préoccupations dans le Dakota du Nord, même si les gens s'étaient habitués à leur présence depuis les quelque trente ans qu'ils étaient en activité.

— Les silos sont presque tous fermés, maintenant, Carl. Tu le sais très bien. Les missiles ne sont plus pointés nulle part, et ils sont programmés de telle manière qu'il faudrait qu'il y ait un sacré danger pour qu'on les réactive. Ils ne présentent plus aucun risque, le rassura Henry.

Et il le croyait.

— Ouais, c'est ce qu'on arrête pas de nous dire, mais

en voyant Groom Lake à la télévision, j'ai repensé à tous les trucs que le gouvernement fédéral cache au peuple, et je me dis que les silos sont peut-être utilisés pour autre chose que la défense nationale.

— Quoi, par exemple ? demanda Henry qui laissa échapper un soupir.

— Des expériences météo, par exemple.

Carl s'adossa sur sa chaise, soulagé d'avoir craché le morceau, et posa ses mains sur ses cuisses, poings serrés.

Il se mit à expliquer sa théorie sur les expérimentations météorologiques de l'armée — une meilleure défense contre les Russes, les Irakiens, les Cubains et le Canada, que n'importe quel missile.

— On les noie sous dix années d'hiver d'affilée, proposa-t-il, on leur envoie des grêlons de la taille de balles de base-ball pendant une ou deux semaines, ou, ajouta-t-il, plein de sous-entendus menaçants, on les assèche pendant quatre ans.

Henry l'avait écouté avec compassion, et il avait congédié Carl après lui avoir arraché la promesse de ne pas écrire à la Maison-Blanche ni — surtout — d'inspecter les silos lui-même, avant que Henry n'éclaircisse l'affaire. Là-dessus, ils s'étaient serré la main et Henry l'avait raccompagné jusqu'à sa camionnette en se demandant ce que Janet, l'épouse de Carl, une femme équilibrée et travailleuse, pouvait bien penser ces derniers temps.

Et cela durait depuis quatre ans. Après sa conversation avec Carl, Henry fit une exception rare, il regarda pendant plusieurs heures la chaîne météo, ratant par la même occasion ses programmes préférés, comme son *New York Police Blues* du soir.

Il vit ainsi les plans élargis et les plans serrés de tous les Etats de l'Union avant d'en arriver au Dakota dont la photo météo s'afficha enfin, grâce à la magie et au satellite, une belle photo de fins nuages blancs défilant au-dessus de l'Etat comme de la fumée de cigarette dans un bar. D'après le commentateur, tout autour de Goodlands, la pluie tombait. On prédisait et on enregistrait l'intensité des précipitations, mais on ne parlait jamais de l'absence de pluie, soit par ignorance, soit par volonté délibérée. Goodlands était un point minuscule qui ne figurait pas sur les cartes par satellite ni sur les cartes détaillées, bien que Weston eût droit à un bref commentaire qui définissait sans erreurs la situation du jour pour la ville. Mais rien sur Goodlands.

Les citoyens respectables ne se livrent pas à des affabulations sur les ovnis ni sur les complots du gouvernement fédéral, à moins que la situation ne soit vraiment mauvaise. A Goodlands, les choses tournaient vraiment mal. Parfois, Henry se demandait si la ville n'avait pas davantage besoin d'un exorciste que d'un flic. On y recevait plus que sa part de malheurs : l'accident bizarre à l'épicerie, les incendies, etc., sans compter l'augmentation des petits délits qui vont de pair avec les périodes sombres. Les gens volaient ce dont ils avaient besoin quand ils n'avaient pas les moyens de payer. En fait, l'endroit avait radicalement changé. Il était si différent que Henry méditait souvent sur ce qui avait bien pu se passer.

Dans sa voiture, en regagnant son bureau, Henry tâta machinalement la pochette de sa veste dans laquelle il avait rangé l'emballage de son sandwich. Le sac en papier contenait le mégot qu'il avait trouvé la veille dans l'allée qui menait à la maison de Karen Grange. Karen lui avait dit qu'elle n'avait vu aucun suspect la nuit où le champ de Kramer avait pris feu. Or, dans son allée, il y avait un mégot de cigarette roulée à la main. Henry avait la quasi-certitude que Karen ne fumait pas. Il ne l'avait jamais vue avec une cigarette. Néanmoins, il y avait un mégot au bout de son allée, trop loin de la route pour avoir été lancé par un passant — et les gens faisaient bigrement attention à leur mégot par une sécheresse pareille. En outre, le mégot avait été écrasé, comme si le fumeur s'était penché pour l'éteindre en le grattant par terre. Il avait donc été jeté par quelqu'un qui se tenait dans l'allée. Se pouvait-il qu'elle n'ait rien remarqué ? Oui, c'était possible.

Mais il y avait des détails troublants. Par exemple, la façon dont elle était restée avec lui sur le porche, sans l'inviter à entrer prendre une boisson fraîche alors que la température avait allégrement dépassé les vingt-cinq degrés pendant plus de douze heures, et qu'ils se connaissaient suffisamment pour s'appeler par leur prénom. C'était peut-être à cause de sa fatigue, de son manque de politesse, de son étourderie, ou parce que son frigo était vide, mais Henry ne le pensait pas. Cela ne ressemblait pas à Karen. C'était une femme sympathique, elle s'était donné du mal pour se faire accepter par les habitants de Goodlands.

Il était plus probable qu'elle lui cachait quelque chose.

Même si elle avait un invité chez elle, cela ne signifiait pas qu'il s'agissait du vagabond que les Tindal, Bart Eastly et Gooner avaient vu. C'était peut-être un amant et elle préférait que les clients de sa banque ne soient pas au courant. Ou bien elle fumait en cachette. Ou bien elle lui avait menti. Quand quelqu'un comme Karen Grange ment à la police, c'est pour une bonne raison. Or cela ne pouvait pas être parce qu'elle ne payait pas ses impôts.

Goodlands donnait des ulcères à Henry.


Dave Revesette n'était pas le seul à se débattre avec des actes de vandalisme ce matin-là. Avant que Henry quitte les limites de Goodlands, quatre messages étaient arrivés sur son répondeur.

Larry Watson s'était levé de bonne heure pour prendre des nouvelles du porcelet qu'il risquait de perdre. En fait, il s'était attendu à le trouver mort. C'était une petite chose toute riquiqui qui ne tétait pas, que sa femme et ses enfants avaient prise en affection et nourrissaient au biberon. Larry s'était retenu d'intervenir, mais si le porcelet devait mourir, il était partisan de laisser la nature suivre son cours.

Il alla donc voir où en était le porcelet — dans l'espoir qu'il ait finalement rendu l'âme, afin que sa famille n'encombre plus l'étable toute la sainte journée en poussant des cris admiratifs, et le laisse travailler en paix — et il s'y prit tôt, quand les autres dormaient encore.

Le soleil s'était levé et on entendait les oiseaux — il en venait encore quelques-uns —, il faisait encore assez frais pour que ce soit agréable. C'était la meilleure heure de la journée.

Il arrivait devant l'étable quand il remarqua une chose bizarre, et l'espace d'un instant son cœur s'arrêta. Il pensa à l'impensable.

Il y avait une grande mare par terre. Il avait peut-être plu. Miraculeusement, pendant la nuit, sans que personne entende, et uniquement près de l'étable. Mais c'était ridicule. Inquiet, Dave courut voir ce que c'était.

— Merde ! s'écria-t-il.

L'eau provenait du réservoir. Visiblement, le réservoir s'était vidé complètement et la terre était en train d'absorber l'eau.

Le réservoir avait environ six ans, il commençait à montrer des signes de fatigue, bien que de bonne qualité. Dave vérifiait régulièrement les points sensibles, mais il restait en bon état. Dave en avait quatre, situés à divers endroits de sa propriété, toujours sur des chariots pour qu'on puisse aisément aller les remplir. Des réservoirs de qualité, c'était indispensable.

Comme tout le monde à Goodlands, les Watson rationnaient l'eau de leur puits presque à sec, et remplissaient leurs réservoirs à Avis, Oxburg ou Adele, qui aidaient à tour de rôle les habitants de Goodlands. Les bains étaient interdits. Tout le monde se douchait, même Jennifer, la benjamine de trois ans. L'eau était réservée pour la cuisine, sinon ils buvaient du lait. Ils exagéraient sans doute les précautions, mais Larry était économe et il n'avait pas eu à s'en plaindre. Ainsi, malgré les protestations de sa famille, il continuait les rationnements. Sa politique avait porté ses fruits, le puits n'était pas encore à sec.

— Nom de nom ! lâcha-t-il en s'accroupissant près du réservoir.

La chantepleure avait disparu. Dave grimaça, ahuri. Il

tâta le sol sous le réservoir, plongea la main dans la mare, s'aperçut qu'il était accroupi dans l'eau jusqu'aux chevilles — eau que la terre desséchée buvait goulûment. Il chercha la chantepleure sous l'eau, mais elle avait disparu.

Il n'avait pas le temps de chercher, ni de se demander où elle pouvait bien être, ni même comment elle s'était détachée. Il se releva et regarda de l'autre côté du pré, en direction du deuxième réservoir. Il ne vit pas grand-chose, mais soupçonna le pire.

Fou d'inquiétude, il revint chercher son camion. Il lui fallait vérifier les autres réservoirs.


Jack Greeson, qui travaillait sous les ordres de Leonard Franklin à la brigade de pompiers bénévoles de Goodlands, sortait en marche arrière de son allée, en se demandant s'il achèterait de la tourte ou des doughnuts maison chez Grace Kushner, ses beignets de deux cents grammes frits dans le saindoux. Au bout de l'allée, sa voiture heurta violemment un obstacle et il fut propulsé contre le volant. Il se mit à saigner du nez.

Il enclencha le point mort en jurant, croyant avoir percuté un gros animal. Tout en se pinçant le nez pour l'empêcher de couler, il fouilla dans la boîte à gants, trouva un mouchoir qu'il se plaqua sur la figure. La blessure n'était pas grave mais lui faisait un mal de chien. Il bascula le rétroviseur pour vérifier l'état de son nez, et c'est à ce moment-là qu'il remarqua une chose étrange.

La route était au niveau du capot arrière de sa voiture.

Lorsqu'il descendit, ses jambes heurtèrent le sol d'un coup sec, et une violente douleur lui fusilla les genoux... Le sol arrivait presque au plancher de la voiture.

Il y avait une crevasse à l'endroit où l'allée débouchait sur la route. En reculant, la voiture était tombée dans un grand trou, les roues enfoncées jusqu'à l'essieu.

Jack contourna son véhicule et se trouva devant une trouée de terre noire desséchée, de racines et de rocs. L'allée s'était séparée de la route.

135

Il resta là, pantois. Sa femme ouvrit la porte d'entrée et lança :

— Tout va bien ?

— Appelle Grease, répondit-il. (Grease, son frère, travaillait au garage avec Bart Eastly.) Je vais avoir besoin qu'il me remorque.

Il continuait de contempler, bouche bée, le train arrière de sa voiture.

Terry Paxton, que seul son mari appelait Teresa, passait l'aspirateur dans le salon quand elle jeta un regard par la fenêtre. Elle trouvait toujours du réconfort à la vue de la grande croix que son mari avait plantée sur la pelouse, malgré les traces de désespoir qui l'entouraient : l'herbe sèche et jaunie, le vaste champ désert qui ne donnerait rien cette année. En regardant exactement en face, elle ne voyait que la croix, haute et fière au milieu de la misère, et elle en tirait un profond réconfort. Du bon bois brut, grossièrement taillé, la seule chose qui pouvait bannir les pensées coupables qui lui traversaient l'esprit lorsqu'elle se laissait aller à méditer sur leur horrible situation.

Elle leva les yeux pour recevoir la bénédiction... qui ne vint jamais. La croix avait disparu.

Une inspection approfondie révéla que la chose gisait en deux morceaux, à plus de cinq mètres l'un de l'autre.

La famille pria toute la journée afin de chasser le démon responsable de cette atrocité. Toutefois, vers midi, Mr Paxton fit une pause et appela la police.

Henry et ses adjoints s'agitaient comme des poissons dans un bocal. De toutes les bizarreries qui devaient s'accumuler dans la journée, le seul indice en leur possession était une petite empreinte, une chaussure de tennis qui se dessinait dans la boue humide, à côté d'un réservoir de Larry Watson.

Henry ne découvrit rien d'autre.

Vida dormait peu mais cela lui était égal. L'adrénaline courait dans ses veines. Elle n'avait jamais autant plané, même après le premier incendie. Elle était droguée à mort.

L'allégresse que lui avaient procurée les ravages chez ses voisins de Goodlands ne dura pas. La voix intérieure lui rappela qu'il y avait du pain sur la planche. La voix la doucha et l'effraya même un peu.

Elle s'était réveillée le matin avec l'espoir que ses impressions de la veille n'avaient été que le fruit d'un cauchemar. Qu'elle avait seulement rêvé de l'autre visage dans la glace, celui qui se superposait à ses traits. Elle se souvenait de s'être tenue au pied de son lit, le corps parcouru d'un bourdonnement bizarre, mais c'était flou. Elle se souvenait de l'étrange vibration qu'elle avait ressentie, comme si elle flottait au-dessus des lattes, la plante des pieds chatouillée par des milliers de minuscules bestioles, larves ou asticots, qui jaillissaient et se répandaient sur le sol.

La vibration s'était ruée par la fenêtre, avait survolé la ville, les champs, les basses-cours, les routes et les ruisseaux asséchés, elle avait enveloppé toute la région.

Vida souhaitait que ça n'ait été qu'un mauvais rêve provoqué par une indigestion, une viande avariée au dîner, une cochonnerie que son père aurait glissée dans son verre d'eau. N'importe quoi.

Mais à son réveil, elle avait mal aux bras, ses muscles étaient raides et fatigués, comme d'avoir été tendus trop longtemps. Ses plantes de pied étaient noires de boue. Malgré les tennis qu'elle portait la veille, malgré son bain. Pour avoir des pieds aussi noirs, de la boue séchée presque jusqu'aux genoux, il aurait fallu qu'elle marche dans des fossés pleins de vase.

Elle s'éveilla après une longue nuit agitée, avec l'impression de s'être à peine mise au lit et d'avoir été réveillée en sursaut. Elle ne le remarqua pas tout de suite, mais ses pieds avaient taché les draps. Elle descendit du lit, des lambeaux de rêve dans la tête. Un rêve affreux. Elle courait, on la chassait. On l'attrapait, et la chose noire, aussi noire que la boue de ses pieds, sombre et humide, se frayait un chemin brûlant dans ses poumons. Puis... le réveil.

Elle évita de se regarder dans la glace pendant un long moment. Puis, n'y tenant plus, se sentant ridicule, elle se planta devant son miroir. Comme si la lumière lui jouait des tours (ou à cause d'une ondulation de la glace), quelque chose frétilla devant son visage, des yeux sur les siens, des cheveux tirés en arrière, un petit nez couvert de taches de rousseur ; rien de tout cela ne lui ressemblait. L'horreur du cauchemar lui revint.

La voix lui expliqua. Elle lui dit que cela avait été son tour, d'abord, et que maintenant il y avait cette histoire de l'homme.

Son tour d'abord.

Quant à l'autre chose, la longe, elle venait de quelque part dans son ventre, et menait vers un endroit inconnu. Vida sentait une force nouvelle en elle brûler comme des charbons ardents. Elle pouvait faire tout ce qu'elle voulait. Les réservoirs d'eau, la fissure dans l'allée de Jack Greeson, la croix pathétique des Paxton, c'était son œuvre. Mais c'était terminé. Désormais, elle devait suivre la longe, qui survolait la ville comme la veille.

Vida marcha, mais elle n'avait pas l'impression de suivre un chemin précis. Elle marchait parfois sur la route, parfois dans le fossé. Elle suivait la longe parce que c'était ce qu'on attendait d'elle, et qu'elle n'osait pas faire autrement.

# 6

Karen Grange avait épinglé un mot pour Tom sur la porte de derrière. Ce fut la première chose qu'il vit en ouvrant les yeux. Le mot disait simplement : « Aujourd'hui », souligné d'un gros trait. Elle devait s'impatienter. Cela le mit en rogne, et il n'aimait pas se réveiller de mauvaise humeur ; il arracha le mot, le froissa et le fourra dans sa poche. La porte était fermée à clef, mais il entra quand même. Il avait besoin d'une dose de caféine et peut-être aussi d'un morceau de ce délicieux fromage qu'elle conservait au frigo. Il n'avait pas bien dormi.

Il aurait volontiers bu quelque chose. Une rasade de whisky ou de rye aurait coulé comme du velours dans son gosier, l'aurait détendu. Une goutte dans le café, un verre pour faire descendre le tout... et peut-être le reste de la bouteille. Juste pour enlever l'incroyable sécheresse qu'il ressentait dans cet endroit étrange, une sécheresse qui s'insinuait en lui.

Son sommeil avait été peuplé de rêves.

Il avait fait celui du faiseur de pluie, un rêve qui revenait souvent, mais celui-ci avait mal tourné alors qu'il se terminait bien d'habitude. Dans son rêve, il se dressait de toute sa taille dans le jardin de Karen, où se trouvait le ridicule belvédère, sauf que là, il n'y avait pas de belvédère. Il n'y avait qu'un champ dénudé. Il se tenait les bras étendus, il invoquait la pluie. Et elle tombait, d'abord doucement, puis de plus en plus fort. Le ciel était noir, on se serait cru la nuit, et il commençait à faire froid. Il plut de l'eau glacée qui lui transperçait la chair de millions d'épingles, le frigorifiait jusqu'à la moelle, et Tom ne put bientôt plus tenir. Il cherchait un abri, mais ne trouvait qu'un trou dans le sol, une sorte de tranchée. Lorsqu'il y entrait, la pluie glaciale remplissait la tranchée jusqu'à ses genoux et l'y maintenait prisonnier. Il s'aperçut alors que c'était une tombe, et il se réveilla, un cri au bord des lèvres.

Il était trempé de sueur. Il avait ouvert les yeux et, voyant le belvédère, il avait eu la chair de poule. Il avait ensuite repoussé sa couverture, mais avait mis du temps à se rendormir. Il n'avait plus fait de rêves ensuite, ou ne se les rappelait pas. Dorénavant, il dormirait dans la clairière.

Il était temps d'aller marcher un peu, ce qui avait le don de le faire réfléchir. Le rythme de ses pas, le calme de la route vidaient son esprit des pensées superflues et l'aidaient à se concentrer. En outre, il avait une idée en tête.

Il nettoya les miettes, mais laissa exprès sa tasse sale dans l'évier, pour qu'elle sache qu'il était entré. En imaginant Karen en train de découvrir les traces de sa présence, un sourire, le premier, se dessina sur ses lèvres. Pas de mot, la tasse sale suffirait. Et le morceau de fromage en moins. Tom gloussa. Il se sentit tout de suite mieux.

Il suivrait la route devant chez Karen jusqu'à ce qu'il trouve l'endroit où finissait Goodlands et où commençait une autre commune. Il avait le sentiment que la différence serait manifeste.

La première fois qu'il avait pénétré dans les limites de Goodlands, il avait senti le changement. Comme Alice traversant le miroir, il était entré dans un autre monde ; en quelques pas, il était passé de l'endroit où il pleuvait à celui où il ne pleuvait pas. Ou ne pouvait pas pleuvoir.

C'est là qu'il irait. Il devait trouver l'endroit où il y avait encore de la pluie. Il avait le sentiment que les limites de la commune et l'endroit où la pluie s'arrêtait ne feraient qu'un.

D'après son expérience, il savait que la pluie était bizarre, parfois imprévisible, mais elle n'était pas exigeante. Elle ne choisissait pas tel endroit plutôt que tel autre ; elle avait ses mystères, mais rien de surnaturel. Selon lui, il n'y avait pas de raisons qu'il pleuve partout sauf à Goodlands, et il avait pourtant connu plus d'une sécheresse. Ce n'était pas comme cela que la sécheresse se produisait. Celle-ci était anormale.

Il dépassa sur sa gauche un bar, le Clancy, et continua sur la même route. Elle traversait la prairie, et Tom pouvait compter les poteaux électriques qui disparaissaient à l'horizon. Des kilomètres de prairie plate et de poteaux électriques.

Là, le ciel rejoignait la terre et rien ne pouvait être dissimulé à la vue. Tom n'avait jamais rencontré de paysage plus aride et plus décourageant. Tout était plus vif — le soleil tapait plus fort, le vent était plus féroce, les couleurs plus crues. On n'échappait pas au ciel. C'était comme s'il fallait qu'on le voie, comme s'il exigeait qu'on le remarque.

Le seul paysage qu'il pouvait comparer à la prairie était le désert, un endroit impitoyable. Bien que comparables en beauté et en étendue, ils sont le jour et la nuit. La prairie est accueillante, le désert repousse. Sa beauté ne veut rien d'humain. La beauté du désert se suffit à elle-même, elle ne se donne pas en partage. Pour Tom, traverser le Nevada avait été comme une répétition pour la mort : la longue étendue de néant, la chaleur aveuglante, les nuits mortellement glaciales, la solitude absolue, l'impression d'être le dernier survivant, et que la terre était desséchée, morte, étaient effrayantes. Lorsque Tom était sorti du désert, lorsqu'il avait atteint la petite ville à sa frontière, il avait eu envie de monde. Il était resté dans un petit hôtel, avait dépensé ses derniers dollars pour avoir l'occasion de se convaincre qu'il appartenait encore à l'humanité. Il avait mis du temps à s'en remettre.

Il avait rencontré une femme. Elle s'appelait Wanda. Ils avaient passé une semaine ensemble, un record absolu pour Thompson Keatley, mais après tant de solitude il avait besoin de sentir de la chair contre sa chair, la sensation d'os, de sang, de respirer une haleine humide après le sol aride et l'air sec et brûlant du désert. Ils étaient restés une semaine ensemble, pratiquement tout le temps dans le lit étroit de la chambre d'hôtel, à faire l'amour, à manger, à se saouler. Wanda lui avait confié ses secrets. Elle lui avait raconté sa vie, qui s'était déroulée dans la même ville. Il avait été tellement immergé dans son propre désir qu'il aurait été surpris qu'elle le vît sous un éclairage très différent. Il était parti furtivement pendant qu'elle dormait, sans lui laisser un mot. Il s'en était voulu par la suite ; c'était la seule fois où il s'était senti coupable envers une femme. Maintenant, il ne se rappelait même plus à quoi elle ressemblait, mais il se souvenait nettement de ce qu'elle lui avait fait ressentir. La chaleur, et l'humidité. Lorsqu'ils faisaient l'amour, ils étaient inondés de sueur, et Tom soupçonna par la suite que c'était de son fait. Il lui avait soutiré sa sueur. Il avait eu besoin de cette humidité, de cette eau, de boire cette chair. Elle lui avait permis de revenir.

Il savait très bien pourquoi il repensait à son voyage dans le Nevada. C'était la même chose sur cette route qui l'emmenait aux confins de la commune. Un néant. Il ressentait le besoin de ce lieu, et son propre besoin. Il était asséché de l'intérieur.

Il arrivait. Déjà, en approchant, il ressentit le changement dans l'air.

Dans le ciel, à la limite des deux territoires, il vit un nuage, un petit nuage frêle qui contenait de la pluie, minuscule, accroché comme une nappe de brouillard à l'horizon, invisible sauf pour lui. Il accéléra l'allure et se dirigea vers le nuage tel un papillon de nuit attiré par une flamme.

Comme s'il traversait le miroir d'Alice, il passa d'un

monde à un autre et sortit du néant. Il laissa tomber son sac juste en dessous du nuage, tendit les bras et fouilla l'intérieur du ciel. Il toucha la pluie, se blottissant en son sein gras et humide, s'en emplit les narines et les pores de la peau. Alors, il ferma les yeux et tira juste un peu. Un léger crachin tomba, arrosa Tom, mouilla son visage. Des gouttelettes ruisselèrent sur ses paupières, coulèrent dans sa bouche avec un parfum sucré, le long de son cou, et se glissèrent sous son col de chemise.

Il y avait donc de la pluie... quelque part. Dieu merci. Il resta longtemps après que le petit nuage se fut vidé, s'abreuvant de l'humidité en suspens. Il respira profondément, souhaitant rester là indéfiniment, faire corps avec ce ciel, et non pas avec celui qui surplombait Goodlands, malveillant et aride. Il resta pour humer la pluie, attendit d'être régénéré.

Ensuite, parce qu'il le devait, il revint sur ses pas.


Butch Simpson était adossé, sous la voûte, entre le salon et la salle de jeux. Il avait son gant de base-ball et sa casquette à la main. Sa mère n'aimait pas que le père et le fils gardent leur casquette sur la tête dans la maison.

Butch regardait son père regarder la télévision. Il regardait ses cassettes ou, plus exactement, les émissions qu'il avait enregistrées pendant la nuit. Elles étaient toutes sur des trucs bizarres. Son père avait déjà essayé de les lui montrer, mais sa mère était intervenue ; elle avait dit d'un ton ferme (plus ferme que d'habitude) que Butch était trop jeune pour regarder des choses pareilles. Butch en avait été intrigué et, dès que ses parents étaient partis en ville, il avait mis les cassettes de son père dans le magnétoscope, s'attendant à voir des cadavres, des humains enterrés vivants, ou au moins des cochonneries de grandes personnes. C'était seulement des bêtises sur la fin du monde, les soucoupes volantes et sur un dénommé Ed Cayce qui disait des trucs incompréhensibles, en

143

transe. Des idioties. Butch n'avait même pas regardé la fin.

Il attendait que son père tourne la tête afin de l'entraîner dehors pour lancer quelques balles, car il croyait que si son père se retournait et le voyait, il pourrait le forcer à sortir, juste en se concentrant, par un exercice de volonté. Il se concentrait donc.

Des pas légers le poussèrent à se retourner. C'était sa mère.

— Dis, tu veux faire quelques balles ? proposa-t-elle.

— Avec toi ? s'étonna-t-il.

— Oui, pourquoi pas ?

Elle lui passa la main sur la tête en se disant qu'il grandissait vite. Il se dégagea.

— Tu sais pas jouer au base-ball, dit-il.

Son père, bien qu'il ait dû les entendre, ne bougea pas.

— Ah non ? Viens, je vais te montrer.

— Je veux que ça soit Papa.

— Papa réfléchit, mon chou. Laisse-le.

Elle avait parlé à voix basse et entraîna Butch dehors.

Ils lancèrent quelques balles ; le gant de son père paraissait à la fois énorme et ridicule dans la petite main de sa mère, mais elle attrapait et lançait bien. Elle n'était pas mauvaise pour une mère. Entre deux lancers, il lui demanda soudain :

— Qu'est-ce qu'il a, Papa ? Pourquoi il regarde tout le temps ces machins ?

Janet Simpson détecta dans la voix de son fils une inquiétude qui ressemblait fort à la sienne. Elle attrapa la balle dans son gros gant et la relança. Elle s'efforça de choisir ses mots avec soin :

— Tu te souviens que nous avons parlé de la sécheresse ?

— Oui.

— Tu te souviens que je t'ai expliqué la banque, l'emprunt et...

— Oui, je m'en souviens.

— Eh bien, comme la ferme connaît des difficultés, Papa... (Le visage de Janet se crispa tant elle cherchait les mots adéquats, sachant que les mots justes n'étaient pas pour les enfants.) Papa a du mal à accepter la situation. Et il s'inquiète beaucoup.

— Alors pourquoi est-ce qu'il regarde ces âneries sur les fantômes, les extraterrestres et tout ça ?

Janet attrapa la balle et la relança. Ils jouèrent quelques minutes pendant qu'elle réfléchissait.

— C'est sa façon de gérer son inquiétude, Butch. Chacun fait les choses à sa manière. Quand je suis inquiète, je fais le ménage. Ça m'éclaircit les idées. Ton père, lui, regarde la télé.

Janet était satisfaite de son explication, même si la grimace de Butch lui disait qu'il ne la croyait pas. C'était pourtant la vérité, d'une certaine manière, bien que Janet sût qu'il y avait des raisons plus profondes à la fascination de Carl. Ces affreuses émissions, avec leurs récits ténébreux et l'accent porté sur le surnaturel, avaient touché en lui une corde spirituelle ainsi qu'un penchant pour le complot. Le soir, il commençait à l'effrayer quand il lui racontait ce qu'il avait vu. Il essayait de la forcer à regarder, elle aussi. Il était obsédé par le gouvernement fédéral et « ce qu'il ne disait pas ». Récemment, les histoires étaient devenues encore plus étranges. Carl citait ceux qu'il appelait les « prophètes modernes » et leurs prédictions apocalyptiques. Janet en avait la chair de poule. Il allait jusqu'à Bismarck acheter des livres ridicules aux titres tels que *Survivre au millénaire* et *Le Calendrier maudit*, il dépensait des fortunes alors qu'ils avaient du mal à tenir la tête hors de l'eau. « Façon de parler », songea amèrement Janet. Leur chambre commençait à ressembler à une bibliothèque. Malgré la chaleur du matin, Janet frissonna.

— Alors, dit Butch. (Il attrapa la balle, la garda et considéra son gant d'un air songeur.) Est-ce que ça va être la fin du monde ?

— Où tu as entendu ça ? demanda sèchement Janet.

Voyant l'air surpris de sa mère, Butch s'excusa :

— C'est ce que disent les émissions de Papa. J'en ai

vu une un jour où vous étiez sortis, ajouta-t-il en baissant les yeux. Je pensais pas à mal.

— C'est pas des émissions pour les enfants.

— Oui, mais est-ce que ça va être la fin du monde ? insista Butch.

— Bien sûr que non, assura-t-elle. Il va bientôt pleuvoir et tout redeviendra normal.

Butch lui lança la balle. Elle l'attrapa et la relança. Ils jouèrent encore quelques minutes, poliment, mais le cœur n'y était plus.

Sans dire un mot, par une sorte de consensus, ils évitèrent la maison. Janet s'assit sur le sol sec et dur, tandis que Butch jouait avec la balançoire que Carl lui avait construite avec un pneu à l'époque où il ne marchait pas encore, et ils parlèrent d'autre chose.

Vers midi, ils entendirent la vieille camionnette démarrer de l'autre côté de la maison. Ils ramassèrent leur gant, la balle, et allèrent déjeuner. Janet, en entrant, éteignit la télévision.


Tom s'arrêta vers midi et entra dans le champ où on avait judicieusement planté une rangée d'arbres. Sans doute pour stopper le vent, songea-t-il, mais dans son cas, les arbres stopperaient le soleil. Il posa son sac et s'assit à côté, adossé à un des troncs.

Il se dit qu'il n'y avait pas d'irrigation là où il était assis, car les arbres paraissaient desséchés. Il sentait dans son dos l'horrible sensation qu'il avait perçue dans toute la ville. Il aurait fallu se faufiler dans la ceinture de pluie, comme il commençait à l'appeler.

Il sortit de son sac le restant de fromage qu'il avait chipé dans le frigo de Karen Grange. Il le termina et le fit glisser avec l'eau de sa gourde, dont le goût de croupi tiédasse ne lui gâcha nullement le plaisir. Il ferma les yeux et l'avala goulûment.

Il avait erré autour de Goodlands pendant déjà deux heures, et la plupart des champs devant lesquels il était passé étaient déserts. Certains étaient labourés et attendaient, sans doute un grand nombre avaient-ils été semés, mais il n'avait rien vu pousser. Au bout de quatre ans de sécheresse, il doutait que quiconque eût encore l'espoir nécessaire pour travailler la terre.

Il était passé devant plus d'une maison abandonnée, dont les fenêtres béaient, les vitres cassées tels de grands yeux écarquillés, et dont la peinture pelait. Souvent, une pancarte « A vendre » pendait mollement. Karen Grange étant banquière, il avait réfléchi à son rôle dans l'éviction des fermiers. Elle aurait employé le mot « saisie », qui sonnait propre et distant, et qu'on utilisait pour fermer le cœur d'une ville.

Tom but une autre gorgée d'eau puis revissa le capuchon de sa gourde. Il sortit ensuite son tabac et se roula une cigarette.

Ainsi, il avait résolu la petite énigme. Grange lui avait écrit la lettre parce qu'elle jouait le rôle de la méchante dans l'histoire. Tom s'autorisa un léger sourire en l'imaginant  en train de prendre son stylo et de rédiger la lettre. Au début, il croyait qu'elle était la femme d'un fermier. C'étaient les femmes et les filles qui demandaient. Les fermiers eux-mêmes, très rarement. Le cœur des femmes avait le don de repousser les frontières au-delà des limites des hommes. Elles arrivaient peut-être plus vite au désespoir. D'un autre côté, Tom avait été appelé par des fonctionnaires municipaux, souvent en cachette, mais c'étaient surtout des hommes politiques, et le désespoir était rarement en cause dans leur cas. Il n'avait jamais été contacté par un banquier.

Le plus souvent, c'était Tom qui les trouvait. Il marchait sur une route au hasard et, quand il arrivait dans un endroit, il découvrait qu'on avait besoin de ses services. Le plus souvent, on ne le payait pas, même si les gens savaient ce qu'il avait fait. On n'aimait pas admettre que l'on pouvait attirer la pluie. Et si elle était « attirée », ils croyaient que c'était à cause d'une machine, d'une pilule, ou d'un vaporisateur qui ordonnait à la pluie de tomber. La méthode de Tom était trop difficile à croire.

Winslow, au Kansas, avait constitué une exception. Tom avait été contacté. Le type, un employé de bureau du nom de David Darling (et Tom aurait parié que l'enfant à l'intérieur de cet homme avait été élevé à la dure), avait entendu dire que Tom avait gagné un pari de cent dollars dans un bar de Topeka.

Tom avait entendu les quatre hommes parler de la pluie tout en buvant au bar. Il était de passage, s'était arrêté pour vider quelques bières, flairer l'atmosphère et placer son baratin. Ils n'avaient pas eu de pluie depuis un mois, or on était au beau milieu de l'été. Pas de quoi s'inquiéter. Tom savait que la pluie n'était qu'à un ou deux jours de là. Mais il avait été payé et leur en avait donné pour leur argent. On lui avait offert tournée sur tournée ce soir-là, laissant la porte ouverte pendant qu'il tombait des cordes afin que tous pussent se régaler. On lui avait lancé des tapes dans le dos toute la nuit et il avait eu l'impression d'être un héros, surtout après la cinquième ou sixième tournée. Il s'était poivré comme jamais et avait passé la nuit à l'arrière de la camionnette d'un gars, sous la bâche : il s'était endormi au son mélodieux du crépitement de la pluie sur la toile. Il s'était réveillé l'après-midi, le crâne au bord de l'explosion, un goût de cadavre dans la bouche, et avait dîné avec le propriétaire de la camionnette, lequel avait à Winslow un ami qui était dans la panade. Il lui avait téléphoné et lui avait raconté l'histoire du pari et de la pluie.

« Il s'appelle Darling, lui avait dit le type. On a été à l'école ensemble. Il est employé de mairie, on a gardé le contact. Je lui ai dit ce que vous aviez fait, avait ajouté timidement le type, et il vous serait reconnaissant de venir dans son bled voir ce que vous pouvez faire pour eux. »

Tom y était allé, croyant que les dollars allaient pleuvoir.

Darling avait tenu à garder la chose secrète. Il ne voulait pas que son patron, un prétentieux, sache qu'il avait fait appel à un faiseur de pluie.

Winslow souffrait de la sécheresse depuis dix-huit

mois. Tom avait fait pleuvoir le lendemain après-midi. Les habitants n'avaient pas tardé à découvrir ce qui s'était passé, car Darling n'avait pas pu tenir sa langue. Quelqu'un avait appelé la télévision et un journaliste avait fait un reportage, avec une interview de Tom et tout le bazar. C'était comme cela que Karen avait appris son existence.

Il s'avéra que les habitants de Winslow étaient contents d'avoir de la pluie, mais, au moment de payer, leur scepticisme avait repris le dessus. Darling avait été l'exception, il avait glissé cent dollars dans la main de Tom, quand les autres lui laissaient un petit pourboire. Il avait gagné moins de cinq cents dollars. Il aurait pu ramasser autant dans un pari de bistrot.

Tom tira sur sa cigarette en méditant. Goodlands était différent depuis le début.

Déjà, c'était drôle comme tout, en y réfléchissant, que la lettre lui soit parvenue. Elle l'avait retrouvé alors qu'il se déplaçait sans cesse, comme si elle le suivait.

Passée de main en main, par des gens qui ne le connaissaient ni d'Eve ni d'Adam, elle avait finalement atterri dans les siennes grâce à un type qui connaissait un type qui croyait avoir entendu parler d'un bonhomme qui faisait pleuvoir sur pari. Celui qui lui avait remis la lettre l'avait depuis plus de six mois, froissée, tachée, un coin presque déchiré, mais lisible.

— Je sais même pas pourquoi je l'ai gardée. Un barman me l'a confiée parce que je voyage. Et que je bois... (il s'était esclaffé)... et que t'as fréquenté pas mal de bars, à ce qu'y paraît. Hé, c'est vrai que tu peux faire pleuvoir ?

— Ouais, avait dit Tom.

Le type l'avait regardé des pieds à la tête. Tom s'était demandé combien d'argent il avait sur lui. « Tu veux voir ? Je fais pleuvoir pour cinquante dollars. »

— Tu ne l'ouvres pas ?

— Plus tard, avait répondu Tom.

Le type avait paru déçu, comme si Tom lui devait quelque chose parce qu'il avait gardé la lettre tout ce temps. Et Tom estimait en fait lui devoir quelque chose, mais il ne l'ouvrit quand même pas. Le papier était frais et lisse dans sa main, mais il avait ressenti un picotement. Non que cela signifiât grand-chose, beaucoup de choses lui donnaient des picotements. C'était à l'évidence une écriture féminine, et pour Tom c'était la promesse d'une mauvaise nouvelle, d'une femme en pleurs ou découragée. Il remettrait la lecture à plus tard, lorsqu'il serait un peu plus d'aplomb et pourrait rire un brin, lorsque sa conscience embrumée le laisserait tranquille.

— Alors, avait dit le type. Comment vous faites pleuvoir ?

Tom avait souri ; le type avait des chaussures usagées, le pantalon lustré, un costume bon marché.

— Je fais pleuvoir pour cinquante dollars.

Et il l'avait fait.

Cela faisait presque un an déjà. Il avait lu la lettre tard ce soir-là, comme prévu, grâce aux bières, dans un buisson entre le bar et une maison. Il avait étendu sa couverture, avait allumé un petit feu parce que c'était septembre et qu'il commençait à faire froid, et il avait lu la lettre à la lueur des flammes. Il l'avait toujours, soigneusement rangée entre les pages du vieux livre de grammaire de sa mère.

C'était une lettre d'affaires, formelle, avec des mots choisis. Pas étonnant que Karen l'ait dévisagé de cet air hagard, puis avec un froncement de sourcils soupçonneux, quand il avait débarqué. Elle s'attendait sans doute à voir un quidam en costume, conduisant un camion avec sa raison sociale peinte sur les flancs : *Faiseur de pluie*. Peut-être aussi, en dessous, un slogan tape-à-l'œil, du genre : *La pluie sans souci*. Elle avait sans doute cru qu'il téléphonerait pour prendre un rendez-vous en terrain neutre, peut-être dans le café de Goodlands. Elle y serait venue dans un de ses petits tailleurs, un attaché-case à la main, aurait discuté affaires sur un ton très professionnel, comme celui de la lettre. Ils auraient affiné les détails, signé des papiers, et Tom aurait fait pleuvoir des trombes d'eau pour sauver la ville. Il grimaça : des trombes d'eau.

Le visage de Karen lui apparut ; pas celui du matin précédent, avec l'expression figée de la banquière et un tailleur tout aussi rigide, mais celui du soir. Ses grands yeux écarquillés, comme ceux d'un enfant, reflétaient la surprise et le ravissement.

Il avait mis presque un an à arriver jusqu'à elle, mais il avait passé une grande partie de l'hiver dans le Sud, où un homme pouvait coucher dehors sans se réveiller mort de froid.

Dès qu'il avait lu la lettre, avec ses mots proprets et la signature bien lisible, il avait deviné que ce n'était pas un travail comme les autres. Le simple fait que la lettre lui soit parvenue signifiait que l'endroit avait quelque chose... de différent. Comme si la lettre devait lui arriver, comme s'il devait aller à Goodlands. Comme s'il devait faire pleuvoir.

Alors, pourquoi ne le pouvait-il pas ? Quand l'argent, la femme qui l'avait convoqué, les conditions, tout était réuni pour la pluie, pourquoi ne pouvait-il pas ouvrir la porte et laisser les trombes d'eau déferler des cieux, comme il le faisait presque tous les soirs pour des brou-tilles dans les routiers du Midwest ? Pourquoi ne pas faire pleuvoir pour Goodlands ?

L'argent lui ferait du bien. Il y en avait assez pour qu'il disparaisse un bon bout de temps dans des régions chaudes, humides et reposantes. Dans un endroit telle-ment imbibé de sa propre humidité qu'on se réveillait le matin et qu'on pouvait boire la rosée à même les feuilles des arbres. Où l'eau lui coulait dans la bouche, trempait ses vêtements, sans qu'il ait besoin de bouger un muscle. Pour cinq mille dollars, il aurait droit à tout cela pendant une éternité. Il ferma les yeux et, imaginant l'endroit, un soupir s'échappa de ses lèvres desséchées. Il pouvait même le goûter : humide, frais, parfumé.

La seule autre solution était de partir faire payer les culs-terreux ailleurs. Goodlands serait juste un endroit où il était passé, rien de plus.

Les différentes possibilités embuèrent son esprit. Il fai-sait trop chaud pour rester assis ; il avait l'impression très

151

nette que s'il restait, il allait s'endormir. Et une peur enfantine le tenaillait : s'il s'endormait il se dessécherait sur pied, mourrait, et se fondrait dans le paysage aride et désolé.

Il regretta de devoir quitter l'ombre de l'arbre et encore plus de sentir le soleil implacable lui frapper le crâne, le faisant transpirer sous son chapeau. Mais c'était mieux que de rester sans bouger. Ce dont il avait besoin, c'était d'un bon morceau de viande saignante. Il décida sur-le-champ d'acheter deux gros steaks bien juteux et — pourquoi pas ? — d'en offrir un à Karen.

C'était une drôle de bonne femme. Avec une sorte de beauté discrète, une chose qu'il n'avait pas remarquée avant la veille, quand elle avait perdu son air pincé. Quand elle avait contemplé la petite flaque d'eau dans le creux de sa main, elle s'était illuminée comme un éclair d'orage, son visage s'était fendu d'un sourire jusqu'aux oreilles. Dans ce moment fugitif, elle s'était ouverte, presque vulnérable, ce que Tom ne trouvait pas séduisant d'habitude, mais qui lui avait plu. Il avait été suffisamment séduit pour loucher vers sa bouche et se demander quel goût elle aurait. Heureusement pour tous les deux, le moment n'avait pas duré. Il y avait eu ensuite le mot sec sur la porte à son réveil. La main douce qu'il avait tenue et la brusquerie avec laquelle elle s'était dégagée. Une beauté discrète. S'il l'avait croisée dans un bar sur la route, il ne l'aurait pas remarquée.

Une femme nouvelle se frayait son chemin dans Goodlands.

Vida marchait sur la route qui s'appelait d'abord l'allée des Bougainvilliers et prenait le nom de Highway Drive à la fin des Badlands. Elle était plus connue sous le nom de Route 55. Les fermes de Larry Watson et de Dave Revesette se trouvaient sur cette route. Il y avait un bout de chemin jusqu'à l'embranchement ; on pouvait rester sur la 55 pavée, entretenue par l'Etat, ou bifurquer sur la route en gravier qui menait sans conviction jusqu'à l'extrémité est de Goodlands. Celle-ci passait devant chez les Paxton.

Midi approchait et Vida marchait depuis l'aube. Elle n'avait pas envie de s'arrêter parce que son corps n'était plus sa seule source d'énergie ; sa nouvelle ardeur provenait d'une source entièrement différente... d'une source intérieure.

Comme souvent dans les petites communes agricoles, surtout aux premières heures du jour quand il y avait des corvées à faire, la route était déserte. Vida n'avait encore vu personne. Et personne ne l'avait vue. Et même, elle n'était pas sûre qu'on l'aurait remarquée.

Sa démarche avait toujours eu un côté athlétique et agressif, une attitude et des gestes dictés par la nécessité, un pas qui prévenait de son approche. Désormais, adoucie, elle ressemblait davantage à un balancement, une démarche plus féminine et plus enjôleuse qu'elle n'aurait souhaité. Elle donnait l'impression de danser en marchant, ses hanches se balançaient en mesure, sa main frôlant sa jupe (la même que la veille, juste un peu plus sale). Elle ne savait pas si on remarquerait les infimes changements en elle, mais elle les sentait. Elle était concentrée, et elle marchait avec cette concentration comme jamais auparavant. Du travail l'attendait.

La voix intérieure était quelque peu différente, cependant. Vida aurait voulu la faire taire. Elle était insistante, permanente ; elle lui donnait un léger mal de tête, à discourir de la sorte et à la forcer à écouter. Oh, Vida l'écoutait : parfois, elle s'arrêtait au bord de la route pour mieux l'entendre. La voix voulait qu'elle suive la longe. Qu'elle trouve l'autre. Elle devait trouver l'autre.

Vida avait besoin de toute sa volonté pour se soustraire à la voix et se remettre en marche. Parfois, elle s'arrêtait longtemps, hagarde — ce qui trahissait ses origines Whalley, auraient dit les gens —, et elle tendait l'oreille. Mais elle était toujours poussée de l'avant par la partie d'elle que la voix avait investie, par sa face cachée. Celle qui voulait qu'elle réponde et se venge. Sous cet aspect, Vida et la voix travaillaient en parfaite synchronisation.

Synchrones, les deux êtres qui habitaient le même corps suivaient la longe.

Les Waggles avaient de nouveau engagé Tammy Kowzowski pour une période temporaire, car le Dr Bell trouvait que Chimmy avait besoin de quelques jours pour se remettre de ses blessures, aussi bénignes fussent-elles. Elle souffrait d'une légère commotion parce que sa tête avait heurté le plancher quand l'arbre avait traversé la vitrine. Elle avait aussi un certain nombre de bleus, une méchante coupure en travers de l'arête du nez, due à un éclat de verre, et d'autres coupures plus petites, bien que profondes, sur les mains. Le médecin lui avait aussi dit, sans ménager ses mots, qu'il était temps qu'elle maigrisse. « Un animal arctique et une femme enceinte ont besoin d'une certaine couche de graisse, avait-il fait remarquer d'un ton sévère, mais vous n'êtes ni l'un ni l'autre. » Il lui avait fait des recommandations diététiques, qui ne conseillaient pas de manger, aux heures les plus chaudes, les limonades à la crème glacée et autres sucreries avant qu'elles fondent. Elles comprenaient en revanche des exercices, et Chimmy les commença sur-le-champ. Elle descendit l'escalier juste après le départ du Dr Bell et avant l'arrivée de Tammy Kowzowski.

Tammy n'était pas mécontente de revenir, en fait. Chimmy était une bavarde rigolote, et ça faisait passer le temps plus vite. Mais elle était aussi un peu inquiète, parce que Chimmy avait une commotion cérébrale, et le nom paraissait sérieux.

Comme le courant était de nouveau coupé, Chimmy, assise sur son tabouret, effectuait les additions à la main. Commotion ou pas, elle voulait être dans le magasin, où il y avait de la vie. Les gens venaient bavarder et voir les nouveaux stores et les nouvelles vitrines, plus grandes que les précédentes.

Il y avait pas mal de neuf ce matin-là.

Jack Greeson était passé acheter un paquet de cigarettes ; il avait raconté à Chimmy comment l'allée de son garage s'était coupée en deux. Il venait de la faire goudronner l'été dernier et il envisageait sérieusement de poursuivre l'entreprise, une boîte de Weston, qui avait fait le travail. Son essieu arrière était abîmé, et le tranchant de la route avait découpé net un de ses pneus.

Tammy insinua qu'une ligne de faille traversait peut-être Goodlands. Elle avait vu à la télévision qu'il y avait des lignes de faille partout, même au Canada.

— Je veux pas vous vexer, Tammy, rétorqua Jack, mais c'est pas une ligne de faille. C'est une faille dans l'asphalte, oui. La fissure s'est produite juste là où l'allée rejoint la route. C'est un défaut qu'a été fait par les gars qu'ont goudronné. Et, par Dieu, faudra bien que quelqu'un en réponde et corrige la situation.

Chimmy nota ses achats et lui tendit le reçu avec ses cigarettes ; elle lui rendit la monnaie en piochant dans une caisse métallique qu'ils utilisaient en cas de panne de courant.

Jack désigna la caisse enregistreuse.

— Tiens, vous voyez, c'est le problème avec ces trucs-là. Vous ne pouvez pas utiliser votre caisse enregistreuse sans courant. Les gens sont trop pressés, de nos jours. Vous pourriez très bien écrire vos additions à la main pendant que j'attends, mais les gens ont besoin d'une machine pour faire le travail à leur place. Tenez, on a l'occasion de bavarder gentiment parce que ça vous prend plus de temps, mais si votre machine marchait, tout serait terminé, je serais déjà de l'autre côté de la rue, et on aurait à peine eu le temps d'un bonjour-au revoir.

« Il marque un point », se dit Chimmy. Sauf que Jack Greeson n'était pas du genre à se suffire d'un simple bonjour ; il lui aurait raconté ses malheurs de toute façon, il aurait juste allumé une cigarette pour passer le temps.

— Même chose pour l'asphalte. Les gars ont amené

leur machine et ils ont fini le boulot en moins de deux heures. Dans le temps, on aurait fait ça à la main, et par Dieu, ça n'aurait jamais cassé comme ça, je vous en fiche mon billet. Mais les gens s'en moquent. Faut que tout aille de plus en plus vite, conclut-il.

— Vous avez peut-être raison, Jack, dit Chimmy qui s'agita sur son tabouret, mais j'ai comme l'impression que ma caisse enregistreuse est plus précise que moi.

Elle pouffa en voyant Jack vérifier son addition discrètement une fois dehors.

L'autre événement dont ils entendirent parler cet après-midi-là fut la fuite dans les réservoirs de Larry Watson. Ça donnait plus à réfléchir que l'allée de Jack Greeson, placée sur une ligne de faille. Ce fut Gooner qui leur raconta la chose quand il entra acheter une boîte de limonade, avant d'aller ressouder les chantepleures.

— Je suis allé jeter un coup d'œil, et je sais pas comment ça a pu arriver ; elles ont sauté comme des bouchons de champagne ! C'est comme si ça avait éclaté de l'intérieur. Je lui ai demandé si du gaz s'était pas mélangé à l'eau, ou je ne sais pas — ce qui aurait provoqué une sorte de pression, vous comprenez —, mais il prétend que ses bêtes en ont bu toute la semaine. Nom d'un chien !

Pour une fois, Gooner ne s'attarda pas avec ses plaisanteries vaseuses. Il ne fit qu'entrer et sortir.

Tammy nettoyait sous le comptoir quand Gooner s'en alla. Elle hocha la tête.

— On dirait que tout va de travers, hein, Chimmy ?

— Ma grand-mère disait que les choses arrivent par séries de trois. Il y a eu la vitrine, l'allée de Jack et les réservoirs. Si on compte bien, tout devrait redevenir normal désormais.

— Et l'incendie ? fit Tammy.

— Ah, c'est l'inflation. Maintenant, les choses arrivent par séries de quatre.

Vers trois heures, Tammy était sur le tabouret derrière le comptoir et Chimmy s'était levée pour se détendre les jambes quand elles virent, presque en même temps, un étranger — bel homme, de surcroît — se diriger vers l'épicerie.

— Qui est-ce ? demanda Tammy.

Chimmy tendit le cou pour mieux voir, car l'échafaudage de George lui bouchait la vue.

— On va bientôt le savoir, dit-elle.

Tom avait conscience des regards posés sur lui tandis qu'il descendait la grand-rue de Goodlands. Néanmoins, les habitants étaient polis et amicaux, ils le saluaient d'un signe de tête et s'efforçaient de ne pas le dévisager ouvertement. Tom en avait l'habitude. Toute sa vie, il avait été un étranger partout où il allait.

La grand-rue lui rappela un décor de western, planté au beau milieu de nulle part. La ville elle-même avait été construite selon un plan quadrillé, les maisons et les bâtiments étaient disposés en rangées rectilignes, les rues se croisaient à angles droits, sans même une côte ni une pente pour les pencher d'un côté ou de l'autre, sans un virage, juste la lente déclivité de la terre elle-même. Elle possédait une étrange beauté, une organisation dérisoire, mélange du pouvoir du ciel omnipotent et de l'insistance de l'homme à laisser sa trace. Si Tom avait été mieux disposé envers l'endroit, il aurait pu être sensible à sa beauté, s'y laisser prendre, mais il avait plutôt l'impression d'être un jouet. Et il avait surtout besoin d'une rasade de scotch, ou de tequila avec une pincée de sel et un zeste de citron. Au lieu de quoi, un steak juteux ferait l'affaire, avec un peu de vin pour chasser la poussière.

Il trouva une épicerie. Le bâtiment était en cours de construction, ou de destruction, difficile à dire, mais l'enseigne qui se dressait de travers indiquait : « Epicerie Quincaillerie de Goodlands : location de vidéos, bières, alcools, fruits et légumes. » Tout ce dont un homme moderne avait besoin.

La porte était ouverte, calée par une brique ; Tom entra, suivi par le regard indiscret d'un homme perché sur une échelle.

Il y avait deux femmes derrière le comptoir. Tom les salua, elles lui répondirent par un sourire et un signe de

157

tête. La plus grosse avait un pansement en travers du nez. Elle lui demanda ce qu'elle pouvait pour son service.

— Vous n'auriez pas des steaks ?

— Ah, c'est qu'on a eu des ennuis, comme vous pouvez voir ; on est en cours de réparation. On a stocké les denrées périssables de l'autre côté de la rue, chez Rosie, le café. Allez-y et dites que c'est Chimmy qui vous envoie. (Elle pointa un doigt vers la vitrine.) Dites que vous voulez de la viande fraîche, celle qui est arrivée hier. On vous en coupera un beau morceau. Demandez donc à Grace.

— Parfait, fit Tom.

Il examina la rangée de bouteilles au-dessus du comptoir ; les fameux « alcools » mentionnés sur l'enseigne luisaient dans la lumière poussiéreuse. Tout y était : le scotch, le rye, la vodka. Pas de tequila, toutefois. Il avait rudement envie d'une bouteille de rye.

Mais Karen Grange ne lui avait pas semblé du genre à avaler du rye. Pas une goutte avant que tout soit terminé.

— Je crois que je vais prendre du vin, dit-il à la grosse.

— Rouge ou blanc ?

Karen était certainement du genre à boire du blanc, mais Tom avait déjà fait assez de compromis.

— Du rouge, dit-il.

— Dans les rouges, nous avons du californien. Du Gallo. Ça ira ?

— Si c'est tout ce que vous avez... dit Tom.

Chimmy se dandina d'un pas pesant vers l'extrémité du comptoir où des bouteilles étaient alignées sur des étagères.

— Nous ne faisons pas beaucoup le vin. Les gens d'ici préfèrent l'alcool et la bière. A Noël, on vend du champagne. J'en bois pas moi-même, ça me donne des gaz. Remarquez, une bière de temps en temps, je ne dis pas non.

Elle attira un escabeau, hissa son poids sur une marche, sa masse de graisse pencha dangereusement quand elle voulut atteindre une bouteille sur l'étagère supérieure. La jeune femme grimaça.

— Ça serait peut-être mieux que je le fasse, dit-elle.

— Non, ça va, ça va, grogna Chimmy, haletante. (Elle s'empara de la bouteille, redescendit en poussant un « ouf » sonore.) Voilà, je l'ai.

Elle l'apporta à Tom qui attendait, souriant.

— Vous êtes de passage ou vous comptez rester ?

Le sourire de Tom s'agrandit.

— Oh, un peu des deux.

Chimmy prit son carnet de reçus.

— Le courant est coupé pendant les réparations, expliqua-t-elle. On a eu un drôle d'accident, hier. L'arbre de l'autre côté de la rue est tombé, et il a traversé la vitrine. Vous vous rendez compte ? J'étais en règle avec l'assurance, remarquez.

Elle nota le vin et les steaks sur le reçu.

— Autre chose, monsieur ?

Tom fit signe que non. Chimmy s'attaqua à l'addition, elle tapa les chiffres en silence sur sa calculatrice, à côté de la caisse enregistreuse.

— Comme ça, vous êtes là pour la journée ? Vous dînez chez quelqu'un ?

Tom ignora les questions.

— Vous n'auriez pas un plan de la ville ? demanda-t-il.

— Un plan ? Oui, on a ça. Vous ne voulez pas une carte de l'Etat ?

— Non, juste un plan de la ville.

— Ah, c'est que je ne crois pas qu'on en ait, hein, Tammy ?

La jeune femme n'avait pas dit un mot depuis qu'elle avait proposé d'aider, mais elle avait traîné autour du comptoir pendant que Chimmy s'occupait de la vente. Elle rougit comme une pivoine.

— Euh, non, je ne crois pas. Il y a bien celui que Mr Shoop a fait il y a un an ou deux...

— C'est vrai, c'est vrai, concéda Chimmy. C'est un plan bébête qui se veut drôle, avec des dessins des gens et des différentes activités. On a organisé une fête de la chasse et de la pêche il y a deux ans, pour développer le tourisme. Ça n'a pas connu un grand succès, si vous voulez mon avis ; c'est toujours les mêmes qui viennent chasser ou pêcher. Mais il reste ces cartes. Vous les trouverez à la mairie, précisa-t-elle en se penchant pour indiquer le chemin. Il doit encore y avoir quelqu'un. Ça vous coûtera un dollar. Je ne sais pas si le plan est précis question rues, mais le reste est plutôt bien fait. On y a fait mettre l'épicerie. Ça nous a coûté vingt-cinq dollars.

— Les limites de la ville sont indiquées ? demanda Tom.

Chimmy le dévisagea avec curiosité.

— Oui, au moins ça, c'est marqué.

Elle le toisa une bonne seconde avant de retourner à son addition pour vérifier les prix.

— Ça fera onze dollars soixante pour le vin et les steaks.

Tom sortit de sa poche de jean un des billets froissés de vingt dollars, de l'argent de Blake. Les billets avaient séché, mais quand Tom le prit il sentit encore une légère brûlure. Il le lissa avant de le remettre à Chimmy.

— Une carte, hein ? fit Chimmy, incapable de retenir sa curiosité. Vous cherchez quelque chose ? Je peux peut-être vous aider.

— Je prends des photos, mentit Tom. J'aime savoir de quel endroit elles ont été prises. Une sorte de souvenir.

— Oh, j'adore les photos ! s'exclama Tammy. (Voyant les regards se braquer sur elle, elle se remit à rougir.) Si, j'adore ça.

Chimmy ne l'aurait jamais cru.

— Des photos de quoi ? demanda-t-elle.

— Oh, de granges, de champs, de trucs comme ça, dit Tom, qui la gratifia d'un sourire encore plus éclatant.

Il commençait à attraper des crampes à force de sourire, mais il ne voulait pas partir en froissant les deux femmes.

— Ah ! fit Tammy, qui rougit encore. Comme le type dans le livre sur Madison County ?

Chimmy détourna légèrement les yeux. Tom s'en aperçut.

— Je peux voir votre appareil photo ? demanda

160

Chimmy, suspicieuse. Ça te dit de voir son appareil, Tammy ?

Tammy essaya de se retenir, mais pouffa néanmoins.

— Oh oui ! J'adore les appareils photo !

Par la suite, honteuse, elle devait répéter, par dérision, sa réplique à son ami : « Oh oui ! J'adore les appareils photo ! »

Tom avait posé son sac à dos sur le comptoir et y fourra la bouteille de vin. Il plissa les yeux presque à les fermer. Il cala la bouteille entre deux T-shirts, puis plongea la main dans le fond du sac.

— Le voilà, dit-il.

Il avait sorti un minuscule appareil qui tenait dans le creux de sa main. La marque oscilla, miroita, puis se stabilisa : Nikon.

— Comme il est petit ! s'exclama Tammy.

— Il prend des photos superbes, dit Tom.

Soudain, il lança l'appareil en l'air et le rattrapa de la même main. Son visage s'illumina d'un grand sourire et il gloussa. Tout aussi soudainement, il remit le Nikon dans son sac.

Chimmy continuait de contempler la main qui avait tenu le minuscule appareil. Puis elle leva la tête, le regard vitreux. Elle se frotta les yeux et dévisagea Tom, hagarde.

— Bon, je vous remercie, mesdames, dit Tom. C'est une bien jolie petite ville que vous avez là. Un peu sèche, pourtant.

Il enfila son sac et salua d'un signe de tête.

— Au revoir, dit Tammy.

— Au revoir, dit Chimmy, mais Tom était déjà dehors.

Chimmy le regarda remonter la rue dans la direction qu'elle lui avait indiquée. Elle l'observa jusqu'à ce qu'il disparaisse.

— Drôle de type, commenta-t-elle.

— Je l'ai trouvé mignon, dit Tammy, soudain rêveuse.

— J'ai jamais vu un appareil photo comme ça, ajouta Chimmy, plus pour elle-même que pour Tammy, qui avait repris sa place derrière le comptoir et balayait.

161

— Tudieu, Chimmy, il y a aussi des brindilles et des débris là-dessous. L'arbre a dû se couper en deux...

— Je crois que je vais monter cinq minutes, Tammy, coupa Chimmy. Je me sens un peu fatiguée.

Elle se frotta encore les yeux.

— Bien sûr, Chimmy, répondit Tammy, une pointe d'inquiétude dans la voix. Allez-y, je me débrouillerai.


A la mairie, la femme était seule. Elle ne lui posa pas de questions et lui vendit le plan un dollar, comme l'avait dit Chimmy.

— Est-ce qu'il est exact ? demanda Tom.

Il déplia le plan. Il était petit, guère plus de vingt centimètres sur trente, mais ce qui lui manquait en taille, il le rattrapait en couleurs. Les champs étaient jaune vif, sans doute foisonnant de blé, les routes d'un gris lustré, les panneaux indicateurs immenses et bleus, et parsemés çà et là, surtout au milieu du plan où la ville était concentrée, des bâtiments, représentés de façon assez saugrenue, d'où jaillissaient des gens affublés de grosses têtes souriantes et qui faisaient joyeusement de grands signes de leur lieu de travail.

La femme chassa la main de Tom et tira le plan à elle pour mieux l'examiner.

— Tout est exact, dit-elle, sauf les dimensions des bâtiments. Mais vous l'auriez deviné, j'imagine. Voilà Goodlands, précisa-t-elle en dessinant un cercle d'un doigt. Et ça, c'est Oxburg. (Son doigt s'arrêta au bout de la nationale où le nom était inscrit sur un panneau avec une flèche qui pointait hors du plan.) Si vous voulez un plan pour vous déplacer en voiture, prenez plutôt une carte routière.

Et elle en sortit une de sa pile. Tom contempla le plan, le parcourut des mains, comme pour l'aplanir.

— Je vous remercie, dit-il sans regarder la femme.

— Y a pas de quoi, fit-elle. Vous êtes de passage ?

— Non, dit-il, et il lui tendit un billet d'un dollar, de la monnaie qu'on lui avait rendue à l'épicerie.

162

Donna Carpenter regarda l'homme sortir. Il était séduisant et on ne pouvait pas dire que Goodlands pullulait de beaux jeunes gens. Elle aurait aimé discuter plus longtemps avec lui, mais il n'avait pas paru d'humeur à lui faire la conversation. Elle soupira quand il franchit la porte et crut déceler une agréable odeur familière. Une odeur merveilleuse, fraîche, propre, terriblement tentante. Elle mit du temps à la reconnaître. La pluie. Elle avait senti le parfum humide de la pluie. Il flotta un instant puis se volatilisa.

Etrange. Elle hocha la tête en souriant, caressa la pile de cartes sur le comptoir. Dans un coin, là où l'homme avait posé sa main, le papier était légèrement creusé. Elle passa un doigt dessus. L'espace d'un instant, elle crut réellement qu'il était humide.

Le front plissé, elle rangea la pile de cartes à sa place, sous le comptoir.


Lorsque Tom, après avoir acheté les steaks, retourna chez Karen Grange, une trentaine d'habitants, dont quelques passants, avaient eu le temps de l'apercevoir.

Il traversa la ville, au grand jour, et tous ceux qui se trouvaient sur son chemin le remarquèrent. Après tout, c'était un étranger. Certains notèrent qu'il était à pied, d'autres l'endroit où il bifurqua. Bizarrement, la seule personne qui ne vit pas Tom ce jour-là fut Karen Grange.

Il allait comme d'habitude, d'une démarche souple, naturelle, et rien dans son allure ni dans son expression ne trahissait le tumulte qui bouillonnait sous son crâne. Il avait l'étrange impression de traverser une citadelle et d'être constamment épié... par la chose qui avait bouclé la ville. Il s'aperçut alors que, où qu'il aille, il n'était plus le faiseur de pluie. Il était l'ennemi. Il défiait les cieux et celui qui en avait pris le commandement.

Le vin et la viande alourdissaient son sac qui pesait sur son épaule. Il avait une désagréable sensation au creux de l'estomac, une sensation inhabituelle, mais aisément identifiable.

Au croisement de Parson's Road et de la grand-rue, Vida Whalley songeait à entrer dans l'épicerie et à s'offrir quelqu'un, peut-être cette bêcheuse de Charlene Waggles, qui semblait encore en vie, à effacer le sourire béat de son visage stupide, pourquoi pas, quand l'étranger passa.

Vida avait été distraite par le souvenir de l'arbre défonçant la vitrine de l'épicerie, des premiers craquements du bois, des échardes qui lui avaient éraflé les jambes, du plaisir qu'elle avait pris à voir l'énorme arbre osciller une seconde avant de s'effondrer. Ainsi plongée dans ce souvenir, et avant de remarquer l'étranger, la force soudaine de sa présence physique la repoussa, telle une rafale de vent.

Le sang lui monta à la tête avec une douleur aiguë et elle dut se boucher les oreilles pour étouffer le rugissement assourdissant qui provenait de ses propres entrailles. En grandissant, le rugissement fit taire toutes les autres pensées.

Elle tourna la tête vers la force qui l'avait ébranlée. Le temps parut se ralentir, les gens se déplacer comme dans un rêve. Elle se secoua, battit des paupières, le rugissement lui crevant les tympans, si tonitruant qu'elle craignit un instant que tout le monde ne l'entende. Son cœur se mit à battre à tout va. La chose noire en elle se durcit comme un roc. Dans son ventre, la longe se tendit.

Au loin, sur la route, elle le vit. Il rapetissait à mesure qu'il s'éloignait, et le battement dans ses oreilles diminua, son cœur se calma. La voix se fit gémissement, une plainte criarde qui empêcha Vida d'avoir accès à ses propres pensées.

C'était lui. C'était celui qu'elle devait trouver. Elle le regarda s'éloigner et sentit la longe exigeante la tirer. Elle suivit.

# 7

Karen était membre du Conseil économique de Goodlands depuis quatre ans, depuis sa fondation l'hiver précédant la sécheresse, un hiver sans pluie, mais dans le cycle des saisons et des années, il n'y avait pas eu lieu de s'inquiéter. A l'époque, Goodlands était prospère, la ville maintenait une sorte de statu quo, insensible à la politique, aux problèmes sociaux, peu ou pas affectée par l'essor ultra-rapide ou la faillite brutale des autres villes. C'était une ville solide, sujette uniquement à l'humeur changeante du climat, qui lui avait été le plus souvent favorable.

Le Conseil avait en fait été créé pour gérer l'élan économique de la ville. Les membres se rencontraient pour des affaires liées au tourisme, d'abord sujet de risée, et au planning économique ; il s'agissait surtout de convaincre la ville d'ajouter deux autres fêtes à sa liste restreinte de festivités qui comprenait la fête de la glace de la mi-janvier, le pique-nique du 4 juillet, et le rodéo du mois d'août. La première année où le Conseil avait siégé, les membres avaient organisé le festival des arts et de l'artisanat, le jour de la Boulange à la fin novembre, qui avait connu un grand succès, et avaient prolongé le rodéo d'une journée. On avait parlé de créer un barbecue de « fin d'été » en septembre, mais lorsque le Conseil s'était réuni pour en débattre, la sécheresse battait son plein, et on avait cru plus judicieux de remettre la décision à l'année suivante. Ensuite, ce fut le début de la période sombre.

Toutes les six semaines, le mercredi, le Conseil se réunissait, proposait un ordre du jour inoffensif, et la soirée se terminait par des commérages autour d'un café gracieusement offert par Grace (pour une cotisation annuelle de dix dollars). Parfois, Betty Washington participait aux débats, en tant que représentante du comté, et apportait un gâteau qu'elle avait cuisiné elle-même. Chacun présidait le Conseil à tour de rôle.

Les années précédentes, Karen avait aimé les réunions, suffisamment espacées pour ne pas alourdir les emplois du temps. Elle y voyait l'occasion de se familiariser avec des gens qu'elle ne rencontrait qu'à la banque. En outre, grâce à la nature bon enfant des débats, les réunions étaient souvent enjouées. Ed Clancy, en particulier, avait toujours une histoire drôle à raconter puisque, de par son métier, il était le premier à les entendre. Karen le soupçonnait de les enjoliver avant d'en faire profiter les membres du Conseil, mais elles n'en étaient que plus drôles.

Toutefois, au cours de l'année précédente, les membres du Conseil avaient commencé à ressentir la vanité de leurs réunions. Les « affaires » n'étaient pas vraiment florissantes, et l'idée même de développer quoi que ce soit qui nécessite une mise de fonds paraissait absurde. Certains étaient partisans d'une dissolution jusqu'à la fin de la sécheresse, et Karen avait le sentiment que si la situation ne s'arrangeait pas avant la fin de l'été, les réunions ne reprendraient pas à l'automne.

Celle de ce mercredi n'aurait pu tomber à un plus mauvais moment pour Karen. Elle ne désirait qu'une chose : rentrer au plus vite pour découvrir ce qui s'était, ou ne s'était pas passé.

La première année, on avait officieusement qualifié les réunions de « réunions-dîners », elles se tenaient tous les six mercredis au café où Grace leur mijotait un plat spécial, invariablement servi avec des frites, et on passait davantage de temps à manger qu'à débattre. Cela cessa après la première année de sécheresse, quand les membres jugèrent qu'il n'était pas convenable de festoyer en discutant des malheurs de la ville. Cependant, personne ne songea à modifier l'heure de la réunion, de sorte que les membres passaient chez eux manger un morceau avant d'entamer les débats. Résultat, les réunions étaient brèves et parfois bruyantes.

Celle de juin fut la dernière avant les vacances, au cours desquelles ceux qui en avaient les moyens partaient au moins une quinzaine de jours. Ceux qui n'avaient pas cette chance s'offraient le traditionnel barbecue dans leur jardin, et un ou deux week-ends au lac artificiel de Weston. Rares étaient ceux qui pouvaient remplir leur piscine.

Pour ne rien arranger, d'après l'ordre du jour qu'on leur avait expédié par la poste, le président était Leonard Franklin. Si seulement Karen pouvait disparaître ou trouver une excuse ! Mais si elle ne s'était pas montrée, cela aurait été pire. Elle s'assit donc à l'extrémité de la longue table en bois, regrettant d'être venue. Pour tout un tas de raisons.

Les gens arrivèrent les uns après les autres pendant qu'on lisait l'ordre du jour, la liste d'appel et les déclarations ; on discutait à voix basse, et deux personnes soutinrent une motion qui n'avait même pas été présentée. La véritable réunion commença après l'arrivée du dernier membre, Larry Watson, et Karen s'aperçut qu'elle ne savait plus où poser le regard.


— Bon, mesdames et messieurs, le premier sujet à l'ordre du jour est le pique-nique du 4 juillet, dit Leonard. (Malgré l'enthousiasme moqueur qu'il mit dans son annonce, elle tomba à plat.) Bon, si je ne m'abuse, ça marche toujours, dit-il avec un regard interrogateur vers Ed Shoop, qui lui répondit par un signe de tête, nous allons donc faire passer ce joli formulaire d'inscription pour les volontaires qui désirent assurer la permanence au stand du Conseil. Signez, heure approximative, vous y serez de toute façon. Cette année, nous sommes placés à côté du stand des porcs, comme ça, la nourriture sera de première. Une récompense pour vous, termina-t-il, et il tendit machinalement le formulaire à Larry Watson qui le signa et le fit passer.

— Le sujet suivant est...

— Une minute ! interrompit Chimmy. On ne peut pas en débattre ?

— A propos du stand ? On s'est mis d'accord là-dessus à l'avant-dernière réunion, Chimmy.

— Je pense que le pique-nique ne devrait pas avoir lieu cette année, dit Chimmy. Qu'est-ce qu'on va fêter, nom de Dieu ? On va sans doute connaître notre plus mauvaise année, personne n'a d'argent, et pour ma part je pense que personne n'a la tête à faire la fête.

Sur ce, elle se cala sur sa chaise et croisa les bras sur sa poitrine.

Karen ferma les yeux. Chimmy, qui ne comptait pas parmi ses amies malgré ses nombreuses tentatives et une paie presque entièrement dépensée dans son épicerie, retardait les débats en pinaillant sur un sujet voté depuis longtemps. Karen aurait voulu partir. Elle aurait voulu revenir en arrière, quand, sur les coups de quatorze heures, elle avait cru voir un petit nuage par la fenêtre de son bureau. L'espace d'un instant, son cœur s'était arrêté et elle avait cru que cela allait commencer. Que, d'une minute à l'autre, le ciel allait leur envoyer sa plus belle manne. Mais ce n'était pas un nuage, juste un jeu de lumière du soleil sur la vitre, son espoir était retombé comme un soufflet et elle avait compris que rien ne se passerait ce jour-là. Son regard s'était attardé sur la fenêtre, ordonnant mentalement au nuage d'apparaître, mais en vain.

Et maintenant, Chimmy Waggles, avec sa moue rageuse et son nez bandé, se proposait de lancer une discussion philosophique pour savoir si, oui ou non, on devait célébrer la naissance de la nation pendant la séche-resse ! Karen était partagée entre l'envie de pousser un profond soupir d'ennui et celle de se faire aussi invisible que possible. Un coup d'œil vers Leonard l'incita au silence.

— Bon, fit-il en se passant une main dans les cheveux, je voulais garder ça pour la fin, mais comme on en parle, autant vous le dire maintenant. Nous ne serons pas là pour le pique-nique du 4 juillet. Je profite de cette occa-sion pour vous inviter à la vente aux enchères qui aura lieu dans deux semaines à la ferme.

— Quoi ? s'exclama Dave Revesette, abasourdi.

Plusieurs paires d'yeux se braquèrent sur Karen qui rougissait.

Deux semaines ? Pourquoi n'attendaient-ils pas un peu ? Ils avaient obtenu un délai jusqu'à la fin août. S'il pleuvait avant leur départ — et il allait pleuvoir — ils pourraient certainement garder leur exploitation en loca-tion, peut-être même trouver un arrangement plus béné-fique. Dave lui coula un regard en biais.

— C'est vrai, dit Leonard, nous avons obtenu un délai. Mais nous avons dans le Minnesota des amis qui partent en Europe pour un an (il gloussa), et qui aime-raient qu'on garde leur maison pendant leur absence. C'est une belle maison spacieuse, près d'un hôpital, ce qui plaît à Jessie, avec le bébé et tout, et moi, j'ai une piste pour un job. Donc, tout s'arrange au mieux. Mais il faut qu'on parte maintenant, parce qu'ils s'en vont dans un mois, et qu'on doit être prêts le jour de leur départ.

Il y eut un silence gêné. Les joues de Karen étaient en feu. Elle aurait voulu se lever et crier : « Il va pleuvoir ! Demain, peut-être. Et de toute façon, c'est pas ma fau-te ! » Mais, au lieu de cela, elle se raidit sur sa chaise, attendant que quelqu'un prenne la parole, pour pouvoir regarder quelqu'un d'autre.

— Je suis bigrement désolé d'apprendre votre départ, Leonard, dit Dave Revesette. Vous étiez un bon citoyen, et un bon fermier.

— C'est mauvais signe, dit Ed Shoop en hochant la

tête d'un air grave. Les meilleurs s'en vont. Vous êtes sûrs qu'il n'y a pas d'autre solution ? demanda-t-il tout en fixant Karen.

D'autres suivirent son regard. Il devint clair qu'on attendait une réponse de la part de Karen. C'était la première allusion directe à son rôle, comme si elle avait un pouvoir sur des décisions prises anonymement en haut lieu. Impossible de leur expliquer cela.

— Heu... il y a toujours une solution. Leonard, je regrette que vous ne m'ayez pas prévenue de votre départ. Pouvez-vous passer me voir avant de prendre une décision définitive ?

— Je ne serai jamais métayer sur ma propre terre ! gronda Leonard, l'œil noir.

Karen ressentit une horrible bouffée de culpabilité, elle avait la gorge nouée ; une infinie tristesse s'abattit sur elle. Habituée au voyage rapide dans l'enfer du crédit, elle savait que la prochaine étape serait une mesure désespérée ; dans son cas, cela avait été une mesure de sauvegarde, on l'avait envoyée à Goodlands. Dans le cas de Leonard, il n'y aurait pas de rachat possible. Elle rougit encore plus et se sentit gênée d'être intervenue. Elle n'avait rien à gagner, quoi qu'elle dise.

— Je suis désolée, Leonard, murmura-t-elle, et elle crut un instant qu'elle allait éclater en sanglots.

Il y eut de nouveau un silence gêné, mais cette fois personne ne leva les yeux, tous paraissant absorbés dans la lecture des papiers qu'ils avaient devant eux. A côté de Karen, Dave Revesette prenait des notes. Finalement, Ed Shoop prit la parole :

— Ce n'est ni l'heure ni le lieu de discuter des problèmes personnels, dit-il, prenant son ton de maire. Bon, est-ce qu'on soumet une proposition sur le pique-nique ? Parce que dans ce cas, je propose qu'il ait lieu comme prévu.

— Allons, allons, dit Larry. Chimmy, les gens ont le droit de se distraire.

Leonard s'éclaircit la voix et reprit comme si rien ne s'était passé :

— Sujet suivant : est-ce que quelqu'un veut parler de la piscine avant qu'on poursuive ?

Karen ne prêta qu'une oreille distraite à la suite de la discussion. Personne ne voulait payer pour la piscine municipale ; en fait, personne n'avait d'argent, et la ville pas davantage. Sans oublier qu'il n'y avait pas d'eau pour la remplir.

Karen plissa les yeux : « Si seulement ils savaient ! » Elle pensa au faiseur de pluie. A l'argent. A la ville... Si seulement elle pouvait leur dire. Elle comprit que les autres la blâmaient, qu'ils cherchaient un bouc émissaire. Ses amis ! Mais étaient-ils toujours ses amis ? Ils la croyaient personnellement responsable des saisies, ils ne tenaient pas compte de la réalité de sa position — elle n'était qu'un pion dans une vaste organisation dont le siège était à des lieues de Goodlands. La banque ne cherchait qu'à tirer le maximum de profit de l'endroit, et ne voyait Goodlands qu'à travers les résultats de son agence. Même s'il pleuvait, les responsables ne connaîtraient jamais le rôle de Karen dans l'histoire. Elle coula un regard en biais autour de la table, s'attarda timidement sur Larry Watson. Il fallait que les choses soient ainsi, et en réalité, cela lui était égal. Sa réputation se rétablirait avec la ville. Après la pluie.

La réunion traîna en longueur, l'émoi de Karen augmenta, si bien qu'à la fin elle fut presque incapable de dire au revoir.

Karen ne rentra pas chez elle avant vingt heures, un nouveau record pour les réunions du Conseil. Elle avait le nez et les yeux rouges, le visage congestionné. Elle avait fini par éclater en sanglots dans sa voiture. Lorsqu'elle se gara dans l'allée, elle sanglotait encore, et dès qu'elle coupa le moteur elle s'essuya les yeux, se moucha et décida qu'il était temps de se reprendre. Il se passait trop de choses, elle ne pouvait pas y échapper, ni au travail, ni à la maison, étant donné la personnalité de celui qui s'était invité chez elle. Trop d'émotions la bouleversaient et elle ne voyait aucun moyen de s'en libérer. Les larmes ayant toujours sur elle un effet dévastateur, elle se regarda dans le rétroviseur et eut la confirmation des dégâts. Quelques giclées d'eau froide y remédieraient peut-être.

Son ventre protestait d'être resté vide au-delà de l'heure habituelle ; comprimés pendant douze heures dans une paire de chaussures élégantes, ses pieds en feu réclamaient réparation ; et une affreuse migraine la menaçait. En entrant, elle libéra d'abord ses orteils en lançant ses chaussures à travers la pièce. Le sol plat, doux et frais, calma ses pieds martyrisés. Karen en soupira de plaisir.

Ravigotée, elle se demanda si son invité était dans la maison. Tout paraissait calme et silencieux. Les rideaux arrêtaient le plus gros de la lumière dans une tentative pour garder la maison fraîche, et à cette heure du jour, le soleil pénétrait à l'horizontale de l'autre côté, dans la cuisine. Le salon était comme elle l'avait laissé le matin, les coussins à la même place sur le canapé, la télécommande sur la table basse, les fleurs en soie — qui remplaçaient les vraies, devenues introuvables — exactement au milieu de la table, les magazines, périmés et encore jamais ouverts, soigneusement déployés en éventail à côté des fleurs. Tout était à sa place, on n'avait touché à rien.

Donc, il n'était pas dans la maison.

Dans la cuisine, la lumière rosissait à mesure que le soleil plongeait sous l'horizon. Les rayons filtraient à travers les carreaux, frappaient la table et le mur opposé. Dans une heure ou deux, il ferait noir.

Karen pencha la tête et coula un œil dans la cuisine avant d'entrer, ne sachant comment elle réagirait s'il était là, à fouiller les tiroirs ou Dieu sait quoi d'autre ! La cuisine était déserte, vide, rangée, comme le reste de la maison.

Il y avait un mot sur la table.

« Miss Grange, je suis en train de faire cuire deux steaks dans la clairière ; il y en a un pour vous. » Le mot n'était pas signé. Karen regarda par la fenêtre, plissa les

172

yeux à cause du soleil et vit de la fumée s'élever de la clairière.

— Il est fou, bougonna-t-elle.

Elle se réjouit à l'idée d'un bon steak — à l'idée qu'un autre fasse la cuisine. Et il lui dirait ce qui s'était passé. Elle alla dans la salle de bains et fit couler l'eau. Elle était brunâtre. Le puits devait être presque à sec. Il était temps d'appeler Grease, qui le lui remplissait d'habitude. Elle s'éclaboussa la figure avec l'eau chargée de sable.

Dans sa chambre, après s'être assurée que les rideaux étaient bien tirés, elle enfila un T-shirt blanc, un short léger et passa une ceinture. Elle s'aperçut qu'elle mettait « des vêtements plus confortables ». La phrase tournait dans sa tête pendant qu'elle s'habillait ; elle en rougit bien qu'elle fût seule.


Lorsqu'elle sortit par l'arrière, elle remarqua aussitôt que la fumée avait disparu. Elle consulta vivement sa montre. Vingt heures trente. Avait-il éteint le feu en se disant qu'elle ne viendrait pas ?

Elle avança le plus doucement possible, contente d'avoir mis des tennis plutôt que ses chaussures de marche. Elles ne faisaient presque pas de bruit.

Elle se glissa à travers la première rangée d'arbres chétifs qui séparaient la maison de la clairière. Les rares feuilles encore par terre sous les arbres quasi dénudés craquaient sous ses pas. Elle s'arrêta à l'orée de la clairière, d'où elle voyait nettement le faiseur de pluie à travers les branches.

Il était assis par terre en tailleur et contemplait un petit feu. La maigre fumée qui s'élevait était dispersée avant d'atteindre le sommet des arbres, ce qui expliquait pourquoi elle ne pouvait la voir de la maison. Le foyer était entouré d'une double rangée de grosses pierres sur lesquelles reposait une sorte de gril.

« Je parie que c'est mon gril. » D'où elle était, Karen sentait la viande qui cuisait. Son ventre gargouilla. Le

173

faiseur de pluie resta assis, immobile comme l'air, les yeux rivés sur le feu.

Il allait lui expliquer pourquoi il n'avait pas plu, alors qu'elle avait attendu toute la journée. Elle se souvint de l'instant fugitif où elle avait cru apercevoir un nuage, de la joie immense qu'elle avait ressentie, puis de sa déception en comprenant qu'il ne s'agissait que d'un reflet du soleil dans la vitre. Il lui fournirait des explications. Les conditions atmosphériques, peut-être. Ha, ha ! Elle devrait être en colère. D'ailleurs, elle l'était. Mais, bizarrement, elle n'avait pas l'énergie de se révolter et, malgré elle, elle était contente de ne pas avoir à affronter la soirée toute seule. Elle l'observa. Il restait assis, fixant le feu, énigmatique.

Il était beau, à sa manière, mais Karen n'aurait su dire ce qui le rendait séduisant. Il n'avait pas l'air poupin, ni studieux, sans lunettes ni serviette, comme les hommes de la banque qui lui avaient plu autrefois. Il n'avait aucune de leurs qualités. Il avait des cheveux longs mal peignés, malgré sa queue de cheval. Il avait un corps longiligne et robuste — sans doute la marche et l'exercice, se dit Karen —, de larges épaules et des avant-bras musclés, la peau tannée, le visage carré avec de fortes mâchoires. Il faisait très viril, quel que soit le sens qu'on attribuait à ce mot. C'était dû à sa façon de regarder les choses, comme si elles lui appartenaient... sans qu'il donne l'impression de s'y attacher.

Karen le regarda se pencher, chercher un objet dans son sac. Il en sortit un pavé jaune dont il coupa une tranche qu'il mangea. Du fromage. Un fromage que Karen avait déjà vu quelque part.

Elle s'efforça de ne pas sourire. C'était un pique-assiette. Pas seulement à cause du fromage, bien sûr, mais de sa manière d'entrer chez elle sans frapper, ou, s'il frappait, avec une autorité qui ne supportait pas la contradiction. Karen l'imaginait comme tous les hommes, avec une attitude et un caractère complètement différents du sien, un sens des responsabilités qui lui était étranger, parfois même incompréhensible. Oh, elle connaissait ce genre d'hommes ! Bien que le trouvant séduisant, elle en conclut, sûre d'elle, que cette attirance passerait vite.

Elle se rappela la soirée dans la clairière, quand il avait fait pleuvoir dans le creux de sa main. C'était son expression de joie pure qui lui revint ; et ses dents blanches bien plantées, rehaussées par son bronzage. Sa façon directe de s'exprimer était adoucie par un sourire. Il représentait l'escroc classique, séduisant, souriant, menteur... avec une odeur de pluie.

— Vous allez sortir de là ?

La question inattendue la désarçonna.

— Evidemment, dit-elle, embarrassée. (Elle enjamba la fourche de deux arbres jumelés et entra dans la clairière.) Il y a un décret contre les feux en plein air, vous savez.

A quel moment s'était-il aperçu de sa présence ?

— Le foyer est profond.

— Si vous vouliez faire un barbecue, vous auriez pu utiliser l'appareil.

— Mais, c'est un barbecue, Grange.

Elle se planta, mal à l'aise, devant le feu, les bras croisés sur son T-shirt. L'odeur de la viande grillée lui chatouilla les narines. A sa grande honte, son ventre gargouilla bruyamment.

— Vous avez faim, remarqua-t-il.

— Une réunion qui s'est terminée tard. Je n'ai pas eu le temps de manger.

— Ça sera prêt dans une minute. Vous l'aimez comment ? Saignante ?

Karen chercha un endroit où s'asseoir. Lui était assis à même le sol. Finalement, il la regarda, puis se leva.

— Oh, excusez-moi, fit-il galamment.

Il tira sa couverture et l'étala avec un geste chevaleresque, l'œil pétillant de malice. Il invita Karen à s'asseoir.

— Le siège de madame est avancé !

Elle ne répondit pas, mais s'assit néanmoins sur la couverture. Il l'observait, un sourire moqueur aux coins des lèvres.

— C'est mieux comme ça ? demanda-t-il.

— C'est parfait.

Elle essaya de s'asseoir confortablement sans croiser les jambes, finit par replier les genoux sur le côté. Il s'assit à côté d'elle sur la couverture. Elle lui jeta un regard gêné et il lui répondit par un sourire.

Elle grimaça en le voyant ramasser une badine et déplacer un des steaks vers le milieu du gril.

Sans voir sa grimace, il parut l'anticiper.

— J'ai pris des assiettes et des fourchettes dans la cuisine. Je me disais que vous n'étiez pas du genre à manger avec les doigts.

— Trop aimable à vous, dit-elle entre ses dents.

— Détendez-vous, s'esclaffa-t-il, on mange à la belle étoile. C'est comme un dîner en amoureux.

— Ce n'est pas un dîner en amoureux, protesta-t-elle, riant jaune.

— Pas pour vous, peut-être, rétorqua-t-il, sérieux.

Elle lui coula un regard ; il sourit. Elle comprit qu'il plaisantait, mais elle ne se détendit pas.

Avec sa badine, il approcha l'autre steak du centre du gril. Assise si près du feu, Karen sentait son T-shirt commencer à lui coller à la peau et la sueur s'évaporer.

— Quand j'étais jeune, dit Tom, nous avions une cuisine en plein air, comme nous disions. Vous savez, à l'écart de la maison, pour ne pas avoir trop chaud. J'adorais quand nous faisions la cuisine dehors. C'est comme les hot-dogs, ils sont toujours meilleurs quand on les mange au stade.

Sa confidence la surprit. C'était la première fois qu'il parlait de lui ; sans doute essayait-il de l'attendrir. Karen n'était pas décidée à se laisser faire et sourit intérieurement.

— Il faut qu'on parle, dit-elle.

— Il n'a pas plu aujourd'hui, dit-il, la devançant.

— Non, en effet. Mais est-ce qu'il va pleuvoir ? Bientôt ?

Elle le sentit se raidir. Il n'était qu'à vingt centimètres d'elle, assez près pour qu'elle sente sa chaleur et son odeur même avec la viande qui grillait, un mélange de transpiration et de lessive.

— Il est temps de me demander de partir, dit-il en plaisantant à moitié. A moins que vous ne préfériez manger d'abord.

— Je veux que vous fassiez ce que vous avez promis, dit-elle d'un ton ferme.

Elle avait peur de le regarder, et pourtant tout ce qu'elle savait sur la maîtrise des évènements lui enjoignait de le faire. S'il s'agissait de business, et que le client manquait à ses obligations, elle devait garder la maîtrise de la situation (critères et politique de la CFC, chapitre 3 : « Conduite à tenir avec la clientèle »). Il fallait qu'elle lui montre qui était le patron. Elle finit par se tourner à moitié et lui coula un bref regard en biais. C'était le plus qu'elle pouvait faire, il était trop près.

Il ne réagit pas. Au lieu de cela, il prit une bouteille dans son sac, trifouilla son couteau, en sortit le tire-bouchon, découpa le sceau et s'attaqua au bouchon. Karen sentit son visage prendre feu. Tom l'ignorait.

Et pourtant...

Il ne lui avait pas demandé d'argent. Il semblait se contenter de sa promesse, alors qu'elle aurait aussi bien pu mentir. Il n'avait pas exigé de le voir, comme c'était le cas dans les livres, comme cela se pratiquait à la banque. Il ne lui avait pas demandé de preuves. L'argent était toujours dans son sac, caché dans le placard.

A moins qu'il ne l'ait pris, songea-t-elle brusquement. Il était encore là ce matin, elle l'avait vérifié toutes les dix minutes, prête à le rendre, ça la démangeait ; de plus en plus indécise à mesure que l'heure d'aller à la banque approchait, elle s'imaginait déjà remettant l'argent en place. Finalement, elle l'avait laissé dans le placard. Elle s'en était remise à un vagabond, sale et crotté. Elle eut soudain envie de foncer chez elle et de vérifier si l'argent était toujours à sa place. Mais en même temps, elle se disait qu'il y était. Parce que s'il l'avait pris, il serait déjà parti.

— Si vous acceptez de dîner avec moi, je vous dirai tout... mais après, dit-il, coupant court à ses tergiversations.

— Pourquoi tant de mystères ?

Il fronça les sourcils et but une gorgée directement au goulot.

— Parce que le processus lui-même est mystérieux, répondit-il.

Elle le regarda dans les yeux. Il lui tendit la bouteille.

— Je n'ai pas de verre, s'excusa-t-il.

— Qu'est-ce qui vous a empêché de prendre les miens ?

— J'étais trop chargé. (Il continuait de lui tendre la bouteille.) Je n'ai pas de microbes, je vous le promets. En plus, le vin est bon, un truc de Californie. Pas un de ces vieux machins, celui-ci est on ne peut plus frais. A la bonne vôtre ! plaisanta-t-il.

Elle saisit la bouteille, incertaine, se demandant si elle allait boire au goulot. Après l'avoir regardé, elle se décida. Si elle buvait, cela signifiait qu'elle acceptait ses termes, son dîner. Finalement, elle porta la bouteille à ses lèvres, but une petite gorgée délicate, puis la lui rendit.

— Oui, il est très frais, acquiesça-t-elle.

Le moment était passé. Elle avait accepté son offre. Il hocha la tête en souriant.

— Parfait, murmura-t-il, et cela en disait long. Bon, la bête a cessé de hurler, elle doit être cuite.

Là-dessus, il attrapa adroitement une assiette à côté du gril, piqua un steak avec une fourchette sortie d'on ne sait où, et le claqua sur l'assiette. Il lui tendit l'assiette, avec une fourchette et son propre couteau dont il avait remplacé le tire-bouchon par une lame.

— *Bon appétit*[1], dit-il. Ça veut dire : « Commencez à mastiquer », en français.

---

1. En français dans le texte.

Karen s'esclaffa.

Et elle dîna avec le faiseur de pluie.

Henry Barker s'installa devant la télévision et l'alluma avec la télécommande. Il zappa jusqu'à ce qu'il tombe sur Canal Météo. Alors, il se cala dans son fauteuil, défit le bouton supérieur de son pantalon et détendit son ventre, comprimé par le dîner.

Lilly le rejoignit dans le salon.

— Tu ne vas pas encore me forcer à regarder la météo, cingla-t-elle.

— Juste une seconde, répondit-il distraitement.

Elle se planta devant le canapé et abaissa les yeux sur son mari. Un brave homme. C'était elle qui avait eu l'idée du poste de shérif, et elle avait eu des dizaines d'occasions de le regretter. Surtout cette année. Elle regarda son visage — les sourcils froncés, les yeux cernés à cause du manque de sommeil.

— Tu veux de la tarte ? proposa-t-elle. Donna m'en a donné à la rhubarbe.

— Volontiers, grogna-t-il, le ventre plein.

Elle retourna dans la cuisine.

— Apporte-moi du bicarbonate en même temps ! lança-t-il.

La photo satellite dévoila une carte du nord des Etats du Centre. Il repéra facilement Goodlands, bien qu'elle ne figurât pas sur la carte. Les nuages défilaient joyeusement.

L'animatrice guillerette, une Debbie quelque chose, annonça de la pluie. Tout aussi guillerets, des petits soleils souriants étaient à demi cachés par des moutons gris. Des nuages pour toute la journée sur tout le pays, avec des averses au cours de la nuit. Henry paria que lorsqu'il irait à Goodlands, le ciel serait pur comme du cristal.

Comme tous les soirs, il hocha la tête et son visage s'assombrit. Il descendit un peu sa fermeture Eclair pour être plus à l'aise.

La majorité des habitants avaient cessé de regarder Canal Météo longtemps avant la quatrième année de sécheresse. Sauf Ed Shoop, le maire de Goodlands. Bien qu'il ait cessé d'appeler la météorologie nationale et le Département d'Etat, il ne pouvait s'empêcher de vérifier soir après soir si on allait parler de Goodlands.

Il se tenait sur le pas de la porte, entre le salon et la cuisine, et regardait l'émission en entier : les températures du jour, l'éphéméride, les clins d'œil écologiques, et attendait les prévisions Etat par Etat de vingt et une heures.

Deux ans auparavant, il avait fini par téléphoner aux journalistes météo de Bismarck pour leur signaler la sécheresse. Ils avaient diffusé un bref reportage, mais il était passé en fin de programme et ironisait sur les étranges phénomènes dont Goodlands était victime. Ils n'en avaient plus reparlé, bien que plusieurs habitants aient affirmé à Ed qu'ils avaient appelé eux aussi la station pour leur raconter la situation. Les journalistes de la météo étaient des imbéciles.

Lorsqu'il entendit sa femme entrer, Ed zappa aussitôt et mit le sitcom qu'elle aimait regarder après avoir rangé la cuisine ; il loupa de quelques secondes la photo satellite du Dakota du Nord. Il n'y avait rien d'autre à faire. Sa femme ne supportait plus de le voir regarder la météo. Jusqu'à aller parfois dans sa chambre et pleurer toutes les larmes de son corps.

Au bout de Parson's Road, à l'angle de la propriété de Mann où habitait Karen Grange, à une bonne trotte de chez Clancy, il y avait un bâtiment désert, une ancienne ferme. Reconvertie en magasin de fleuriste dans les années 80, puis, brièvement, en boutique de miel, la ferme était inoccupée depuis le début de la sécheresse. Elle commençait à se délabrer. Une importante agence immobilière s'était autrefois occupée d'elle, mais la pancarte « A vendre » avait disparu. A l'avant comme à l'arrière, les carreaux des fenêtres étaient cassés. Certains à cause des tempêtes qui charriaient des cailloux, le reste étant probablement imputable à l'ennui et aux changements hormonaux chez les adolescents, eux aussi portés sur les jets de cailloux. La porte ne fermait plus à clef, le verrou avait disparu depuis longtemps et n'avait pas été remplacé.

Pour Vida, cela avait été un jeu d'enfant de se glisser à l'intérieur sans être vue.

Il commençait à faire noir. Entre la propriété de Mann et l'ancien magasin de fleurs et de miel, le réverbère s'allumerait automatiquement lorsqu'il ferait assez nuit. Jusque-là, Vida devrait se contenter de la lumière pâle qui filtrait à travers les stores cassés et découpait des ombres sur le mur du fond. C'était aussi bien. Elle n'avait rien à voir dans la maison, juste à éviter le verre brisé qui jonchait le sol et qu'elle avait balayé du pied en prenant la garde devant la fenêtre.

Elle se cachait dans l'ombre que lui procurait l'angle de la maison, près de la fenêtre. Elle regardait en direction de la maison de Mann.

Il ne s'y passait rien. Mais elle savait qu'il était là. Elle le sentait. Pas comme la fois où il était passé près d'elle dans Goodlands ; plutôt un choc, semblable à celui qu'on ressent quand on pose la main sur une poignée de porte après avoir traversé la moquette en chaussons, mais dans tout le corps. Non, cette fois, c'était comme si elle posait une main sur une ruche.

Vida comprit que c'était exactement ce qu'elle ressentirait si elle s'approchait davantage de lui. De l'extérieur, on ne voit pas si la ruche est pleine d'abeilles mais on les entend. Si on pose la main sur la ruche, on les sent, leur bourdonnement sous les doigts vous donne l'impression que la ruche est animée d'une vie propre. Au bout d'un certain temps, la frêle enveloppe de la ruche paraît une piètre défense entre les abeilles et vous. Si elles sortent

— et elles sortiront, plus vite que vous ne les en auriez crues capables — il sera trop tard pour fuir.

Pour l'instant, la maison abandonnée se tenait entre elle et lui, Vida n'avait plus qu'à attendre. C'était ce qu'elle avait de mieux à faire. Sa main était encore loin de la ruche, elle ne l'avait pas encore touchée. Elle en avait peur. Celle qui habitait son corps lui dirait bientôt quoi faire.

Après que la femme de Henry fut allée se coucher et qu'il eut remis Canal Météo, après que Carl Simpson eut écrit noir sur blanc ce qui, selon lui, se passait réellement à Goodlands, le réverbère entre la maison de Karen Grange et la boutique abandonnée s'alluma.

Vida attendait toujours, l'œil aux aguets.

Le vin et le steak, mais surtout le vin, avaient agréablement réchauffé Karen. Elle se détendit. Elle s'était assise dans une position plus confortable, jambes croisées, devant le feu qui continuait de brûler doucement.

Ni elle ni Tom n'avaient parlé de l'éteindre, ni d'y verser le demi-seau d'eau précieuse qui se trouvait à côté du foyer. Immobile, étourdie par le vin, Karen réfléchissait, indécise. Le feu ajoutait une chaleur supplémentaire à une soirée déjà chaude, mais il offrait un spectacle chatoyant, hypnotique et relaxant.

Ils avaient gardé le silence depuis qu'ils avaient terminé leurs steaks et le dernier morceau de fromage, tous deux agréablement repus, perdus dans leurs pensées. Karen, qui ne buvait pas souvent, se sentait bien et se disait que le vin était exactement ce dont elle avait besoin. Elle comprenait soudain pourquoi, dans les téléfilms, les personnages se servaient un verre sitôt rentrés du travail. Ses larmes apitoyées étaient oubliées depuis longtemps. Le faiseur de pluie s'était allongé, accoudé à côté d'elle, son bras très proche de sa main. Bien que le sentant si près d'elle, elle n'avait pas bougé. C'était sans doute le vin, mais le sentir à côté d'elle, si proche... c'était agréable. Elle ferma les yeux. Le vin était doux, il lui tournait la tête.

— Il fait trop chaud, souffla-t-elle.

— Hein ? Quoi ?

Il se redressa, s'approcha du feu. Ils étaient désormais côte à côte, lui assis, appuyé sur sa main, juste à côté de celle de Karen... à l'effleurer, elle sentait sa chair contre sa chair.

— Je parle du feu, dit-elle. Il chauffe tellement !

— J'aime le feu, dit-il.

Karen lui lança un regard inquiet. Elle repensa à Henry Barker débarquant chez elle. A l'incendie. Elle chassa l'idée. C'était stupide de penser que Tom Keatley allumerait un feu sans raison. A moins d'avoir un steak et du fromage... et du vin californien. Elle réussit à esquisser un sourire. Elle ne voulait pas bouger ; pas même les muscles du visage.

— L'eau, l'air, la terre et le feu, dit-elle soudain. Les alchimistes croyaient que tout ce qui existe est fait de ces quatre éléments, dans des proportions différentes. C'est la même chose pour les gens.

— De quoi êtes-vous faite, Grange ?

Elle réfléchit à la question en fixant le feu.

— Je suis la terre, répondit-elle enfin. Et vous... l'air. J'aurais dû dire l'eau, j'imagine. (Elle lui coula un regard critique, comme pour confirmer son jugement.) Mais non, je pense plutôt que vous êtes l'air.

Tom rit doucement.

— L'air ? fit-il en dressant un sourcil.

Elle refusa de jouer. Le vin lui montait à la tête, mais il y avait une certaine logique dans son choix. Il était comme l'air. Il opérait dans les nuages, au-dessus de la terre. Et quand il en aurait fini à Goodlands, il partirait ailleurs. Comme si elle l'aspirait, l'exhalait, juste une seconde, il disparaîtrait.

— Vous êtes saoule, Grange ? badina-t-il.

183

— Pas du tout ! protesta-t-elle, honteuse de ses bizarreries médiévales.

Elle se redressa, chercha une réplique cinglante, puis
se ravisa. Elle ne voulait pas qu'il s'imagine pouvoir la
faire sortir de ses gonds si facilement. C'était faux, absolument faux.

— Pourquoi ne pas me dire ce que vous comptiez
m'apprendre ? demanda-t-elle, pour changer de sujet.
Nous avons fini de dîner.

Elle ramena ses genoux sur sa poitrine et croisa ses bras
par-dessus. Etrangement, cela la rapprocha encore de lui,
et dans le mouvement son bras effleura le sien. Elle
ignora sa chaleur, plus intense que celle du feu.

Il attendit un long moment avant de répondre.

— Votre ville me rappelle un endroit où je suis allé,
commença-t-il. C'était en Iowa ; un vieux habitait là,
juste à la frontière, je ne me souviens même plus du nom
de la ville, ça remonte à dix ans. Je n'y suis jamais
retourné. Il y a deux ans, je traversais l'Iowa, j'ai évité
cette ville, sans véritables raisons. Je ne voulais pas y
retourner, c'est tout.

Il empoigna la bouteille de vin et but une gorgée. Il la
tendit à Karen, qui déclina l'offre d'un vigoureux signe
de tête. Il but à nouveau.

— Je me souviens de ce vieux, reprit-il, de soixante-
dix ans au moins, et de sa jeune femme. Elle n'était pas
si jeune d'ailleurs, mais elle l'était par rapport à lui. A
l'époque, elle ne devait pas avoir plus de quarante ans.
Ils avaient quarante hectares, secs comme les pierres. Le
vieux m'a surpris sur ses terres et m'a ramené chez lui au
bout de son fusil. Je l'ai suivi, gloussa-t-il, j'avais pas le
choix.

« Je ne me souviens même plus de ce que je faisais là,
sur ses terres ; je passais, je marchais sur la route et j'ai
été... happé. Cette terre avait quelque chose en elle qui
m'attirait. Elle était desséchée, c'est aussi simple que ça.

« Je suis resté une semaine chez le vieux et sa femme.
Il a rangé son fusil dès que je lui ai dit qui j'étais et ce
que je faisais. Après, il n'a plus voulu me laisser partir, et

je suis resté. J'ai fait ce que j'ai pu pour eux... et je suis allé mon chemin.

Tom but une autre gorgée à la bouteille, presque vide. Cette fois, il n'en proposa pas à Karen. Elle le regardait en biais et l'écoutait de toutes ses oreilles.

— Et après ? le pressa-t-elle.

Il inclina la tête et dit d'une voix calme :

— C'était un endroit vraiment bizarre. La femme se nommait Della, mais il l'appelait Delly. Il n'arrêtait pas de dire : «Il est pas beau, le corps de Delly ?», et il s'écroulait de rire. Il faisait des remarques de mauvais goût sur elle, parfois entre ses dents, mais parfois assez fort pour qu'elle l'entende. Il parlait de leurs exploits au lit. Il n'arrêtait pas de me rappeler qu'elle était sa femme. Elle, elle ne semblait pas amoureuse de lui, mais... comment dire ?... dévouée. Ils avaient des cochons, dont la plupart étaient morts à mon arrivée. On sentait la puanteur partout. Mais après un ou deux jours, on la remarquait à peine. C'était un salaud fini, à mon avis. Un vrai salaud qui méritait ce qui lui arrivait. Il s'appelait Schwitzer. Della disait qu'il avait changé de nom, qu'il l'avait anglicisé. Quand il n'écoutait pas, elle l'appelait Burgher[1].

Tom n'ajouta pas que Della était venue dans son lit la première nuit, ni que le vieux s'était soûlé à mort pour que cela soit possible, ni qu'il semblait y avoir une sorte d'accord entre eux selon lequel Della avait le feu vert pour obtenir ce qu'elle voulait de Tom. Ils avaient fait l'amour dans la mansarde, au-dessus de la chambre où dormait le vieux. Ils l'avaient fait en silence, sans un mot, sans un bruit, sauf le soupir de relâchement de Della quand elle avait joui. Elle l'avait quitté comme elle était venue, en silence, et était revenue les nuits suivantes. Le jour, quand le vieux était là, Della et Tom se conduisaient comme de simples connaissances.

---

1. *Burgher*, de l'allemand *Bürger*, citoyen, résident d'un bourg. *(N.d.T.)*

— Et la sécheresse ? demanda Karen, tirant Tom de sa rêverie.

— C'était une sécheresse singulière, dit-il. Du genre qui devrait vous intéresser. Elle ne sévissait que sur leurs terres, le reste de la ville avait plus ou moins son content de pluie.

Karen étouffa une exclamation.

— C'est donc déjà arrivé ! Alors, ce qui se passe ici doit avoir une explication. Comment ça s'est terminé ? demanda-t-elle, brûlante de curiosité.

— J'ai fait pleuvoir, dit Tom d'une voix si faible que Karen faillit ne pas entendre.

— Donc, il pleuvra peut-être ici, dit-elle. Vous pourrez recommencer...

Tom sortit son tabac et se roula une cigarette. Il ne répondit pas avant d'avoir fini. Il la roula méthodiquement, perdu dans ses pensées ou concentré sur ses gestes, avec amour et lenteur. Lorsqu'il eut terminé, il ficha la cigarette au coin de ses lèvres et l'alluma avec le bout rougeoyant de la badine qu'il avait utilisée pour cuire les steaks. Il recracha la fumée avec volupté.

— A la fin de la semaine, j'ai fait pleuvoir. Je suis parti le lendemain.

Il n'ajouta pas que Della était revenue dans son lit le soir et que, cette fois, elle lui avait soufflé quelque chose à l'oreille avant de retourner dans sa chambre.

— Comme je le disais, je suis retourné dans le coin il y a deux ans et je me suis arrêté dans un bar de la ville voisine. Della et le vieux faisaient l'objet de bien des discussions. Ils avaient connu une série de catastrophes, d'après ce que j'ai entendu dire. Il y avait eu la sécheresse, dont tout le monde se souvenait, après ça la rouille avait tué leurs récoltes. Ensuite, les bêtes qui leur restaient — un vieux cheval, si je me souviens bien, et deux vaches — ont attrapé je ne sais quoi et sont mortes, l'une après l'autre. La même année, Della est tombée malade et elle est morte, elle aussi. Selon le coroner, il s'agissait d'une sorte d'encéphalite. Mais le vieux a survécu, conclut Tom. Il devait avoir dans les quatre-vingts ans quand je suis repassé.

— Eh bien, siffla Karen.

— Comme vous dites, gloussa Tom. Mais j'ai découvert autre chose à propos du vieux et de sa Delly.

— Quoi ?

— C'était son père.

Tom jeta sa cigarette dans le feu. Il avait un sale goût dans la bouche. Il s'empara de la bouteille de vin et la vida.

— Y a plus de vin, remarqua-t-il.

— Oh, seigneur ! s'exclama Karen, pensant à Della et au vieux. (Elle pensa aussi à son propre père, si gentil, si bon, et elle frissonna.) Pourquoi m'avoir raconté ça ?

— Vous connaissez l'expression « Quand Dieu ferme une porte, il ouvre une fenêtre » ? Je crois que ça marche aussi dans un autre sens. Quand Dieu ferme une porte, si on ouvre la fenêtre, il peut aussi la fermer. Je crois que certains endroits font une sorte de pénitence. Pour je ne sais quelles raisons, conclut-il.

— Et vous pensez que c'est valable pour Goodlands ? demanda Karen, furieuse. Vous pensez que Goodlands fait pénitence ?

Elle se tourna vers lui, le regard haineux.

— J'ai parcouru cette ville aujourd'hui, expliqua-t-il. Vous savez, si vous franchissez la frontière de deux ou trois mètres, la limite invisible entre votre ville et le reste du monde, la pluie est là.

Il changea de position pour la regarder dans le fond des yeux. La colère était toujours là, mais il y vit aussi une sorte de confusion.

— Pourquoi, à votre avis ? demanda-t-il.

— Comment le saurais-je ? cracha-t-elle. Pourquoi devrais-je le savoir ?

— C'est votre ville, Grange. Vous en savez plus que moi.

Il continuait de la fixer.

— J'ignore de quoi vous voulez parler. Tout ce que je sais, c'est qu'il y a une sécheresse et que je vous ai engagé pour y mettre fin. Si vous ne pouvez pas, et qu'en plus vous en attribuez la faute à je ne sais quelle bêtise bizarroïde, on ne va pas passer la nuit là-dessus.

Elle se leva. Il l'imita.

— Quel est votre intérêt dans tout ça ? demanda-t-elle d'une voix un peu trop forte, les joues en feu. Qu'est-ce que ça vous fait si la sécheresse se termine ou pas ? Vous pouvez remballer vos salades et ficher le camp ailleurs. Mais moi, je reste !

Tom la rattrapa par le bras et l'attira à lui. Il lui fit faire demi-tour et plongea ses yeux dans les siens.

— Grange... Karen... dit-il d'une voix radoucie, une excuse dans le regard.

— Qu'est-ce que vous insinuez ? demanda Karen, la colère faisant place à une grimace douloureuse. Vous croyez que ça a un rapport avec moi ? Vous croyez que j'y suis pour quelque chose ?

— Non. (Il desserra sa prise, mais ne la lâcha pas.) Non, je ne dis pas ça. Il y a quelque chose de bizarre ici. Quelque chose qui éloigne la pluie. Je n'ai jamais ressenti un truc pareil, pas même chez le vieux. Ici, c'est comme un cimetière, c'est plein de trucs morts et enterrés. Regardez autour de vous. C'est pas naturel. Je ne sais pas...

Il aurait voulu ajouter qu'il ne savait pas s'il pourrait arrêter la sécheresse, mais ne le fit pas. Les mots ne sortaient pas.

— Je cherche les causes, dit-il.

— Eh bien, je n'y suis pour rien.

Ils se tenaient près l'un de l'autre. De son autre main, Tom effleura le bras de Karen et laissa ses doigts glisser sur sa peau. Il lut le doute dans ses yeux, comme si elle se croyait réellement responsable de la sécheresse.

— Ça a commencé après mon arrivée, déclara-t-elle, comme si elle avait lu dans ses pensées. Je n'ai rien à cacher. Je me plais ici. Cet endroit... ajouta-t-elle, les mots sortant difficilement... cet endroit m'a apporté quelque chose.

— Entendu, dit-il d'une voix douce.

La souffrance était toujours là, dans ses yeux. Tom regrettait d'avoir soulevé le sujet, de lui avoir parlé des Schwitzer. Ils gardèrent le silence, Tom tenant la main de Karen qui ne fit rien pour se dégager. Elle sentait le vin quand elle exhalait. Il était assez près pour sentir son haleine vibrer et l'entendre respirer.

Il eut soudain très envie de l'embrasser et se dit qu'elle se laisserait faire.

— Je rentre, annonça-t-elle, mais elle ne bougea pas.

Elle resta et il crut deviner le même débat sur son visage, puis elle repoussa doucement son bras et s'apprêta à partir.

— Demain, dit-il.

— Demain ? fit-elle en se retournant.

— J'ai une idée. J'aimerais en dire plus, mais ça va arriver, assura-t-il avec conviction, dans son désir de lui ôter son regard douloureux. Il va pleuvoir.

Elle le regarda longuement, puis acquiesça.

Elle s'éloigna et disparut sous les arbres. Elle trébucha sur une branche morte, voulut se retenir, encore grisée par le vin et par les vestiges de sa colère. Sa main agrippa une branche et, pour la première fois, elle sentit sur sa peau la mort dont le faiseur de pluie avait parlé. Elle se rétablit mais ne lâcha pas la branche. Sous sa main, il y avait comme une vibration, une sensation infime, comme une légère pulsation. Elle lâcha la branche avec une pointe de dégoût, comme si c'était une chose horrible, un cadavre, peut-être. Lorsqu'elle sortit du verger pour pénétrer dans la noirceur de son jardin, elle ressentit un léger frisson dans sa colonne vertébrale. Elle aurait voulu traverser le jardin au plus vite, fuir le ciel noir. Elle explora l'endroit des yeux. Rien n'avait changé, mais cette fois elle se demanda ce qui s'y cachait. Elle se sentait observée.

Le frisson qu'elle avait ressenti lui rappelait celui que sa mère ressentait parfois et dont elle jurait qu'il s'agissait de la prémonition d'un malheur. Sa mère avait une expression : « On marche sur ma tombe. »

Karen prit ses jambes à son cou et courut sans s'arrêter jusqu'à la maison.

Elle resta immobile quelques instants, attendant que la sensation disparaisse. Elle se demanda où Tom dormirait, dans la clairière ou dans le jardin. Elle ne ferma pas la porte à clé.

Tom versa le demi-seau d'eau sur le feu, éteignant soigneusement les cendres encore brûlantes. La lune jetait une lumière bleutée sur la clairière. Il sortit de son sac le plan qu'il avait acheté dans la journée. Il faisait juste assez clair pour distinguer les contours de Goodlands, et il n'avait pas besoin d'en voir davantage.

Il ferma les yeux et erra autour des frontières de la ville, comme il l'avait fait durant la journée, imagina les points les plus éloignés, ceux où il n'était pas allé. C'était là. Les pluies entouraient Goodlands, et tout ce qu'il avait à faire était de les attirer jusqu'à la frontière et de voir quel genre de pouvoir les pousserait à agir d'elles-mêmes à l'appel de la terre, par l'attirance du vide. Il ne voyait pas ce qu'il pourrait faire d'autre.

Il replia le plan en quatre et le rangea dans son sac. La chaleur du feu et de la journée l'enveloppait encore. Il regretta d'avoir éteint le feu, qui lui aurait tenu compagnie.

Karen occupait ses pensées. Il joua avec le moment où ils s'étaient tenus tout près l'un de l'autre, sa main sur le bras de Karen, juste avant qu'elle rentre. Sa bouche jurait avec la pâleur de son visage ; pour une fois, elle n'avait pas une moue de désapprobation ni d'inquiétude, le doute l'adoucissait, et peut-être la peur. Il aurait dû l'embrasser... mais était content de ne pas l'avoir fait. Sinon, il ne se serait peut-être pas arrêté avant que son expression ait complètement disparu de son visage. Il l'aurait embrassée jusqu'à ce qu'ils se sentent tous les deux plus à l'aise.

L'éclat de la lune sur la bouteille de vin accrocha son regard. Elle était vide, gisant sur le sol. Ce spectacle le remplit de désespoir. Il voulait un autre verre. Une bière, juste une, pour calmer ses nerfs à vif, pour dormir. Une bière. Peut-être deux. Il repoussa l'idée à contrecœur, avant qu'elle ne s'impose trop impérieusement. Il avait surtout besoin de marcher. De réfléchir, de tâter le terrain.

Il se glissa sans bruit dans le verger, ressortit dans le jardin de Karen. Chez elle, les lumières étaient éteintes ; il se demanda si elle dormait.

De l'orée du verger, il embrassait tout le jardin, dont le centre était souillé par la pagode incongrue, le belvédère, comme elle l'appelait. Si, dans la prairie, les bâtiments avaient l'air d'être tombés du ciel, cette étrange construction donnait l'impression d'avoir surgi de terre, telle une plante. Autour des fondations, on aurait dit que la terre avait été creusée récemment ; le sol, asséché par plaques, s'était effrité et fendu tout autour. En soufflant la terre desséchée, le vent avait formé un petit monticule le long de la base du belvédère.

Tom s'y dirigea d'un pas lent et égal ; il pensait à la pénitence.

Il s'accroupit près du petit bâtiment. Autour, la terre était meuble, comme récemment retournée, mais c'était impossible. Il balaya des yeux le tour du belvédère, et partout il vit une terre meuble, labourée. Il la toucha. Le sol était tiède. Il y enfonça ses doigts, ramassa une poignée de terre, puis se releva et referma le poing doucement.

De l'est, une brise se leva et l'enveloppa d'un air frais qui tourbillonna autour de sa tête, lui ébouriffant les cheveux et soufflant la terre qu'il tenait dans sa main. Il regarda la poussière filer entre ses doigts et s'envoler lentement.

Sa main devint tiède, puis chaude. Sur sa paume, la terre se mit à grouiller. Machinalement, il ouvrit la main, écœuré. Des choses gigotaient dans sa paume.

Il sursauta, secoua sa main avec frénésie et les choses tombèrent par terre. Il s'essuya violemment la main sur son jean et s'accroupit pour examiner le sol. De minuscules choses blanches, d'un ovale informe, se tortillaient, cherchant à rentrer sous terre. Elles disparurent bientôt : des asticots.

Il se releva, fouilla délicatement du bout de sa botte. Plus rien. Il se recula et s'arrêta entre le belvédère et la première rangée de pommiers. Le vent qui s'était levé avec une soudaineté imprévue mourut lentement. Mais, juste avant, Tom aurait juré avoir entendu une voix.

Il pivota vers la maison, toujours obscure. Il regarda vers la fenêtre de la cuisine mais ne vit que le carreau. L'intérieur était sombre.

Il entendit de nouveau la voix, faible, aiguë, une voix de femme. La maison était silencieuse, fermée, protégée. Les yeux de Tom furent attirés par le belvédère. Il se dressait, tout aussi silencieux, mais comme animé d'une vie propre. Sous ses pieds, Tom ressentit le grouillement qu'il avait remarqué un peu plus tôt.

Au bout d'un moment, Tom s'éloigna. Il avait vraiment besoin d'un verre. Peut-être même plusieurs. Il regagna la route et se dirigea vers le Clancy.

# 8

Chez Clancy, ça bouillonnait, à cause du match de base-ball retransmis par satellite. Cincinnati marqua un autre run contre Montréal et la salle explosa ; Ed Clancy fut soulagé qu'il n'y ait pas de Canadiens dans son bar cette nuit-là.

Dès le troisième inning, on commandait des tonnes de bière. Ed était bigrement content d'avoir craqué pour une antenne parabolique, même si elle lui avait coûté le prix d'une tondeuse à moteur. Il regrettait de ne pas avoir attendu pour acheter les nouvelles coupelles de quarante-cinq centimètres que tout le monde se procurait désormais, vu que la sienne, gigantesque, était vulnérable aux pierres lancées par les gamins — sans compter qu'un intrépide avait grimpé sur le toit pour badigeonner « Dites peut-être à la drogue » en travers de son antenne, avec des fautes d'orthographe, sans doute, mais le slogan avait conduit Clancy à penser que son auteur parlait d'expérience. Il y avait de plus en plus de chaînes cryptées sur le satellite et, sans payer, il était quasi impossible d'obtenir quoi que ce soit qui attire les foules, hormis les soap operas. Certains jours, ça ne valait pas mieux que le câble. Mais de temps en temps il y avait quelque chose de potable à regarder, comme les matches de base-ball et certains combats de boxe. S'il faisait le compte — ce dont il se déchargeait sur son comptable —, Ed avait largement remboursé l'antenne avec la bière et les paris. En outre, même s'il avait horreur de l'admettre, Clancy était un fan de *The Young and the Restless*.

Le juke-box ne marchait pas à cause du match. C'était toujours bien quand le Canada jouait. C'était tellement bon pour les affaires que Clancy annonçait les matches à l'avance en collant une petite pancarte au-dessus du bar. Il avait deux écrans, tous deux de soixante-huit centimètres, qui lui avaient coûté bonbon mais qui tenaient encore le coup. L'un était fixé en hauteur dans un coin du bar, où Ed pouvait le voir tout en tirant les bières, l'autre à l'autre bout de la salle, près du billard. Les matches de base-ball attiraient une foule de soiffards.

Le Clancy était situé dans Goodlands, au bout de Parson's Road, dans le coin nord-ouest du périmètre de la ville, bien à l'intérieur des frontières, mais assez près de Telander, qui n'avait pas de bar, et des villes méridionales d'Avis, de Mountmore et de Washington, qui avaient des bars mais sans satellite. On jouait à Mountmore, ce qui ôtait sans doute quelques dollars au Clancy les week-ends, mais les soirs de combats de boxe ou de matches de base-ball — surtout si le Canada jouait — on venait au Clancy de toute la région.

Le bar pouvait recevoir une centaine de personnes, c'était un ancien entrepôt à glace construit dans les années 50 et qui était abandonné depuis vingt ans quand Clancy l'avait acheté. Sol et piliers en ciment, difficile à chauffer en hiver, une vraie cochonnerie, mais toujours frais en été, et sans avoir recours à la climatisation, ce qui constituait un avantage, forcément. Clancy avait déblayé l'endroit et mis la main à la décoration. Le résultat ressemblait davantage à une salle de sport qu'à un bar chic, mais c'était ce que les clients aimaient. D'une certaine manière, on s'y sentait chez soi. De l'extérieur, le bar ressemblait toujours à un entrepôt. De temps en temps, un touriste s'extasiait sur les possibilités de l'endroit, mais personne n'avait jamais proposé de l'acheter. Sinon,

Clancy aurait sauté sur l'occasion et foncé d'une traite en Floride dans son vieux break Ford.

Les affaires étaient mauvaises partout, mais Clancy se débrouillait. Un bar, ça marche toujours. L'hiver précédent avait été ric-rac, mais il s'en était sorti sans se mettre dans le rouge. Cela irait mieux en été, avec le retour des étudiants et les touristes de passage. C'était de dépendre de la clientèle du coin qui donnait des cheveux gris à Clancy.

Ce soir-là, il y avait ce qu'il appelait « une bonne salle », surtout des gars du coin venus vider quelques mousses et regarder le match. Le samedi soir, c'était le jour des fauteurs de trouble, des jeunes qui travaillaient hors de la ville et rentraient chez eux pour le week-end. Désœuvrés, ils venaient se soûler bêtement. C'était aussi le jour des gars des Badlands. Clancy gardait un aiguillon à bœuf derrière le comptoir et les clients le savaient. Il ne s'en était jamais servi, mais était toujours prêt à le sortir, même si c'était sans doute illégal et qu'il tenait un commerce correct.

Un soir, Kreb Whalley s'était soûlé — Kreb Whalley se soûlait tous les soirs, à vrai dire, mais il se conduisait parfois plus mal que d'habitude, et c'était à un de ces soirs que Clancy pensait — et il avait essayé de vendre sa bière maison à Clancy. Clancy lui avait clairement fait comprendre que s'il ne la bouclait pas il le dénoncerait sans hésiter. Il avait cru à des représailles, après ça, mais il ne s'était rien passé. D'un autre côté, l'affaire de la dégradation de l'antenne n'était pas résolue, mais Clancy ne croyait pas un Whalley capable d'écrire ne serait-ce que ces quelques mots. Il avait été à l'école avec Kreb Whalley, c'était un crétin en route vers le zéro pointé. Il y était parvenu ; il avait au moins réussi cela, se disait Clancy.

Kreb était au bar. Les Whalley étaient tous là ce soir-là, sauf la fille. Elle ne mettait jamais les pieds dans le bar. Ben Larabee était assis avec eux. Pas un mauvais bougre, en fait, mais il traînait depuis quelque temps avec ces ringards. La sécheresse ayant été impitoyable pour le ramassage de vers, sa femme était partie vivre chez sa sœur quelque part ailleurs. D'après Clancy, Ben essayait réellement de s'en sortir, et l'association avec les Whalley ne durerait sans doute pas.

Des clients entraient et sortaient, ça tournait à la fête. C'était une bonne salle. Une bonne moitié du bar était occupée par les « sportifs ». Teddy Lawrence, Larry Watson, Leonard Franklin, Teddy Boychuk, Bart Eastly, Ed Kushner, Henry Barker, Jeb Trainor et toute la bande étaient venus regarder le match et bavasser. Ils étaient devenus plus bruyants à mesure que la soirée avançait, et leur serveuse se faisait des pourboires en or, mais jusqu'à présent, hormis Watson, ils ne buvaient pas beaucoup. Si Watson était trop saoul, son fiston, qui travaillait au bar, pourrait le ramener chez lui. C'étaient des types qu'on aimait avoir dans son bar, mêmes s'ils ne consommaient pas beaucoup. D'ailleurs, les autres buvaient pour eux. Le cliquètement incessant de la caisse enregistreuse compensait le fait qu'Ed devait mettre la main à la pâte, vu que Dave et Debbie étaient complètement débordés chaque fois que Cincinnati marquait un run.

— Hé, Clancy ! Remets-nous une tournée ! lança Bart Eastly en direction du comptoir avant de reprendre le fil de son histoire. Un sacré bazar. La route était là (il posa une main sur la table et leva l'autre), et l'allée était là, ça faisait bien cinquante centimètres d'écart. Les roues patinaient au-dessus du rebord comme un môme qui balance ses jambes au-dessus de la rivière, content comme tout. Bien sûr, Greeson n'était pas content, lui, son allée est fichue maintenant. Ça va lui coûter un maximum et c'est pas sûr qu'il ait l'argent.

Bart vida sa bouteille jusqu'à la lie juste au moment où Dave Watson, le fiston de Larry, arrivait avec la nouvelle tournée.

— Qui paie pour celle-ci ? demanda Dave en regardant son père, qui s'était tassé entre deux tournées.

— C'est mon tour, beugla Bart en sortant une poignée de billets.

Ce n'était pas le sien, c'était celui de Leonard Franklin,

mais personne ne voulait le laisser payer. Dave s'éloigna après avoir glissé un regard vers son père, qui souriait tristement, la face de plus en plus congestionnée. Watson ne buvait pas souvent, mais la journée avait été dure.

Henry Barker en était à sa deuxième bière et il essayait de détendre ses muscles noués. Bien que n'étant pas de service, il devait toujours ouvrir l'œil et se limitait à quatre bières. C'était un grand gaillard, en hauteur comme en largeur, et quatre bières ne pouvaient pas lui faire grand-chose, mais ça le rendait sociable à défaut de le détendre. Officiellement, tous regardaient les Canadiens prendre une raclée en Technicolor. Officieusement, personne, sauf Teddy Lawrence et Teddy Boychuk, n'était vraiment intéressé par le match. Ils se contentaient de vérifier de temps en temps le score et discutaient surtout les dernières nouvelles.

— Alors, comment vous expliquez ça ? demanda Jeb.

— Comment tu l'expliques, toi ? rétorqua Bart.

— Ben, les routes se fendent, dit Jeb, ça arrive. C'est ce qui s'est passé. Grease venait juste de la faire goudronner, ça doit avoir un rapport.

— Je vais vous dire, tout ce qui est route, ça me connaît, plastronna Bart.

Avoir un public à qui raconter une histoire de bagnoles était la meilleure chose qui puisse arriver à Bart, et il ne se fit pas prier.

— Moi, je suis plus calé pour tout ce qui broute, coupa Kushner.

Il s'attira une bordée de rires, mais Bart l'ignora.

— Si ça s'était passé en plein janvier, j'aurais dit, oui, la route s'est fendue à cause du climat, mais comme on est en juin, que c'est même l'été le plus chaud qu'on ait jamais eu, c'est forcément pas l'explication.

— Alors, qu'est-ce qui s'est passé, gros malin ? demanda Henry.

— J'en sais rien, répondit Bart. M'est avis que c'est un accident démoniaque.

— Cette ville est un accident démoniaque, si vous

voulez le mien, d'avis, bredouilla Larry d'une voix pâteuse.

La tablée se tut et tout le monde reporta ses regards sur le match. Watson était ivre. Mais Henry se dit qu'il avait marqué un point.

Avant de venir chez Clancy, Henry avait une fois de plus regardé la météo. Lilly l'avait encouragé à sortir boire un verre pour qu'il cesse de regarder ce Canal Météo ! C'était toujours la même chose : on prévoyait des averses pour le lendemain, un temps couvert avec de la pluie. C'étaient les prévisions pour Goodlands, mais Henry aurait parié sa chemise, pour ainsi dire, qu'il ne pleuvrait pas une goutte.

Les Bleus marquèrent un run contre Cincinnati et la foule vociféra de rage.

En fait, presque tout ce qui s'était passé dans la journée pouvait s'expliquer. Mais seulement en apparence. On pouvait prétendre que l'allée entre la route et la maison avait été victime d'un glissement de terrain à cause de la rétention de chaleur ou allez savoir, résultat, l'allée de Jack Greeson s'était fendue. On pouvait dire que quelqu'un avait arraché les chantepleures de Watson et vidé les réservoirs pour on ne sait quelle raison, de même qu'on pouvait dire qu'un crétin avait coupé la clôture de Revesette pour que ses chevaux s'enfuient sur la nationale. On pouvait dire que des inconnus étaient allés chez les Paxton — de braves gens, bien qu'un peu bizarres — et avaient, par pure méchanceté, cassé leur croix et balancé les deux morceaux sur leur pelouse jaunie. On pouvait dire tout ça, en apparence. On pouvait dire que c'était le fait d'inconnus.

Mais la croix des Paxton, par exemple. Henry était allé examiner les dégâts. La chose devait faire près de cinq mètres de haut. La traverse était taillée et boulonnée dans la verticale, le tout enterré de plus d'un mètre dans le sol, la base ensuite cimentée. Même avec deux gars armés de chaînes et d'outils, l'opération aurait pris une heure et aurait endommagé la croix. Pour déboulonner la traverse, il aurait fallu une perceuse, au minimum. Or la croix n'était même pas brisée, sauf qu'elle était en deux morceaux, et personne n'avait rien vu ni entendu.

Ensuite, la ferme de Watson. Les chantepleures n'étaient pas ouvertes, elles n'étaient plus là. On les avait sorties des réservoirs, elles avaient disparu. Henry avait passé une bonne partie de la journée à les rechercher, il avait été jusqu'à la route au cas où quelqu'un les aurait emportées et jetées ensuite. Il n'avait rien trouvé. Rien d'autre que de petites empreintes de pieds. Des pieds de fille. Trop grands pour ses fillettes, trop petits pour sa femme, non qu'elles eussent fait une chose pareille (elles n'auraient pas pu, en apparence...), mais cela aurait au moins expliqué les empreintes. A moins que le coupable ait emmené sa petite amie avec lui, façon Bonnie and Clyde.

On pouvait encore expliquer ce qui s'était passé chez Greeson, chez Revesette, chez Watson, peut-être même chez Paxton, si on n'y regardait pas de trop près. Mais les gars ne savaient pas encore ce qui s'était passé chez les Bell. On ne pouvait pas expliquer comment une voiture se retrouvait sur le toit, telle une petite tortue rouge, au beau milieu de la ravissante pelouse clôturée, à dix mètres de l'auvent où elle était garée la veille. Il n'y avait pas d'explication à ça, même en apparence. Il y aurait eu des traces de pneus sur le gazon, probablement la seule pelouse verte de Goodlands — les Bell achetaient de l'eau pour leur gazon, mais c'était une autre histoire. Il y aurait eu des traces de la Mazda, et des traces du camion qui l'avait remorquée de l'auvent jusqu'à la pelouse. Mais le plus drôle, c'était qu'il n'y avait pas assez de place. Il aurait fallu que le remorqueur ait été construit par Dinky Toys, et Henry ne croyait pas que même Dinky Toys en construisait d'assez solides pour ça. Même s'ils avaient mis la voiture au point mort et qu'ils l'aient roulée dans le jardin, il aurait fallu au moins quatre hommes pour la retourner sur le toit. A vrai dire, Henry avait assisté à plus d'une fête où on se livrait à ce genre d'exploit, et ça ne se passait jamais en silence, ni en état de sobriété. Et même si c'était comme ça que les choses s'étaient passées, restait la question du pourquoi.

Leonard Franklin se leva, fouilla dans ses poches et lança un billet de cinq dollars sur la table.

— Merci pour les bières, les gars, dit-il, mais faut que je rentre. Jessie ne se sent pas très bien en ce moment.

— T'as de la place dans ton camion, Leonard ? demanda Ed Kushner, qui se leva à son tour.

La question était symbolique.

— Ouais, répondit Leonard.

— C'est pas vrai ! T'es venu à pied, Kush ? s'étonna Boychuk.

— J'ai laissé la voiture à Gracie. J'aurais déjà pas dû venir. Faut au moins que je l'aide à fermer.

— Tu laisses ta voiture à une femme qui travaille toute la soirée ? T'es siphonné.

— Je suis un trésor, répliqua-t-il, et il suivit Leonard.

Lorsqu'ils furent trop loin pour entendre, Jeb déclara :

— La vente aux enchères des Franklin a lieu samedi en huit. Ah, si j'avais de l'argent ! Ça fait un bout de temps que je lorgne sur son John Deere...

— C'est quelqu'un d'Oxburg qui l'aura, laissa tomber Boychuk, et il s'absorba dans le match.

— Franklin et les Campbell s'en vont, dit Larry au milieu d'un silence. Combien de temps avant que ce soit moi, Dave, les Turner ? Combien de temps avant qu'on se fasse éjecter ? Ça va pas traîner, c'est sûr.

Il parlait d'une voix pâteuse, et Henry croisa le regard de Jeb.

— Oxburg, mon cul, reprit Larry, plus fort. Y z'y connaissent rien à la culture, à Oxburg. (Il regarda Henry et se frappa la poitrine.) On connaît rien à la culture tant qu'on a pas survécu à quatre années de sécheresse. C'est pas vrai ? C'est pas vrai ? Vous savez bien que j'ai raison !

— Baisse d'un ton, Larry, recommanda Henry. Bert Maule est là-bas.

Bert Maule et deux de ses copains étaient d'Oxburg. Maule vendait de l'immobilier dans le comté. Dans ses bons jours, c'était une brute, et en ce moment il n'avait pas besoin qu'on le pousse beaucoup pour se battre. On racontait que sa femme s'intéressait à un genre d'immobilier moins... immobile.

— Je l'emmerde, dit Larry, mais sans élever la voix.

Bart abandonna le match.

— Hé, Henry, dit-il, qui c'est qu'est derrière tout ça ?

— Comment veux-tu que je le sache ? Tu me prends pour un voyant ?

— Ah, bravo, Henry ! s'esclaffa Trainor. Ça nous donne confiance dans la police.

— Confiance, mon œil, rétorqua Henry. A l'heure qu'il est, j'en sais pas plus que n'importe qui, peut-être même moins. Je dis pas ça pour me vanter.

Jeb rit aux éclats, se leva et se dirigea vers les toilettes. Larry, qui avait raté la plaisanterie, regarda Jeb s'éloigner. Boychuk et Lawrence s'intéressaient au match. Larry agrippa le bras de Henry, et le regarda dans les yeux.

— Je suis fini, Henry, chuchota-t-il. Le puits est à sec. J'ai tout dépensé. J'ai dépensé le fric pour l'école de Dave, j'ai dépensé les économies, j'ai tout dépensé. Tout. Maintenant, j'ai besoin de nouveaux réservoirs sinon les bêtes vont crever. Qu'est-ce que je vais faire, bon Dieu ? Qu'est-ce qu'on va tous faire ?

Ses yeux rouges et vitreux imploraient, sans fard. Il labourait le bras d'Henry. Celui-ci repensa à la photo satellite, aux nuages gras et abondants qui défilaient au-dessus de l'Etat, au-dessus de Goodlands, en plein milieu. A Carl Simpson, qui sillonnait le pays dans sa camionnette à la recherche des agents fédéraux en chapeau noir qui rampaient dans les silos et se livraient à des expériences sur le climat.

— J'en sais rien, Larry. Et l'assurance ?

— Ah, l'assurance ! s'esclaffa Larry. (Mais c'était un rire dur et des postillons atterrirent sur la chemise de Henry.) J'ai arrêté de payer mes cotisations à l'automne, bon Dieu. Plus personne n'est assuré maintenant.

Il renifla, lâcha le bras de Barker, s'affala sur la table et ferma les yeux. Henry crut qu'il allait s'évanouir ou vomir.

— Je me casse, annonça Bart, qui se leva. Je vais chez Greeson demain matin, filer un coup de main à Jack. Faut que je l'aide à réparer son allée. C'est pas sympa, ça ? (Il jeta un dollar sur la table.) C'est un pourboire. Vous avisez pas d'y toucher, les gars.

— Pourquoi tu ramènes pas Larry, Bart ? suggéra Henry.

Celui-ci regarda Larry d'un air dégoûté.

— Viens, Watson. Et ne dégueule pas dans la voiture, ma mère vient juste d'y passer l'aspirateur.

Larry ne répliqua pas, se leva, farfouilla dans ses poches et jeta de la menue monnaie sur la table.

— Ça, bafouilla-t-il, imitant Bart, c'est un pourboire. Vous avisez pas d'y toucher, les gars. (Il se pencha à l'oreille de Barker et ânonna :) Toute la ville est un accident démoniaque, Henry. Tu devrais ficher le camp ailleurs avant d'être ensorcelé.

Henry le regarda. Le visage sinistre, Larry lui fit un clin d'œil, tendit une main que Henry serra, puis lui fit un nouveau clin d'œil et sortit en tanguant.

Henry aurait dû le raccompagner. Eastly allait le laisser au bout de son allée. Au moins, Henry serait entré une minute, il aurait aplani les choses avec sa femme. En fait, il n'était tout simplement pas prêt à partir. Il sentait qu'il allait se passer quelque chose. C'était dans l'air. Une bagarre allait exploser d'une minute à l'autre, par exemple. Dans ce cas, il devait être présent.

Jeb revint, l'air inquiet.

— Larry n'est pas rentré en voiture, j'espère ?

— Non, Eastly l'a raccompagné.

— Ces réservoirs, c'est une belle saloperie. Ça frappe là où ça fait mal.

— Ouais, acquiesça Henry.

Jeb approcha sa chaise. Il jeta un regard vers les deux Teddy. Ils parlaient du match, comme si tout était normal. C'était peut-être vrai pour eux. Henry savait que Boychuk touchait des allocations ; il était le seul à le savoir. Il savait aussi qu'il quittait souvent la ville et que toute la famille partirait dès qu'il aurait trouvé du travail ailleurs. Boychuk avait perdu sa ferme depuis plus d'un an et vivait chez sa belle-mère. Les Boychuk avaient peut-être déjà pris leur décision, ils attendaient que tout soit prêt.

— Il faut faire quelque chose, Henry.

— A propos de quoi ?

— Tout. La ville. Elle est en train de mourir et on est là, assis sur nos culs, à attendre qu'il pleuve. Y a quelqu'un qu'en peut plus et qui sème la pagaille sans raison. J'ai appris pour les Paxton et leur croix. Ils sont tordus, d'accord, mais ils ne méritent pas ce qu'on leur a fait. Y a un salaud qui cherche des ennuis, et c'est pas surprenant, vu les circonstances.

— Je ne sais pas de quoi tu parles, Jeb. J'ai pas de réponses à ça.

Jeb Trainor était ce qu'on appelait dans la famille de Henry « un brave homme ». Solide, fiable, respectable, peut-être un tantinet fanfaron, mais il était toujours prêt à donner un coup de main, et pas pour faire semblant. Henry le connaissait depuis toujours.

— Je suis passé chez les Revesette avant de venir. Ça va pas fort chez eux, Henry. J'aurais presque envie de te conseiller d'aller y faire un tour, si j'étais sûr qu'ils ne te canardent pas.

— Qu'est-ce que tu racontes ? fit Henry, qui se raidit. J'ai vu Dave ce matin !

— Je sais. Ses gars sont en planque dans le ranch, armés jusqu'aux dents. Revesette était très remonté. Je lui ai dit qu'il allait s'attirer des ennuis. Je lui ai dit, en plaisantant : « Tu veux voir mes papiers ? » Ça l'a pas fait rire. Il m'a dit qu'il ne faisait confiance à personne. Il m'a aussi dit qu'il ne comptait pas sur toi pour résoudre ses problèmes, mais ça, c'est une autre histoire.

— Nom de nom !

— Les esprits s'échauffent, Henry. Carl Simpson sillonne les routes au ralenti en jetant des coups d'œil bizarres. Il est passé devant chez moi l'autre soir et il a braqué sa torche dans ma cour. J'étais en train de fumer une cigarette — Lizzie croit que j'ai arrêté —, je lui ai fait un signe mais il n'a pas répondu. Il m'a juste regardé. Et ma femme a vu Janet à la poste, elle m'a dit qu'elle devait pas beaucoup dormir en ce moment. Qui d'entre nous dort bien, d'ailleurs ?

— J'ai vu Carl il y a une ou deux semaines, dit Henry sans conviction. J'avais l'intention de passer chez lui.

— Je ne sais pas si tu l'as remarqué, mais les Gordon évitent la ville comme s'il y avait la peste. Je ne sais pas quoi dire, mais je crois qu'ils vont essayer de sauver les meubles. J'ai vu le vieil Ed Gordon sur la route, il avait un drôle de regard. C'est pareil pour tout le monde. Les gens commencent à se conduire bizarrement, comme s'ils voyaient des fantômes.

Jeb hocha la tête d'un air peiné. Les Gordon étaient les agents d'assurances locaux, et Henry n'aurait pas été surpris si les affaires tournaient mal pour eux. Mais quand un agent d'assurances commence à éviter les gens, c'est qu'il y a quelque chose dans l'air.

— Je vais te dire, on a mis notre propriété en vente il y a quatre mois — tu gardes ça pour toi, Henry, je ne veux pas qu'on s'imagine que j'abandonne le navire — et j'ai calculé mes chances. Je ne suis plus tout jeune, mais je commence à me dire que refaire sa vie ailleurs ne peut pas être pire que de rester ici. Et je ne suis pas le seul à le penser. J'ai vu des têtes que je connaissais à Weston. A chaque fois, c'était près de l'agence immobilière. C'est peut-être une coïncidence, mais vu ce que je faisais à Weston, ça m'étonnerait.

Henry acquiesça. Jeb avait raison. Il y avait à Goodlands un état d'esprit qui n'existait pas avant. L'optimisme avait disparu, il fallait s'y attendre, mais il y avait autre chose. Comme souvent dans les campagnes, les habitants de Goodlands étaient indépendants, autonomes, mais depuis quelque temps on ne s'occupait pas tant de soi, on se protégeait des autres. Henry n'y avait pas assisté, mais il avait entendu parler d'une bagarre qui avait éclaté à la station d'eau de Telander la semaine passée. Rien de grave, juste une bousculade pour savoir qui allait se servir le premier, tout s'était terminé très vite et il n'y avait pas eu de blessés, hormis l'amour-propre, mais cela ne ressemblait pas à Goodlands. D'habitude, on se flattait d'aider son prochain. C'était en train de changer.

— Oui, je vois ce que tu veux dire, Jeb.

— Tu sais que Greg Washington a tué ses deux chiens il y a quelques jours ? Il n'y avait plus de travail pour eux à la ferme, Greg a vendu les bêtes qui lui restait. Il a dû tuer les chiens. Le grand noir devait avoir dans les quinze ans, c'était le chien des enfants. Ça devient moche quand un homme est obligé de tuer le chien de ses gosses.

Les deux hommes restèrent silencieux dans le brouhaha du bar, et leurs regards se reportèrent machinalement vers la télévision. Le match était presque terminé et Cincinnati allait l'emporter. Dave Watson passa offrir une tournée.

— Pas pour moi, dit Jeb qui se leva. Je m'en vais.

— Mon père est bien rentré ? lui demanda Dave.

— Bart l'a emmené. Tu pourras disposer de la voiture ce soir, j'imagine. (Il ramassa les billets et les tendit à Dave.) Tiens, la tournée est pour moi, et voilà un petit quelque chose pour toi, Dave. Tu fais une jolie serveuse. Sauf que t'as les cuisses un peu maigrichonnes, dommage.

Jeb salua et partit, laissant Henry seul avec les deux Teddy. Ils se retournèrent poliment, mais se concentrèrent aussitôt sur le match comme s'il était passionnant, et ne firent pas de gros efforts de conversation. Henry remarqua que les joues de Boychuk étaient légèrement empourprées et se demanda combien il avait bu de bières. Les deux Teddy avaient un éclat inhabituel dans les yeux, et aussi des cernes. Tout le monde souffrait d'insomnie.

Dave apporta les bières, et Henry songeait à partir, après tout, quand la porte s'ouvrit et qu'un étranger entra. La pression sanguine de Barker monta de dix crans lorsqu'il vit l'homme traverser la salle et se glisser au comptoir entre deux types d'Avis.

Ça aurait pu être n'importe qui, mais Henry avait l'impression que c'était le type sournois dont avait parlé Gooner. Celui que les Tindal avaient vu. L'homme au mégot.

Il l'observa en buvant une gorgée de bière. Elle passa difficilement. La sueur perlait sur son front, alors qu'il faisait plutôt frais dans le bar.

Il vit l'homme commander une bière à Ed Clancy, jeter un coup d'œil impassible vers la télévision du comptoir et baisser la tête. Clancy lui apporta sa bière que l'homme régla. Henry ne le quittait pas des yeux.

Il correspondait à la description, de la tête aux pieds, jusqu'à ses bottes.

« Ça pourrait être n'importe qui. » Même Henry ne connaissait pas tous les habitants du comté de Capawatsa. Il remarqua deux types qui lorgnaient vers le nouvel arrivant comme si c'était un étranger. Donc, il n'était pas le seul.

Machinalement, il porta la main à sa poche de pantalon. Le sachet qu'il aurait dû ranger dans un dossier était encore dans sa poche. Le sachet avec le mégot ramassé dans l'allée de Karen.

Au comptoir, l'homme sortit un objet de sa poche revolver et, d'où Henry se trouvait, la vision obstruée par quelques têtes et un ou deux corps, cela ressemblait à une blague à tabac. Henry put mieux voir quand Cincinnati marqua et que tout le monde se pencha en avant. Accoudé au comptoir, l'homme commença à se rouler une cigarette.

Les deux Teddy quittèrent à peine l'écran des yeux quand Henry se leva et déclara :

— Je vais me détendre les jambes.

Il quitta la table.


Tom but une gorgée de sa Budweiser puis fit rapidement le tour du bar des yeux, estimant la foule plus par habitude que dans un quelconque espoir. Il roulait sa cigarette comme il marchait, avec une lenteur calculée, jouissant autant de l'acte lui-même que de la fumée qui allait suivre.

Il sentait encore la chaleur dans sa main qui avait serré la terre du jardin de Karen.

Il planta la cigarette au coin de ses lèvres et l'alluma avec une allumette. Il tira une bouffée, ouvrit sa main et la contempla, captivé. La paume était calleuse, de la terre était collée dans le creux des lignes. Il se frotta de nouveau la main sur son jean.

La bière était bonne après le vin trop doux : il était buveur de bière ; les boissons fortes ne lui convenaient pas. Il les réservait pour les mauvais moments, quand le bourdon l'étouffait et qu'il n'arrivait plus à chasser les mauvaises pensées. Parfois, quand il était sur la route et que le bourdon le prenait, il achetait une flasque et en buvait des gorgées de temps en temps. Il avait failli commander un truc plus raide, mais s'était contenté d'une bière.

Par habitude, il évalua les clients. S'il avait été de passage, il aurait pu tirer quelques dollars de l'endroit, même si pas mal de types avaient l'air trop près du point de rupture. On pouvait presque tirer une ligne entre ceux qui habitaient Goodlands et ceux qui venaient d'autres villes. Ça se voyait à la façon dont les hommes étaient assis, aux bouteilles vides sur les tables, aux visages. Les gros buveurs étaient du coin, il l'aurait parié. C'est drôle comme les gens boivent quand ça va mal.

Quel que fût ce qui imposait la sécheresse à Goodlands, Tom avait le sentiment que cela provenait de la terre elle-même. Cela expliquait qu'il ressente la légère vibration sous le sol, certes assourdie et distante au point que personne ne l'avait remarquée. Tom remarquait ces choses, il en avait fait son gagne-pain.

— Salut l'ami, dit une voix derrière lui.

Il sursauta, mais pas au point que l'autre s'en aperçoive. Il tourna la tête et se retrouva nez à nez avec une paire d'yeux injectés de sang.

Il salua d'un signe de tête et s'effaça, croyant que l'homme voulait s'asseoir au comptoir. Mais l'homme ne bougea pas. Il tenait une bière à la main.

207

— Henry Barker, dit-il en tendant la main, tout sourire.

Tom la lui serra.

— 'soir, bougonna-t-il.

— Vous êtes un fan de base-ball ? demanda Henry en désignant de sa bière l'écran au-dessus du comptoir.

— Pas trop, non, répondit Tom.

Il lui tourna le dos, secoua sa cendre au-dessus du cendrier et regarda devant lui, face au comptoir.

— Moi, je suis pour les Orioles. Je sais pas trop pourquoi. J'imagine qu'on soutient une équipe quand on est gosse et qu'on s'y tient ensuite. Y a des types qui ne jurent que par les Yankees, y z'en démordent pas, conclut-il avec un petit rire.

Tom ne répondit pas.

— Je n'ai pas bien saisi votre nom, reprit Henry.

— Je ne vous l'ai pas donné.

— La politesse veut...

— C'est une ville qui paraît sympathique, le coupa Tom, mais j'ai pas envie de causer, Mr Barker.

Henry plissa brièvement les yeux.

— Il se trouve que je vous ai vu rouler une cigarette, et j'ai pas l'impression que vous êtes du coin. Le temps est très sec et les gens d'ici sont vachement prudents avec leurs cigarettes.

— Vous avez un temps nul, si vous me pardonnez, mais vous avez raison. Excusez-moi, dit-il pour clore la conversation.

— C'est vrai que la ville est sympathique, et comme on dit, y a pas de meilleur bar à vingt kilomètres à la ronde. (Henry émit de nouveau son petit rire.) Vous êtes de passage ?

Il y eut un long silence. Tom se tourna lentement vers Henry. Au même moment, Henry sentit l'air changer entre eux, comme si un vent frais venait de se lever à ses pieds. Une odeur flotta dans l'air, une odeur familière, plaisante, malgré l'expression sur le visage de l'étranger. Tom avait plaqué sur ses lèvres un sourire forcé qui dévoilait ses dents blanches.

— Je suis en train de boire une bière, dit-il. Vous me voulez quelque chose ? (Il parlait d'une voix claire, lente, détachait ses mots, le regard fixé sur Henry.) Sinon, j'aimerais boire ma bière tout seul. Comme je le disais, je n'ai pas envie de causer.

Le courant d'air frais s'évanouit et Henry eut soudain très chaud. Des gouttes de sueur perlaient sur son front. Il transpirait sous sa casquette, son crâne le démangeait.

— Je suis le shérif du coin, dit-il, mais il eut du mal à articuler.

— C'est un interrogatoire officiel ?

— Ça se peut, dit Henry d'une voix cassée. (Il eut une vive envie de tousser, la bouffée de chaleur lui avait desséché la gorge.) J'aime bien connaître... les nouvelles têtes.

— Eh bien, je suis de passage, dit Tom, toujours souriant, sans quitter Henry des yeux.

Il avait toujours son sourire forcé. Il fit un léger signe de tête et se retourna vers le comptoir.

Henry resta planté derrière lui, mal à l'aise, remarquant à peine que l'autre lui tournait le dos. La conversation semblait close. Henry sentait sa gorge se serrer, elle était tellement sèche. Il avala une gorgée de bière thérapeutique. Ça le soulagea un peu. L'odeur qu'il avait remarquée flotta de nouveau. Il n'arrivait pas à lui donner un nom. Elle était familière. Elle évoquait les samedis de son enfance, quand il faisait chaud et qu'il tondait la pelouse. Ou la voix de la fille guillerette de Canal Météo. Il l'avait sur le bout de la langue, puis le nom lui échappa. Henry but une nouvelle gorgée à la bouteille.

— Bon, fit-il, retrouvant sa voix, passez une bonne soirée, content de vous avoir rencontré.

Il se sentait drôle, légèrement gris. Il retourna machinalement à la table où les deux Teddy regardaient la fin du match. L'impression de sécheresse ne le quitta plus de la soirée et, au lieu des quatre bières qu'il s'était fixées, il en but cinq.

Il surveillait l'homme depuis la table, attendant son heure.

Karen était couchée, bien éveillée, l'agréable chaleur du vin commençant à s'estomper, comme souvent avant l'arrivée de la migraine. Elle aurait voulu plonger dans un profond sommeil sans rêves, mais une sorte d'agitation la poussait à se relever, à prendre une douche, peut-être, regarder la télévision, passer l'aspirateur. « Ou encore courir dans Parson's Road en chemise de nuit pour dépenser l'énergie qui me tient éveillée. Courir jusqu'à ce que la transpiration nettoie tout comme une bonne averse. »

Elle ne fit rien de tout cela. Elle resta couchée et laissa son corps vibrer, repassant dans sa tête la conversation avec le faiseur de pluie, comme un film vidéo monté en boucle.

Elle ne semblait plus rien contrôler. Comme dans ce manège à la fête foraine où on est sanglé contre la paroi qui se met à tourner, à tourner, et le plancher se rétracte et on reste là, dans le vide, tandis que le monde danse sous ses pieds. On n'a pas le bon sens de tomber, la force centrifuge maintient plaqué à la paroi, et on se cramponne de toute façon, sans doute parce que c'est le seul semblant de contrôle qui reste... se cramponner. En réalité, Karen n'était jamais montée dans ce manège, ni dans aucun autre. Il fallait être « grande comme ça » pour y avoir droit, ils n'acceptaient que les enfants de plus d'un mètre vingt, ceux qui étaient censés être conscients des conséquences, elle n'avait jamais pu monter. Mais les autres y allaient. Les gens faisaient la queue pour y aller, et ils en sortaient écarlates, les yeux brillant d'excitation, riant aux éclats, électrisés, et ils y retournaient parfois.

C'était exactement ce qu'elle ressentait : comme si le sol dansait et tournoyait sous ses pieds alors qu'elle restait parfaitement figée.

La sécheresse et son remède étaient loin. Qu'un responsable de la CFC (ou pire, Larry lui-même) découvre ce qu'elle avait fait, c'était un souci lointain. Garder son travail avec ou sans la sécheresse, cela aussi c'était loin. L'homme qui dormait sur sa propriété, avec son charmant sourire d'escroc et, sans doute, un sac plein de tours, c'était loin. Pour le meilleur ou pour le pire, elle était sur le manège et elle devait attendre que le faiseur de pluie actionne la manette pour la libérer. Lorsque cela arriverait, se promit-elle, tout redeviendrait comme avant. Pour le meilleur ou pour le pire.

Il s'en irait et elle resterait. Il pleuvrait et Goodlands redeviendrait comme avant. Elle retrouverait sa place dans la communauté, les passants la salueraient, on soutiendrait son regard à l'épicerie. On recommencerait à lui téléphoner pour lui demander de siéger dans les comités, de cuire quelque chose pour la braderie, de donner un article pour la vente aux enchères, de vérifier les billets à l'entrée du bal annuel des pompiers. Il partirait, elle resterait, et, dans un ou deux ans, un étranger s'installerait en ville, un vétérinaire, peut-être, ou un avocat de Weston qui viendrait habiter à Goodlands — pas un fermier, ce serait trop ironique, un retour en arrière trop important, elle qui avait pris soin d'avancer à grands pas dans la vie —, ils se rencontreraient, deviendraient amis, il lui ferait la cour, ils se marieraient et auraient des enfants, et ils resteraient à Goodlands pour toujours. Voilà comment cela se terminerait. Et le souvenir de ce mois de juin, après quatre années d'une sécheresse légendaire, commencerait à paraître irréel, une invention, une histoire qu'on raconterait à la veillée quand les vieux et les jeunes se retrouvent.

Karen attendait ce temps béni, et l'attente lui donnerait de la valeur parce qu'il aurait été mérité. A vrai dire, si quiconque faisait pénitence à Goodlands, c'était bien elle. Son péché, c'était la convoitise, et elle en payait le prix.


Tout avait commencé, bien sûr, avec la pauvreté persistante de son enfance et de son adolescence. Cela s'était poursuivi quand elle avait obtenu son premier emploi, et déjà quand elle avait réuni un petit pécule, au collège. Lorsqu'elle avait emménagé dans son propre appartement. Cela s'était poursuivi avec la mort de ses parents ; cela avait continué lorsqu'elle avait entassé des belles choses chez elle, si chères qu'elles avaient entraîné sa disgrâce. Cela avait continué jusqu'à son arrivée à Goodlands. Alors, son désir étouffant, son désespoir avaient lentement passé, la laissant dans un état proche du contentement, état qui avait crû avec la paix et la tranquillité de la petite maison à l'orée de la ville, où elle pouvait s'asseoir sur son porche et, enfin, contempler le monde tel qu'il était plutôt que de ne voir que ce qu'elle n'avait pas.

Même toute petite, elle avait voulu ce qu'elle n'avait pas. A l'école, il y avait, comme elle, des dizaines d'enfants dont les parents se bagarraient avec la terre pour lui arracher de quoi vivre, qui portaient des vêtements d'occasion trop souvent lavés, qui avaient des coupes de cheveux maison mal taillées, qui apportaient leur maigre déjeuner en classe dans des sacs en papier marron, utilisés jusqu'à ce qu'ils tombent en miettes. Ils étaient presque tous pareils, et pourtant la fille que Karen rêvait d'être, c'était Becky. Elle avait beau chercher, elle n'arrivait pas à se souvenir de son nom de famille ni de rien d'autre, sinon que Becky possédait des choses qu'elle enviait.

Une année, le catalogue *Sears* avait présenté un kilt, rouge et bleu marine, avec une douce et délicate frange et un pan ouvert sur le côté. Le pan était maintenu par une grande épingle argentée, sorte d'épingle à nourrice géante. Becky avait ce kilt. Elle le portait à l'école et les autres filles mouraient d'envie, mais aucune autant que Karen. Elle le voulait. Un soir, elle avait supplié sa mère de lui en acheter un. Sa mère avait consulté le catalogue. « Cette jupe coûte vingt-sept dollars ! » s'était-elle exclamée, et l'affaire avait été close. Ainsi, dès que Becky revint en classe avec son kilt, Karen attendit qu'elle se change pour le sport et vola non pas le kilt, c'eût été impossible, mais la magnifique épingle argentée. Elle l'avait conservée des années, jusqu'au collège, ne l'avait jamais portée, ne l'avait jamais montrée à personne, l'avait cachée dans sa boîte à trésors qu'elle gardait dans son placard, sous ses bonnes chaussures. Elle changeait de chaussures tous les ans (parfois plus, comme au collège quand elle se mit à grandir, à grandir, au point que ses parents gémirent que le coût des vêtements et des chaussures les enverrait à l'asile des pauvres, comme s'ils n'étaient pas déjà en route, de toute façon) ; mais la boîte à trésors resta à la même place et servit plus tard à cacher d'autres objets de contrebande tels que les cigarettes ou, une fois, une boîte de bière qui y resta si longtemps qu'elle se mit à gonfler.

Elle conserva l'épingle dont la perte avait presque brisé le cœur de Becky, même si elle l'avait remplacée en moins d'une semaine. Elle avait cru l'avoir perdue. Bien sûr, Karen n'avait soufflé mot ; après la gym, elle avait même compati lâchement avec Becky.

Karen n'avait jamais utilisé l'épingle, trop voyante, pour attacher le pan d'un kilt ou pour décorer un chemisier. Seulement, elle l'avait. Elle la sortait parfois de sa boîte, l'ouvrait, la refermait, écoutait son crissement efficace, éprouvait l'arrondi de sa pointe sur son doigt, la faisait courir sur un tissu pour admirer la façon dont elle étincelait sous la lumière de l'ampoule nue de sa chambre.

Adulte, quand Karen repensait à l'épingle, son imprudence l'affolait et la honte la submergeait. Mais elle se souvenait aussi de l'impression de possession qu'elle en avait retirée. Puis le serrement de crâne, la bouche sèche, le cœur battant, et la chaleur dans le ventre quand l'épingle lui avait enfin appartenu. Elle avait ressenti les mêmes sensations dans ses heures sombres.

Elle avait cru y échapper en quittant ses parents pour travailler, s'installer chez elle et vivre sa vie. Elle avait acquis ce que ses parents n'avaient jamais eu : des rentrées d'argent régulières, l'indépendance vis-à-vis des factures. Elle n'avait pas besoin de compter pour les vêtements ni la nourriture ; elle pouvait s'acheter certaines choses, aussi modestes fussent-elles. L'erreur avait été de dépasser les besoins vitaux et d'entrer dans un cercle élargi d'envies. Toutes ces années d'envies désespérées avaient abouti au désordre financier dans lequel elle avait plongé sa vie, un désordre qui l'avait conduite à Goodlands. Et elle était là, dans cet endroit qui lui avait d'abord paru être le terminus, où la honte et le désespoir ne concernaient pas ce qu'elle n'avait pas, mais ce qu'elle avait fait.

Le faiseur de pluie avait tort de penser qu'elle n'avait rien à perdre dans tout cela.

Ce qui l'avait finalement guérie, c'était la construction du belvédère. Quand George avait déterré cette pauvre femme après tant d'années, le bâtiment avait presque perdu son charme. Karen avait guéri. La construction du belvédère, ou plutôt l'argent que cela lui avait coûté, d'une certaine manière, avait été un test, une dernière folie pour vérifier si l'envie était encore chevillée à son corps. Eh bien non, elle avait disparu. Ses paumes étaient moites quand elle avait rédigé le chèque ; son cœur avait battu de plaisir, mais cela n'avait débouché sur rien quand le belvédère avait été terminé. Cette fois, elle éprouva peu de plaisir à posséder, même si le belvédère était un pas vers des fantasmes d'une autre nature : rêverie romantique d'une valse sur le sol en ciment dans les bras d'un homme, cliquetis de leurs chaussures rythmant la musique qu'on entendait de la maison. Le belvédère n'avait permis de réaliser aucun rêve. C'était juste un bâtiment désert qui décorait son jardin, dégradé par les intempéries, sa peinture écaillée, souillé par l'infortune d'une inconnue.

Karen ne croyait pas que le belvédère allait lui apporter par magie tout ce dont elle rêvait. Il ne l'avait pas comblée du tout, sinon en mettant un terme, une bonne fois pour toutes, à son besoin de posséder, le « il faut que j'aie » de son enfance. Il lui avait apporté le contentement. Elle avait trouvé une paix que toutes les choses achetées n'avaient pu lui offrir. Le contentement avait juste commencé à la calmer. Goodlands lui avait apporté une position dans la communauté, des voisins amicaux, un bon travail, l'occasion de laisser le passé derrière elle et de commencer une nouvelle vie. Alors était arrivée la sécheresse, et la lente érosion de tout l'acquis.

Elle faisait pénitence. Et de nouveau l'impatience s'était emparée d'elle avec les envies. Cette fois, cependant, elle convoitait le faiseur de pluie.

Ses mains qu'il avait tenues dans les siennes la brûlaient comme s'il y avait laissé son empreinte. Serait-elle restée dans la clairière, près du feu, près de lui, elle aurait sans doute perdu le contrôle péniblement obtenu sur elle-même et sur le monde. Une telle transaction aurait été la plus onéreuse qu'elle ait jamais faite, le genre de choses qu'elle achetait et qui se terminait invariablement par une insatisfaction et un sentiment de manque. Et dans ce cas, elle aurait payé le prix fort.

Ce n'était pas ce qui était prévu. Ce qui était prévu, c'était qu'un sympathique vétérinaire, ou un avocat, mains douces, bonnes manières, s'installe à Goodlands et décide d'y rester. Leur amitié grandirait, se changerait en amour, ils se marieraient et auraient des enfants. C'était son plan. Il n'était pas de tout perdre pour un vagabond qui débarquait pour faire un brin de toilette, et qui, Karen le soupçonnait fort, avait en lui une dureté sous son sourire d'escroc — un mauvais fonds.

Tous ses plans étaient bouleversés, d'abord par la sécheresse, puis par l'homme qu'elle avait vu à la télé, debout sous la pluie, dégageant ses cheveux trempés de ses yeux, l'eau ruisselant le long de ses bras, et qui souriait à la caméra avec une expression de pure délectation. Elle n'avait pas le droit de renoncer à son contrôle, à ses projets d'avenir, pour cet homme. Cela aurait signifié renoncer à tout. Elle attendait le bon moment, l'homme espéré. Elle avait beaucoup à donner, et beaucoup à abandonner.

Il n'y avait pas de faiseur de pluie dans ses projets. Même si elle ne faisait que coucher avec lui — une idée pour le moins risible étant donné son manque d'expérience avec les hommes. Elle n'était pas le genre de fille qui couche à la quatrième sortie au restaurant, ou au cinéma, ou quelles que fussent les règles qui avaient cours désormais. Elle avait toujours été prudente dans ses choix, et n'avait jamais eu à les regretter. Dans son esprit, rempli de chiffres et d'équations, les comptes étaient faciles à faire, elle avait ses propres règles. Le garçon numéro un avait été son véritable amour de collège. Le garçon numéro deux sortait tout juste de l'adolescence, sans doute son seul véritable regret. Le garçon numéro trois était un homme, un vrai. Elle l'avait rencontré a la banque, avait couché avec lui après deux mois de flirt — le dernier mois, leur relation était devenue suffisamment sérieuse pour la convaincre —, et ils étaient restés ensemble une longue année avant que son intention de vivre avec elle ne la pousse à rompre. Il aimait trop plaisanter, il ne prenait pas la vie au sérieux, il lui manquait le côté désespérément raisonnable de Karen. Ils auraient fait un mauvais couple.

Pas aussi mauvais toutefois qu'elle avec le faiseur de pluie. Bien sûr, le garçon numéro trois ne lui avait jamais fait sentir que le sol allait se dérober sous ses pas. Malgré tous ses efforts, les derniers lambeaux de contrôle qui lui restaient filaient entre ses doigts, la terre tournoyait sous ses pieds. Karen convoitait le faiseur de pluie. Une convoitise coûteuse.

# 9

Vida resta longtemps à son poste, concentrée, dans l'ancienne boutique de fleurs, mais finit par s'endormir. Son corps, pour autant qu'il servait de réceptacle à la voix, restait un corps. Épuisé par une journée à ramper à travers les clôtures, se faufiler dans les granges, les jardins, parcourir de longues distances à travers la ville entière, il s'était arrêté de fonctionner, telle une montre qu'on aurait oublié de remonter. Privé de nourriture et d'eau, il avait fini par céder.

Lorsque Vida était arrivée dans le petit bâtiment au bout de la propriété de Mann, elle s'était postée à la fenêtre et avait surveillé l'homme. Comme le temps passait, elle avait changé de position et s'était accroupie, le menton calé sur le rebord de la fenêtre dont elle avait au préalable déblayé les morceaux de verre. Elle s'était coupé la main dans l'histoire, mais n'y avait pas prêté attention, se contentant de s'essuyer sur sa jupe sale. C'était une coupure superficielle, mais qui avait commencé à la lancer. Peu de temps après, son menton avait glissé du rebord de la fenêtre et elle était retombée sur ses fesses ; elle s'était mise à somnoler, malgré l'inconfort de sa position. Elle ne se réveilla pas, même quand son corps se tassa contre le mur rugueux. Pendant que Karen Grange et le faiseur de pluie discutaient de pénitence, Vida était plongée dans un profond sommeil.

De longues heures plus tard, le sol entama une vibration continue qui lui parcourut le corps tout entier. La voix en elle lui hurla de se réveiller, aiguë, perçante, et pourtant inaudible, sauf pour elle. Vida se boucha les oreilles, mais en vain. Désorientée, elle sentit ses pieds glisser sur les éclats de verre et elle retomba en arrière. Ses chevilles protestèrent de douleur, ses pieds, engourdis, se perçaient de milliers d'aiguilles dès qu'ils bougeaient. Elle gémit.

« Du calme, du calme », s'adjura-t-elle.

Elle se redressa, raide, docile, mais sans plus. La nouveauté et l'amusement étaient épuisés depuis longtemps. La voix persistante n'était plus une partenaire de jeu, mais une geôlière, une maîtresse. Vida était parfois effrayée. Elle sentait le contrôle de son être lui échapper, son corps ne lui appartenait plus tout à fait... un simple réceptacle.

Tapie dans l'ombre du bâtiment, elle regardait sans être vue. Ses yeux s'était accoutumés à la pénombre à peine éclairée par la maigre lumière du réverbère.

La lune était au plus haut, pleine à un jour près, et elle brillait de ses plus beaux feux.

Complètement réveillée, Vida se raidit, son ventre se crispa. Ses cheveux se dressèrent sur sa tête. Il arrivait. Elle ne le voyait pas encore, mais entendait au loin le bruit de ses pas lents et réguliers qui résonnaient sur la large route déserte. Elle le sentait, respirait à chaque souffle son énergie particulière, elle le sentait aussi bien que l'odeur de moisi et de choses mortes à l'extérieur du bâtiment. Elle respira par la bouche et attendit.

« Qu'est-ce que je devrais faire ? » demanda-t-elle à la voix intérieure. Bizarrement, seul le silence lui répondit.

— Qu'est-ce que je devrais lui faire ? demanda-t-elle tout haut.

*Fais-le disparaître*, répondit la voix.

Vida s'étonna. L'ordre ne lui parvenait pas en mots, mais en sens. Le faire disparaître ? Ses yeux scrutèrent la route. L'homme n'était pas encore en vue. Dans le silence, elle percevait néanmoins le bruit de ses bottes.

— Comment ? chuchota-t-elle.

Nouveau silence, aussi bizarre que le premier.

Vida sentit ses lèvres s'étirer dans un sourire involontaire ; ce n'était pas elle qui souriait, et ça lui tiraillait désagréablement la bouche, c'était atroce, quand la voix à l'intérieur de son corps déclara :

*Tue-le.*

Vida secoua la tête avec vigueur. Sa bouche était toujours crispée dans un sourire qui appartenait à la voix et refusait de la laisser parler. « Non », répéta-t-elle mentalement.

— Je ne peux pas, insista-t-elle, s'efforçant de chasser la voix. Non !

Elle voulut encore secouer la tête, mais s'aperçut que sa nuque était raide et nouée. Elle eut peur et lutta contre son propre corps. Elle essaya de détacher ses mains du rebord de la fenêtre, mais elles s'accrochaient. Ses lèvres refusaient de s'ouvrir. Ses pieds étaient cloués. Elle batailla, les muscles ondulants, impotents, jusqu'à ce que, tout au fond de sa poitrine, une douleur aiguë et brûlante, comme un coup de poignard, la traverse de part en part. Elle cria intérieurement. Extérieurement, il ne sortit pas un son, hormis celui de sa respiration, chaude et superficielle.

La voix continua de se taire pendant qu'elle s'escrimait. Vida plongea au fond d'elle-même et y resta tandis que son corps était vigile et alerte, ses yeux brillant d'une énergie pas tout à fait naturelle.

L'homme pénétra dans le cercle de lumière que découpait le réverbère. Ses bottes soulevaient de minuscules nuages de poussière qui retournaient ensuite à la terre, ses pas possédaient leur propre rythme. Les yeux de Vida l'observèrent, mais c'était la femme, la source de la voix que Vida entendait, qui le voyait. Ses yeux se rétrécirent.

Vida se tint en attente entre l'action et le mouvement tandis que les pas étouffés de l'homme s'estompaient et que leur écho obliquait avec lui dans l'allée, au bout de la route d'où elle l'observait. Elle pencha la tête par la fenêtre, juste à temps pour le voir disparaître dans le jardin, à l'arrière de la maison.

L'indécision la maintint dans sa position. De la route par laquelle l'homme était arrivé parvinrent d'autres bruits de pas, plus sonores et moins équilibrés. Elle se tourna vers l'origine des sons et, quand elle reconnut l'intrus, elle rentra vivement à l'abri de l'ombre.


Henry avait attendu le départ de l'étranger pour faire ses adieux.

— Je m'en vais, annonça-t-il aux deux Teddy.

Le match était presque terminé, le score acquis, Cincinnati avait vaincu les Canadiens à plate couture. Dans le bar, l'humeur était à l'opposé de celle de Barker ; les clients s'offraient des tournées, buvaient et riaient. Les parieurs firent chou blanc, vu qu'il n'y avait pas de Canadiens ce soir-là, du moins aucun pour s'être risqué au jeu.

— Quelle partie ! s'exclama Boychuk. Laisse-moi te payer une bière, Henry.

— Non, merci, faut que je rentre. J'en ai assez bu comme ça, va falloir que je m'arrête tous les kilomètres.

La vessie de Henry était légendaire. Boychuk et Lawrence s'esclaffèrent.

— Hé, arrête-toi donc par chez moi et pisse dans mon champ, tu veux ? gloussa Lawrence. (Il héla Dave Watson :) Une autre tournée ! hurla-t-il... Sauf pour Henry !

Les derniers mots se perdant dans un gargouillis empâté par l'excès de bière, Watson ne les saisit sûrement pas. « Bof, se dit Henry, ils boiront la mienne. »

— C'est la dernière, Boychuk, conseilla-t-il.

« Boire *et* conduire » était courant dans la région, et quelques années auparavant un type avait percuté un arbre à la sortie de Goodlands, mais il y avait peu d'accidents. Lawrence aurait peut-être versé dans le fossé, mais Boychuk était capable de conduire.

— C'est un conseil officiel, Henry ?

C'était la deuxième fois de la soirée qu'on taxait Henry d'officiel. Ça le fatiguait. Tout l'avait fatigué dans cette journée.

— Oui, c'est un conseil officiel, dit-il.

Il ramassa sa casquette de base-ball qui était tombée par terre, la vissa sur son crâne, rabaissa la visière pour se donner l'air menaçant. Il avait une grosse tête et, même attachée au dernier cran, la casquette resta calée sur le sommet de son crâne. Par habitude, il l'ôta, effaçant tout air menaçant qu'il aurait pu avoir, et la recoiffa avec son air débonnaire de joufflu aux yeux ronds, brave garçon de ferme un peu trop gros qui avait dû recevoir quelques gifles. C'était égal, ceux qui le connaissaient savaient. Les autres étaient souvent pris de court par ce que sa femme appelait « sa bonne bouille ».

Henry sortit du bar.

Il scruta la route à la recherche de l'étranger, espérant qu'il ne s'était pas éloigné en camion. Cependant, il avait le sentiment qu'il était à pied. Si l'homme était celui que Henry croyait, il devait aller vers Parson's Road, juste un peu plus haut, vers la propriété de Mann, où Karen Grange vivait. Henry s'y dirigea avec l'assurance que donne l'intuition.

Henry n'était pas dans la « loi » depuis bien longtemps, mais il avait découvert au moins une chose depuis qu'il était plus ou moins en charge de la légalité dans le comté de Capawatsa : il avait du flair, exactement comme les flics des feuilletons télévisés. Il lisait les histoires policières vécues comme si c'étaient des manuels, il étudiait leurs épouvantables détails. Ce qu'il adorait, c'était découvrir les choses, les conclusions méthodiques, systématiques, qu'il tirait de l'examen exhaustif des faits. Dans les livres, les policiers attrapaient toujours l'assassin. Certes, Henry savait que ce n'était pas toujours le cas dans la réalité, mais il savait aussi qu'en se basant sur les faits, on ne pouvait pas se tromper. Si on partait des faits, on trouvait toujours la réponse. Henry savait tirer des conclusions d'événements apparemment anodins — le fait que cent cinquante dollars manquants avaient atterri anonymement sur un compte bancaire conjoint, jusqu'aux petites empreintes dans la terre détrempée, jusqu'au mégot de cigarette roulée retrouvé dans l'allée d'une banquière non fumeuse. Pour l'instant, il avait la description d'un étranger que des témoins avaient vu passer à pied devant un incendie, et toute une série de faits inexplicables qui s'étaient déroulés depuis l'arrivée de l'étranger, plus un indice bien réel sous la forme d'une cigarette roulée, presque entièrement fumée. Le type du bar était le lien entre tous ces faits, et par tous les diables de l'enfer, si ça ne lui sautait pas aux yeux, Henry ne valait pas mieux qu'un âne bâté. Heureusement, tout se déroulait comme il l'envisageait.

Il en était là de ses pensées quand il repéra le bonhomme, loin sur Parson's Road. Henry le suivit, restant prudemment à une cinquantaine de mètres derrière lui afin de le garder en point de mire — l'un des rares avantages des interminables lignes droites d'une route de prairie.

Ils marchèrent tous deux ainsi pendant cinq minutes, et l'étranger ne se retourna jamais. Au début, Henry était sûr qu'il ne se savait pas suivi. Le parking éclairé du Clancy disparaissait rapidement derrière eux. Le réverbère en face du Clancy était lui aussi loin derrière. Ils marchèrent alors dans l'obscurité de la nuit éclairée seulement par la lune. La route luisait. Il n'y avait pas de ligne jaune pour se repérer, juste le vague contour du bas-côté qui fuyait vers le trou noir du fossé. Henry commença à se dire que l'étranger savait exactement qui était derrière lui et pourquoi il le suivait, qu'il allait se retourner d'une minute à l'autre et... faire quelque chose.

Si bizarre et hors de propos que fût cette impression, elle eut le don de stopper net Henry. Elle était si forte qu'il fut pris d'une envie soudaine de s'accroupir afin d'offrir la plus petite cible possible, et peut-être de se glisser dans le fossé, tapi dans le noir, ne laissant dépasser que sa tête du sol. Il n'était pas sûr de ce que l'étranger ferait, mais son estomac noué lui disait que l'homme était capable de tout. Il envisagea toutes les possibilités et commença à se sentir stupide. Après que l'étranger eut encore parcouru trente mètres, Henry était devenu, par les lois de la perspective, une cible beaucoup plus mince, et il se remit à suivre l'homme, qui ne retourna pas une fois.

Lorsque le vagabond pénétra dans la tache de lumière du réverbère, au loin, Henry s'arrêta de nouveau. Ils avaient presque atteint la ferme de Mann ; le vagabond n'était plus qu'à une vingtaine de mètres de l'allée. Henry se releva et l'observa, à bonne distance.

L'homme était parvenu au milieu du cercle de lumière quand quelque chose voltigea de sa poche. La chose papillonna littéralement dans l'air, telle une feuille morte en automne. Malgré l'immobilité de la chaude nuit de juin, la chose voltigea et retomba par terre en douceur, au beau milieu du cercle de lumière. D'où il était, Henry aurait juré que c'était un morceau de papier.

Son cœur se mit à battre, mais il ne bougea pas et attendit.

L'homme s'approcha de l'allée de Karen, et, comme Henry l'avait deviné, il s'engagea dans le chemin de gravier sans changer sa cadence, sans s'arrêter et sans se retourner.

Après que l'homme eut disparu derrière la maison, Henry attendit encore quelques minutes pour s'assurer qu'il ne reviendrait pas sur ses pas. Puis, les jambes caoutchouteuses d'excitation et de trépidation, Henry se dirigea vers un endroit précis, juste à la limite du cercle lumineux. Les yeux rivés sur l'objet, craignant qu'il ne s'agisse d'un tour, d'un piège, comme ce billet qu'on retire d'un coup sec sous le nez de celui qui compte s'en emparer, et qui le fait passer pour un idiot.

Sauf qu'il ne croyait pas qu'on le lui retirerait sous le nez. Il avait le sentiment qu'autre chose allait se passer. Quoi, il l'ignorait, mais il était sûr que ce serait terrible.

C'était un petit rectangle de papier. Apparemment, il

avait la taille et la forme d'une carte de visite. Nerveusement, conscient qu'il serait à découvert et vulnérable dès qu'il pénétrerait dans la lumière, Henry jeta des regards inquiets vers le côté de la maison de Karen Grange par où le vagabond avait disparu. Il ne vit qu'un endroit désert, calme et sombre.

Henry s'aventura dans la lumière et ramassa le morceau de papier. C'était bien une carte de visite, ramollie par le temps, et légèrement écornée, comme si elle était restée trop longtemps dans un portefeuille. On pouvait lire :

THOMPSON J. KEATLEY
*Faiseur de pluie*

Et en dessous, en petits caractères, il y avait ce slogan : « La pluie sans souci. »

Henry sourcilla, retourna la carte. Il n'y avait rien au dos, rien qui la distinguât, sinon une tache de saleté dans le coin inférieur droit.

Et le fait que la carte était tiède. Et humide. Henry ferma les yeux et la renifla profondément. Le souvenir des samedis matin d'été lui revint par vagues. Et cette fois il reconnut l'odeur.

L'herbe fraîchement coupée... le foin... l'odeur riche et entêtante de la terre humide.

Henry resta longtemps dans le faisceau de lumière, interloqué ; il retournait la carte dans tous les sens, avec la nette impression qu'on venait de lui jouer un tour et de le faire passer pour un idiot.

Si Carl Simpson n'avait pas conscience que d'autres montaient la garde, Vida par exemple, il avait néanmoins quelque chose en commun avec elle. Ses yeux rougis larmoyaient et il avait envie de dormir.

Il s'était absenté de chez lui toute la journée et une bonne partie de la nuit. Il ignorait si sa femme savait où il était, et il s'en inquiétait. Même si le brouillard régnait en maître dans sa tête depuis quelques mois, Carl se faisait beaucoup de souci pour sa famille. D'une certaine manière, c'était pour eux qu'il faisait ce qu'il faisait. Et ce qu'il faisait consistait à surveiller.

Carl avait passé la journée et la nuit à rouler en vain à travers les champs noirs de Goodlands. S'il n'avait qu'une vague idée de ce qu'il recherchait, il savait exactement quoi surveiller : les silos. Il soupçonnait que la réponse se trouvait là.

Tout autant que le Dakota du Nord, le paysage de Goodlands en était parsemé. Or Goodlands n'en avait pas davantage que n'importe quelle autre ville des Grandes Plaines, et c'était bien cela le plus atroce. On avait choisit Goodlands. On avait tiré un nom du chapeau, pic et pic et colégram, on avait lancé des fléchettes sur une carte murale parsemée de points rouges qui représentaient les silos qu'on utilisait désormais pour les expériences. Goodlands avait été choisie au hasard et c'était cette cruauté qui faisait enrager Carl.

Il ignorait ce qu'on manigançait dans les silos, mais il pensait que quelqu'un s'était glissé dans Goodlands pendant la nuit quatre ou cinq ans plus tôt, avait ouvert une petite fiole remplie d'un produit chimique qui n'avait pas été fabriqué dans le Nord, foyer du sel de la terre, mais quelque part dans l'Est, au Texas, en Californie ou dans un des grands Etats dont Carl et des centaines comme lui se défiaient comme de la peste. Et le contenu de la fiole, quel qu'il soit, avait été expédié dans les cieux et les avait desséchés. Juste au-dessus de Goodlands. Carl soupçonnait que dans un des silos, malgré sa surveillance, un ou deux agents du gouvernement fédéral manipulaient des ordinateurs, prenaient des mesures, comme, par exemple, combien le ciel mettait de temps pour se dessécher, quel degré d'aridité on obtenait de la terre, quelle quantité d'eau provenait des pluies normales, régulières, prévues, qui tombaient sur les villes alentour. Carl se demandait aussi s'ils mesuraient les autres conséquences de la sécheresse : combien de temps pour qu'une ferme, fruit d'une vie de labeur, dépérisse et meure, combien de temps pour qu'un homme cesse de coucher avec sa femme à cause des soucis, combien de temps pour que des familles, des commerces, des écoles, des entreprises finissent par désespérer et mettre les pouces. Est-ce que leurs fameux ordinateurs mesuraient aussi ça ?

Ils étaient quelque part là-dessous et il faudrait bien qu'ils remontent un jour ou l'autre à la surface. Ce jour-là, Carl les verrait. Alors, ils auraient quelque chose de bien réel à taper sur leurs ordinateurs. Et le monde saurait enfin.

A faire ce qu'il faisait, il se sentait sinon bien, du moins actif pour la première fois depuis des semaines : il sillonnait Goodlands au lieu de rester assis à attendre que ça lui tombe dessus, sur sa famille, sur ses amis. Et ce n'était pas tout. Ses circuits autour de Goodlands avaient fait remonter en lui des souvenirs enfouis depuis longtemps.

Comme la fois où, avec des camarades d'école, ils avaient emmené leurs copines dans la carrière à côté de chez Kramer, là où avait eu lieu l'incendie la semaine dernière, et qu'ils avaient tenté leur chance selon les règles. « L'alcool, c'est cool », plaisantaient-ils en allant chercher les filles, pris de fous rires en pensant à la suite, à la fois excités et terrifiés. « L'alcool, c'est cool », ils avaient dû le répéter des milliers de fois. On leur fait boire de l'alcool et le tour est joué. Ça n'avait pas marché. La copine de Carl, Sharon Gilespie, une fille de Telander, n'avait bu qu'une gorgée, qu'elle avait aussitôt recrachée. « Bah, c'est dégoûtant ! » avait-elle pesté. Elle avait bu le Coca sans alcool le reste de la soirée et n'avait pas laissé Carl aller plus loin que lui peloter les tétons à travers la chemise. La copine de Draker avait été moins rebutée par le goût mais, après quatre verres, avait vomi le reste de la soirée et ils avaient dû la ramener chez elle, et la faire passer en douce par la fenêtre de sa chambre avec l'aide de sa sœur, qui l'avait ensuite fait chanter pendant un mois.

Carl sourit en repensant à leur fiasco.

Lorsqu'il avait fini par le faire, cela s'était passé avec sa femme, Janet. Avant leur mariage, bien sûr, parce que c'était les années 60 et que tout le monde le faisait, même les filles sages de Goodlands.

Carl avait grandi avec Janet, ils avaient été à l'école ensemble, il la connaissait aussi bien qu'un petit garçon connaît une petite fille, et n'avait jamais changé d'avis à son sujet. C'était comme cela dans les petites villes, quand on côtoyait quelqu'un depuis si longtemps qu'il devenait aussi invisible que sa famille ; il finissait par faire partie du paysage, comme les aspirateurs à céréales et les voies de chemin de fer... et les silos. Avec ses copains, ils avaient hâte d'aller au collège de Telander et de voir de vraies filles. Ils avaient passé leur première année à sortir avec toutes celles qui leur paraissaient aussi nouvelles que les fringues qu'ils avaient achetées à Weston pour le jour de la rentrée. Mais bizarrement, pour la plupart d'entre eux, cela s'était terminé avec des filles de Goodlands, Carl avec Janet, Draker avec Peggy, et Andy avec Mary Bell, la sœur du docteur.

Il le fit deux fois avec Janet. Et même si Janet trouva cela « agréable », elle ne le laissa recommencer qu'un mois avant leur mariage, à bout de résistance. Elle avait peur qu'il « s'habitue ». A l'époque, il s'était dit qu'elle était tombée sur la tête, comment pouvait-on s'habituer à une expérience aussi glorieusement divine ? Comment pouvait-on cesser d'en avoir envie ? Elle lui avait dit que s'ils attendaient, leur nuit de noces n'en serait que plus excitante pour tous les deux, et elle avait eu raison. Lorsque la cérémonie s'était enfin terminée, il était prêt à l'emmener en quatrième vitesse au petit hôtel de Weston où ils devaient rester jusqu'au lendemain matin avant de partir en lune de miel à Bemidji, dans le Minnesota. Au lieu de quoi, il avait fallu attendre la fin de la réception, du dîner, des discours et du bal avant de pouvoir décoller. Il s'en était bien tiré, ils n'étaient même pas saouls, même si Janet, qui avait bu trois coupes de champagne, planait légèrement, ce qui, ajouté à l'excitation, lui avait permis de lâcher un peu la bride et avait donné à l'affaire un petit côté plus illicite que la fois à l'arrière du camion, sous le ciel étoilé.

Il ne s'y était pas « habitué ». Ils avaient quasiment passé la première année de leur mariage au lit. Un jour, les parents de Janet étaient arrivés à l'improviste, et ils avaient dû s'habiller en vitesse pour les accueillir. Il y avait eu un moment affreusement embarrassant, mais, par la suite, les beaux-parents ne vinrent plus jamais sans s'annoncer. Après coup, Janet et lui en avaient ri comme des dératés et étaient retournés à leurs petites affaires sitôt les beaux-parents repartis.

L'incapacité de Janet à être enceinte avait constitué le seul point noir de leurs premières années de mariage. Après quelque temps, comme on leur demandait sans cesse quand ils allaient se décider à fonder une famille, Janet avait commencé à s'inquiéter. Carl avait beau lui dire que ces choses-là prenaient du temps, elle plissait ses yeux marron comme si elle ne le croyait pas. Il parvint à la convaincre, il souligna qu'ils étaient tous les deux jeunes et que Dieu attendait peut-être qu'ils mûrissent avant de leur confier un enfant à élever. Ils patientèrent donc.

Il fallut dix ans et trois fausses couches pour donner naissance à Butch, et on aurait dit que les cieux s'étaient ouverts et que Dieu Lui-même leur avait donné ce fils. A cette époque, la ferme marchait bien et ils avaient survécu aux petites tragédies du mariage : Carl sortait peut-être un peu trop souvent avec les copains, ils dépensaient un peu trop pour la maison, Janet parlait d'adopter un enfant alors que Carl lui enjoignait d'attendre encore, et bien sûr, il avait aussi fallu remonter la pente après chaque fausse couche. Ils avaient surmonté l'ennui que tout couple connaît et, pour Janet, celui d'être l'épouse d'un fermier et de devoir faire ce qu'on attendait de la femme d'un fermier. Le dur labeur, les bêtes, le jardinage, les conserves, les travaux des champs. Elle savait ce qui l'attendait en épousant un fermier, et en réalité elle adorait son travail autant que lui, mais elle traversait parfois des périodes difficiles et le mettait à l'épreuve. Une fois, elle partit vivre chez sa sœur à Minneapolis et travailla dans une épicerie. Elle tint quatre mois avant de s'apercevoir que ce n'était pas la vie qu'elle voulait. Elle retourna auprès de Carl, métamorphosée. Fermière elle était, fermière elle resterait. Elle avait fait son choix.

Ils avaient traversé toutes les épreuves du mariage et en étaient sortis renforcés. Leur union avait subi l'épreuve du feu (croyaient-ils) et avait survécu. Alors vint la sécheresse. Et Janet et Carl connurent de nouveau une période tendue. Plus que tendue, d'ailleurs, mais il n'y prêta pas attention. Comme il disait souvent à son épouse, parfois un homme doit faire ce qu'il doit faire.

Il aurait dû vendre des parcelles de terre lorsque la sécheresse avait commencé. Il ne l'avait pas fait. Comme tout le monde, il s'était dit que c'était une mauvaise année mais que tout irait mieux l'année suivante. Ils n'étaient pas encore dans le rouge, grâce à leurs cochons ; ils avaient aussi fait du lait, mais la grande laiterie les avait tués, même s'ils conservaient encore une ou deux vaches pour leur propre lait et leur viande.

Janet ne l'avait pas cru quand il lui avait expliqué ce qui se passait. Elle ne l'avait pas cru davantage quand il lui avait dit que c'était là-dessus que les fédéraux comptaient : c'était trop incroyable, ils espéraient que les gens se cacheraient la tête dans le sable jusqu'à ce que le monde s'effondre autour d'eux et qu'il ne leur reste plus rien. Il avait hurlé cette dernière phrase et Janet s'était tue. Le soir, avant de s'endormir, chacun écoutait la respiration de l'autre, dos à dos, le plus à l'écart possible dans leur grand lit.

Elle n'avait pas d'argument à lui opposer sinon qu'elle s'inquiétait pour lui et qu'il devrait en parler à quelqu'un. C'était à ce moment-là qu'il était allé voir Henry Barker, qui l'avait écouté, pour sûr. Mais Carl n'était pas un imbécile, il avait été au collège, il était instruit, il se rendait bien compte quand on le traitait avec condescendance. Dans son for intérieur, il se disait que Henry Barker pouvait crever en enfer. Il ne comprenait pas, tant pis pour lui.

Tout était en train de mourir pendant qu'ils restaient à attendre la pluie qui ne viendrait pas. Il était trop tard pour vendre et, sauf si on savait où aller, on était lié sur place. Ce que Carl possédait, on allait le lui prendre très bientôt, peut-être pas ce mois-ci, mais il s'attendait à recevoir un coup de fil de Karen Grange le mois suivant, ou, à Dieu ne plaise, celui d'après, et il voulait savoir avant que l'échéance arrive. Il voulait leur prouver à tous que c'était la faute des types du gouvernement fédéral, pas celle de Dieu. C'était la faute de ceux-là mêmes qu'ils avaient élus. C'était un autre Three Mile Island, mais à l'envers. Au lieu que ce soit un machin volant, c'était quelque chose qui aspirait. Il le prouverait. Il brandirait les papiers, ou les photos, les preuves qu'il trouverait, à la face de la banque, et il verrait bien ce qu'ils feraient alors.

Un homme ne pouvait pas rester sans rien faire et laisser sa famille acheter à manger en douce dans une autre ville avec des coupons de nourriture. Ce n'était pas digne d'un homme. Un homme devait agir.

Janet ne comprenait pas qu'il ne s'agissait pas de Minneapolis, ni de coupons de nourriture, ni d'attendre dix années avant d'avoir un bébé. Il s'agissait d'être un homme. De prendre soin de sa famille. Et par Dieu, c'était bien ce que Carl faisait.

Il rangea sa camionnette dans un champ desséché et coupa le moteur. Puis il prit ses jumelles sur le siège. Il était temps de jeter un nouveau coup d'œil.

Il était garé à l'autre bout de la ville, dans un champ qui avait appartenu aux Johannason. Le fils avait épousé une fille de Telander et y avait pris une ferme avant d'entrer au gouvernement et de devenir sénateur. A sa mort, on avait donné son nom au collège, on l'avait appelé le Telander-Johannason. La terre avait été vendue et la famille avait déménagé depuis longtemps. Désormais, la terre était divisée en parcelles qui appartenaient à plusieurs fermiers, dont certains étaient restés et d'autres partis quand les choses avaient mal tourné.

Carl s'assit à l'arrière de la camionnette et surveilla tour à tour chaque silo. Il se demanda s'il y avait des toilettes dans les silos, et décida qu'il y en avait, sinon il aurait déjà vu quelqu'un sortir pour aller pisser.

De son poste d'observation, derrière la clôture nord du champ qui faisait désormais partie de la propriété de Mann, Carl Simpson se trémoussait. Il se frottait de temps en temps les yeux, cillait pour leur redonner un peu d'humidité, car la poussière qu'il avait reçue par la vitre ouverte de sa portière dans sa traque sans fin les avait rendus rouges et douloureux.

C'est alors qu'il remarqua quelque chose.

A travers ses jumelles, il repéra un type qu'il ne reconnut pas — un type louche, pour sûr, une sorte de communiste avec des cheveux longs, et qui préparait quelque chose de suspect, Carl en aurait donné sa main à couper. Il marchait sur Parson's Road. Carl vit un objet tomber de la poche de l'homme ; ou plutôt, il vit quelque chose luire entre l'ombre et la lumière en tombant, et il décida sur-le-champ d'aller voir ce qui avait bien pu tomber de la poche d'un salaud de Rouge aux cheveux longs. Lorsque l'homme disparut à sa vue, derrière la maison de Mann, Carl pensa qu'il allait continuer sur la même route. Il décida d'attendre une ou deux minutes, puis de remettre son moteur en marche et de se diriger à la rencontre du suspect, s'attendant, puisque l'homme était à pied, à le rattraper au croisement de Parson's Road et de Concession 5. Concession 5 était une route peu connue que Carl croyait avoir découverte alors qu'en réalité c'était juste un ancien chemin qu'on n'utilisait plus depuis que les deux fermes au milieu desquelles il passait n'étaient plus cultivées.

Et quelque chose de très, très intéressant se produisit.

Carl était sur le point de ranger ses jumelles quand nul autre que le shérif Henry Barker parut dans sa ligne de mire et ramassa ce que le Rouge avait laissé tomber. Encore mieux, il le ramassa et le lut.

Henry Barker, le représentant de la loi.

Henry Barker, celui qui était en position de savoir tout ce qui se passait dans la communauté. Un homme qui avait des contacts avec le gouvernement, aussi mineurs fussent-ils. Un homme qui prétendait ne pas le croire quand Carl lui avait parlé des silos.

Carl attendit que Henry fasse demi-tour avant de ranger soigneusement ses jumelles dans leur étui. Il démarra ensuite, priant Dieu que personne n'entende le moteur, sachant que personne ne pouvait l'entendre et que, de toute façon, tout le monde s'en moquait. C'était de ça que les gens comme Henry Barker tiraient leur pouvoir. Tout le monde se moquait de ce qui se passait. Sauf Carl. Il ne s'en moquait pas. Au contraire.

Il roula sur Concession 5 toutes lumières éteintes, sans jamais dépasser les vingt kilomètres à l'heure. Il voulait donner à Henry le temps de regagner son véhicule sans qu'il voie sa camionnette. Il voulait trouver le Rouge le premier. Ensuite, il verrait ce que Henry avait à dire. Ce soir, peut-être. Ou demain. Mais d'abord, le drôle de type.

Carl se dirigeait vers Parson's Road.


Malgré sa désinvolture, tout en marchant sur la route qui menait chez Karen, Tom savait qu'on le surveillait. Il sentait l'intensité des regards braqués sur lui. Au moins deux personnes suivaient sa progression, et il crut en déceler une troisième, tapie dans l'ombre, au propre comme au figuré. C'était une image insaisissable, au-delà de l'ordinaire, au-delà de sa perception. L'homme derrière était le flic du bar ; Tom le voyait aussi bien que s'il s'était retourné. L'homme était d'une nervosité presque comique et au bar Tom n'avait pas pu résister à l'envie de jouer un peu avec lui.

L'autre, encore un homme, était profondément préoccupé. Son image était enveloppée dans un halo de peur, de confusion et de misère, il cherchait des choses qui n'existaient pas. Il avait vu Tom. On ne pouvait pas l'aider. Tom ne contrôlait pas l'univers, et bien souvent pas même le pan qui le concernait. Il ne pensait pas qu'un des deux hommes pouvait lui causer des ennuis, pas des ennuis qu'il ne puisse résoudre facilement. D'ailleurs, tout serait bientôt terminé.

La troisième personne, celle que Tom ne parvenait pas à voir, était nimbée d'ombre. Comme elle se tenait à la limite obscure de son âme, elle ne lui permettait pas de la voir. Homme, femme ou chose, elle était hors d'atteinte.

Tom était presque arrivé à la clairière quand il s'arrêta. Il se tint dans la demi-obscurité du jardin de Karen.

Une sorte de cercle se refermait. Son moral était au plus bas. Il espérait qu'une ou deux bières auraient chassé ses idées noires, que le repas dans la clairière l'aurait aidé, mais cela lui avait seulement permis de passer le temps. Une chose pénible l'avait poursuivi toute la journée — peut-être même depuis qu'il était à Goodlands — et c'était comme si elle l'avait rattrapé. Il était submergé par le pressentiment d'un malheur imminent. Le cercle se refermait.

Il y avait le trio d'observateurs. En lui-même, il ne signifiait sans doute pas grand-chose. Ce n'étaient proba-blement que des paysans curieux qui n'avaient rien d'autre à faire et disposaient de pas mal de temps, étant donné les circonstances. L'homme préoccupé était sans doute sorti faire un tour en voiture pour se changer les idées et il l'avait vu par hasard. Rien de grave. L'autre, le flic, faisait son boulot. Dans une petite ville, tout étranger est un suspect en puissance, même s'il habite en ville. Goodlands avait eu son lot de problèmes, et le flic s'assu-rait simplement que Tom n'en apportait pas d'autres. Le troisième observateur, fantomatique, Tom ne pouvait rien en dire.

En eux-mêmes, ils n'étaient pour rien dans son impres-sion de l'imminence d'un drame, dans son impuissance à l'empêcher. Il aurait dû se sentir bien, exalté même, comme toujours avant de faire pleuvoir. Cela aurait dû n'être qu'une affaire entre lui et la pluie, et le contact magnétique qui faisait de lui ce qu'il était. La jouissance anticipée de l'ouverture des cieux, du torrent qui allait se déverser, de la libération de la bête retenue captive trop longtemps dans le ciel, aurait dû l'enflammer. Il aurait dû se sentir vraiment bien, sachant que dès le lendemain Goodlands serait de nouveau sous un ciel ouvert, que la barrière serait tombée, que le verrou aurait sauté. Mais ce n'était pas le cas.

Winslow, au Kansas, avait eu une bonne averse. La petite ville avait attendu, prête pour la pluie. Tom ne pouvait expliquer le fonctionnement de la nature, mais la plupart du temps il agissait comme un simple catalyseur, un serrurier, un spécialiste qui localisait un problème et le résolvait. Winslow avait eu une bonne averse.

Cela ne se passait pas toujours ainsi.

Il avait raconté l'histoire des Schwitzer à Karen. C'était un cas à part. Il y en avait eu d'autres.

Environ dix ans auparavant, il y avait eu une petite ville, dont il avait oublié le nom, au sud du Dakota, dans le Midwest. Il marchait sur une nationale, avec quelques passages en stop, quand il avait senti le ciel se dessécher. Il s'arrêta dans un endroit pour manger, et un flot de mauvais pressentiments le submergea. A l'époque, il n'avait pas trouvé d'explications, il avait commencé à se dire que sa matière grise ne fonctionnait plus, ses impressions étant tellement contradictoires : chaud-sec, froid-humide. Cela continua pendant sa marche, en provenance de l'endroit vers lequel il se dirigeait. Il allait vers l'est. Dès qu'il pénétra dans la ville, il sut que c'était la source de ses étranges impressions.

Une bourgade, un peu plus grande que Goodlands, mais plus isolée, à une heure de voiture de la ville la plus proche. Il avait marché longtemps avant d'y arriver, mais dès qu'il en franchit la limite, il sut.

Il était arrivé pendant la nuit, il avait suivi les lumières qui étaient celles, comme il le découvrit, d'un restaurant ouvert toute la nuit. Il avait cru arriver dans une grande ville, à cause de ce restaurant, et était entré boire un café, content de trouver un endroit que les puces ne connaissaient pas encore, curieux de savoir quelle était cette ville avec son chaud-sec/froid-humide.

Oh, pour être sèche, elle l'était. Mais dans le Midwest on peut avoir un sentiment de sécheresse sans qu'il y ait d'ennuis quelconques. Les orages y éclatent du jour au lendemain, alors qu'il n'y a pas eu de signe de pluie pendant des jours, même des semaines. C'était pour cela que le radar personnel de Tom s'était détraqué, et il lui arrivait de ne pouvoir se fier à ses propres impressions. Il devait se baser sur ce qu'on lui disait. Si les gens avaient besoin de lui quelque part, où qu'il soit, ils lui mettaient la main dessus. Ils n'avaient même pas conscience de ce qu'ils faisaient.

Il n'y avait que trois voitures dans le parking du restaurant. Au temps qui s'était écoulé depuis la dernière fois qu'il avait vu une horloge, Tom estima qu'il devait être environ une heure du matin. Juste après l'heure du crime, comme disait sa mère. Et pourtant, le restaurant était brillamment éclairé, comme pour un carnaval, mais Tom vit par la vitre que c'était un jour comme les autres. Au comptoir, une femme nettoyait les verres et un gros en habit de cuisinier bavassait avec un vieux.

Tom s'assit au comptoir et, quand la femme s'approcha, il commanda un café.

— J'ai pas vu votre voiture arriver, s'excusa-t-elle en posant devant lui une chope de café avec une petite cuillère.

— Je suis venu à pied, dit-il.

— D'où ça ?

— Ça fait un moment que je marche, dit-il.

La femme opina poliment et ne lui posa plus de questions. Elle retourna à ses occupations, tournant le dos à Tom. En fait, la salle tout entière faisait comme s'il n'était pas là, il ne sentait pas les regards se poser sur lui comme d'habitude.

Le gros habillé en cuisinier continuait à discuter avec le vieux. Il avait à peine jeté un coup d'œil quand Tom était entré, ne lui avait même pas fait un signe, ne l'avait pas regardé du tout. Un autre client, dans le fond, gardait les yeux rivés sur sa table, et Tom ne sut jamais s'il l'avait vu ou pas. Si oui, sa curiosité avait dû être vite satisfaite, car il ne leva plus les yeux de la table.

En buvant son café, les flux ressentis plus tôt l'enveloppèrent de nouveau. Chaud-sec/froid-humide. Cela provenait des gens, de la terre et, si Tom ne se trompait pas, du restaurant lui-même.

Lorsque la serveuse vint lui proposer de lui remplir sa chope, Tom lui demanda :

— Vous avez eu un temps sec, ici ?

— Si on veut. Il n'a pas plu depuis un mois, ou plus. Oh, c'est pas inhabituel. Vous êtes fermier ?

— Non.

Elle lui remplit sa chope. Tom l'observa. Son visage était inexpressif. Il n'y avait aucune trace d'émotion dans son regard, dans ses yeux. Elle lui sourit, mais son sourire parut machinal, comme si les coins de ses lèvres étaient relevés par des ficelles imaginaires. Tom but la moitié de sa chope et régla l'addition au comptoir. Il avait hâte de s'en aller.

Au passage, Tom leur avait apporté de la pluie. Cela avait été facile, comme si la pluie allait arriver de toute façon, même si ce n'était pas ce qu'il pensait.

Après avoir marché une vingtaine de minutes, Tom fut pris en stop par un représentant de commerce qui le convoya le reste de la nuit et le déposa dans une ville du nom de Bellston.

Tom se souvenait de Bellston parce qu'il avait eu faim et qu'il s'était arrêté au premier café sur sa route. Il était très différent de celui de la veille, Tom avait senti avec soulagement les regards soupçonneux dès qu'il avait franchi la porte et accueilli avec un plaisir égal les questions polies pleines de sous-entendus de la serveuse, une vieille femme qui avait été belle et n'acceptait pas de bonne grâce les outrages des ans. Elle se teignait en blond, un jaune bizarre, pour cacher ses cheveux gris qu'on devinait trop facilement.

La radio marchait, même si on l'entendait à peine dans le brouhaha des conversations et le bruit des assiettes entrechoquées. C'était l'heure de pointe du petit déjeuner et le restaurant était bondé. Tout à coup, une autre serveuse réclama le silence et augmenta le volume de la radio.

C'était l'heure du bulletin d'information. On parlait d'une tornade.

Elle avait frappé quelque part — Wellesy ? Wellbee ? — et tué une dizaine de personnes.

« On attend des pluies diluviennes et une tornade, toutes les villes de la région sont en état d'alerte. La météo prévoit... »

Tom ne saisit pas la suite parce que le restaurant se vida et qu'un chaos s'ensuivit.

Il sut sans avoir besoin de le vérifier que l'étrange restaurant de la veille avait été frappé par la tornade et il aurait parié gros que ses occupants figuraient parmi les victimes. Il l'avait lu dans leurs yeux, dans leurs visages inexpressifs. Ils ne le savaient pas, mais ils étaient déjà morts.

Tom quitta la ville et, pour autant qu'il le sût ensuite, aucune tornade n'avait frappé Bellston. Il y avait eu de la pluie, un gros orage, mais rien de grave.

Sauf que Tom savait qu'il s'agissait de sa pluie à lui. Il ne pouvait pas expliquer comment il le savait, les gouttes n'étaient pas différentes des autres, elles ne portaient pas sa signature, mais il le savait. Il savait aussi que ce qui s'était passé dans la ville voisine de Bellston ne le concernait pas. C'était une affaire entre les habitants et leur ville. Tom n'avait été que le catalyseur.

Mais avec la pluie, il y avait parfois un prix à payer, et Tom ne pouvait pas davantage prédire ce prix que les occupants du restaurant ne pouvaient savoir qu'ils étaient déjà morts le soir où Tom était passé.

La nature fait ses propres choix. En approchant d'une ville, Tom recevait des ondes. Il n'était pas voyant et, s'il avait des impressions à propos d'un endroit, il ne pouvait prédire ce qui allait arriver. Il ne sentait que ce qui existait déjà, et encore, il n'avait aucune certitude. Ainsi, ce qu'il sentait était déjà là, parmi les habitants, et la nature faisait ses choix. Lui prenait ou non la responsabilité de la pluie. Ce n'était pas la première fois, et ça ne serait pas la dernière.

Les Schwitzer étaient déjà prêts pour leur fin. Le prix payé n'avait aucun rapport avec le fait que Tom avait déclenché la pluie. C'était écrit.

Si Goodlands était en pénitence, il n'avait aucun moyen de le savoir. De même qu'il n'avait aucun moyen de savoir si sa pluie entraînerait d'autres événements, comme dans la ville sans nom, comme pour les Schwitzer, comme pour d'autres. Peut-être que rien ne se passerait. Peut-être qu'il pleuvrait, que tout le monde serait content, que chacun récupérerait sa ferme, que Karen garderait son emploi et retrouverait ce qui lui manquait depuis que les choses avaient mal tourné à Goodlands. Tom partirait et oublierait comment la ville s'insinuait sous sa peau, il oublierait le bourdonnement souterrain persistant et le sentiment du désastre imminent.

C'était comme ça que ça se passait, un jour ou deux avant que son père ne rentre d'une de ses équipées. Sa mère et lui allaient bien... jusqu'aux deux derniers jours, où, là, quelque chose commençait à flotter dans l'air. Ils se mettaient à se disputer, sans savoir pourquoi ; la nourriture, quand il y en avait, n'arrivait pas à passer. A la moindre provocation, leurs regards se tournaient vers la porte, même s'ils n'avaient rien entendu. Et chaque fois que son père passait la porte, ils poussaient un soupir de soulagement. Au moins, ils comprenaient ce qu'ils avaient pressenti. C'était son retour.

« On a toujours ce qu'on mérite », disait souvent sa mère. Parfois d'un ton ferme, comme un avertissement, parfois avec un soupir. Enfant, Tom croyait qu'il s'agissait d'une de ces affirmations ambiguës que les adultes assènent aux enfants et qui deviendrait un jour parfaitement claire. A douze ans, Tom crut comprendre ce que sa mère voulait dire. Elle avait eu ce qu'elle méritait.

Lorsqu'elle entra au collège, la mère de Tom était déjà délurée. Grâce à des bribes de conversations surprises après « l'accident » de son père, Tom avait réussi à se faire une idée de la vie de sa mère. Il avait ainsi entendu une femme de la ville dire que sa mère avait tout fait pour s'attirer des ennuis, qu'elle avait « couru les garçons » dans sa jeunesse. Le sens lui avait paru insondable à l'époque, même si la phrase ne l'était pas. A douze ans, il savait que c'était mal. Ils en étaient tous souillés. Au cours de cette même conversation, la femme avait dit que Tom aurait des ennuis, où qu'il aille et quoi qu'il fasse. Sa mère s'était fermé davantage encore la porte de la vie en choisissant « celui-là »... c'est-à-dire son père. Sa mère avait dit un jour à Tom que son père était son dernier choix. Elle avait ri en le disant, mais Tom savait, même à l'époque, qu'il n'y avait rien là de vraiment drôle.

« On a toujours ce qu'on mérite » pouvait s'appliquer à tant de choses. La sécheresse, par exemple.

Si Goodlands était en pénitence, Tom n'avait pas les moyens de l'empêcher. Pas plus qu'il ne pouvait arrêter une averse une fois que la pluie avait commencé.

Il n'avait aucun intérêt particulier pour Goodlands. Ce n'était pas sa ville. Mais Karen y vivait.

C'était pour elle que son moral était au plus bas. Si quelque chose arrivait, il ne voulait pas qu'elle en soit meurtrie. C'était une femme bonne. En dépit de ce qu'il lui avait dit, il ne pensait pas qu'elle avait fait appel à lui pour des raisons troubles ou égoïstes. Comme lui, elle cherchait, elle essayait de joindre les deux bouts. Elle lui ressemblait davantage qu'elle ne le soupçonnerait jamais.

Il l'aimait assez pour ne pas avoir envie qu'il lui arrive quelque chose. Il l'aimait assez pour penser à s'enfuir dès l'aube. Le statu quo était peut-être la meilleure chose qu'il puisse lui donner, ainsi qu'à la ville sur qui se refermait le cercle. Que la nature équilibre ses comptes... sans lui.

Pour l'instant, hésitant dans le noir entre sa maison et la clairière, il avait envie de la voir... de voir son visage : peut-être serait-il vide et inexpressif comme ceux du restaurant maudit.

Il se tourna vers la maison. Il voulait simplement la voir. Sur le porche, il frappa à la porte moustiquaire. La porte intérieure, comme il le remarqua, n'était pas verrouillée. Il frappa une deuxième fois. C'est alors qu'il l'entendit.

— Une minute, lança-t-elle, la voix ensommeillée.

Lorsqu'il la vit sortir de sa chambre, décoiffée, la robe de chambre attachée de travers, il regretta de l'avoir tirée du lit.

— Qu'est-ce que c'est ? chuchota-t-elle.

La porte moustiquaire les séparait.

— Je voulais juste vous dire bonsoir.

Elle opina, le regarda dans les yeux, puis poussa légèrement la moustiquaire. La porte s'ouvrit tandis que Karen sortait sur le porche, et se referma sans bruit derrière elle.

Ils contemplèrent la nuit en silence.

En regardant du bon côté, on pouvait voir des kilomètres de prairie déserte. Au-dessus d'eux, le ciel était clair et limpide aussi loin que les yeux pouvaient voir. Au loin, à environ une heure de voiture, il y avait des nuages. Demain, certains auraient de la pluie. Partout ailleurs, c'était un indigo lumineux, éclairé et électrifié par la lune blanche et ronde.

— Le ciel est tellement clair ! dit Karen, incrédule.

Tom acquiesça. Il lui coula un regard en biais, vit son profil éclairé par la lune. Elle était belle dans cette lumière qui lui inondait le côté du visage, les cheveux ébouriffés et les yeux lourds de sommeil.

Elle se retourna et s'aperçut qu'il l'observait. Ses yeux s'agrandirent.

— Demain, il y aura des nuages, remarqua-t-il.

Il eut une furieuse envie de lui caresser la figure. Elle baissa les yeux, embarrassée.

— Je n'irai pas travailler demain, dit-elle. Je téléphonerai que je suis malade. Ça vous ennuie ?

Il secoua la tête. Elle acquiesça, plongea de nouveau ses yeux dans les siens. Puis elle saisit la poignée et ouvrit la porte moustiquaire, s'apprêtant à rentrer.

Tom se pencha vers elle et l'embrassa avec douceur. Dès qu'il pressa ses lèvres contre les siennes, il la sentit plus émue qu'elle n'aurait dû. Lorsqu'il se recula, il lut la surprise dans ses yeux écarquillés.

— Pour me souhaiter bonne chance, expliqua-t-il.

— Très bien, fit-elle avant de disparaître sans se retourner dans la pénombre de la cuisine.

Tom entendit la porte de la chambre se refermer doucement. Il descendit les marches et se dirigea vers la clairière. Il avait besoin de dormir.

Parce que demain il pleuvrait, qu'il pourrait laisser l'étrange karma de cette ville derrière lui et poursuivre sa route pour oublier Goodlands, oublier la femme. Il allait prendre l'argent et se terrer dans un coin qui restait toujours humide, où on pouvait boire l'air tellement il était chargé d'eau. Un coin où le ciel se laisserait oublier. Ici, il était trop vaste. Tom voulait vivre dans un pays où, en inclinant simplement les feuilles des arbres luxuriants, on pouvait boire la rosée sur leurs vrilles ruisselantes.

Dans sa chambre, Karen était sur un nuage. Elle avait poussé la porte sans vérifier qu'elle était bien fermée. Elle laissa courir ses doigts sur sa figure et se caressa la bouche. Il l'avait embrassée.

Elle avait senti le baiser dans tout son corps, qui était encore en émoi, brûlant de fièvre. Elle avait la surface de la peau éveillée, le cœur encore battant.

Demain, elle resterait chez elle et déblaierait le jardin de rocailles. Ça lui donnerait une excuse. En réalité, elle attendrait la pluie... et lui. Mais elle n'avait jamais aimé le jardin, elle n'aimait pas les jardins de rocailles, ni en théorie ni en pratique. C'était une torture qu'on infligeait aux pierres comme à la terre. En outre, le jardin était mangé par les mauvaises herbes qui avaient séché sur pied de sorte qu'on ne voyait plus que les pierres, disposées en un agencement que la nature n'avait pas voulu. Elle aurait aussi bien pu les jeter au hasard dans le jardin et laisser la nature faire son œuvre, la verdure les noyer... après qu'il aurait plu, après que la terre aurait absorbé l'eau et que les plantes qui attendaient ce moment auraient surgi autour des pierres et les auraient finalement recouvertes.

Cela n'avait été qu'un baiser léger. Pour lui souhaiter bonne chance, avait-il dit. Mais Karen sentait le sol tournoyer sous ses pieds et le manège prendre de la vitesse. Pour la première fois, elle ne résista pas.

Pour une fois, Carl avait bien calculé son coup. Il s'engagea dans Parson's Road, roula lentement, lumières éteintes, et parvint devant la propriété de Mann juste à temps pour voir le chevelu traverser le jardin et disparaître dans le verger.

Il s'attendait à croiser l'homme sur la route. Mais le toit blanc du belvédère avait accroché son regard et il avait tourné la tête par réflexe. C'était comme ça qu'il avait vu le Rouge se diriger vers les pommiers. C'était bien lui, le type qu'il avait vu plus tôt. Oh oui, c'était lui.

Carl roula lentement sur Parson's Road, phares toujours éteints, jusqu'à ce qu'il trouve une allée déserte où se garer. Il coupa le moteur et attendit. Il patienta une ou deux minutes, jetant de temps en temps des regards en arrière pour s'assurer qu'il n'avait pas été suivi. Rassuré, il descendit de la camionnette et se dirigea à pied vers la propriété de Mann. Les lumières étaient éteintes ; il était presque certain qu'on ne le verrait pas, à condition de rester prudent.

Il fallait qu'il voie où allait le type.

Il n'y avait pas de silo dans ce coin de la propriété de Mann, ça, il le savait. Ça ne voulait pas dire pour autant qu'ils n'y avaient pas planqué autre chose. Carl en savait assez pour savoir que la banquière habitait la maison. Les banquiers étaient synonymes d'ennuis. Ils avaient tous les mains sales.

Il se glissa dans le jardin. Il se dit que celui qui était là-dedans couchait avec la banquière aux mains sales. Tout le monde dormait.

Carl traversa le jardin sans bruit et s'arrêta à l'orée du verger. Les pommiers n'avaient pas donné de fruits depuis des années, à cause de la sécheresse qui avait sucé la vie de toute chose. Il s'accroupit et regarda à travers les branches et les buissons. Il ne vit que des ombres et des arbres, incapable de distinguer les unes des autres. Ah, il aurait dû apporter ses jumelles, mais il les avait laissées dans la camionnette. D'où il était, il ne vit rien bouger. Soit le type était parti, soit il ne remuait pas d'une oreille. D'un côté comme de l'autre, il fallait que Carl s'en assure.

Il entra dans le verger en marchant le plus doucement possible avec ses lourdes bottes. Carl commença à distinguer une forme en s'approchant de la clairière. D'abord, il ne vit qu'une longue silhouette étendue par terre. Dans la lueur de la lune, Carl reconnut alors un homme.

Il était allongé sur le dos, sur une couverture ou un sac de couchage, un bras replié sur les yeux pour se protéger de la lune. Lorsque Carl était petit et qu'il voulait aller aux toilettes la nuit, son grand-père lui disait : « Vas-y, mon garçon, c'est comme si c'était éclairé par une ampoule de soixante watts. » Et c'était presque vrai. L'homme s'était couvert les yeux pour pouvoir dormir. Carl resta à l'abri des arbres, afin d'être sûr que l'homme ne faisait pas semblant, qu'il n'attendait pas que Carl s'aventure dans la clairière pour lui faire sauter la cervelle avec un fusil spécial, comme ils en fabriquent au gouvernement, et qui ne laisserait aucune trace du fermier de Goodlands.

Lorsqu'il fut absolument certain que l'homme était endormi, Carl s'approcha très lentement et très doucement. Pas une branche ne craqua, pas une brindille ne bougea. L'homme non plus. C'était celui qu'il avait aperçu sur la route. Il n'avait pas ôté ses bottes. Carl examina les alentours.

Le type campait à la belle étoile. Il y avait un foyer avec des branches noircies ; il était drôlement imprudent de faire du feu par ce temps. Carl renifla des relents de fumée quand il s'approcha tout près. A la tête de l'homme se trouvait un sac à dos, qui ne devait pas contenir grand-chose.

Un morceau de papier sortait d'un coin du sac, près du rabat. Le papier était à l'envers.

C'était ça. Carl marcha jusqu'au sac, s'agenouilla en priant pour que ses genoux ne craquent pas et ne réveillent pas le type. Il tira un coin du rabat, et le sac s'ouvrit sans peine. Carl s'empara du papier. Il n'eut pas à le tirer jusqu'au bout pour le reconnaître.

C'était le plan de Goodlands que le maire avait fait faire quelques années auparavant. Janet en avait collé un sur son frigo avec des aimants. Ils avaient fini par le mettre au feu tellement il s'était défraîchi. De toute façon, il était nul, tout le monde le savait.

Carl réprima un gloussement. Dans le coin qu'il tenait à la main, il pouvait voir la caricature souriante de Bart Eastly devant son garage, qui tenait une clef en croix et pointait un doigt vers son enseigne. Ce qui empêcha Carl d'éclater de rire, ce fut le gros trait noir qui entourait la ville : la ligne qui délimitait Goodlands.

Elle était d'une précision remarquable. Carl regarda l'homme dormir. Puis, sans se soucier de remettre la carte où il l'avait prise, il se releva et repartit comme il était venu, sans faire de bruit, en jetant de temps en temps des coups d'œil par-dessus son épaule. L'homme ne bougea pas d'un pouce.

Lorsque Carl regagna son véhicule, la nuit s'acheminait vers l'aube. Il se frotta les yeux et démarra. Il comptait rentrer car il était fatigué. Et en plus, il avait peur.

Il aurait dû fouiller le sac pour tout vérifier, puis assommer le Rouge et lui faire les poches. Il aurait dû essayer de découvrir pourquoi l'étranger dépenaillé et chevelu possédait une carte qui délimitait précisément les frontières de la zone où sévissait la sécheresse, et pourquoi il campait dans le jardin de la banquière. Et pourquoi Henry avait ramassé ce qui était tombé de sa poche.

Mais Carl avait peur. Ses mains tremblaient ; il agrippa le volant et le serra fort.

Demain, il téléphonerait à Henry et il irait au fond des choses. A la première heure, il appellerait ce crétin paternaliste et découvrirait qui était l'étranger et ce que Barker avait à voir avec lui. Il connaîtrait le nœud de l'affaire.

Demain, la ville entière saurait. Carl leur dirait de quoi il retournait. Ah, s'ils croyaient qu'il était incapable de piger, ils se fourraient le doigt dans l'œil.

Tous phares éteints, il roula jusqu'au centre-ville en jetant des regards suspicieux à la ronde. Pas moyen de savoir qui était dans le coup. N'importe qui... même s'il ne pensait pas que les gens ordinaires, ses amis, les fermiers, les commerçants, qui avaient trop à perdre, y participaient. Seulement les officiels, tous des vipères !

Il rentra chez lui sans allumer ses phares et conduisit à la lumière de l'ampoule de soixante watts qui brillait dans le ciel. Il se faufila dans sa maison et se glissa dans le lit à côté de Janet.

— Où étais-tu ? demanda-t-elle dès qu'il fut sous les draps.

Elle paraissait effrayée.

Carl alluma la lampe de chevet et lui raconta tout.

## 10

Tom se réveilla juste avant l'aube. Il resta immobile un long moment, allongé sur le dos, et contempla le ciel. Lorsque l'indigo commença à virer lentement au bleu clair, Tom tourna la tête sur le côté et regarda à travers les arbres sans feuilles le soleil se lever.

Ce n'était qu'un trait de lumière à l'horizon. Le changement était imperceptible et cependant la nuit disparaissait quand même. Plissant les yeux, Tom regarda le soleil se lever par vagues, telles des flammes qui consumaient le noir et le repoussaient. Ocre, rouille, sienne, coucher de soleil à l'envers, mais plus rapide, le ciel tout entier changea en quelques minutes. Tom avait vu le soleil se lever dans tout le pays, de la Californie à New York, comme en Virginie, en Floride, au Texas. Chaque endroit avait sa beauté propre.

Au-dessus de Goodlands, le soleil se leva tel un monstre, enveloppant la terre entière, planant au-dessus d'elle comme un vautour, beauté noire habillée de lumière. A midi, la chaleur serait insupportable... A midi, il pleuvrait. Du moins Tom l'espérait-il.

Il ferma les yeux et envoya ses ondes. Elle n'était pas là. Tout autour de lui, au-delà des limites de Goodlands, il y avait de la pluie et des nuages. Il les sentait. Elle n'était pas loin, se souvint-il. Il sortit la carte froissée de son sac et l'étala sur le sol, faisant courir ses doigts le long du trait noir qui délimitait la commune.

Son profond sommeil sans rêves n'avait pas effacé son pressentiment d'un désastre inévitable. Il se leva et se planta au milieu de la clairière, afin que sa vue ne soit pas obstruée par les arbres qui l'entouraient. Il faisait soudain grand jour.

Il s'éclaircit l'esprit. Lorsque les arbres, la petite maison à plusieurs mètres sur sa droite, Karen, les souvenirs de sa vie et la terre desséchée disparurent, et qu'il ne resta plus que lui et le ciel, il fut prêt.

Il commença avec une image mentale de Goodlands.

Il ferma les yeux et tira des recoins de sa mémoire les images des frontières telles qu'il les avait parcourues. Il le fit avec soin et méthode, jusqu'à parcourir mentalement les distances. Les buissons, les clôtures, les nationales, les chemins de terre et de gravier, tout cela se changea en images de la superficie de Goodlands. En même temps lui revinrent des souvenirs de la façon dont il avait ressenti la terre, l'air, le ciel, le soleil, et ils se conjuguèrent aux images, au point qu'elles cessèrent d'être des images et devinrent des odeurs, des bruits, des goûts, des voix, des textures, baignant dans le ciel qui recouvrait chacun des lieux parcourus, le tout associé à la plus proche goutte de pluie.

Lorsque Tom tint la ville entière dans son esprit, il s'éleva encore plus haut.


Cela faisait plus de huit heures que Vida Whalley avait investi le vieux bâtiment abandonné au coin de la propriété de Mann. Cela faisait plus du double qu'elle n'avait pas mangé. Elle avait dormi d'un sommeil léger et agité. Elle avait soif, sa gorge réclamait de l'eau, et elle avait faim. Ses habits, qu'elle portait depuis maintenant trois jours, étaient couverts de poussière et de crasse ; sur sa jupe, un accroc portait la trace d'un clou de la clôture des Revesette qu'elle avait coupée pour libérer les chevaux. Son corps était un amas de bleus, d'éraflures, de taches, et dans sa paume la coupure était rouge et enflée.

Ses luxuriants cheveux bruns étaient désormais emmêlés et ternis par une couche de saleté. Par manque de sommeil, ses yeux étaient cernés et gonflés. Ce qui était remarquable, c'était son regard sauvage et brillant, associé à son demi-sourire, tous deux entendus et cruels. Pourtant déjà, d'habitude, Vida avait un regard qui provoquait la peur chez les gens de Goodlands. Même sans l'être qui l'habitait.

La longue éraflure qui zébrait sa joue, et dont elle n'avait pas souvenir, commença à la démanger. Elle se gratta machinalement.

C'était par autodéfense qu'elle était tombée dans un sommeil brusque, son corps avait besoin de repos, même si son esprit refusait de le lui accorder, et pas seulement son esprit.

Elles se disputaient, la voix et elle, enfermées dans la même enveloppe corporelle. Au matin, Vida avait cessé de communiquer. Néanmoins, elle ne pouvait cesser d'écouter. Toute la nuit, l'autre l'avait inondée d'images de rage faite chair. La voix avait associé la fureur que Vida possédait de plein titre avec la maison de l'autre côté de la route, et avec l'homme qui s'y trouvait, jusqu'à ce que le cœur de Vida batte à l'unisson et qu'elle devienne aveugle à tout, sauf à ce qui l'attendait.

Alors seulement, elle fut prête à agir.

Il était un peu plus de huit heures quand Vida sortit du vieux bâtiment où elle avait passé la nuit. Des années de négligence avaient permis aux mauvaises herbes d'ensevelir les dalles de ciment de l'allée. La sécheresse avait durement sévi ; il ne restait que des tiges et des herbes séchées qui recouvraient les ruines du bâtiment lui-même et les déchets que le vent avait soufflés de la route. Vida plissa les yeux sous le soleil. Son estomac grondait à chaque pas. La voix rivalisait avec les gargouillis de son ventre vide et remplissait sa tête d'images.

Vida avança d'une démarche maladroite sur les dalles en ciment, avec de drôles de petits pas maniérés, telle une marionnette. Le long du bâtiment, il y avait une allée, elle aussi abandonnée aux mauvaises herbes, où le gravier enfoncé dans la terre par le passage des pneus pendant des années était encore visible. Des buissons avaient poussé tout autour, procurant un minimum d'abri.

Au bout de l'allée, elle s'arrêta et scruta la route qui menait à la maison des Mann. Il y avait une Honda rouge dans l'allée du garage, la voiture de la banquière. Comme partout en ville, une épaisse couche de poussière recouvrait la voiture. Le jardin de devant était désert, les rideaux tirés. Rien ne bougeait. La route, elle aussi, était déserte à cette heure, et pas un brin de vent ne soufflait, de sorte qu'il régnait le même silence immobile qu'en pleine nuit, sauf que le soleil dardait ses rayons aveuglants. Vida ne vit ni l'homme ni la banquière. Juste la voiture et la maison, qui montaient la garde.

Vida quitta Parson's Road et se dirigea vers la maison, le visage crispé par la colère qu'elle ressentait depuis son réveil. Ses talons soulevaient des nuages de poussière qui l'enveloppèrent bientôt, les seuls nuages visibles de tout Goodlands.

La voix ne cessait de lui chuchoter : *Trouve-le ! Trouve-le !* Lorsqu'elle en eut assez, Vida rétorqua, mais aucun son ne sortit de ses lèvres.

Elle protesta, mais elle sourit en même temps, car la perspective qui l'attendait commençait à se blottir en elle avec la chaude douceur d'un chat. Elle sentait la satisfaction future de sa colère brûlante. C'était bon. Elle se lécha les lèvres, mais sa langue était presque aussi sèche. La chose en elle se braqua, provoquant une douleur fulgurante, et Vida dut fermer les yeux un instant ; elle trébucha. Puis, comme si rien ne s'était passé, elle reprit sa marche, la voix et la douleur momentanément réprimées.

— Me fais pas mal, reprocha tout haut Vida, furieuse.

Elle ne mit que quelques instants à atteindre le bout de l'allée où la Honda était garée. Aucune voiture n'était passée, personne n'était sorti de la maison. Personne ne l'avait vue. Tout était aussi immobile qu'avant.

Mal assurée, Vida s'arrêta pour observer les lieux. Elle savait ce qu'on attendait d'elle, mais elle n'était pas sûre du moyen d'y parvenir, ni de pouvoir satisfaire la voix.

De l'extérieur, c'était une maison ordinaire. Peinte en blanc, elle aurait bien besoin d'un coup de pinceau d'ici un an ou deux. La peinture ne s'écaillait pas, mais le blanc avait viré au gris. Une bordure bleu pâle entourait les fenêtres et l'encadrement de la porte. Le porche en bois était d'un gris anthracite, à l'ancienne, et montrait l'usure de l'âge, ainsi que les trois marches qui menaient à la maison, usées par les passages incessants. L'escalier arrière, qu'empruntaient les visiteurs, devait être encore pire. Vida passerait par la porte principale.

La maison était tellement ordinaire ! Qu'y avait-il, à l'intérieur, qui effrayait tant la puissance, qui la rendait si insistante, si craintive ? Etait-*il* à l'intérieur ?

Debout derrière la voiture, Vida s'arrêta, prise d'un soudain éclair de lucidité. Elle porta la main à sa bouche et ses doigts se plaquèrent sur ses lèvres, lançant des coups d'œil affolés vers la porte, les fenêtres, tous les accès de la maison. De sa position, elle voyait le début du verger, les pommiers sans fruits et quasiment sans feuilles... immobiles.

*Vas-y !*

— Tais-toi, dit Vida.

Elle chuchota bien qu'elle fût seule.

Elle s'accroupit derrière la voiture, se demandant soudain pourquoi elle était là et ce qu'elle allait faire. La voix ne l'aidait guère.

*Trouve-le*, exigeait-elle. Vida ne savait pas ce qu'elle était censée faire si elle le trouvait. Sa conscience ne se rappelait plus qu'une vague forme qu'elle avait suivie. Elle avait oublié son physique précis, et ne voyait que la silhouette aux contours flous d'un homme qu'elle craignait d'approcher, une silhouette susceptible de lui faire du mal. Même s'il n'était pas à l'intérieur de la maison, il devait y avoir quelqu'un. La voiture l'attestait.

Elle pouvait *leur faire faire*. Vida esquissa un sourire cruel. Leur faire faire quoi ? Elle pouvait leur faire faire *n'importe quoi*.

Vida ne connaissait pas la banquière, elle l'avait seulement entr'aperçue au sortir de la banque au moment où elle montait dans sa voiture, mais toujours de loin. La seule chose dont elle se souvenait, c'étaient ses cheveux, bruns comme les siens, mais raides et soyeux. Et ses vêtements, comme ceux qu'on voit dans les magazines, à des mondes de ce que Vida pourrait jamais désirer. Propre, soignée. Que lui ferait-elle faire ? Ramper dans la poussière, peut-être. Mais lui faire du mal ? La femme ne l'avait jamais regardée. Même pour le sens moral perverti de Vida, posséder ne suffisait pas pour mériter une punition.

Même si Vida savait qu'elle ne posséderait jamais ni voiture ni maison, la petite Honda rouge n'avait rien de luxueux malgré ses faux airs de voiture de sport ; c'était seulement une voiture neuve. Quant à la maison, elle ressemblait à toutes celles qu'on trouvait à Goodlands, à Weston, à Fargo, partout dans la ceinture du blé. Elle n'aurait pas été si différente de celle des Whalley une fois cette dernière repeinte et réparée.

Vida n'avait rien contre la banquière ; elle n'avait aucune raison d'avoir peur d'elle ni d'y réfléchir à deux fois. Si elle ne s'interposait pas, Vida ne lui ferait aucun mal. La voix ne fit aucun commentaire.

La position de Vida derrière la Honda était inconfortable, ses chevilles protestaient et la voix poursuivait son ordre monotone. Vida gratta la croûte qui s'était formée sur sa coupure à la main ; du sang perla.

Bien que jaunie, la pelouse était tondue, comme toutes celles de la ville. Vida ne se souvenait pas que les Whalley aient jamais tondu la leur. L'herbe permettait de cacher les cochonneries qui s'étaient accumulées devant la maison depuis des années — les radiateurs de voiture, les rouleaux de câble, de corde et de fil de fer, les sacs d'ordures qui, on ne sait pourquoi, n'avaient jamais été portés jusqu'à la poubelle, les innombrables bouteilles de bière vides qui jonchaient le sol et que ne retrouvaient jamais les soiffards à la recherche des maigres sous que rapportaient les consignes. On y trouvait aussi bien des chapeaux et des gants que des capsules de bière, des mégots, des éclats de verre, des emballages de bonbons et des crottes de chien. Il y avait aussi une différence géographique. La maison de Vida était située de l'autre côté de la ville, du mauvais côté, à des kilomètres, au propre et au figuré, de celle-ci. La maison de la banquière était du côté respectable et Vida n'avait pas envie d'y entrer.

Ce n'était pas comme se glisser dans la cour de Watson pour y vider les réservoirs ou fendre l'allée de Greeson en deux. Premièrement, Vida connaissait ces derniers depuis toujours, et elle avait eu ses raisons pour agir comme elle l'avait fait. En outre, ils n'étaient pas aussi éloignés de Vida et de son univers — une baignoire, une fiche de paie et une ou deux rues les séparaient. D'un autre côté, la banquière faisait partie des « Autres ». Elle représentait l'autorité, une porte qui ne s'ouvrait que pour les gens importants.

L'excitation que lui avait procurée sa capacité incroyable à se venger était retombée comme un soufflet. Vida ne rêvait que de rentrer chez elle. Mais pour cela, elle devait auparavant en terminer, satisfaire la voix et sa propre agressivité chancelante.

Alors, elle entendit du bruit.


Le réveil de Karen avait sonné à six heures et demie, comme tous les matins. Pendant les dix minutes de battement qu'elle s'autorisait, elle resta allongée sur le dos et rassembla ses pensées.

Pour autant qu'elle s'en souvienne, elle avait dormi d'un sommeil sans rêves, sauf pendant les minutes qui avaient précédé la sonnerie. A ce moment-là, elle était dans le manège de la fête foraine. Sous elle, le sol scintillait, il n'était pas vraiment là, c'était une tache floue, une image tourbillonnante qu'elle n'arrivait pas à cerner. Elle n'avait pas la tête qui tournait, pas de nausée, elle ressentait seulement un frisson enivrant.

Elle se doucha, se sécha les cheveux et s'habilla d'un jean et d'un T-shirt pour le boulot salissant qui l'attendait.

Elle appela Jennifer chez elle et la prévint qu'elle ne viendrait pas travailler, puis, après avoir branché sa cafetière automatique, elle prit une tasse dans le placard.

Elle pianota sur le comptoir en attendant que le café passe. Puis, tout en essuyant le comptoir, elle essaya de se rappeler où elle avait rangé ses gants de jardin. Elle regarda par la fenêtre et pinça les lèvres en se souvenant du baiser : pas de trace de lui dans le jardin, et les arbres empêchaient Karen de voir plus loin.

Elle se versa du café et sortit s'attaquer à la destruction du jardin de rocaille noyé sous les mauvaises herbes. Elle avait du pain sur la planche.

En mettant le pied dehors, elle regarda le ciel sans un nuage, puis décida qu'il fallait attendre.


En entendant du bruit, Vida, aux aguets, sentit ses doigts se replier, telles des serres, et son corps en alerte. Elle resta tapie derrière la Honda, l'oreille tendue, s'efforçant d'identifier le bruit.

Une porte battait sur un ressort ou sur une chaîne. Elle eut d'abord du mal à reconnaître le bruit familier et inoffensif ; comme la nuit, lorsqu'on ne dort pas et qu'on essaie de mettre un nom sur les bruits : bourdonnement du réfrigérateur ou grognement d'un animal malveillant ?

C'était une porte en bois, à l'arrière de la maison, qu'on avait ouverte et refermée. Vida entendit des pas descendre les marches.

Elle essaya de comprendre. Si quelqu'un avait ouvert la porte, ce quelqu'un était donc parti.

Elle se releva lentement, essaya de regarder par les

vitres poussiéreuses de la Honda. Elle ne vit rien bouger entre la maison et le bosquet d'arbres proche.

Tout était redevenu silencieux. Vida s'attendait à ce que quelqu'un surgisse à tout moment. Dans ce cas, Vida frapperait. Elle tenait surtout à garder l'avantage de la surprise et devrait agir la première.

Personne ne vint.

Au bout d'un moment, elle se convainquit qu'elle n'avait rien entendu et pensa qu'elle devait gravir les marches à découvert jusqu'à la porte.

Sa voix intérieure était étrangement silencieuse, étouffée par ses battements de cœur intempestifs. Ne restait que le martèlement continuel de la force. Même sans la voix, restait encore le besoin urgent de le trouver.

Cette chose la rongeait et lui donnait l'impression persistante qu'elle devait agir. Elle finit par se lever et marcha vers la maison, s'arrêtant un instant au pied des marches, avant de continuer. Elle frappa à la porte et, n'obtenant pas de réponse, frappa une seconde fois, puis elle tira doucement la porte moustiquaire, qui n'était pas fermée à clé. Elle tourna le bouton de la porte d'entrée qui s'ouvrit sans effort, puis entra.


Karen avait sorti la piètre collection d'outils de jardinage de la remise située à l'arrière de la maison. Il y avait une binette, une petite pelle et un manche brisé.

Le soleil brûlait, mais elle savait que ce serait pire à mesure que les heures passeraient. Elle se demanda s'il faisait aussi chaud dans la clairière.

Elle s'arrêtait de temps en temps pour boire une gorgée de café, qui restait tiède grâce au soleil. Elle n'avait rien mangé et le café déversait son acidité dans son estomac vide. Elle se sentait d'une énergie étonnante malgré la chaleur qui l'obligerait, dans peu de temps, à rentrer chercher un chapeau.

Elle ne pensait à rien d'autre qu'à la pluie : à l'effet produit lorsqu'elle tomberait, au martèlement du sol sec ; à la poussière qui s'envolerait à chaque goutte, à la vapeur d'eau qui lui éclabousserait la figure, les mains, les chevilles. Puis au moment où tout serait de nouveau vert, lorsqu'on n'aurait plus besoin de faire venir de l'eau toutes les semaines. Elle pourrait enfin se doucher sans se rationner. Et que ferait le faiseur de pluie quand tout serait terminé ? Il partirait en lui tournant le dos ? Elle ferma les yeux et imagina qu'elle sentait les gouttes fouetter son visage, l'eau ruisseler de sa tête dans son cou, sur tout son corps. Elle aurait la même douce fraîcheur que celle que son père puisait à la louche dans le tonneau d'eau de pluie et lui donnait à boire.

Elle se courba et déblaya les couches de terre séchée pour pouvoir sortir une des grosses pierres de son trou. Et pendant ce temps, elle ne cessait de jeter des coups d'œil vers le ciel et vers les pommiers, sans rien voir de nouveau.


Des atomes de poussière flottaient dans le rai de lumière que Vida laissa entrer en ouvrant la porte. Le contraste entre l'ombre et la lumière l'aveugla et, le temps que ses yeux s'habituent, elle ressentit un moment de peur absolue, que la voix ne calma pas, ni la raison, et elle eut envie de détaler. Elle serra le bouton de porte si fort que ses jointures blanchirent.

Mais rien ne se passa. Retrouvant l'usage de la vue, elle scruta l'intérieur impeccable de la banquière, mais ne vit que les ombres silencieuses des meubles. Il n'y avait pas un bruit dans la maison, hormis celui de sa propre respiration rauque.

Elle lâcha le bouton et se sentit mieux. Elle ne referma pas la porte jusqu'au bout, laissant un rai de lumière filtrer par l'entrebâillement. Elle se trouvait dans un petit vestibule. Devant elle, sur sa droite, il y avait une armoire. Elle la contourna et entra dans le salon.

Elle en eut le souffle coupé net. La pièce était magnifique. Comme dans un livre.

Immobile, Vida balaya les lieux de ses yeux écarquillés. Partout, il y avait quelque chose à voir.

Un coffre se trouvait en face de la fenêtre, recouvert d'un napperon en dentelle sur lequel reposait un service à thé en argent qui scintillait, même dans la pénombre, juste à côté d'un vaste fauteuil tapissé d'un cachemire éclatant. Encore à côté, sur une table, presque aussi haute, étaient posées une lampe au pied délicat et une photo dont le cadre en argent rappelait le dessin du service à thé. Un canapé se tenait au beau milieu de la pièce, face à une table basse. Chez les Whalley, le canapé était poussé contre le mur, comme il se doit. Et cependant, ce canapé-là ne paraissait ni grotesque ni déplacé, on l'aurait cru conçu pour occuper le centre du salon.

Un tapis rond habillait le sol, et deux fauteuils assortis étaient installés côte à côte, séparés par une petite table carrée. Une pile de gros livres était posée sur la table, de même qu'un énorme vase en cristal rempli de fleurs en soie. Il y avait encore des photos dans des cadres divers. Une œuvre d'art qui ne signifiait rien pour Vida, une sculpture haute et noire, était posée sur un coin de la table.

La femme possédait tout. Elle était entourée de richesse, du moins telle que Vida l'imaginait.

Tout était pensé, chaque objet avait été soigneusement disposé. Rien n'était laissé au hasard. Même les magazines étaient joliment étalés en éventail sur la table basse parallèle au canapé. Il n'y avait pas de brosse à cheveux sur la table, pas de cendriers trop pleins, pas même de cendriers vides, ni de verre ou de tache collante sur les tables, pas la moindre poussière ; c'était impeccable.

Vida resta au milieu du salon, offensée par les emblèmes des riches, et une bouffée de rage la submergea.

C'était trop injuste, mais cela pouvait s'arranger.

Avec un cri rauque, elle se baissa et balaya d'un bras la table basse. Les magazines, les photos, le vase en cristal volèrent d'un seul mouvement et atterrirent par terre avec fracas. Les magazines glissèrent à travers la pièce parmi les éclats de verre. Vida renversa la table qui fit un vacarme énorme.

Que la femme vive dans une maison qui avait tout n'était qu'un accident de naissance. « Eh bien, ça aussi c'est un accident », se dit Vida, et elle empoigna l'un des deux fauteuils jumeaux, le brandit aussi haut que ses bras le lui permettaient et le fracassa par terre. Le sol vibra, un pied du fauteuil se fendit, mais ne se cassa pas. Le fauteuil rebondit contre une bibliothèque dont les livres dégringolèrent. Vida pivota sur les talons, tira le haut de la bibliothèque et la fit basculer violemment, envoyant livres, figurines et photographies valser à travers le salon. Une petite poupée en porcelaine perdit sa tête, sa robe se brisa. Vida gloussa, aux anges.

Elle leva un pied, le maintint un instant au-dessus de la tête minuscule, puis, avec un geste étudié, lui écrasa le crâne. Elle écouta avec satisfaction la porcelaine crisser. Puis elle sortit du salon, balançant des coups de pied au bric-à-brac d'une existence trop éloignée de la sienne. Le pouvoir qui avait surgi provenait de sa propre rage, distincte pour la première fois depuis des jours de celle de la voix, étrangement muette, en attente, semblait-il.

Karen entendit ce qu'elle prit d'abord pour une pétarade de moteur ; mais le bruit provenait de la maison. Elle regarda vers la Honda et vers la route, pensant que cela allait se reproduire. Elle s'était figée, la binette en l'air, telle une lance. Elle entendit soudain un bruit de verre brisé qui, pas de doute, provenait bien de la maison. Elle crut ensuite percevoir un cri rauque.

Se tournant alors vers la clairière, elle plissa les yeux, s'efforçant de voir au-delà des arbres. Mais elle avait le soleil dans les yeux et ne vit rien. Un autre cri retentit de l'intérieur de la maison.

Karen fit quelques pas vers la maison, sans penser à ôter ses gants.

Un autre fracas : une chose très lourde tombait à l'intérieur. Karen se précipita. Lorsqu'elle atteignit les marches, il était clair qu'il y avait quelqu'un à l'intérieur et qu'une chose terrible était en train de se passer. Sans réfléchir, Karen ouvrit la porte moustiquaire à la volée et fonça. Dans la pénombre du salon, elle ne distingua qu'une frêle silhouette, une femme ou une jeune fille, les bras levés, brandissant un objet au-dessus de sa tête.

— Arrêtez ! s'écria Karen. Arrêtez !

La femme lui tournait le dos et brandissait le lourd coffre en chêne dans lequel Karen rangeait son argenterie. En l'entendant, la femme tourna légèrement la tête et Karen vit la courbe d'une joue qu'un sourire étirait. Le coffre s'écrasa par terre, les charnières cédèrent et l'argenterie vola dans tous les sens.

Horrifiée, les yeux dilatés, Karen porta les mains à sa bouche à la vue de l'argenterie éparpillée parmi les débris qui encombraient déjà son salon.

Elle hurla :

— Qu'est-ce que vous faites ? Arrêtez !

La femme se retourna brusquement, ses bras faisant des moulinets. Karen dut s'arracher à la contemplation du désastre pour regarder l'auteur de cette folie, tandis que la femme s'avançait dans l'entrée de la cuisine.

C'était un monstre. Des cheveux fous encadraient un visage écarlate et luisant de sueur. Ses yeux étaient rouges, injectés de sang, ses mains et son cou crasseux, et sa jupe, ou ce qui avait autrefois été une jupe, sale et déchirée.

Le monstre sourit de toutes ses dents puis poussa un cri rauque. Karen s'aperçut que c'était une toute jeune fille. Pas encore une femme, pas un monstre non plus, simplement une fille.

— C'est plus que de la camelote ! lança-t-elle, désinvolte, les mains sur les hanches. Rien que de la camelote !

Elle rythmait chaque mot d'un coup de pied, envoyant valser les pièces d'argenterie, les morceaux du magnifique coffre, les cadres des photographies. Elle ahanait, surexcitée et épuisée, offrant un tableau effrayant.

Anéantie par la vue de ses chers objets détruits, Karen

s'avança vers la fille. Surprise, celle-ci recula et son sourire s'effaça.

— Comment avez-vous pu ? s'exclama Karen en désignant le capharnaüm. Qui êtes-vous ?...

Essoufflée, la fille lui retourna un regard vide.

— J'appelle la police, prévint Karen.

Elle se pencha pour saisir le téléphone et s'aperçut qu'il n'était plus à sa place.

Sans quitter Karen des yeux, la fille se baissa, s'empara du téléphone qui gisait par terre, arracha le fil du combiné et tendit l'appareil à Karen. Le fil se balançait librement.

— Je vous en prie, dit-elle poliment. Faites !

Et elle se tordit de rire.

Karen la regarda, les yeux écarquillés, effrayée. La fille lui tendait toujours le récepteur.

— Vous avez changé d'avis ? demanda-t-elle, et elle lâcha l'appareil qui tomba entre elles avec un cliquetis bruyant.

— Comment osez-vous ? Qui êtes-vous ?

La fille cessa de hennir, se redressa, et un sourire timide, moqueur, remplaça son rire hystérique.

— Je suis le chat dans le...

Mais elle s'arrêta net, les yeux grands ouverts, le visage soudain tordu, comme frappée d'une douleur subite.

De sa bouche sortit une plainte dont Vida seule savait qu'elle provenait du tréfonds de son corps. Le son se fraya un passage dans sa gorge, lui tendit le cou, lui dressa la tête... elle hurla comme un loup. Elle s'empoigna les joues, ses ongles y dessinèrent des traînées rouges. Mais la plainte ne cessa pas, même si la fille se tassait à vue d'œil.

Horrifiée, Karen s'avança machinalement d'un pas. D'une main, la fille la repoussa.

— Non ! hurla-t-elle.

La voix était si différente de celle qu'elle avait déjà entendue que Karen recula, surprise. Cette voix semblait résonner du fond de son corps, elle surgissait comme un coup de vent et n'avait rien d'humain.

La fille passa devant Karen et se dirigea d'un pas gauche et pesant vers la porte du fond.

— Non ! Elle vient ! hurla-t-elle.

Du même corps sortit une autre voix, très distincte de la précédente, cette fois-ci une sorte de gémissement plaintif, presque enfantin. Elle gémit, et c'était à n'en pas douter la voix d'une fille.

Les mains en avant, Vida poussa violemment la porte, la sortit de son gond supérieur, de sorte qu'elle pendit au lieu de se refermer. La fille sortit sur le porche, à l'arrière de la maison.

— *Elle vient ! On me manipule !*

Incapable de bouger, Karen secoua la tête pour s'efforcer d'y voir clair, de trouver un sens à cette situation. Ses deux mains agrippèrent le montant de la porte contre laquelle elle avait été refoulée par le passage de la fille. « Elle ne m'a pas touchée, et pourtant elle m'a plaquée contre le mur. » Elle ne comprenait pas pourquoi, autour d'elle, dans le salon, les objets, ses beaux objets, gisaient en ruines.

Le cri de la fille lui parvint du jardin et elle pensa aussitôt à Tom... elle crut que la fille se dirigeait vers la clairière.

Karen se força à se redresser et sentit au même moment la vibration persistante qui semblait sortir des murs : c'était cela qui devait venir... La pluie.


Tom se tenait dans la clairière, la plante des pieds fermement ancrée dans le sol, le corps tendu vers le vaste ciel bleu, dans un geste de supplication. Il serrait les poings, ses jointures blanchies ressortaient sur son bronzage, et il retenait la pluie dans ses mains.

Son corps ruisselait de sueur sous la chaleur accablante du soleil, les arbres ne procurant aucune ombre. Le soleil était encore à l'est, bien que la matinée soit bien entamée, mais Tom n'avait pas conscience du temps, pas plus qu'il n'avait conscience du drame qui se jouait à quelques centaines de mètres. Il était concentré uniquement sur le ciel et la terre qui tiraient chacun de leur côté pour la domination.

Cela faisait une heure qu'il était dans la clairière, et le doux murmure souterrain qu'il avait reconnu depuis le début était maintenant un crissement caverneux qui venait de la terre elle-même et vibrait sous ses pieds comme un courant électrique. Mais il tint bon.

Il avait passé la matinée à rassembler les nuages, depuis la frontière du Minnesota jusqu'à Telander. Lentement, il avait tiré, traîné, cajolé, remorqué jusqu'à ce qu'il les tienne tous. Il avait ensuite commencé le lent travail de les rassembler tandis que le ronronnement souterrain s'était amplifié, se transformant en un rugissement. Lorsque Vida et la chose qui la possédait étaient sorties de chez Karen, il n'était occupé qu'à retenir la pluie dans ses mains glissantes de sueur.

Il tint bon. Alors se produisit un changement dans la terre.

Vida avait été complètement asservie par l'entité quand le premier grondement avait éclaté dans le ciel. La chose qui la possédait se mit à tourner en rond dans le jardin en gémissant, hébétée et désorientée par les étranges vibrations de l'air qui pourtant émanaient d'elle.

C'était l'endroit. L'homme était tout proche. Elle ne savait pas exactement où il était, mais elle le sentait tirer, la vider de sa force, l'attirer vers le ciel. Il était là... et il n'y était pas. Elle rugit et grogna, entraîna les pieds de son hôte sur l'herbe sèche, maintint Vida prisonnière dans son propre corps, l'assujettit malgré ses forces déclinantes. Pourquoi ne pouvait-elle pas le trouver ? Qu'est-ce qui la repoussait ?

Elle s'arrêta de tourner et, de rage et de frustration, poussa un cri strident, son agitation se traduisant par des tremblements compulsifs chez Vida. De la bouche de la jeune fille sortaient deux voix.

— Laisse-moi, supplia Vida.

Les vibrations douloureuses qui provenaient du tréfonds de son corps la désorientèrent jusqu'à ce que ses nerfs à vif exigent qu'elle s'éloigne de la source.

*Il m'utilise !* geignit la voix.

Du seuil, Karen regardait, terrifiée. Elle s'accroupit derrière le battant de la porte. Crispée par la peur, elle entendit sans comprendre le cri plaintif, mais devina que le *il* ne pouvait s'appliquer qu'à Tom. Cachée derrière la porte, elle était déchirée entre la peur de ce qui tournoyait sur l'herbe morte et l'envie de retrouver Tom. Si la fille se dirigeait vers la clairière, elle interviendrait.

En attendant, immobile, elle cherchait désespérément à comprendre. Le comportement de la fille n'était pas... normal ; elle semblait déconnectée, comme si ses yeux fous n'étaient plus rattachés à son âme. Comme si elle ne se contrôlait plus. Des émotions contradictoires se lisaient sur son visage : la sauvagerie et la peur. L'espace d'une seconde, avant que la fille bondisse dehors, Karen avait entr'aperçu en un éclair, sur son visage, la peur, suivie d'un rictus qui n'évoquait qu'horreur et violence.

Si fine, la fille avait renversé l'énorme table basse en chêne massif que deux hommes avaient eu du mal à transporter quand elle avait emménagé, et elle avait presque cassé en deux un fauteuil qui devait peser plus de vingt kilos.

Toujours accroupie derrière la porte, Karen balaya de la main le sol derrière elle sans quitter la folle des yeux. Elle sentit contre sa paume le bois rugueux du manche de la binette qu'elle avait laissée tomber en accourant et agrippa le manche d'une main ferme. Si la fille se dirigeait vers la clairière, Karen avait bien l'intention de se servir de son outil.

Elle attira la binette sans bruit, déplaça ses doigts pour obtenir une meilleure prise. Elle sentait en elle une fermeté nouvelle, une volonté farouche avait remplacé la tension et la peur. Lèvres serrées, elle commença à se relever. Lorsqu'elle fut debout, elle se glissa par la porte brisée et sortit sur le porche.

Elle se sentit aussitôt terriblement à découvert mais, perdue dans sa folie, Vida ne la remarqua pas. Karen descendit du porche, enjamba avec soin la dernière marche grinçante et atterrit sur le sol avec un léger bruit mat. Elle s'accroupit de nouveau, terrifiée mais résolue. Ayant trop peur pour s'aventurer plus loin, elle saisit son arme dérisoire à deux mains et attendit.

Karen lui trouvait un quelque chose d'affreusement familier, ce n'était pas tant une ressemblance physique qu'une sorte de lien qui s'opérait dans sa mémoire : une vieille connaissance, quelqu'un que Karen devrait connaître, mais dont elle ne se souvenait pas.

Dans l'instant qui suivit, deux choses se produisirent. La fille s'arrêta net et se retourna lentement vers Karen. Leurs regards se croisèrent. Le visage de la fille était toujours tordu par une fureur indicible, mais quand ses yeux éteints rencontrèrent ceux de Karen et que cette dernière leva un peu le tranchant de la binette, prête à frapper, son visage changea. Elle plissa les yeux, fronça les sourcils et sourit. Puis elle fit un pas hésitant vers Karen, la bouche ouverte, comme si elle allait parler.

Toutes deux l'entendirent.

Un roulement lointain mais familier gronda dans le ciel. Vida leva aussitôt la tête.

Le bourdonnement lui déchirait les oreilles. Elle rejeta la tête en arrière, ouvrit la bouche, et un cri, ou un gémissement, sortit de sa gorge et emplit l'air, noyant le grondement dans le ciel. Oubliant Karen, Vida réagit à l'ordre qui provenait de deux sources à la fois.

*Je ne peux pas le trouver.* Vida regarda vers la ville. Il y avait un autre moyen.

L'espace d'un instant, Karen crut que la fille allait foncer sur elle ; elle brandit la binette au-dessus de sa tête, prête à frapper. Mais Vida se détourna, se rua vers la route, tel un pantin désarticulé, et disparut derrière la maison. Karen entendit ses pas sur le gravier, puis plus rien. Ses bras, tremblant sous l'effet de l'adrénaline et du poids de la binette, retombèrent le long de son corps, mais elle refusa de lâcher le manche. La binette heurta sa cuisse et rebondit. Karen relâcha sa respiration et aspira un grand bol d'air. Haletante, étourdie, elle ferma les yeux, espérant que la fille était partie pour de bon.

Le cœur battant, en sueur, elle lâcha la binette qui retomba sur le sol sans dessiner d'ombre. En remarquant l'absence d'ombre, elle leva les yeux. Le ciel était clair et sans nuage, mais le soleil avait disparu. Les jambes tremblantes, Karen esquissa un pas hésitant, aussi peu gracieux que ceux de la fille, et se dirigea vers la clairière. Où était passé le soleil ? Son esprit bouillonnait, en proie à la plus grande confusion. Il fallait trouver Tom.

Alors, quelque chose accrocha son regard.

A l'autre bout de Goodlands, où commençaient la propriété de Clancy et la route qui menait à Weston, elle vit quelque chose de très familier : un nuage. Moutonneux et gris, dense et plein, il cachait le soleil.

Abasourdie, elle en aperçut un deuxième.


Thompson Keatley n'eut aucune conscience du désarroi de Karen, ni de la joie qui le remplaça ; il n'entendit ni le fracas dans la maison, ni la sortie hurlante de Vida. Il était loin, très loin de tout cela, torse nu, luisant de transpiration, ruisselant de la sueur coulant sur ses yeux clos, dans sa bouche, le long de sa nuque.

Tous ses muscles étaient tendus. Sa respiration haletante. Il avait les yeux fermés, les sourcils froncés, qui plissaient sa peau en petits éventails. Il crispait la bouche dans une grimace. Immobile comme une statue vivante, il tendait les bras vers le ciel, ouvrant et fermant doucement les mains. Pliant les coudes à chaque geste, il relâchait et raffermissait tour à tour sa prise. A chaque geste il attirait des gouttelettes de pluie, les tirait des frontières qui retenaient Goodlands captive. Il tirait, cajolait, implorait, agrippait de plus en plus chaque parcelle de pluie qu'il rassemblait autour du périmètre de la ville.

Tom Keatley était à des lieues de la clairière située à l'arrière de la maison de Karen, dans Goodlands. Il n'était pas à Goodlands. Ainsi, il n'avait aucun moyen de savoir que la guerre avait commencé.

# 11

Carl avait enfermé Janet et Butch dans sa chambre à coucher pour les protéger.

— Ils dissimulent des secrets au peuple, Janet, avait-il essayé d'expliquer. Ils se cachent derrière le secret militaire et nous jettent en pâture des parcelles d'information, de la désinformation oui ! Le reste, ils le gardent pour eux.

— Qui ça, « ils » ? T'as donc perdu la tête ?

Au début, Janet avait essayé de raisonner son mari, mais il l'écoutait à peine. Au petit matin, il s'était mis à divaguer. Et cela effrayait davantage Janet que les émissions de télévision de son mari et ses virées nocturnes à travers la ville.

— Pourquoi crois-tu que le gouvernement dépense autant d'argent contre le sida alors qu'il y a davantage de gens qui meurent chaque année du cancer ? Je vais te le dire, pourquoi. (Là, il se mit à hurler :) Ils le font parce que c'est leur virus ! C'est eux qui l'ont inventé. D'une manière ou d'une autre, il s'est échappé de leur laboratoire et maintenant des millions de personnes leur servent de cobayes. On est rien qu'un laboratoire géant pour eux, Janet.

Il colla son visage à celui de son épouse et elle reçut ses postillons.

— Le rhume et la grippe sont des virus mutants. Tu trouves pas ça vraiment intéressant ? Tu crois que les laboratoires qui fabriquent les médicaments contre la grippe et le rhume n'ont rien à voir là-dedans ? Tu t'imagines que le gouvernement ne touche pas de jolis pots-de-vin ? Ils nous racontent que fumer est mauvais pour la santé alors qu'on meurt d'un virus de grippe mutant qui nous ronge les chairs. Et Internet ! rugit-il. (Il gesticulait.) Internet est une vaste organisation d'espions. Quand un type s'assoit devant son ordinateur juste pour entrer les mots « ovni », « crise des missiles cubains », « présidents décédés », « culture biologique », tu crois que le gouvernement reste les bras croisés ? Tu crois qu'il ne s'intéresse pas à ce qui se passe sur Internet ?

Quand Janet voulut l'interrompre, il lui plaqua une main sur la bouche, pas méchamment, mais ce fut suffisant pour qu'elle décide prudemment de se taire.

— Tu veux regarder Kristie Alley sur la télé satellite, et pendant que tu y es tu regardes aussi la chaîne ovni, et une liste de sites pour missiles dans ta région, et tu crois qu'ils s'imaginent que c'est pour jouer ? Ils font une fiche à ton nom et ils enquêtent sur les raisons qui te poussent à t'intéresser aux missiles. Le bénéfice du doute n'existe pas, Janet. Il n'y a plus de secrets, que des mensonges.

— Qu'est-ce qui t'arrive, Carl ?

Janet avait pris soin de moduler sa voix, et elle avait parlé avec une douceur calculée pour le calmer. Mais il ne l'écoutait plus.

— Tu écris une lettre à ton député en lui disant que tu penses que l'avortement devrait être légalisé. Tu crois que le député lit ta lettre et te répond pour te remercier de ton soutien, et te demander par la même occasion une donation de cent dollars pour sa réélection ? Tu crois que c'est ce qui se passe ? Pas du tout ! Il envoie ta lettre à la CIA et tu figures sur une liste de communistes tueurs d'enfants...

« Il est trop tard, maintenant. Ils savent que je les surveille, ils connaissent mes lectures. J'ai voté démocrate toute ma vie et je peux dire que je le regrette. Je serai sur tant de listes quand le Grand Changement arrivera, ils débarqueront chez moi plus vite qu'un éclair et je disparaîtrai avec des milliers d'autres démocrates pendant que ma femme et mon fils seront envoyés dans des camps de travail pour une rééducation, un lavage de cerveau, ou va savoir comment ils appellent ça. Tu comprends ? Tu comprends sur combien de listes je dois être à l'heure actuelle ?

— Le Grand Changement ? Tu sais pas ce que tu dis, Carl !

— Ah, tu crois qu'il y a une sécheresse à Goodlands parce que les dieux l'ont voulu ? Tu crois que c'est une erreur cosmique, que les planètes n'étaient pas alignées avec Jupiter et que notre karma est fichu ? Ou tu crois qu'un gars en costard est venu un jour avec un super-nouveau déflecteur de climat qu'il a planqué dans un des silos, ou dans dix des silos, ou qu'il a juste actionné un bouton quelque part et maintenant tout est sec comme le Sahara ? Qu'est-ce qui te paraît le plus vraisemblable, Janet ? Il faut prendre ses responsabilités. Il y a un agent en civil qui vit au bout de Parson's Road et Henry Barker est au courant, et les responsabilités commencent ici !

Son discours avait eu lieu dans la matinée. Pour autant que Janet le savait, Carl n'avait pas dormi de la nuit, mais la maison avait été complètement silencieuse pendant deux heures et il avait pu faire un somme. Mais peu importe. Ce qui importait, c'était que son fils et elle étaient enfermés dans la chambre où leur enfant avait été conçu, et que c'était pour les « protéger ».

Il avait passé quelque temps dans la chambre avec eux, où il avait écrit des choses. Elle comprenait que c'était pour les calmer, qu'il n'était pas en colère après eux. Il lui avait expliqué qu'il notait tout ce qu'il lui avait dit, plus des choses qu'il croyait savoir, et que s'il ne rentrait plus jamais, elle devrait les envoyer à Canal 7. Elle avait été tentée de lui demander s'il ne pensait pas que leur échotier était dans le coup, lui aussi. L'échotier de Canal 7 était un petit maigrichon d'une cinquantaine d'années qui enquêtait surtout sur des sujets comme « Les fonctionnaires municipaux paient-ils leurs contraventions au même tarif que l'homme de la rue ? » « L'homme de la rue », c'était son dada.

Carl avait arraché la prise du téléphone et leur avait apporté cinq litres de lait et de quoi se faire des sandwiches. Il leur avait recommandé de ne pas bouger et de ne pas s'inquiéter.

— Je fais ça pour vous protéger, lui avait-il dit gentiment.

Il l'avait embrassée, et Butch aussi. Puis il avait branché la télé dans la chambre pour qu'ils puissent la regarder. Il lui avait dit que si elle ne le croyait pas, il y avait une bonne émission sur le satellite à onze heures, ça s'appelait « Les secrets du gouvernement », et c'était sur la théorie des complots. La chaîne avait été poursuivie deux fois en justice et s'était rétractée, mais Janet ne le lui rappela pas.

Butch n'avait pas dit grand-chose, il avait juste regardé sa mère avec de grands yeux. Après le départ de Carl, il avait chuchoté :

— Qu'est-ce qu'il va faire, Maman ?

— Il ne nous fera rien, avait-elle assuré.

Elle y croyait fermement. Elle savait qu'il croyait dur comme fer à ce qu'il lui avait dit. Il pouvait se passer deux choses lorsqu'il téléphonerait à Henry Barker : soit Henry réussirait à le calmer, soit il appellerait les autorités — les « hautes » autorités —, et Carl se retrouverait à l'asile jusqu'à ce que Janet le fasse sortir. Elle préférait de loin la première hypothèse.

Elle mit la télé pour Butch et lui confectionna un sandwich pour son petit déjeuner. Elle s'en fit aussi un qu'elle fit semblant de manger, mais il termina dans la corbeille à côté de la commode. Elle fit aussi semblant de regarder *Scoubi Dou* avec Butch, mais ni l'un ni l'autre n'arrivaient à se concentrer sur l'écran.

C'était une drôle d'émission, ce *Scoubi Dou*. Il y avait toujours un fantôme qui essayait d'effrayer quelqu'un. Mais c'était un faux. A la fin, on s'apercevait que le monstre était très humain. Les fantômes dans les placards étaient en fait des gens qui tiraient des ficelles, agitaient des chaînes pour des raisons très humaines, bien souvent la cupidité. Et les mauvais se faisaient toujours prendre ; à la fin, ils finissaient en prison. Ou ils s'excusaient et allaient boire un verre avec leurs victimes.

Janet se mit à repenser aux théories de Carl. Non, le virus de la grippe n'était pas devenu un virus mutant, un virus tueur, et le tabac était réellement dangereux pour la santé. Mais on pouvait surveiller Internet, et si le réseau était aussi libre qu'on le disait, c'était une occasion en or pour les mécontents de tout poil de répandre leurs idées auprès du grand public (ou du moins auprès de ceux qui avaient les moyens de s'acheter un ordinateur, ce qui n'était pas donné à tout le monde).

Si Carl avait dit quoi que ce soit de sensé, c'était bien au sujet de la sécheresse. Goodlands connaissait la pire sécheresse de son histoire. Pire que celle de 88, pire que celle des années 30 ; même si les gens n'en parlaient pas beaucoup, les vieux qui avaient survécu à la Crise de 1929 en raclant les fonds de tiroir affirmaient que ce n'était rien à côté de ce qu'on vivait aujourd'hui. Ed Kramer, dont la ferme était partie en fumée au début de la semaine, avait dit à Janet que dans les années 30 les gens, en dernier recours, s'étaient rabattus sur les aides sociales, après avoir tué leur dernier cochon, mangé leur dernière pomme de terre, pelé leur dernier oignon. Il lui avait avoué que la moitié de ses voisins, lui compris, avaient tenu grâce aux assurances ou aux allocations.

La sécheresse n'était pas naturelle. Mais Janet ne croyait pas au karma, ni à l'alignement des planètes, ni aux bêtises cosmiques. Et, si c'était une punition divine, pourquoi ?

Si Carl avait raison sur un point, c'était sur la sécheresse. Mais Janet ne croyait pas que Henry Barker ait quoi que ce soit à y voir, ni qu'il en connaisse les causes. Henry Barker avec des agents de la CIA, c'était impensable. S'il en avait jamais rencontré un, ç'aurait été avec sa femme à Disneyland, pour lui demander un autographe.

Le gouvernement ne faisait rien contre la sécheresse et, sur ce point au moins, Carl avait raison. Il ne faisait rien, sauf nier son existence. Ils n'avaient envoyé personne pour étudier la sécheresse. Personne n'avait rien fait, sinon prendre des notes, et encore, la première année mais pas depuis. Le sort d'une petite ville ne les intéressait pas.

Janet commença à s'effrayer de son raisonnement et des conclusions qu'il entraînait. C'est alors qu'elle entendit Carl téléphoner. Elle colla son oreille à la porte.

Carl avait étalé ses notes devant lui de façon calme, précise, rationnelle. Henry Barker verrait à qui il avait affaire ; il comprendrait qu'il était coincé. Carl ne voulait aucun mal à Henry. Il voulait juste qu'il lui confirme ce qu'il savait déjà, et qu'il s'efface pour le laisser agir.

Il écouta le téléphone qui sonnait à des kilomètres, chez Henry Barker, et s'éclaircit la gorge.

— Oui ? dit la voix de Henry au bout du fil.

— Henry, c'est Carl Simpson.

— Ah, Carl ! J'avais l'intention de t'appeler. Comment ça va ?

— Je téléphone pour une affaire officielle, Henry. Il y a certaines choses dont j'aimerais qu'on discute.

Il y eut un silence au bout du fil. Carl imagina la sueur perlant sur le front de Barker.

— C'est que j'allais partir au bureau. Tu ne veux pas que je te rappelle de là-bas ?

— Je veux qu'on en parle maintenant, Henry.

— Bon, vas-y, concéda Henry. Mais j'ai pas plus de deux minutes à t'accorder. Qu'est-ce qui te tracasse ?

Carl respira profondément avant de se lancer.

— J'aimerais bien savoir pour qui tu travailles en ce moment, Henry.

Le cœur battant, Carl tendit l'oreille pour percevoir le déclic qui indiquerait que la ligne était sur écoute.

— Quoi ? s'exclama Henry. Tu sais très bien pour qui je travaille, Carl, ajouta-t-il avec patience.

— J'en suis pas si sûr.

— Bon Dieu, soupira Henry. Je ne sais pas de quoi tu veux parler, Carl. J'ai pas le temps pour l'instant. Laisse-moi te rappeler plus tard, du bureau...

— Tu ferais mieux de me parler tout de suite, Barker. Je t'ai vu la nuit dernière. Je vous ai vus, toi et ton ami. Je l'ai vu te passer un mot.

— Qu'est-ce que tu me chantes, Carl ? Parle franchement ou je raccroche.

— Que disait le mot, Henry ? Il donnait l'heure et le lieu ? Je me suis renseigné pour le type, tu sais. J'ai vu sa carte. Ça fait combien de temps que tu es dans le coup ? Quatre ans, Henry ? Tu croyais peut-être qu'on n'allait pas vous repérer, toi et ton ami ? Qu'est-ce qu'ils font, à la maison de la banquière, Henry ? Elle est dans le coup, elle aussi ?

Abasourdi, Henry fut en outre effrayé par le ton de Carl.

— Explique-moi de quoi tu parles et je te donnerai une réponse sensée. J'en dirai pas autant de cette conversation, bon sang de bonsoir...

— Ton ami ! hurla Carl. Qui c'est ? La nuit dernière, sur Parson's Road, je t'ai vu suivre ton contact. Je l'ai vu laisser tomber un mot, des instructions, des informations, je ne sais pas. Et je t'ai vu le ramasser. Maintenant, donne-moi une réponse là-dessus !

Carl avait perdu la tête, il vociférait.

Henry se frotta les yeux. Si ça avait été n'importe qui, cela l'aurait amusé et il aurait raccroché. Mais le ton de Carl et le fait que c'était Carl, justement, le retinrent de le faire.

— Enfin, Carl, ça regarde la police, ça ne te concerne pas. J'ai pas de temps à perdre avec ces âneries...

— Tu m'auras pas comme ça ! vagit Carl. Tu m'auras pas comme ça ! Je vais là-bas, Henry, et je vais prendre des potes au passage. On va mettre un terme à ces magouilles ! On va prendre nos responsabilités...

— Pour l'amour de Dieu, Carl. Je ne connais même pas ce type. Il a laissé tomber une carte de visite, je le suivais, je l'ai ramassée, c'est tout. C'est un faiseur de pluie, qu'il dit. Quelqu'un a dû l'engager. J'ai simplement ramassé sa carte de visite, y avait son nom dessus et tout le tintouin, c'est juste un escroc qui essaie de rouler celui ou celle qui l'a fait venir pour faire pleuvoir. Pour l'amour du ciel, Carl... passe-moi Janet.

Carl fixait le vide devant lui d'un œil morne.

« Un faiseur de pluie... » Henry avait parlé d'un faiseur de pluie. Carl se raidit, une affreuse grimace lui tordit le visage.

— Un faiseur de pluie ! cracha-t-il.

Il y eut un long silence. Finalement, Carl reprit la parole :

— Oui, je parie qu'il a un rapport avec la pluie, et je parie que je sais qui l'a engagé. Arrête tes bobards, Henry, tu m'auras pas comme ça.

— Ecoute-moi, Carl. J'ai la carte sur moi, attends, je vais te la lire...

— T'as intérêt à arriver en ville avant moi, Henry, parce que j'y fonce tout de suite, et je suis sûr qu'après avoir expliqué quelques vérités à certains, j'irai pas trouver ton faiseur de pluie tout seul. Tu m'as compris ?

— Passe-moi Janet ! ordonna Henry, rouge de colère.

Il se tortilla sur sa chaise autant que sa masse le lui permettait et tâta d'une main la chemise accrochée au dossier. C'était celle qu'il portait la veille. Il chercha sa poche de devant.

Il entendait la respiration de Carl au bout du fil. Il n'avait pas bougé pour aller chercher Janet. Henry ne le croyait pas capable de faire du mal à sa famille ; c'était un brave homme, ou il l'avait été. Mais Henry n'était plus sûr de rien. Il trouva la poche, chercha la carte de visite qu'il avait ramassée la veille. Il la sentit : le papier était rigide sous le coton léger, le tissu encore humide et étrangement tiède.

— Une seconde, Carl, je l'ai trouvée.

Calant maladroitement le combiné dans le creux de

son cou, Henry empoigna la chemise à deux mains. D'une main, il tint la carte à travers le tissu, de l'autre il déboutonna la poche tout en se tordant le cou pour voir ce qu'il faisait, essayant de ne pas laisser tomber le téléphone. Il transpirait.

— Quitte pas, souffla-t-il.

Il plongea ses doigts dans la poche, la fouilla, elle était vide. Vide ! L'espace d'un instant, la terre s'arrêta. Sa respiration se bloqua, ses doigts se figèrent. La main qui tenait la carte, croyait-il, cette main était vide. Il ne restait dans la poche que la tiédeur et l'humidité troublantes.

Où était donc passée la carte ? Il l'avait tenue entre ses doigts. Lâchant presque le téléphone, il bredouilla :

— Euh... passe-moi Janet.

— Janet ne peut pas venir au téléphone pour l'instant, dit Carl d'un ton pincé.

Le sang monta au visage de Henry. Il lâcha la chemise. Il y avait dans le ton de Carl quelque chose qui l'effrayait.

— Tu ne lui as pas fait de mal, j'espère ? demanda-t-il d'une voix calme.

— Bien sûr que non !

Henry laissa échapper un soupir.

— Alors, où est-elle ? Pourquoi est-ce qu'elle ne peut pas me parler ?

— C'est une affaire entre toi et moi, Henry. Ma femme n'a rien à voir là-dedans.

La carte devait être dans l'autre poche, se dit Henry, oubliant qu'il l'avait presque tenue entre ses doigts. Il tâta l'autre poche. Elle était vide, elle aussi. Son pantalon était dans la chambre.

— Ecoute, Carl, j'arrive pas à mettre la main sur cette carte, mais dès que je la retrouve, je te la montrerai. C'est un escroc. J'ai rien à voir avec lui. Il ne travaille pas pour l'Etat et il ne sait rien de rien. Tu m'entends ?

— Dans ce cas, ça ne le dérangera pas de me le dire lui-même. Je vais en ville, réunir quelques potes, et on va aller trouver le type. Il faisait du feu, hier soir. Tu crois que je ne sais pas ce qui se passe ? Du feu à Goodlands ! Qu'est-ce que t'attends pour l'arrêter ?

— Je vais peut-être le faire. Si je ne t'arrête pas pour harcèlement avant. Ne bouge pas avant de m'avoir vu, tu m'entends, Carl ? Et demande à Janet de me rappeler.

Il était sûr d'avoir rangé la carte dans la poche droite de sa chemise ! Tout ce qu'il trouvait y finissait. Il l'avait sentie ! Il recommença sa fouille depuis le début, la poche de droite d'abord, puis la gauche, calant le combiné avec son épaule.

— T'as intérêt à arriver en ville avant moi, Henry, répéta Carl, et il raccrocha.

— Merde ! pesta Henry, et il claqua le combiné sur son support.

— Qu'est-ce qui se passe ? demanda Lilly en entrant dans la cuisine.

— Où est le pantalon que j'avais hier soir ?

— Par terre, là où tu l'as laissé, riposta-t-elle.

— Bon, eh bien, va me le chercher, tu veux bien ?

Henry étendit la chemise sur la table. Il avait peut-être fouillé la même poche sans s'en rendre compte. Il empoigna celle de droite, y fourra sa main ; elle était vide. Mais au fond, là où il était sûr d'avoir tâté la carte, une empreinte rectangulaire était humide au toucher. La carte avait été là, Henry le savait, aussi sûrement qu'il savait qu'elle avait disparu. Elle s'était volatilisée.

Il fouilla son pantalon par acquit de conscience, mais il savait que la carte s'était envolée.

Il eut un mauvais pressentiment. Le genre de pressentiment bizarre qu'ont parfois les policiers.


L'esprit en émoi, désorientée, Vida s'enfuyait de chez la banquière, loin de ce qui avait été le centre d'intérêt de la voix depuis qu'elle s'était manifestée. L'assurance de la voix, son ton ferme avaient disparu, remplacés par un tas d'émotions ; en outre, Vida sentait que la voix se séparait d'elle.

Leur marché n'avait pas été mené à bien. La confusion, mêlée à sa confrontation venimeuse avec la banquière, avait rendu Vida tremblante et apeurée ; une séparation subtile s'opérait en elle.

Et la banquière la tourmentait. Avec la cacophonie qui régnait dans sa tête, elle n'arrivait même pas à dire si c'était elle qui était tourmentée, ou la voix, mais une idée fixe la hantait : « La banquière, la banquière, la banquière... »

Une seule chose était claire : l'impérieuse nécessité de respecter le marché. Elle avait l'impression que si elle ne parvenait pas à satisfaire la voix elle était perdue. Malgré son accès limité à cette voix, Vida avait compris son désir sous-jacent. La vengeance était une chose qu'elle pouvait comprendre. Pour Vida, cela signifiait tenir une pierre dans sa main, prête à fracasser un carreau. Mais il y avait d'autres moyens et des méthodes qui couvaient depuis des années chez Vida.

Derrière elle, la route vibra dans la lumière, de la même manière qu'une flaque semble apparaître devant soi quand on roule face au soleil. Ce n'était pas une flaque, mais la chaleur qui se dégageait de l'asphalte. Derrière Vida, la route se mit à craquer.

Il fallait qu'elle se dépêche. Comme elle l'avait senti dans le jardin de la banquière, les choses étaient en train de changer. L'air était presque irrespirable dans le petit jardin et, bien qu'elle s'en éloignât, elle étouffait. En jetant un regard en arrière, comme poursuivie par une chose horrible, elle vit ce qui provoquait ce changement.

Le ciel s'était assombri notablement à l'ouest. Les nuages arrivaient. La voix gémit : le temps pressait. Vida accéléra et prit une décision ; elle remplirait sa part du marché afin qu'on la laisse tranquille. Et c'était la ville que la voix haïssait, tout comme Vida. Elle se vengerait donc sur la ville. Derrière elle, la route gronda et craqua comme un coup de tonnerre.

Elles tiendraient toutes deux leur vengeance.

A peine quinze minutes après avoir raccroché d'avec Henry Barker, Carl Simpson entrait au café de Rosie. Sur la dizaine de clients qui prenaient leur pause du matin, seule une poignée le remarqua. C'était l'heure de pointe chez Rosie — le service du matin durait de dix heures jusqu'au déjeuner, sans une minute de repos. Il y avait rarement un moment de silence suffisant pour que les clients lèvent le nez de leur papotage matinal et s'inquiètent de savoir qui entrait, mais quelque chose chez Carl fit dresser la tête à quelques-uns.

D'abord, il avait l'air malade. D'habitude rasé de près, il portait une barbe de deux jours et des cernes noirs soulignaient ses yeux. D'aucuns étaient peut-être plus atteints par le manque de sommeil — cela faisait des années qu'on ne dormait plus beaucoup à Goodlands —, mais Simpson avait vraiment l'air malade.

— Carl n'a pas bonne mine, fit remarquer Betty Washington à Chimmy Waggles.

Elles étaient attablées au milieu de la salle. Chimmy coula un œil vers Carl et répondit :

— Qui a bonne mine de nos jours ?

La conversation reprit. Est-ce que oui, ou non, le gars de Walter et Betty Sommerset allait épouser la fille qu'il avait rencontrée au collège ? On s'accorda pour dire qu'il serait bien fou de ne pas la marier.

Carl balaya la salle du regard. Les discussions n'étaient pas bruyantes, mais avec le cliquetis des couverts sur les assiettes et le bruit des machines, cela donnait un beau tintamarre. Carl se dirigea vers la table du personnel, près du fond, à l'écart. Un groupe de gars de la ville s'y rassemblait généralement. C'était la table des « copains ». Carl se pencha et se mit à chuchoter. La conversation s'arrêta et tout le monde écouta, bouche bée.

L'artère centrale de Goodlands, banalement appelée la grand-rue, possédait une statue datant de la Seconde Guerre mondiale (un soldat inconnu dont le nez de travers lui donnait un air de boxeur), un banc sur le trottoir et un arbre chétif planté devant l'épicerie, pour la distinguer des autres rues. Le gros arbre, le plus vieux de la grand-rue, avait disparu, hormis sa souche déchiquetée dont les gosses avaient déjà commencé à arracher des morceaux. Il y avait aussi un banc en face de l'épicerie, sur l'autre trottoir, devant le café, mais pas d'arbre, et le banc lui-même appartenait aux Kushner. A Noël, des guirlandes lumineuses décoraient les réverbères, mais Noël était loin et il n'y avait rien d'autre pour qualifier la grand-rue d'artère principale. Les réverbères étaient en eux-mêmes des anomalies, car seul le café était ouvert le soir et seulement jusqu'à huit heures. La grand-rue n'avait pas réellement besoin d'être éclairée.

Il y avait des arbres le long de la rue ; presque tous souffraient de manque de soins, des gaz d'échappement et de la sécheresse. Ils avaient été plantés par Ladies' Auxiliary and the Jets, une association de fermiers. Plusieurs arbres étaient assez hauts, mais aucun n'avait un tronc aussi gros que celui qui s'était écroulé.

Vida s'arrêta près d'un des arbres et s'y appuya pour reprendre son souffle. Elle avait couru depuis Parson's Road.

Sa colère était tangible. Elle s'était encore accrue depuis qu'elle avait quitté la maison de Karen Grange. En elle, la voix tonnait comme un orage, l'incitait à aller de l'avant, mais la fureur dévorante de Vida la supplantait. Sa rage avait acquis une force irrésistible. Dans son corps, la chose avait cessé d'être une partenaire, une sœur d'armes, et le dédoublement ressenti était en train de changer de nature. La chose la torturait.

Vida et la voix étaient en désaccord. Il ne s'agissait plus de l'homme. Vida avait son propre combat à mener, l'urgence était de leur rentrer dedans. Une vengeance noire pour l'une comme pour l'autre.

Vida regarda les gens entrer et sortir du café de Rosie. Lorsqu'elle aurait récupéré, elle y entrerait à son tour.


Karen était face à la clairière. Elle respira profondément, huma l'odeur si inhabituelle — et pourtant aisément identifiable — de la pluie.

Elle venait.

Il y eut au loin un craquement dans le ciel. Le tonnerre ! Karen chassa la fille de son esprit. L'important, c'était l'odeur qui flottait dans l'air, le fracas du tonnerre. Elle se dirigea vers la clairière sans hâte, incapable de penser plus loin que son désir de le voir faire. Elle voulait être là quand cela arriverait.

Elle avait attendu si longtemps...

Elle traversa son jardin, les yeux tournés vers le ciel. Elle vit les nuages se rassembler avec une telle lenteur qu'ils paraissaient venus de nulle part. Cela commençait à l'ouest, où le ciel d'un bleu barbeau s'était assombri, puis ils se rassemblaient en cercle autour de Goodlands, jusqu'aux Badlands, jusqu'aux prés de la laiterie Hilton-Shane, et l'encerclaient, elle, le Clancy, les champs du vieux Mann, les silos au nord. Karen s'approcha des arbres qui bordaient la clairière.

Elle se fraya un chemin parmi leur enchevêtrement ; elle ne voulait pas quitter des yeux l'enchantement qui se produisait au-dessus de sa tête, mais elle désirait avant tout voir comment faisait Tom. Elle scruta devant elle, espérant l'apercevoir. Sans faire de bruit, elle se faufila sous des branches entrelacées, courbée en deux, les yeux fixés sur la clairière.

A mi-chemin, elle aperçut sa silhouette brouillée par les branchages.

Il était debout, le corps tendu vers le ciel, la tête renversée. Il avait un visage impassible, le regard vide, comme s'il était ailleurs. Son torse luisait de sueur ou de pluie, ou des deux. Il semblait pris au milieu d'une averse qui avait déjà commencé, immobile, statufié, beau.

Elle l'observa. Un autre craquement déchira le ciel. Karen sentit l'air changer autour d'elle, même à l'abri des arbres.

Elle n'entendait que sa propre respiration, son cœur battant ; elle se sentit déglutir. Et elle attendit.


En route, Carl avait réfléchi à ce qu'il allait dire. Il avait choisi ses mots avec soin, sachant que s'il donnait l'impression d'être fou ou paranoïaque, personne ne le croirait.

Il avait mûrement réfléchi. Il était prêt à en rajouter, désolé d'y être obligé, mais c'était pour le bien de Goodlands. La fin justifiait les moyens.

— Ecoutez tous, commença-t-il, penché au-dessus de la tablée d'hommes qu'il connaissait depuis toujours. (Il avait confiance en eux, et eux en lui, du moins l'espérait-il.) Il se passe des trucs sur Parson's Road. Vous savez tous que je mène mon enquête sur la sécheresse, que je me renseigne, hein, les gars ?

Les divagations de Carl, ces derniers mois, n'avaient échappé à personne. Selon l'opinion générale, il perdait la boule. Cette fois, cependant, ce ne fut pas ce qu'il dit qui retint leur attention, mais la façon dont il le dit. Et ils l'écoutèrent.

— Qu'est-ce qui se passe, Carl ? demanda Jeb Trainor d'une voix calme.

— Il y a un type dans le pré du vieux Mann, dans le verger. Il est bizarre et je crois que c'est celui dont tout le monde parle, celui qui a peut-être allumé l'incendie chez Kramer...

— Quoi ? s'exclama Ted Greeson, surpris.

Pompier bénévole, il avait aidé à circonscrire l'incendie.

— Je l'ai vu, continua Carl. Il s'était allumé un feu de camp — enfin, le feu était éteint quand je suis arrivé, mais les cendres étaient encore chaudes, ajouta-t-il vivement, pour entretenir le doute. Et il avait des tas de cartes sur lui. Des cartes de Goodlands. Je crois que c'est un agent fédéral et qu'il a quelque chose à voir avec la sécheresse. (Six paires d'yeux braqués sur lui, il ajouta, pour faire bonne mesure :) Il est temps qu'on aille lui poser quelques questions.

Il avait dit cela d'un ton si assuré que plusieurs l'approuvèrent.

— Comment tu sais tout ça ? demanda Kush.

Deux gars s'étaient déjà levés. Bart proposa d'en

emmener quatre dans sa camionnette, à condition que deux d'entre eux acceptent de monter à l'arrière.

— Qu'est-ce que ça peut faire ? répondit Carl d'un air de conspirateur. En tout cas, moi j'y vais. J'ai des questions à poser. Qui vient avec moi ?

— J'en suis, dit Bart, pas tant pour avoir des réponses que par goût de l'aventure.

« Histoire de passer le temps », dirait-il plus tard.

— Moi aussi, dit Jack Greeson, qui se leva et tapa sur l'épaule de Teddy Lawrence. Tu viens avec nous ?

Teddy acquiesça, avala une dernière gorgée de café et se leva à son tour. Jeb les arrêta d'un geste.

— Une minute ! fit-il. Où ça sur Parson's Road ? C'est une propriété privée, on peut pas sauter dans une bagnole, débarquer chez des gens et harceler un type qu'on connaît ni d'Eve ni d'Adam. Comment tu sais qu'il travaille pour le gouvernement, Carl ? Faut qu'on en discute avant d'agir !

Comme le ton montait, les autres consommateurs suspendirent leurs conversations pour écouter ce qui se passait à la table du fond.

— Tu me traites de menteur ? s'offusqua Carl, sur la défensive.

— Tu sais bien que non ! Je dis simplement qu'on ne peut pas faire la chasse à un type uniquement parce que tu crois qu'il a *peut-être* fait quelque chose qui a *peut-être* un rapport avec autre chose ! Tu vas nous attirer des histoires. Dis-nous d'abord ce que tu sais.

— Déjà, je sais qu'il a des cartes de la région atteinte par la sécheresse ! Je sais qu'il fouine partout ! Je sais que depuis qu'il est arrivé, il s'est passé des trucs bizarres avec lesquels il a forcément un rapport ! Peut-être que t'as une théorie, Trainor ?

Les autres consommateurs s'étaient tus. Carl et Jeb s'affrontaient, nez à nez. Nerveux, Teddy Lawrence se rassit. Comme Grace s'approchait de la table, Kush se leva et sépara les deux hommes.

— Ça va, ça va, dit-il. Vous êtes dans un lieu public, vous n'allez pas déclencher une bagarre, tout de même !

Jeb, écoute ce que Carl a à dire. Nous autres, on aimerait bien savoir.

— Qu'est-ce qui se passe sur Parson's Road ? intervint Grace.

Elle tenait une cafetière à la main et était prête à la vider sur le premier qui s'aviserait de commencer une bagarre. Si les gars voulaient se conduire comme des fauves chez elle, elle les traiterait en conséquence.

— C'est rien, Grace, dit Kush. Juste un échange d'opinions. Donne donc une tasse de café à Carl.

A l'autre bout de la salle, Debbie Freeman lança :

— Je veux savoir aussi ! Qu'est-ce que tu disais à propos de la sécheresse ?

Son père avait eu une attaque dans sa ferme l'année précédente. Il réapprenait à marcher, mais il parlait encore comme un enfant de cinq ans. Debbie en rendait la sécheresse responsable, et bien des gens étaient d'accord avec elle, même s'ils ne le disaient pas tout haut. Son père n'était pas le seul que la sécheresse avait détruit, physiquement ou moralement. Il y eut des murmures d'approbation. Les gens voulaient entendre ce que Carl savait.

Il prit la salle à partie :

— J'ai vu un agent du gouvernement traîner du côté de chez le vieux Mann, là où habite Karen Grange. Il s'est installé dans le verger, et je veux aller lui poser quelques questions. Je sais pas ce que vous en pensez, mais j'en ai marre qu'on me mente. Je veux savoir ce qu'ils manigancent, à quel genre d'expériences ils se livrent par ici... (Il insista sur le mot « expériences », dans l'espoir que les gens comprendraient sans qu'il ait besoin de s'expliquer davantage.) Je veux savoir quand ils comptent nous tenir informés. C'est chez nous, quand même, ajouta-t-il d'un ton lourd de sarcasmes. Je file là-bas tout de suite. Que ceux qui le veulent me suivent !

Il y eut un moment de stupéfaction, des mots échangés à voix basse, des discussions animées. Deux fermiers se levèrent et se dirigèrent vers la table de Carl.

— Attendez ! s'écria Jeb. On ne sait pas qui est ce type.

C'est peut-être un observateur, peut-être un vagabond, ou un ami de Karen Grange. Pourquoi ne pas le lui demander, à elle ? Il est sur sa propriété, elle doit savoir qui c'est. Kush, appelle la banque et demande-le-lui.

— Elle est malade, dit tranquillement Leonard Franklin depuis sa table près de la fenêtre. (Toutes les têtes se tournèrent vers lui.) Elle n'est pas venue travailler aujourd'hui. Je suis passé à la banque tout à l'heure prendre des documents.

Il y eut un étrange silence dans le café.

— Elle est peut-être dans le coup, elle aussi, insinua Carl.

Tout le monde se mit à parler en même temps. Certains dirent qu'ils allaient avec Carl, d'autres qu'ils devaient rentrer chez eux. La nervosité gagnait les esprits.

L'attention de Grace fut retenue par la porte qui s'ouvrit, laissant entrer une jeune fille. Elle mit un moment à la reconnaître. La fille soutint son regard ou, plutôt, la transperça des yeux. Elle affichait un sourire qui la rendait inquiétante, comme si elle était folle. Grace réussit enfin à mettre un nom sur son visage : la fille Whalley. « Elle s'est fait quelque chose aux cheveux », pensa distraitement Grace, et elle reporta son intérêt sur le drame qui se jouait dans son restaurant. Carl parlait :

— J'ai vu ses cartes. Bart, Gooner, John Livingstone, les Tindal... où est Jacob ?... ils ont tous vu un type qui correspond à sa description passer devant l'incendie chez Kramer, tranquille comme Baptiste. Il est là-bas, sur une propriété privée, il manigance quelque chose, et je veux savoir quoi...

— Moi aussi, je l'ai vu.

Celle qui avait dit cela n'avait pas parlé bien fort, mais elle avait une voix singulière. « On aurait dit que la voix provenait d'un tunnel », dirent certains par la suite. Comme un écho. Presque tout le monde se retourna pour voir qui avait parlé. Au début, on ne la reconnut pas, puis, comme Grace, on s'aperçut que c'était Vida, la fille Whalley.

— Tu sais de qui je parle ? interrogea Carl.

Vida acquiesça avec lenteur et sérieux. Elle se tenait bizarrement. Si certains le remarquèrent, ils n'en dirent rien, mais nombreux furent ceux qui se pincèrent le nez à sa vue.

— Il avait une... machine, mentit-elle.

Elle savait, sans avoir besoin de le demander et sans avoir entendu la conversation précédente. Elle sentait l'énergie se dégager de la salle, la confusion, le désarroi. C'était une sensation agréable.

— Une machine ? fit Grace.

— Oui, un ordinateur, jubila Vida. Il s'en servait.

— Allons-y ! décida Carl.

Il essaya d'entraîner les autres. Certains commencèrent à se diriger vers la porte, à sa suite.

Soudain, Chimmy Waggles intervint :

— Vous n'allez pas faire confiance à une Whalley, lança-t-elle, méprisante. Elle est capable de mentir en vous regardant dans le blanc des yeux, nom d'une pipe !

A ce moment précis, Betty Washington se pencha et gifla violemment Chimmy Waggles. La claque retentit assez fort pour imposer le silence dans la salle. Même Grace Kushner, pourtant habituée aux scènes de ménage, en eut le souffle coupé.

Mais la plus choquée fut Betty Washington.

— Je... je ne sais pas ce qui m'a prise, bredouilla-t-elle.

Elle regarda sa main, ahurie, comme si elle appartenait à une autre, puis dévisagea Chimmy, gênée.

— Je ne voulais pas te frapper, Chimmy... je ne sais pas ce qui...

Ce fut tout ce qu'elle réussit à dire. Chimmy lui retourna sa gifle. Comme elle avait mal calculé, le coup effleura Betty, mais des verres fusèrent à travers la salle. Ils atteignirent en pleine poitrine Charley Blakey, qui tomba à la renverse. John Waggles se leva d'un bond et fonça vers sa femme.

— Nom de... commença-t-il, mais Lou McGrath le retint par le bras.

— Te mêle pas de ça, mon pote, dit gentiment Lou.

Mais ce qu'il fit ensuite n'avait rien de gentil. D'une

main épaisse comme un battoir, il envoya balader le petit homme frêle qui renversa la table et tout ce qu'il y avait dessus, sans parler de Mary Tailor et Marilyn Jorgensen, qui basculèrent cul par-dessus tête. La robe de Marilyn se releva, dévoilant sa petite culotte. Personne n'entendit le gloussement plaintif provenant de l'entrée du café. Vida Whalley avait pris le contrôle des opérations.

— Oh, la vache, bafouilla Lou, tendant la main pour aider John à se relever. Excuse-moi, je ne sais pas ce qui m'a pris...

John refusa la main tendue et se releva comme il put.

Les visages, surtout de ceux dont la violence avait explosé, étaient effarés et confus. Mais les coups redoublèrent malgré l'apparente répugnance de chacun, malgré leur caractère. Ceux qui voulurent arrêter l'échauffourée se trouvaient en train de la ranimer, et ceux qui étaient attaqués répondaient. En quelques minutes, ce fut l'émeute.

Personne ne remarqua les petits yeux rétrécis ni les gestes précis de la fille qui venait d'arriver. Personne ne l'entendit rire ni débattre toute seule à mi-voix. Personne ne la vit empoigner le comptoir, le corps raidi, comme sur le point de tomber. Mais il faut dire que les choses s'étaient sérieusement envenimées. Tout le monde se ruait dehors et la bagarre continuait sur le trottoir.

Henry avait peur de rater Carl. Mais il devait faire un détour par chez lui pour s'assurer que Janet et le garçon n'étaient pas en danger.

Il trouva la maison vide. Il frappa à la porte, tourna la poignée, qui était verrouillée. Ça ne ressemblait pas aux Simpson, de fermer leur porte à clé, mais Carl ne se comportait plus comme d'habitude, sinon Henry ne serait pas en train de regarder par les fenêtres et d'appeler Janet. Il fit le tour de la maison, essaya la porte de derrière, mais elle était fermée elle aussi. Il examina ensuite les fenêtres. Sur la façade sud, il trouva ce qu'il cherchait.

Au premier étage, une moustiquaire avait été détachée de la fenêtre, et à en juger par les rideaux ce devait être celle d'une chambre. La fenêtre à guillotine avait été remontée jusqu'en haut. Sur la terre desséchée, juste en dessous de la fenêtre, Henry vit des traces de pas. Il appela Janet, Butch, sans résultat, puis songea à aller chercher une échelle et à grimper jeter un coup d'œil, mais se dit qu'il ne trouverait personne. Les petites empreintes étaient sans doute celles des tennis de Butch. La mère et l'enfant avaient dû sortir par la fenêtre, sans doute pour courir après Carl. Ce qui était justement ce que Henry avait aussi l'intention de faire.

Il se demanda s'il devait éviter la ville et foncer directement chez Karen Grange afin de rattraper Carl avant qu'il ne fasse des bêtises et calcula qu'il était sans doute trop tard. Il fit au plus vite mais fut hélé juste avant d'entrer dans Goodlands par un homme qui arrivait en sens inverse dans une camionnette rouge. Il regretta amèrement de ne pas avoir les doubles gyrophares et la sirène autoritaire de tout flic qui se respecte. Comme le bonhomme lui faisait de grands signes impérieux, il s'arrêta. L'homme lui lança par la portière :

— Hé ! Je reviens de Parson's Road... Tu devrais aller y faire un tour ou téléphoner, je ne sais pas ce qui s'est passé, la route est comme coupée en deux ! J'ai été obligé de rouler à moitié sur la route, à moitié dans le fossé. On dirait qu'il y a eu un tremblement de terre ou...

— Quoi ? fit Henry.

— Comme je te le dis, téléphone à quelqu'un, tu verras bien. Faut que je m'en aille, sinon je t'aurais donné un coup de main. Désolé.

L'homme salua Henry d'un geste et démarra. Henry ferma les yeux, essayant d'imaginer ce qui avait bien pu se passer. Il ne pouvait pas s'arrêter pour passer un coup de fil, il fallait qu'il y aille lui-même. Goodlands commençait à devenir un boulot à temps plein.

Il fonça. Même s'il n'avait pas de sirène, il pouvait rouler vite s'il le fallait. Machinalement, il jeta un coup d'œil vers le ciel. Il ferma les yeux, cilla, croyant à un reflet du soleil sur le capot. Mais quand il rouvrit les yeux, c'était toujours là. Médusé, incrédule, il était stupéfait.

— Nom de nom ! s'exclama-t-il.

L'aiguille grimpa au compteur.

Vida ne le savait pas encore, mais elle avait fait une lourde erreur.

Elle avait oublié l'autre partie du contrat. Elle dirigeait ce qui lui restait de pouvoir vers les habitants. Dans son trouble, dans le désordre qui régnait autour d'elle, Vida ne reconnut pas l'erreur. Elle avait peu de contrôle sur le pouvoir qui l'habitait et elle l'utilisait contre les habitants, pour assouvir sa propre vengeance.

Elle sortit en trébuchant du café dans lequel la bagarre, lancée sur de bons rails, ne nécessitait plus sa présence. Des hommes, dont certains étaient des amis de toujours, se distribuaient des coups de poings, d'autres se battaient au corps à corps. Certaines femmes pleuraient. Grace Kushner tentait de séparer Betty et Marilyn. On se jetait de vieux secrets à la figure, d'anciennes rancunes remontaient à la surface, les frustrations de quatre années de sécheresse explosaient.

Chimmy Waggles avait le nez cassé. Vida s'était servie de la personne la plus proche pour la pousser par-derrière et Chimmy s'était affalée la tête la première sur le banc, devant le café. Vida crut entendre les os craquer. Le sang bouillonnait dans ses oreilles, la chose dans son corps lui faisait battre le cœur si vite que la tête lui tournait et l'empêchait de penser. Sa vision se troublait, elle distinguait mal les gens. La lumière crue de l'été parut s'assombrir.

La violence se calma peu à peu ; de petits groupes se formaient, les accusations pleuvaient et on se battait dorénavant à coups de mots. Quelqu'un traita Bart Eastly d'homo, ce que, vrai ou faux, bien des gens pensaient tout bas. Interloqué, Bart fut incapable de riposter. Gooner, son meilleur ami, poussa brutalement celui qui l'avait insulté. Le coupable tomba dans un nuage de poussière.

— T'avise plus jamais de dire ça à Bart ! hurla Gooner.

Leonard Franklin se passa une main nerveuse dans les cheveux. Sa lèvre était coupée et du sang coulait de son menton, résultat d'un direct reçu en pleine bouche. Ed Kushner, « Kush », qui était l'ami de tout le monde, venait de le frapper brutalement.

— Tu me traites de paresseux ? Tu me traites de paresseux ? avait répété Kush, le visage à cinq centimètres de Leonard, qui niait.

— J'ai jamais dit ça, Kush...

Et le coup était parti. Grace s'était interposée, et Kush lui avait envoyé une droite, à elle aussi, mais moins fort.

— Oui, t'es un paresseux ! vociféra-t-elle. T'es l'homme le plus paresseux que j'aie jamais rencontré. Y a pas plus paresseux que toi sur la terre entière, t'as pas idée combien de fois je me suis réveillée la nuit avec l'envie de te tuer...

Grace et Kush étaient coutumiers des bonnes vieilles scènes de ménage, c'était du quotidien pour eux, mais pour la première fois ils se disputaient en public. Grace lui disait pour la énième fois que la seule raison pour laquelle elle ne l'avait pas encore tué, c'était qu'il ne valait pas la paperasserie qu'elle aurait à remplir pour l'assurance.

Vida se mouvait à son propre rythme. Le monde extérieur était devenu noir pour elle. Courbée en deux, elle chercha son second souffle. La voix lui parlait.

*Elle vient ! Elle vient !* répétait-elle sans relâche. Vida acquiesçait, impuissante face à la fureur de l'autre, à la douleur qu'elle lui infligeait. « D'accord, d'accord », disait-elle. Personne ne s'intéressait à elle.

La voix laissa enfin Vida se redresser et la douleur décroître.

*L'homme ! Trouve l'homme ! Elle vient !*

— D'accord.

Les deux voix sortaient de la même bouche. Elles étaient différentes, mais personne ne les entendit.

Vida se dressa de toute sa taille, les yeux fous, les cheveux hirsutes, ses gestes traduisant une douleur intense, la rage remplacée par le désarroi et l'épuisement. Elle se glissa en tanguant parmi les combattants.

— Attendez, dit-elle, brandissant une main. (Tout le monde l'ignora.) Attendez, répéta-t-elle.

Sa voix n'était plus qu'un murmure. Elle essaya de nouveau de parler, agita sa main dans le vide. Des larmes coulaient sur ses joues.

— Attendez.

C'est à ce moment précis qu'elle la sentit. Sur son front d'abord, puis sur son bras tendu. Une goutte tomba du ciel et ruissela sur son bras gris de poussière.

Autour d'elle, on avait dû sentir aussi les gouttes parce que le silence se fit d'un coup. Les bagarres, les altercations et les cris s'arrêtèrent net. George Kleinsel se figea, à moitié courbé, la main à quelques centimètres de la scie circulaire que Leonard essayait de l'empêcher d'attraper. Le silence régna partout.

Les visages se levèrent.

Le ciel se couvrait. Des nuages noirs se rassemblaient étrangement tout autour de la commune. Les regards observaient toutes les directions, les visages exprimaient la stupeur et l'émerveillement. Leonard Franklin, pour qui la pluie arrivait trop tard, sourit béatement. Quelqu'un rit, les autres restaient silencieux.

En quelques minutes, les minuscules gouttelettes augmentèrent en nombre et en grosseur, et l'eau se déversa du ciel. C'était un miracle indéniable. Il pleuvait, de l'eau douce et pure. Les gouttes frappèrent le sol à un rythme régulier, soulevant des petits nuages de poussière accumulée depuis quatre ans, en *flic-floc* assourdis sur la terre desséchée, en éclats de lumière sur l'asphalte de la route et des trottoirs qui devint bientôt noir et luisant. Peu à peu, tout le monde se mit à rire. L'allégresse avait remplacé la colère, les visages se tournaient vers le ciel, bouches ouvertes, yeux clos, et les larmes se mêlaient aux gouttes d'eau fraîches et pures.

Tom avait tant retenu la pluie que ses mains étaient engourdies, les muscles tendus à craquer, il avait tiré les lointains filets de nuages, avait forcé, secoué, supplié, jusqu'à ce qu'ils se rassemblent vers le centre qu'il occupait, silhouette solitaire au milieu de la clairière agonisante.

Son visage était baigné de la sueur qui coulait dans sa bouche, chaude et salée, puis fraîche et douce quand la pluie se rapprocha.

Il ne pensait à rien. Son esprit n'était qu'une photographie du paysage. Il n'y eut pas de pensées exprimées, pas de mots prononcés, juste le lancinant halètement de son souffle.

Pour lui, le premier signe fut le goût sucré et frais qui emplit sa bouche, puis l'odeur qui lui chatouilla les narines. Alors, il sut.

Peu après tout lui fut repris. La porte s'ouvrit.

Il y eut d'abord un énorme roulement dans le ciel, à l'ouest, suivi par le fracas d'un éclair dont la puissance le traversa et vibra en lui. La pluie s'accrocha à lui comme il s'était accroché à elle. Le roulement suivant provint du nord, comme en réponse au premier. Tom sentit un frémissement dans ses mains... la pluie lui échappait. Une secousse se fit sentir d'en haut. Il ouvrit les yeux, regarda le ciel, vit les nuages noirs l'encercler en se chevauchant. Il maintint sa prise, soudain effrayé. Le contrôle lui échappait.

Le grondement s'accentua, les nuages se précipitèrent, roulèrent vers le centre, vers lui.

Il perdait le contrôle. Il sentit une secousse brutale, ses bras faillirent sauter de leurs articulations, telle une corde qui claque brutalement.

La porte s'ouvrit, la pluie suivit son propre mouvement, violente, coléreuse, comme d'avoir trop attendu.

Tom ne pouvait en changer le cours. Il se tenait tel

qu'il était depuis le matin : yeux levés vers les cieux, mais désormais ouverts, le corps raide et inflexible, les muscles tendus, les mains brandies, qui suppliaient désormais le pouvoir du ciel, paumes ouvertes. Les nuages roulèrent et grondèrent de plus en plus vite. Ils recouvrirent le soleil, étouffèrent la lumière ; autour de Tom, l'air s'alourdit, presque trop épais pour y respirer, et l'humidité imprégna son visage, plus dense près de la bouche et des narines. Les nuages grondaient dans ses oreilles, et ce fut le seul bruit qu'il entendit, assez bruyant pour noyer sa respiration haletante et les battements de son cœur.

Quand la première goutte tomba sur Tom, il rejeta la tête en arrière et rugit.

Karen n'entendait que le clapotis de la pluie. Une clameur de bruits frappant la terre, vifs, bruyants, l'encerclait et la submergeait. Elle quitta sa cachette sous les arbres et sortit dans la clairière juste au moment où Tom, bras tendus, poings serrés, poussait son formidable rugissement. C'était un cri bestial, profond et primaire, et elle le ressentit en elle autant qu'elle l'entendit.

Tom tourna la tête vers elle, comme s'il savait qu'elle avait été là tout ce temps. Il ne manifesta aucune surprise, un sourire se dessina lentement sur son visage, aussi bestial que son cri en direction des cieux.

Elle sentit ses yeux brûlants la percer.

Elle était trempée par la pluie qui lissait ses cheveux sur son visage et son cou, plaquait ses vêtements sur sa peau, et lui donnait l'impression d'être nue. Elle leva la tête vers le ciel, ferma les yeux et, bouche ouverte, laissa la pluie ricocher sur son visage.

Lorsqu'elle regarda de nouveau Tom, il lui tendait les bras, ses doigts recourbés l'invitaient.

Elle le rejoignit vivement. Lorsqu'elle le toucha, il l'enlaça, l'attira à lui et enfouit sa tête dans son cou pour y boire la pluie qui ruisselait sur sa peau.

Karen franchit une autre barrière ; elle le laissa faire.

Il la serra dans ses bras, elle caressa son dos nu et musclé, trempé et glissant de sueur et de pluie mêlées. Il était brûlant de fièvre. Sa chaleur l'enveloppait tandis que la pluie la rafraîchissait. Son haleine était chaude, ses mains brûlantes lui pétrissaient le dos. Elle avait envie de sentir sa chaleur sur sa peau et elle arracha ses habits, incapable de se dégager de son étreinte, trop désireuse de sentir son cœur battre contre le sien, semblable au battement de la pluie sur son corps.

Ce ne furent que sensations tactiles : mains, bouches, goût, toucher. Ils se couchèrent sur le sol trempé tandis que la pluie tombait autour d'eux, sur eux, et que le tonnerre résonnait dans le ciel.

Il ne parla pas, sauf une fois.

« Karen », souffla-t-il, et ce fut comme un grondement de tonnerre.

Henry Barker stoppa au milieu de la grand-rue où tout le monde s'était réuni. Les habitants ressemblaient à une assemblée de statues, têtes renversées en arrière, bras tendus, paumes ouvertes, et ils se laissaient inonder par la pluie. Henry descendit de voiture et s'arrêta à une dizaine de mètres de la foule. Il n'essaya pas de se rapprocher ni de se mêler au groupe. Il contempla la scène depuis sa voiture et, hormis le martèlement régulier de la pluie sur le toit de son véhicule et sur le pavé, un silence pétrifié régnait.

Henry regarda les habitants regarder le ciel. Et c'est ainsi qu'il vit la jeune fille.

Elle sortit de la foule, tournoyant sur elle-même, trébucha sous la vitesse des tourbillons, le visage enfoui dans ses mains, les cheveux plaqués sur sa figure, de sorte que Henry ne pouvait la reconnaître. Instinctivement, il se précipita pour l'aider. Elle fit un moulinet avec ses bras et un cri plaintif, de rage et de frustration, jaillit de sa gorge. Elle s'empoigna les cheveux, le visage congestionné, à court de souffle.

Les gens entendirent son cri. Chacun s'arracha à contrecœur au spectacle de la pluie, attiré malgré soi par celui qu'offrait la jeune fille. Ils la regardèrent, mais personne ne bougea. Ils restaient là, troublés, incapables de briser le charme que la pluie leur avait jeté. Henry tendait toujours le bras vers la fille, mais il ne bougea pas ; fasciné, il la vit virevolter hors de son atteinte, trébucher et finalement tomber, tandis que son cri inhumain continuait de déchirer l'air. Plus tard, Henry dirait à sa femme qu'il avait eu l'impression qu'on l'avait poussée, bien que personne n'ait posé la main sur elle. Elle s'écroula avec une force inouïe. Et cependant, elle continua à se tordre de douleur, prise de convulsions, tandis qu'une suite de sons inarticulés sortait de sa bouche.

— Il faut l'aider ! s'écria une femme dans la foule.

Mais Henry accourait déjà vers la fille qui se tortillait au milieu de la rue, entre l'épicerie et le café.

Henry l'empoigna par un bras. La tête de la fille se souleva, ses yeux le fixèrent et un cri guttural, inhumain, lui explosa en pleine figure :

— *Laisse-la !*

Affolé, Henry la lâcha. Au même moment, les yeux de la jeune fille, embués, s'éclaircirent une brève seconde et le dévisagèrent.

Henry y lut une supplique.

La tête de la fille tomba violemment sur le ciment. Il y eut un claquement alarmant et Henry recula, horrifié, en voyant la tête se redresser et retomber avec une brutalité redoublée. Sous la violence du choc, de l'air jaillit de ses poumons, suivi par un nuage bizarre que Henry prit d'abord pour de la fumée. Puis la jeune fille s'immobilisa et son visage crispé par la douleur se détendit peu à peu, comme si elle se rendormait après un cauchemar.

Henry se pencha pour lui tâter le pouls. Il sentit un faible battement sous son pouce, puis plus rien. Elle était morte.

Henry mit un moment à la reconnaître ; il y avait une

telle différence entre la fille qui gisait par terre et l'adolescente rebelle et sûre d'elle dont il se souvenait... Mais c'était bien Vida Whalley. Il lui posa une main sous la joue, la tourna vers lui avec douceur pour l'examiner de plus près, n'arrivant pas à y croire. Au même moment, les lèvres de Vida s'entrouvrirent.

Un autre nuage de fumée s'en échappa et parut planer au-dessus de sa bouche. Henry se pencha davantage. Ce n'était pas de la fumée, mais un nuage de poussière grise.

Ecœuré, il recula et retira vivement sa main. Il regarda la foule qui s'éloignait déjà ; personne ne semblait avoir remarqué quoi que ce soit. Les visages n'exprimaient aucun intérêt pour la pauvre fille qui gisait sur le pavé. Les gens se détournaient lentement de la fille, mal à l'aise, certains avec culpabilité et dégoût, et reportèrent leur attention sur la pluie bienfaitrice tant attendue.

## 12

Goodlands était en fête. Par la suite, quand quelqu'un demanderait : « Où étais-tu quand il a plu ? », on se souviendrait de l'averse avec la même clarté que si cela s'était passé la veille.

Jennifer, la caissière de la CFC, membre du vaste clan Bilken, était sortie sur le seuil de la banque avec Marty Shane, de la laiterie, le seul client de la journée.

Elle avait entendu l'échauffourée et avait assisté à la fin de la bagarre, aussitôt supplantée par le spectacle du ciel qui s'assombrissait à mesure que les nuages s'amoncelaient. Lorsque les premières gouttes s'étaient mises à tomber, elle était vivement rentrée téléphoner à son père. Le téléphone avait sonné longtemps. Jennifer avait patienté, sachant que ses parents ne répondaient pas parce que sa mère avait poussé le fauteuil roulant de son père dehors, afin qu'il voie aussi ce pour quoi elle leur téléphonait. L'image de ses parents sur le porche, le visage renversé vers la pluie qui les sauverait finalement, eux et la ferme, resta longtemps dans son esprit, la sonnerie inutile du téléphone maintenant le lien entre eux.

Elle resta au téléphone et l'écouta sonner à l'autre bout du fil, tout en regardant par la vitrine ; les gens avaient cessé de se battre, ils contemplaient le ciel, les mains tendues pour attraper les gouttes de pluie. En pensant à son père, Jennifer pinça les lèvres, son menton frémit, mais elle résista aux larmes.

Dans une ferme, à l'autre bout de Goodlands, Bruce Campbell pleurait. Dans sa cour, avec sa femme et son frère, tous trois enlacés, ils contemplaient le sol, et leurs larmes se mêlaient aux gouttes de pluie qui tambourinaient sur la terre aride en soulevant de petits nuages de poussière.

Ils s'en sortiraient. Ils obtiendraient un délai ; ils obtiendraient un prêt et un contrat de cession-bail, et tout redeviendrait comme avant.

Larry Watson était allongé sur le dos sous la remorque qui transportait le réservoir, vide ; c'était le dernier qu'il conduisait à Oxburg. Il avait déjà fait deux voyages dans la journée, pour remplir deux réservoirs. Il n'avait pas roulé plus de cinq mètres quand il avait entendu un éclatement sonore, suivi d'une secousse : le pneu gauche de sa remorque venait de crever. Il était descendu en pestant du camion pour le changer, et il avait découvert que l'essieu venait de casser. La journée avait déjà mal commencé, et ça tournait au désastre. Il avait mis la remorque sur le cric et s'était glissé dessous pour constater les dégâts.

Etendu sous le véhicule, il entendit un minuscule écho en provenance du réservoir et crut que des oiseaux laissaient tomber des fientes ou des graines piochées dans la mangeoire de la grange.

Il passait sa main sur l'essieu quand il s'aperçut que le tintement n'avait pas cessé, qu'il était au contraire régulier et insistant. Son cœur fit un bond, refusant de croire ce que son esprit commençait à envisager.

C'était impossible.

Larry Watson resta un instant immobile, craignant de sortir à l'air libre, craignant de constater... Il sortit une main hésitante et sentit une goutte ricocher sur sa paume. Haletant, il attendit. Une goutte, puis une autre. Il ferma le poing et sentit une fraîcheur humide se répandre dans sa main, couler entre ses doigts.

Il resta encore une bonne minute à sentir la pluie avant de s'extraire en rampant de sous la remorque et de courir jusque chez lui.

— Mindy ! appela-t-il en courant. Mindy !

Elle parut sur le seuil en s'essuyant les mains sur un torchon.

— Qu'est-ce que... ? ronchonna-t-elle, les mains sur les hanches.

Elle ne finit pas sa phrase, levant les yeux, puis dévisagea son mari qui accourait, bouche bée.

— Il pleut ! lança-t-il.

Il rejoignit sa femme, la souleva et l'entraîna dans une gigue autour de la cour. Ses deux fils et leur ouvrier agricole les rejoignirent pour faire des bonds de cabri sous la pluie.

Jessie Franklin installa sa fille de trois ans dans la voiture et casa son ventre de femme enceinte derrière le volant ; pour une fois, elle ne se souciait pas que la vieille guimbarde tombe en panne sèche avant d'arriver. Dans le pire des cas, elle était sûre qu'il y aurait assez de voitures sur la route pour les conduire en ville.

Elle papotait avec Elizabeth, lui racontant ce que signifiait la pluie, ce qu'elle leur apporterait. Elle essaya de se rappeler si la petite avait jamais vu la pluie. Non, c'était sans doute la première fois. L'averse redoublait, Jessie suivit une demi-douzaine de voitures qui se rendaient aussi en ville.

Tandis que le petit convoi se formait, Jessie remarqua un détail bizarre. Personne ne faisait marcher ses essuie-glace. Elle s'aperçut qu'elle n'avait pas mis les siens non plus. Comme tout le monde, elle voulait voir Goodlands sous la pluie.

— Neige, Maman, dit Elizabeth.

— Non, mon chou, rectifia Jessie, incapable d'effacer le sourire de ses lèvres. Il pleut. La pluie, c'est bien mieux que la neige. Beaucoup mieux.

Elle se dirigea vers le café où son mari devait se trouver ; elle ne pensait pas, pour l'instant, au peu de bien que la pluie leur apporterait. Dans toute cette affaire, cela ne comptait plus.

La grand-rue pavoisait, il y avait plus de monde que pour la fête nationale, on n'en avait jamais tant vu et il en arrivait encore. On venait même de Weston pour partager le bonheur des habitants de Goodlands, et peut-être s'excuser de ne pas avoir partagé leur infortune. Oxburg, Telander, Avis et Mountmore étaient aussi représentés, mais les rues appartenaient surtout à ceux de Goodlands.

Ed Shoop, maire de Goodlands contre vents et marées, comme il aimait le répéter, se tenait devant la vieille statue de la Seconde Guerre mondiale. Il essaya de faire un discours, mais personne ne l'écoutait. Il renonça quand Jim Bean arriva avec sa guitare, qu'Andy Dresner sortit son harmonica et que la musique commença.

Des groupes se formaient, se brisaient et se reformaient, se faufilaient entre les voitures garées n'importe comment ; des enfants, leurs mères et les hommes sortaient des véhicules, souvent sans prendre la peine de refermer la portière, négligeant la pluie qui inonderait les sièges et les tapis de sol.

De jeunes enfants inventaient une chanson qu'ils entonnaient à tue-tête, modifiaient les paroles en riant, la chantaient juste, la chantaient faux, et pour une fois on tolérait leur exubérance.

— Pluie, pluie, te sauve pas, pluie, pluie, reviens-nous souvent !

La porte du restaurant restait ouverte et des gens entraient se servir une tasse de café. Jennifer Bilken avait fermé la banque, et des gens lui proposaient pour plaisanter de faire une journée porte ouverte comme le café de Rosie. Des femmes embrassaient leurs maris ; des enfants s'empoignaient et dansaient la farandole ; des hommes, dont certains étaient des fermiers, éberlués par la frénésie ambiante, arpentaient le macadam, le visage fendu en deux par un sourire béat.

On dansait, on chantait, on tapait du pied, mais la musique n'était pas le centre d'attraction, ni Ed Shoop, qui se frayait un chemin dans la foule, la mine réjouie, comme si c'était lui en personne qui avait fait pleuvoir. Le centre d'attraction, c'était le ciel. La pluie tombait avec pompe et gloire, elle se déversait à flots continus, désintéressée, indifférente, inchangée, elle menait son affaire sans une once de prétention.

Leonard Franklin et Henry Barker avaient discrètement recouvert le corps de Vida avec une couverture de l'épicerie. Ce n'était pas pour protéger les indices — plus d'une dizaine de personnes avaient vu que Vida Whalley, dix-neuf ans, du lotissement 27, allée des Bougainvilliers, Goodlands, Dakota, était morte d'une chute consécutive à une sorte d'attaque. La cause de la mort avait probablement un rapport avec le bruit effrayant qu'avait fait son crâne en heurtant le ciment.

Henry prit quelques notes sur son calepin et prévint Leonard et Jeb que le comté aurait sans doute des questions à leur poser ; ensuite, les trois hommes transportèrent Vida dans l'épicerie et la déposèrent sur le sol. Henry resta avec le corps après avoir demandé à John s'il pouvait fermer la porte à clé. C'était inutile : les gens ne s'intéressaient pas plus à Vida que si elle s'était écorché un genou en tombant. Après tout, ce n'était pas tous les jours qu'il pleuvait à Goodlands ! Henry ressentit de la pitié pour la jeune fille qui avait semblé si légère et menue quand ils l'avaient transportée dans le magasin.

Il appela sa femme, lui parla de la pluie mais mentionna à peine le drame de Vida Whalley. Puis il téléphona au coroner du comté, dont l'assistant, Jim Daley, lui assura qu'il le préviendrait par radio et qu'il viendrait dès que possible.

— Qui est-ce ? demanda l'assistant.

Lorsque quelqu'un meurt dans une petite ville de province, il y a toujours des dizaines de parents à prévenir, mais dans le cas de Vida, Henry doutait que cela serait nécessaire.

— Vida Whalley, de l'allée des Bougainvilliers, dit-il.

— Ah. Elle s'est tuée ?

Henry repensa à la drôle de danse à laquelle elle s'était livrée avant de tomber, il entendit son crâne heurter la chaussée, revit la poussière sortir de sa bouche... il ferma les yeux et avala péniblement la bile qui refluait dans sa gorge, troublé par le corps qui gisait à côté de lui.

— Ça sera au coroner d'en décider, Jim, dit-il, et il raccrocha.

Après cela, il n'y avait pas grand-chose à faire, sinon éviter de regarder le corps dissimulé sous la couverture, et contempler la pluie. De l'intérieur du magasin, Henry regarda les habitants danser sous la pluie battante dont le rythme régulier lui rappelait un orchestre de mariachis.

« C'est drôle qu'elle soit arrivée comme ça. »

Leonard lui avait raconté l'émeute qui avait éclaté juste avant l'arrivée de la pluie. Il lui avait dit que Carl Simpson n'allait pas bien, que quelqu'un devrait lui parler.

« De toute façon, avait ajouté Leonard, ça va mieux maintenant. Avec la pluie, je crois que tout le monde a oublié. C'était la tension, à mon avis. »

Et il était parti rejoindre les festivités.

Henry vit une autre voiture s'arrêter. C'était le révérend Liesel, de l'église protestante, qui fendit la foule, bras tendus, le visage illuminé. Il avait organisé des prières collectives pour la venue de la pluie. Pour autant que Henry s'en souvienne, il n'y en avait plus eu depuis plusieurs mois. Comme la pluie ne répondait pas aux prières, c'était sans doute mauvais pour les affaires. Mais à la façon dont le pasteur déambulait et serrait des mains, la mine réjouie, il y avait gros à parier qu'il essayait de tirer la couverture à lui. Il entrerait sans doute en concurrence avec le père Grady ; les catholiques avaient eux aussi organisé des groupes de prière durant les quatre années de sécheresse. En y repensant, Henry se souvint que, l'année précédente, quelqu'un avait fait venir un évangéliste itinérant. Il allait peut-être revenir, lui aussi, et se rouler de nouveau par terre. La pluie allait peut-être déclencher une guerre sainte.

Henry tâta machinalement la poche de sa chemise où l'étrange carte de visite se trouvait encore la veille. Il sentit une légère humidité, malgré le temps passé. « C'est la pluie, se dit-il. C'est la pluie qui a mouillé ma chemise. » Et si ce n'était pas la pluie ?

« Il y a plus de choses dans les cieux et sur terre que n'en rêvent vos philosophes. » C'était quelque chose comme ça. Henry s'aperçut qu'il avait parlé tout haut. Sa voix résonnait bizarrement creux dans le magasin désert. C'était de Shakespeare, ou peut-être de Milton. Sans savoir pourquoi, Henry mélangeait toujours les deux. Drôle de truc, l'école, ça vous remplit de citations qui n'ont aucun sens... jusqu'au jour où l'une d'elles vous revient d'on ne sait où, et elle sonne juste. Comme celle-ci. Il y a plus de choses dans les cieux et sur terre qu'on ne peut en rêver. Comme, par exemple, trouver une carte de visite qu'un étranger a laissée tomber dans une ville en crise, et, bingo, le lendemain la pluie arrive.

La carte disait que c'était un faiseur de pluie, après tout. Il y avait aussi un slogan stupide que Henry avait oublié. Quelque chose sur l'effort. Pas de résultat sans effort, ou quelque chose d'analogue. La carte était trempée, et à moins que le type ne se douche avec son portefeuille, Henry ne comprenait pas comment c'était possible. Et il y avait aussi une odeur d'humidité... il la sentait encore. C'était inimaginable, à moins que le type n'ait voulu qu'elle soit trempée. A moins que ce ne fût qu'un tour de passe-passe. Henry n'était pas ivre, il n'avait pas halluciné. Il n'avait bu que quatre petites bières de rien du tout, et le jour où il serait ivre avec quatre bières, il changerait de foie. Il n'était pas ivre, il avait suivi le type depuis le Clancy, il l'avait vu laisser tomber la carte. Elle avait voleté dans l'air comme une feuille d'automne emportée par le vent. Poétique comme tout. Tiens, c'était peut-être aussi de Shakespeare.

Poétique et une sacrée coïncidence... ou un acte délibéré.

Henry se dit que Karen Grange avait sans doute engagé le faiseur de pluie elle-même. Cela semblait fou, et Karen n'était pas le prototype de la foldingue. En fait, il avait une haute opinion d'elle. Mais le désespoir appelle des mesures désespérées. Néanmoins, il n'imaginait pas Karen lui mentir. Alors pourquoi lui avait-elle caché la vérité ?

Parce que c'était un secret. Une surprise. Une bêtise, une chose invraisemblable. Mais qu'aurait-elle pu faire ? Passer une petite annonce dans le *Weston Expositor* ? « Bientôt dans cette ville, arrivée du faiseur de pluie ! La sécheresse malfaisante bannie à jamais ! Tous à la ferme de Mann, café et beignets gratuits, ballons pour les enfants ! » Le tout sans date, bien sûr. Si Karen avait dévoilé ses plans, on lui aurait ri au nez, ou on l'aurait lynchée pour s'être moquée du monde.

Vraiment ? Peut-être pas. Confortablement installé à Weston, qui avait son content de pluie, Henry aurait bien rigolé, tout comme les habitants d'Oxburg, de Telander et d'ailleurs. L'*Expositor* aurait pondu un article sur la fée bienfaisante de Goodlands, les huiles de la CFC auraient muté Karen Grange, et on n'en aurait plus reparlé.

Aurait-elle fait appel à un faiseur de pluie ? Mais la question, c'était sur le bonhomme lui-même.

« Comment as-tu fait, l'ami ? » La citation de Shakespeare, ou de Milton, lui revint en mémoire, et il en serait bien resté là, mais la paranoïa de Carl Simpson s'était insinuée en lui et il commençait à se poser des questions. Certes, la pluie avait pu arriver toute seule. Bon Dieu, il devait bien pleuvoir un jour ou l'autre — c'était justement ce que les gens se disaient depuis quatre ans. Le climat connaissait des cycles, c'était sans doute au tour de Goodlands d'avoir sa dose de pluie. Toutes les âneries qui s'étaient dites depuis quatre ans sur le réchauffement de la planète avaient fait réfléchir Henry, et Dieu savait qu'il y avait du vrai là-dedans, sinon n'importe quel savant dûment diplômé aurait trouvé autre chose à dire. Henry ne gobait pas les théories de Carl sur le complot et les expériences climatiques, mais il fallait être un fieffé idiot pour ignorer les prévisions scientifiques.

La science ne se trompait pas. Dans la science, il n'y

avait pas de place pour Shakespeare (ou pour Milton), ni pour toutes les bizarreries qui étaient survenues avec l'arrivée de Monsieur le Faiseur de Pluie — *la pluie sans souci*, c'était le slogan qui figurait sur la carte, Henry s'en souvint. La conflagration chez Kramer n'était pas la moindre de ces bizarreries. Il y avait aussi eu la clôture des Revesette, les réservoirs de Watson, les pauvres Paxton et leur crucifix, la voiture sur le toit dans le jardin des Bell et, si on allait par là, l'allée des Greeson qui s'était fendue en deux. Tout cela était arrivé quand Karen Grange avait accueilli un invité, peu importait qu'elle l'ait admis ou non. Henry n'était pas prêt à attribuer au bonhomme des pouvoirs magiques, ni à ajouter la façon dont la fille Whalley était morte à la série, mais tout de même, c'était bizarre que cela se soit passé ainsi. Si on voulait, on pouvait aussi ajouter à la liste ce qui s'était passé sur la route et, pure coïncidence, juste devant la ferme du vieux Mann. Autre coïncidence, tout cela était arrivé au moment où l'étranger était apparu.

Même si la pluie était une coïncidence heureuse, Henry aurait aimé poser quelques questions à Karen Grange et à son ami.

Il eut soudain très envie que le coroner arrive afin d'en terminer et de rentrer chez lui. Il était pressé de regarder Canal Météo.

Bob Garrison, le coroner, arriva enfin. Après avoir examiné le corps et posé quelques questions, il chargea le corps de Vida dans le fourgon avec l'aide de Barker.

— C'est un événement, j'imagine, déclara Bob en sortant sous la pluie.

— On peut le dire, acquiesça Henry.

Ils en restèrent là. Autour d'eux, les gens criaient et faisaient de grands signes.

— Vous avez prévenu la famille ? s'enquit le coroner. Il faudra identifier le corps.

— Non, répondit Henry, pas encore. Ils n'ont pas le téléphone. Je passerai chez eux et je viendrai plus tard avec un des frères. Celui qui sera le moins saoul, ajouta-t-il.

Bob grimpait dans le fourgon quand Henry lui demanda :

— Vous savez qui a dit : « Il y a plus de choses dans les cieux et sur terre que n'en rêvent vos philosophes », ou un truc comme ça ?

Bob le considéra d'un air ahuri.

— Je me suis promis que dès que j'aurais eu ma licence d'anglais, je ne lirais plus jamais un livre d'un auteur décédé, pouffa le coroner. Pourquoi ?

— Je n'arrive pas à me rappeler si c'est de Shakespeare ou de Milton.

Bob s'esclaffa. En l'entendant rire dans son fourgon, plusieurs têtes se retournèrent. Mais les gens sourirent, croyant que le flic et le coroner échangeaient une plaisanterie sur le temps.

— Milton ? fit Bob. C'est pas lui qui a écrit *Paradis perdu* ?

— Si, acquiesça Henry, qui se sentit bête. Je vous verrai là-bas, ajouta-t-il, et il fit signe au coroner de démarrer.

Le fourgon s'éloigna lentement à travers la foule qui s'écarta à contrecœur. Une femme demanda à Henry ce qui s'était passé.

— Une attaque, répondit-il.

La femme eut une mimique de compassion, plus machinale que sincère.

— C'est fantastique, hein ! lui lança-t-elle aussitôt après.

— Fantastique, concéda Henry.

Mais la femme n'avait pas attendu sa réaction, elle était déjà repartie fêter l'événement avec la foule en délire.

Henry monta dans sa voiture et s'aperçut qu'il devait manœuvrer serré dans l'enchevêtrement de véhicules garés n'importe où. Il aurait dû demander aux conducteurs de déplacer leurs voitures, mais il n'en avait pas le courage. Il prit la route qui allait chez les Whalley ; il comptait passer leur apprendre la nouvelle et emmener un membre de la famille à la morgue. Sa voiture fut la seule à quitter la ville tandis que des dizaines arrivaient encore, et il regrettait de rater la fête. Lilly passerait sans doute plus tard. Quant à lui, il avait du travail.

En roulant, il se souvint d'une phrase de Milton. « A triomphé de presque tous ses ennemis par la force », ou quelque chose dans ce goût-là. C'était dans *Paradis perdu*. Il ne sut jamais pourquoi ça lui revenait à ce moment précis.


Dans la grand-rue, la fête commença à décliner dans l'après-midi. Les gens avaient eu leur content de pluie. Un vent froid s'était levé vers deux heures et demie ; les vêtements, les chaussures, les pieds étaient trempés ; la poussière qui s'était collée partout avait viré à la boue. Pas trop sales auparavant, à défaut d'être propres, les enfants étaient maintenant maculés de boue, car ils avaient découvert une mare en train de se former derrière les boutiques. Ils s'étaient littéralement roulés dedans, et les mères poussèrent les hauts cris en voyant leur progéniture. Mais elles s'étaient elles-mêmes salies, coiffures cochonnées et robes sans doute perdues. Quant aux baskets des enfants, elles seraient inutilisables le lendemain. Outre la fatigue physique, tous étaient pressés de rentrer, anxieux de partager la fin de la sécheresse avec leur terre qui, comme eux, était enfin délivrée.

En partant, certains s'arrêtèrent pour se joindre à la messe de remerciements que célébraient le révérend Liesel et, comme l'avait prévu Henry Barker, le père Grady, qui venait d'arriver après avoir dit ses propres prières dans son église, avec en fond sonore le martèlement de la pluie sur le toit.

Comme l'avait aussi prédit Henry, l'embouteillage était tel que les voitures mirent plus de deux heures à s'en dépêtrer. Plusieurs conducteurs sortirent de leur véhicules pour régler la circulation, mais il n'y eut cette fois-ci ni bagarre ni injures.

Des blessés, toutefois. John Livingstone, qui s'était déjà coupé la main sur une clôture pendant l'incendie,

305

était en train de réparer une plaque de tôle sur le toit de sa grange. Il fut tellement surpris par la pluie qu'il glissa et se brisa la cheville.

Certains, en arrivant chez eux, découvrirent que les libéralités du ciel avaient envahi leur salon. Le temps avait fait son œuvre en dépit de la sécheresse et ils n'avaient pas remarqué que les toits s'étaient détériorés.

La cave de Jeb Trainor était inondée, ce qui n'aurait pas porté à conséquence s'il n'y avait récemment entreposé des semences afin de les protéger des prédateurs affamés.

Ces mésaventures furent néanmoins accueillies avec joie.

Et, neuf mois plus tard, il naquit pas moins de sept bébés, grâce aux nombreux toasts portés au ciel, et à une euphorie générale.

Les habitants de Goodlands se couchèrent à contre-cœur cette nuit-là, et d'aucuns aux premières heures du jour. On répugnait à quitter qui la fenêtre, qui la porte, qui le porche, qui le jardin et la douce odeur de la terre humide.

Il avait enfin plu.

# 13

Assise sous son porche, Karen regardait la pluie ruisseler du toit à flots continus, sans gouttière pour la canaliser. Il pleuvait encore dru. Chaque vague balayait le toit et ricochait bruyamment sur la rambarde du porche en gerbes claires, douces comme du miel. Telle une véritable symphonie, selon l'endroit du jardin où l'on se trouvait, la pluie émettait des notes différentes : éclat cristallin sur la rambarde, tam-tam éclatant sur le toit, gifles vigoureuses sur le sol. S'y ajoutait le roulement lointain des nuages, non des grondements de tonnerre, plutôt un déferlement sans trace d'éclair.

Tom était dans la maison ; Karen l'avait finalement invité, il dormait dans le lit. Après son œuvre, il était épuisé, les yeux lourds et ronds comme des lunes, cerclés de rouge et soulignés par des poches bleuâtres. Karen l'avait regardé regarder la pluie après avoir fait l'amour, le sol encore sec sous leurs corps. Pendant que la pluie tombait, dure et fraîche comme un massage, Karen s'était étendue à côté de Tom, pour contempler le ciel. La pluie coulait sur son visage qui avait une expression de satisfaction pensive. Lorsqu'il s'était levé, nu, ses épaules s'étaient affaissées de fatigue. Ce fut à ce moment-là qu'elle lui avait proposé de rentrer. Ils avaient à peine parlé. Elle l'avait regardé s'habiller en silence, enfiler son jean, ranger son sac. Elle s'était aussi rhabillée, se sentant un peu bête de remettre ses vêtements trempés, son T-shirt collé sur sa peau comme si elle était encore nue.

Il lui avait tenu la main pour traverser le verger. Ensuite, elle l'avait conduit dans sa chambre et l'avait regardé s'écrouler en travers du lit. Il n'avait pas pipé mot sur le désastre du salon ; il avait seulement dressé un sourcil interrogateur, trop fatigué pour s'étonner, et elle lui avait simplement dit : « Je t'expliquerai plus tard. » Il avait acquiescé. Elle lui expliquerait quand elle aurait elle-même compris ce qui s'était passé, quand elle saurait qui était la jeune fille. Elle songea aussi à prévenir la police. Mais elle se sentait trop... paresseuse, peut-être, pour faire autre chose que s'asseoir sous le porche et laisser son corps palpiter.

Non, c'était impossible, un rêve d'enfant, sans doute, cet homme dans son lit ! Elle avait déjà vérifié deux fois, et il était bien là, étendu de tout son long en travers du matelas, par-dessus les couvertures, les pieds et le torse nus. Les deux fois, un frisson étrange lui avait parcouru l'échine, et elle avait dû battre en retraite.

Elle avait chaud, malgré la fraîcheur de l'air. Sa peau la picotait, comme si elle s'était frictionnée avec un objet rugueux. Elle se sentait les joues en feu, à l'unisson de son corps.

Il y avait maintenant deux chaises sous le porche. Karen en avait apporté une de la cuisine, au cas où Tom se réveillerait et viendrait la rejoindre. De temps en temps, elle se tournait vers la maison et surprenait son reflet dans la vitre. Elle s'était lissé les cheveux sur la nuque, où ils étaient rassemblés en queue de rat, et avait eu l'impression que ses mains étaient des imposteurs... à imiter celles de Tom lui caressant le cou. Elle sentait presque son souffle dans ses oreilles, comme lorsqu'il avait murmuré son nom ; elle s'était arrêtée parce qu'elle s'était sentie brûlante et que penser à ses mains sur son corps l'avait embarrassée, puis elle s'était détournée de la fenêtre et n'avait plus recommencé. Elle n'avait pas changé, mais elle se sentait différente, étrangère à ses propres yeux, et elle ne trouvait plus de réponses aux questions les plus simples.

Parmi les sensations agréables, il y en avait une déplaisante et, si elle avait pu garder son esprit concentré plus d'une seconde, elle aurait pu se dire qu'elle était effrayée. Le manège de la fête foraine tourbillonnait sans contrôle. Elle n'arrivait pas à se débarrasser de cette impression et cela l'empêchait de comprendre ce qui se passait en elle. La dernière fois qu'elle avait ressenti ce besoin urgent d'équilibre, elle s'était retrouvée dans le pétrin. Elle craignait, si elle se levait, d'être attirée vers la maison, et plus précisément vers sa chambre. En y regardant de plus près, le manque d'équilibre n'était pas désagréable. Néanmoins, il lui était trop étranger, elle n'avait jamais ressenti cela avec un autre amant. En fait, elle n'en avait pas connu de bien différents les uns des autres, c'étaient de simples variations sur un même thème... sur lequel Tom ne s'inscrivait pas.

Karen sourit, désabusée. C'était un peu comme le remords après des achats. La même joie, et le même remords. La joie du propriétaire, suivie des affres de la possession. C'était un bon sujet pour son livre : « Comment utiliser son mauvais jugement pour une autosatisfaction fugitive. »

Elle n'arrivait pas à imaginer exactement ce qu'elle devait en échange. Sauf qu'on ne peut pas se quitter en se serrant la main après avoir obtenu le paradis pour rien. Mais c'était un euphémisme, elle ne le savait que trop. Une femme peut dire non quand elle le veut ; elle n'avait pas l'impression de lui devoir une autre « occasion ». D'une certaine manière métaphorique, Karen venait juste de dépenser son dernier sou, et elle n'était pas sûre de ce qu'il allait lui rapporter, sinon le remords de l'acheteuse.

Que voulait-elle, d'ailleurs ? Pas le mariage, ce qui était le choix limite. Karen rit toute seule, presque aussi gênée qu'en début d'après-midi. Elle ne désirait pas une liaison régulière, ni figurer dans un carnet de conquêtes, ni qu'il la possède, ni qu'il la garde pour toujours. Les traditions de la féminité ne pouvaient pas s'appliquer, or elles impliquaient toutes la possession. Alors, que voulait-elle au juste ? Peut-être un simple accord de location, et elle n'avait pas besoin de penser au-delà du fait qu'il y avait un homme dans son lit et qu'elle voulait qu'il la caresse encore, comme auparavant.

Elle ne s'était pas encore occupée des dégâts dans son salon, et l'agression incompréhensible se glissa à travers son souvenir embrumé. Quelque chose la travaillait à ce sujet, comme pour son aventure avec Tom : un présage.

Il faudrait qu'elle appelle Henry Barker. Pour lui parler aussi de *ça*. Elle lui avait menti en prétendant ne pas avoir d'invité, et maintenant elle devrait lui expliquer la présence de Tom. Un cousin de l'Ohio ferait l'affaire, tant qu'elle ne glousserait pas ou qu'elle ne l'enlacerait pas en le présentant au shérif. Bien sûr, elle se contrôlerait, mais Henry n'était pas né de la dernière pluie. Peut-être devrait-elle simplement nettoyer les dégâts et oublier sa plainte. Avait-elle vraiment envie que la police s'en mêle ?

Qui était donc la jeune fille ? Karen ne la connaissait pas, bien que la ressemblance vaguement familière continuât de la hanter. Si elle devait consigner son expérience par écrit, à la manière dont elle dressait des colonnes de chiffres afin d'obtenir des comptes équilibrés, elle demanderait : « Qui était-elle, et avait-elle des chances de revenir ? » La logique aurait voulu qu'elle soit la fille ou la femme d'un fermier ruiné par la banque. Que Karen ne l'ait pas reconnue ne signifiait pas qu'elle ne soit pas de Goodlands. Reviendrait-elle ? Les dégâts étaient faits. Elle avait réussi à effrayer Karen et, en outre, un miracle avait eu lieu. Il avait plu. Le porche était trempé jusqu'à la porte. Karen avait enlevé ses chaussures dans la clairière et les y avait laissées ; elles s'étaient sans doute transformées en deux seaux d'eau miniatures à l'heure qu'il était, et Karen remarqua que ses pieds étaient sales et mouillés. Elle étendit les jambes et cala ses chevilles sur la rambarde pour se laisser arroser par la pluie qui jaillissait du toit comme d'un robinet. C'était froid, violent, merveilleux.

Elle irait constater les dégâts plus tard. Des cadres, dont certains anciens, étaient détruits. Les photos seraient sans doute intactes. La petite table d'angle en chêne massif, cassée en deux, elle l'avait achetée trois cents dollars. Son esprit s'attarda sur la table : du chêne massif ? Cassé en deux ? Comment était-ce possible ? Des vases, dont certains en cristal ou en porcelaine, chers comme tout bien sûr, étaient en miettes. Une longue balafre zébrait le canapé et une chaise près de la fenêtre, mais cela se réparait même s'il devait en rester des traces. Le salon semblerait davantage habité et perdrait son aspect musée, ce qui n'était pas forcément une mauvaise chose. Karen devrait peut-être retrouver la fille et l'en remercier ?

Karen n'en revenait pas que ses beaux objets lui paraissent si loin, comme si leur destruction était arrivée à l'ancienne Karen Grange, celle qu'elle avait cessé d'être. Un autre sentiment accompagnait la destruction de son bazar : un sentiment de soulagement. Les mauvais souvenirs étaient enfin effacés, grâce à quelque erreur informatique attribuant de vastes quantités d'argent au lieu d'un dépassement de crédit.

D'un autre côté, ce qu'elle ressentait physiquement, c'était la chaleur. Une chaleur totale, interne et externe. Une douce chaleur diffuse, centrée en un point auquel Karen ne pensait pas d'habitude.

Restaient l'assurance et la paperasse à remplir, mais cela pouvait attendre. L'assurance couvrirait tout. Sans y penser vraiment, Karen calcula le montant du remboursement et s'aperçut d'une coïncidence ironique, à mourir de rire ! Le remboursement de ses précieux objets — qui l'avaient amenée là où elle était et, paradoxalement, lui avaient fait connaître la sécheresse, le faiseur de pluie et la sauvageonne qui avait détruit son salon — couvrirait le salaire de Tom. Karen ne put s'empêcher de sourire. Bon, heureux hasard ou pas, elle s'en occuperait la semaine prochaine. La semaine prochaine, après le départ de Tom.

Cette pensée la frappa comme la foudre.

Mais elle n'eut pas le temps ni la présence d'esprit de s'y attarder, car de l'intérieur de la maison lui parvint un bruissement, la porte s'ouvrit, deux larges mains se posèrent sur ses épaules, et un murmure lui chatouilla l'oreille.

— Karen.

Il était brûlant, excitant au plus haut point. Les mains glissèrent le long de ses bras, sur sa peau nue, puis des doigts enlacèrent les siens. Il s'accroupit derrière sa chaise, assez grand pour que, même dans cette position, il la dépassât d'une tête. Il posa avec douceur le menton sur son épaule et respira lentement.

Elle essaya de trouver quelque chose à dire, mais, lorsque ses lèvres s'entrouvrirent, seul son souffle en sortit. Au lieu de parler, elle s'agrippa à ses mains, tourna légèrement la tête. Il l'embrassa. Son baiser avait le goût de la pluie. Elle sentit ses seins gonfler contre son T-shirt. Ses pieds glissèrent de la rambarde et retombèrent légèrement sur le plancher, et elle put se retourner complètement vers lui. Il dégagea ses mains, l'enlaça, lui caressa le dos avec tant de force et de chaleur que Karen n'était plus un corps, mais des lèvres, un dos, de la chair. Seules les parties qu'il caressait semblaient exister, le reste perdu dans l'intervalle entre celle qu'elle avait été et celle qu'elle était devenue dans la clairière.

D'une main, il lui parcourut le dos, lui caressa les cheveux et l'attira doucement à lui, réveillant sa chair, puis il la repoussa gentiment. Elle ne put ouvrir les yeux bien qu'elle sût qu'il la regardait. Elle ne voulait pas rompre le charme de son bien-être physique, sachant qu'en ouvrant les yeux elle déclencherait une suite qu'elle ne pourrait maîtriser. Elle finit cependant par s'y résoudre.

Il lui souriait.

— Salut, fit-il.

Karen sentit ses joues brûler. Il la regarda dans le fond des yeux, or il savait bien, lui, ce qu'ils avaient fait ensemble. Le trouble et la gêne, la joie et l'impatience survinrent ensemble.

— Salut, répondit-elle.

Il se dégagea, sa main quitta sa nuque, son dos, abandonna sa peau centimètre par centimètre, ou ce fut du moins cc que Karen ressentit, et se laissa tomber sur la chaise qu'elle avait rapportée de la cuisine.

— Qu'est-ce qui s'est passé dans ton salon ? demanda-t-il alors, comme s'il n'y avait rien eu entre eux. Un tremblement de terre pendant mon absence ?

Il contemplait la pluie. Karen le dévisagea, incrédule, son cœur battant à rompre, son sang bouillonnant. Elle replia les mains sur sa poitrine.

Il se tourna vers elle et vit son regard. Son visage changea. Il plongea ses yeux dans les siens.

Il y eut un moment de silence, aussitôt rempli par ce qu'elle ressentait ; il s'en aperçut, le ressentit lui aussi, et se leva aussitôt. Il essaya de rire, mais une sorte de râle sortit de sa bouche. Lorsqu'il tendit les bras vers elle, son expression changea ; il avait les yeux lourds, mi-clos, comme ensommeillés.

— Karen, murmura-t-il.

Son nom ainsi prononcé fit à Karen l'effet d'un souffle humide et chaud sur son cou.

Il respira bruyamment, la leva de sa chaise, l'enlaça, enfouit sa tête dans son cou. Elle gémit, vacilla, trop faible pour tenir debout. Elle se colla contre lui pour garder l'équilibre, la tête brinquebalante. Il fit courir ses lèvres sur son cou, goûta sa peau partout. Elle céda — quoi qu'ils deviennent, où qu'ils aillent ensuite, cela n'avait plus d'importance. Il se dégagea, mais seulement pour ouvrir la porte et l'entraîner vers la chambre.

Ils s'écroulèrent ensemble sur le lit, tout habillés, et entamèrent ce qui allait être une très longue valse.


La terre de Carl allait être délivrée par la pluie. S'il avait commencé tout de suite, comme presque tous ses collègues, il aurait pu réussir. Mais Carl avait d'autres sujets de préoccupation, et il ne se laissa pas distraire par les quelques possibilités qui s'offraient.

Lorsqu'il rentra chez lui, la maison était vide. Janet lui avait laissé un mot de son écriture appliquée, expliquant qu'elle était désolée, mais qu'elle était partie avec Butch. Elle ne disait pas « temporairement », même si elle précisait qu'elle lui téléphonerait et lui recommandait d'aller voir Henry Barker sans tarder et de laisser « ce que tu crois qu'il se passe entre les mains de ceux dont c'est le métier ». Et, souligné deux fois, avec une telle ardeur que le crayon avait déchiré le papier et marqué le reste du bloc-notes, elle avait ajouté : JE T'EN SUPPLIE en lettres majuscules.

Ils étaient sortis par la fenêtre et s'étaient servis du trousseau de clés de rechange caché dans l'abri à l'arrière de la maison. Carl admira l'intelligence de sa femme. Il ne lui en voulait pas ; elle faisait, à sa manière, ce qu'il faisait lui-même. Elle sauvait sa peau, et celle de Butch. Lorsqu'il avait quitté la fête des couillons, pris dans un embouteillage monstre, il était aux cent coups, livide, horrifié, mais résolu. Dans son esprit, la pluie était reléguée au second plan. Le fait qu'il pleuve prouvait que quelqu'un jouait avec Goodlands, exactement comme un garnement arrache les ailes d'une mouche pour s'amuser.

Il se fit un sandwich et le mangea debout, mais uniquement pour satisfaire son estomac vide. Il était épuisé, affamé, et en proie à une hystérie galopante.

« Il faut que je garde des forces. » Il mastiqua avec application, sans goût, il ne sentit pas la douceur du lait dans sa gorge, mais il entendit le martèlement distant de la pluie sur le toit, oh oui, il entendit chaque goutte, comme une accusation qui accroissait sa culpabilité et sa fatigue.

Il était sur le point de flancher.

Son désir antérieur de « sauver » Goodlands était devenu d'une urgence impérative. Il les avait tenus entre ses mains, et il était sur le point de leur prouver qu'on les trompait, quand la pluie était arrivée. Elle était arrivée et ils l'avaient gobée. Quels imbéciles ! Ils avaient dansé sous la pluie comme si c'était une manne tombée du ciel. Oh, non, ce n'était pas une manne, et Carl était prêt à parier sa ferme — ou ce qu'il en restait — que la pluie allait bientôt s'arrêter.

Ça faisait partie de leurs expériences. Ils s'entraînaient. C'était une arme qui servirait un jour contre un ennemi plus clairement défini que les Russes, maintenant que les Russes se redéfinissaient eux-mêmes. Les Cubains, les Irakiens, les extraterrestres ou tous ceux dont ils décideraient qu'il fallait les combattre ; le gouvernement et ses laquais fabriquaient une nouvelle arme, absolue, l'arme écologique drapée dans les habits de la nature. Pour les assécher, pour les noyer sous le déluge. Carl vit soudain toutes les forces de la nature entreposées dans un hangar, en plein désert de l'Arizona, cachées derrière une porte blindée. S'ils pouvaient faire pleuvoir et organiser la sécheresse, pourquoi pas des tremblements de terre, des tornades, des inondations ?

Ainsi, la pluie était une ennemie, tout autant que l'homme qu'il s'attendait à trouver dans la clairière, derrière chez la banquière, manipulant son ordinateur avec un sourire satisfait sur son visage de Judas, une grimace narquoise sur sa petite gueule d'agent fédéral.

Le problème était : que faire du Judas quand il l'aurait coincé ? Parce que cette fois, Carl serait seul. Dans son scénario original, l'homme était confronté à un groupe, et Carl avait une vague vision de son groupe arrivant en masse dans la clairière pour faire cesser les expériences militaires par la vertu de la loi de la majorité. La suite était tout aussi vague dans sa tête. Hormis débarquer dans le pré de Karen Grange, Carl n'avait rien préparé.

Dans un scénario de film, il aurait peut-être tué le coupable, mais il n'était pas dans un film, même si ses motivations provenaient en grande partie des dialogues des émissions télévisées qu'il regardait. Carl avait encore assez de prise sur le réel pour que rien d'aussi spectaculaire et irréversible que la mort du Judas ne l'ait effleuré. Il avait bien pensé à le rouer de coups, mais plus par réaction que par une décision mûrement réfléchie. Le plan original avait consisté en une sorte de confrontation, un dialogue de bandes dessinées, « Ah, on te tient ! », émaillé de quelques jurons proférés par le méchant.

Un autre plan moins vague consistait à prendre des photos, des documents, n'importe quelles preuves, et à les envoyer aux journaux nationaux, comme le *New York Times*, le *Chicago Tribune*, à des reporters sérieux.

La classe moyenne qui avait produit Carl, sa famille, ses voisins et la plupart des habitants de Goodlands continuait à lui dicter sa conduite. Dans son univers, le bien et le mal étaient clairement définis, et Carl, malgré son état d'esprit, n'aurait jamais envisagé un acte physique. S'il rencontrait l'homme dans un bar après quelques bières, il pourrait, s'il était provoqué, lui retourner un direct. Mais pour l'instant, les dégâts étaient surtout intellectuels et infligés non seulement à sa ville, sa terre, son mode de vie, mais à sa perception du bien et du mal, ce qui était pire, d'une certaine manière. Cela ne se réglait pas à coups de poings, par un nez en sang ou la perte de quelques dents. Si toute la ville s'y mettait, on y arriverait peut-être.

Or Carl était seul désormais. Et il n'avait aucune confiance en ses capacités. Seul, la situation devenait plus épineuse, et c'était comme cela que les choses dégénéraient pour l'individu isolé confronté à une tâche insurmontable.

Ce qu'il avait retenu de son éducation à Goodlands : telle chose était juste mais telle autre non, il l'avait transposé dans son monde d'adulte ; les lois et les droits de l'homme étaient sacrés, et quoi qu'il se passât dans le verger de Karen Grange, il n'y avait pas à en sortir : c'était injuste. Et Carl était fatigué, sa femme et son fils partis Dieu savait où, tout ça parce qu'il avait commencé à crier tout seul. Et maintenant que la pluie était arrivée, personne ne le croirait. Pourtant, quand le robinet serait fermé, il réussirait peut-être à les entraîner de nouveau.

Carl avala la dernière bouchée de son sandwich, but le lait à même le carton, puis, l'air las, il alla dans sa chambre. La fenêtre par laquelle sa femme et son fils s'étaient échappés était toujours ouverte, la moustiquaire adossée au mur. Sous la fenêtre, la moquette était plus sombre, la pluie qui continuait de tomber l'avait trempée. Carl jeta un coup d'œil dans le jardin, puis scruta les champs, la grange au mur blanc, au milieu du tableau. Il vit sa terre, détrempée, noire, boueuse, des flaques gluantes, les arbres qui paraissaient déjà verts dans la lumière, avec les gouttelettes qui s'accrochaient aux branches et tombaient une à une. Il eut un bref pincement de cœur à la vue de sa terre, son univers, son gagne-pain, l'avenir de son fils. Mais il savait que c'était justement à ces conneries-là qu'*ils* voulaient qu'on s'accroche, sans voir plus loin que le bout de son nez. Il referma la fenêtre.

Il alluma la télé et mit la chaîne météo. Ses yeux se fermèrent pendant qu'il attendait les prévisions pour le Dakota. Il les manqua de peu, mais il n'y avait rien à voir.


Henry avait aussi mis Canal Météo, mais il ne s'endormit pas.

Il s'était affalé en soupirant dans son canapé. Lilly l'avait attendu pour dîner, mais l'odeur des hamburgers en train de frire dans la cuisine ne chassait pas celle qu'il avait encore dans les narines, de la morgue où il avait conduit un Donald Whalley sobre, mais avec la gueule de bois, identifier le corps de Vida. « C'est bien elle », avait-il dit, un rien nauséeux, soit à la vue de sa sœur, soit du fait de la cuite de la veille. Il n'avait rien dit d'autre.

C'était le genre d'odeur dont on mettait un ou deux jours à se débarrasser. Henry était irrité. Pourtant, la mort ne le rebutait plus comme avant. Il avait vu son compte de cadavres, ou de photos de cadavres. Son pire souvenir était celui d'une femme de Mountmore à qui on avait fait sauter la tête d'un coup de fusil et qu'on avait ensuite enfermée dans des cabinets. Il s'était écoulé plus d'une semaine avant qu'un voisin aille jeter un coup d'œil chez elle. Sur le coup, Henry avait gerbé tripes et boyaux.

On apprit par la suite qu'un amant éconduit lui avait fait son affaire dans une crise de démence : pris de remords un lendemain de cuite, il n'avait été que trop content de se faire arrêter. Non, la mort ne troublait pas Henry. D'ailleurs, la fille Whalley n'avait pas été assassinée, elle n'était pas morte dans un accident de voiture, les deux manières les plus détestables de tirer sa révérence. On aurait dit qu'elle était morte d'un truc empoisonné.

De la morgue, Henry était passé à son bureau où il avait essayé de rédiger un rapport sur l'affaire. Mais il avait besoin des conclusions du coroner pour le terminer. D'ailleurs, il avait d'autres choses en tête.

Il y avait l'affaire de Parson's Road, mais il avait téléphoné au comté et une équipe de cantonniers passerait le lendemain. Il avait dû mentir un brin mais il voulait surtout en terminer avec ces histoires. Il voulait parler à Karen Grange, si étonnamment vague et discrète sur son invité. Il était bien obligé de se demander si elle savait qu'elle commettait un délit en mentant à un officier de police. Il avait besoin d'une explication... Oui ou non, l'homme qu'il avait vu remonter le long de son allée était-il son invité ? Oui ou non, avait-il allumé l'incendie chez Kramer ?

L'arrivée de Karen Grange à Goodlands — à en croire les rumeurs — avait aussi tout d'une coïncidence. La sécheresse, la sinistre découverte du cadavre, les paysans qui perdaient leur ferme. Non qu'il ajoutât foi à ces racontars, mais il en avait plus qu'assez, non seulement parce qu'elle lui avait menti, mais parce que tout cela sentait mauvais et qu'il n'avait aucune réponse à apporter.

La fille Whalley, par exemple. Une petite chose menue, à vrai dire, mais la plupart des filles de son âge étaient fluettes. Mais Henry avait remarqué autre chose au sujet de la fille, quand il avait veillé son corps à l'épicerie, et il en avait eu confirmation pendant que son frère l'identifiait. Elle avait de petits pieds. Pas très différents des empreintes qu'il avait vues dans la boue chez les Watson après que les réservoirs s'étaient si cruellement vidés.

Quand Bob Garrison et Donald avaient signé le formulaire pour remettre le corps de la fille aux pompes funèbres d'Avis, Henry avait discrètement subtilisé une basket et en avait examiné la semelle. Du trente-cinq. C'était écrit sur la semelle, à l'intérieur, un chiffre noir sur fond blanc, et, pour faire bonne mesure, il avait emprunté le mètre sur l'étagère, avait mesuré la chaussure et avait noté le résultat ; il ne se souvenait pas d'une empreinte claire et nette chez les Watson — la boue était gorgée d'eau, et il avait à peine eu le temps de voir l'empreinte avant qu'elle se dissolve. Il l'avait aussi mesurée. La chaussure de Vida était à peu près de la même taille, s'il s'en souvenait bien. Il vérifierait plus tard. C'était tout de même drôle. Il avait l'impression qu'il n'aurait jamais les réponses à ses questions.

Il devait s'occuper de ça, ensuite ce serait le tour de Carl Simpson. Goodlands était décidément un travail à temps plein ; Henry se prit à regretter qu'ils n'aient pas leur propre shérif.

Malheureusement, il ne pouvait retenir aucune charge contre Carl ; l'incitation à l'émeute lui vint à l'esprit, mais Carl n'en était certainement pas responsable. Henry tenait le récit de l'affaire de la bouche de Leonard, qui avait tout vu, et d'après lui chacun voulait régler ses propres comptes. Cependant, Henry devrait avoir une longue discussion avec Carl et le pousser à se faire aider. Il n'avait pas réussi à trouver Janet ni Butch, mais pensait qu'ils ne devaient pas être bien loin. Il était d'ailleurs préférable que Carl se trouve seul pour l'instant. Si Henry avait le temps, il téléphonerait à des voisins et leur demanderait s'ils avaient vu l'épouse et le fils.

En attendant, il comptait regarder la météo au cas où on parlerait de la pluie à Goodlands. Ensuite, il dînerait, et demain, lorsque la pluie aurait cessé, il irait chez Karen Grange voir s'il y avait un bonhomme qui dansait autour d'un feu, lançait des incantations ou une quelconque bizarrerie destinée à faire venir la pluie.

Mais il ne comptait pas trop dessus.

Il faisait nuit noire quand Karen commença à ranger le désordre du salon.

Auparavant, ils s'étaient réveillés et habillés. Ils étaient allés chercher de quoi manger et boire, évitant avec précaution les éclats de verre et les échardes, les meubles renversés, restes de l'ancien univers de Karen. Elle marchait pieds nus avec un mépris affiché presque comique pour le salon dévasté qui laissa Tom moins indifférent.

— Tout est détruit, répéta-t-il plusieurs fois, avec des tonalités variables, essayant de la faire réagir.

— Eh oui, soupirait-elle avec un sourire timide.

Elle lui avait dit qu'il y avait eu un cambriolage pendant qu'il était dans la clairière, sans doute des vandales, et elle s'en était tenue à cette explication.

— Ils t'ont volé quelque chose ?

— Non, je ne crois pas.

Ils étaient retournés au lit, après avoir mangé des œufs durs et des cornichons que Karen puisait dans un pot avec ses longs doigts fins. Ils avaient bu du lait. Tom avait ôté son jean encore trempé avant de se glisser sous les draps. Son corps humide s'était réchauffé bien vite au contact de Karen. Cela s'était passé des heures plus tôt. Entre-temps, ils s'étaient assoupis, puis avaient fait l'amour à nouveau.

Karen se réveilla donc en pleine nuit. La chambre était peuplée d'ombres et de fantômes. La seule lumière qui filtrait par les rideaux provenait de la lune. A côté d'elle, Tom respirait profondément ; elle se leva sans bruit pour ne pas le déranger, la couverture serrée autour de son corps, de crainte de se montrer nue, bien qu'il soit endormi.

Son jean était encore humide et froid. Elle fouilla à tâtons dans son vestiaire, trouva la vieille robe en coton qu'elle aimait, l'enfila, ravie de sentir la douceur du tissu sur sa peau nue.

Elle allait sortir et s'en aller au salon quand elle entendit la voix de Tom :

— Il pleut toujours.

C'était une affirmation. Elle se retourna ; un éclat de lune argenté jouait sur la figure de Tom. Il avait les yeux ouverts, le visage impénétrable.

Karen entendit le crépitement étouffé sur le toit. Le bruit de la pluie serait plus évident dans le reste de la maison, où les fenêtres étaient grandes ouvertes.

— Oui, il pleut toujours.

Elle se sentit rougir. Il y eut un silence pendant lequel elle se demanda depuis combien de temps il était réveillé. L'avait-il vue s'habiller dans le noir ? Sa respiration n'avait pas changé.

— Je vais déblayer le salon, annonça-t-elle, lui tournant le dos. Tu veux quelque chose ?

Vu la situation, elle trouva sa question étrangement banale ; elle aurait voulu lui dire des choses plus intimes. « Reste avec moi pour toujours », par exemple.

— Je vais te donner un coup de main, proposa-t-il.

Les couvertures bruissèrent quand il se leva. Sa silhouette se découpa dans la lumière de la lune. Comme le soir où il était arrivé, elle l'observa de biais enfiler son jean trempé.

— Je vais dans la cuisine, annonça-t-elle, et elle le laissa s'habiller.

La bouteille de vin blanc qui était restée si longtemps dans le placard était encore à moitié pleine. Elle remplit deux jolis verres ballons, contente que la fille ne soit pas allée jusqu'à la cuisine. Elle espérait qu'un verre de vin calmerait la panique qu'elle sentait monter. Elle avait très peu mangé, et sa vie avait pris un tournant à cent quatre-vingts degrés depuis la veille. Ces deux verres évoquaient la fête. Deux verres pour deux. Cette pensée se mêla au bruit que faisait Tom dans la chambre, et elle eut de nouveau l'étrange impression d'être une autre.

Il pénétra dans la lumière électrique de la cuisine, cilla, ses cheveux emmêlés sur ses épaules. Son jean mouillé lui moulait les cuisses.

— Il va sécher, dit-il en surprenant son regard.

Elle se sentit de nouveau rougir.

— Je suis désolée, mais je n'ai pas de vêtements de rechange pour toi.

Elle faillit ajouter qu'elle pouvait mettre ses vêtements dans le séchoir, mais se ravisa en s'apercevant qu'il serait nu pendant l'opération.

— C'est pas la première fois que je mets des vêtements trempés, dit-il.

— C'est agréable, parfois, dit-elle en souriant. Je veux dire... c'est frais. Je t'ai servi un verre de vin, bredouilla-t-elle. Je traînasse. J'ai horreur du ménage.

Elle jacassait, elle se sentait stupide. Tom but une gorgée de vin, alla jusqu'à la porte et regarda à travers la moustiquaire. Il alluma la lumière du porche luisant sous la pluie qui se déversait par gerbes du toit, avec un bruit de cascade. Karen regarda Tom regarder la pluie.

— Le vin est bon... Encore une belle journée qui s'annonce.

Elle pouffa nerveusement en se demandant s'il faisait référence au vin bon marché ou à l'après-midi qu'ils venaient de passer au lit. Elle essaya de trouver quelque chose à dire, s'aperçut qu'ils n'avaient pas eu de conversation poussée depuis... qu'il avait commencé à pleuvoir. La pluie martelait toujours le toit et retombait en cascades que Tom suivait des yeux, pensif, impénétrable.

— Tu veux que j'allume la radio ? proposa-t-elle.

— Non, je préfère écouter la pluie.

Il resta collé contre la porte, puis fouilla dans sa poche revolver et sortit sans un mot sous le porche, laissant Karen seule dans la cuisine.

Elle sentit l'odeur âcre de son tabac. Elle prit un balai, une pelle à poussière, un grand sac poubelle et alla dans le salon.

Elle redressa une lampe, la percha sur la table d'angle restée debout et l'alluma. Des ombres se découpèrent. Un désordre invraisemblable jonchait le plancher, rayé par les éclats de porcelaine et de verre. Deux tables étaient en morceaux. La table basse en chêne qui lui avait coûté mille dollars avait un pied en moins, et les pointes mortelles du bois déchiqueté se dressaient, menaçantes, au-dessus des restes d'un vase en cristal. Et il y avait les cadres, méticuleusement choisis pour enjoliver les photos de gens auxquels elle ne pensait plus souvent, tordus, le verre brisé, les fonds déchirés. Karen considéra les dégâts et s'efforça d'évaluer ses sentiments.

Le carnage représentait des milliers de dollars, mais il n'y avait pas un objet de valeur. Rien de grave.

Elle balaya, sans discernement. Le cristal, les objets d'art, les photographies, tout alla dans un même tas. Elle remplit une première pelle et la vida dans le sac poubelle. Pas une fois elle ne se baissa pour vérifier si un objet pouvait être réparé ou sauvé. Balayer était aussi enivrant que l'avaient été les achats. La sueur perlait sur son front, ses mains étaient moites, son souffle court, exactement comme lors de ses achats intempestifs. Son cœur battait, mais, cette fois, la ligne d'arrivée était en vue.

Elle s'activa, redressa les tables, remit avec soin les coussins en place, essuya les surfaces, rassembla les pièces les plus importantes près de la porte afin de les sortir plus tard, à la lumière du jour. On pourrait réparer la table basse, changer le pied, un clou par-ci, de la colle par-là, et elle serait de nouveau solide ; on pourrait même y ranger les magazines — c'était bien ce qu'on demandait à une table basse, non ? Karen se dit que George Kleinsel s'en chargerait quand il en aurait terminé avec l'épicerie. La semaine prochaine, peut-être.

La semaine prochaine, quand le faiseur de pluie serait parti.

Elle tira la grande table près de la porte et la dressa contre le mur.

Puis elle regarda la pluie tomber dans la lueur de la lune et se demanda ce qu'elle ressentirait quand tout serait terminé.

Tom fuma sa cigarette et essaya de jouir de la pluie. Sa pluie. Il se concentra sur chaque goutte, la ressentit dans ses chairs, à travers le plancher, à mesure qu'elle éclaboussait la rambarde et les marches. Le chant de la pluie semblait provenir de l'intérieur de son corps. Il ferma les yeux, enthousiaste. Elle était encore là, pleine et durable. Elle tomberait encore longtemps.

Mais cela n'était pas suffisant.

Tel le bourdonnement continu d'un nid de guêpes, sous le chant rafraîchissant de la pluie, le bruit était encore là. Et avec lui, un pressentiment lugubre.

Tom jeta d'une pichenette sa cigarette par-dessus la rambarde. Le mégot rougeoya un instant dans l'herbe, comme une luciole, puis disparut, noyé par la pluie.

Sous ses pieds, le bourdonnement persistait. Si Tom ne se méprenait pas, il s'était encore accru en puissance et en intensité. Quelque chose était à l'œuvre.

Grange avait été vague à propos de l'incident qui avait eu lieu chez elle pendant qu'il était dans la clairière. Il ne pouvait s'empêcher de se demander s'il n'avait pas coïncidé avec le moment où le ciel s'était ouvert avec fracas. Il s'était arc-bouté à la pluie, effort dérisoire, et soudain, presque fortuitement, le ciel s'était ouvert et la pluie s'était déversée.

Avec une désinvolture presque sinistre.

Tom vida son verre de vin ; il aurait voulu quelque chose de plus fort, mais se doutait que Grange n'avait pas d'alcool. Il l'entendit vaquer à son ménage.

Il eut envie de rentrer, de la prendre dans ses bras, de lui faire encore l'amour, de se perdre dans la chaleur humide de leurs deux corps enlacés. D'oublier tout, de bannir le désastre imminent, de le remplacer par le dérèglement des sens. Il eut envie d'utiliser Karen comme une barrière entre lui et l'affreux pressentiment dont il ne pouvait se débarrasser.

Mais c'était impossible. Pas comme ça, pas maintenant. Troublé, Tom scruta les ténèbres en grimaçant. La pluie, la femme, tout semblait conspirer contre lui, et il ignorait pourquoi.

La porte grinça derrière lui. Karen parut avec son verre encore plein et la bouteille de vin.

— Tu veux finir le vin ? proposa-t-elle.

Il se retourna. Echevelée et couverte de poussière, elle lui souriait timidement.

— Tu lis dans mes pensées, fit-il, et il tendit son verre.

Elle baissa la tête.

— Tu ne préfères pas la bouteille ?

— Si, mais seulement devant un bon feu.

Karen se pencha au-dessus de la rambarde pour recevoir la pluie. Elle ferma les yeux et se laissa asperger. La courbe de ses reins se dessinait sous sa robe légère qui moulait ses hanches. Tom suivit la courbe des yeux. Tout irait bien, peut-être.

Karen leva la tête vers le ciel puis battit en retraite à l'abri du porche.

— Hmmm... c'est si bon ! soupira-t-elle. Surtout après avoir attendu si longtemps.

— Tu parles de la pluie ? demanda-t-il pour la taquiner.

Karen s'empourpra.

— Bien sûr, dit-elle, les yeux baissés.

— Hé ! lança-t-il pour l'obliger à le regarder. (Elle refusa de lever les yeux, puis se résolut à le regarder, les joues en feu.) Ça va ? (Il chercha les mots justes.) Tu es sûre que ça va... si je reste là... ça ne te dérange pas ?

— Oh... (Elle vira au rouge pivoine.) Bien sûr que ça va. (Elle reporta son regard sur la pluie en se demandant quand il partirait.) Je ne m'attends pas à ce que tu m'épouses ni rien de ce genre, ajouta-t-elle avec un sourire gêné.

Il posa sa main sur son dos. Elle ne se retourna pas, les yeux rivés sur la pluie. Il remonta le long des reins, lui caressa le cou, lui glissa les doigts dans les cheveux.

— Il faudra que tu me dises ce qui s'est passé dans l'après-midi, murmura-t-il.

— Je te l'ai dit.

— Tu as menti.

Elle s'accouda à la rambarde, la tête en retrait, à l'abri de la pluie. Un pli creusait son front.

— C'était une fille, presque une gamine. Elle était horrible, on aurait dit un rat, ou un... (elle chercha un mot pour la décrire)... une victime. Je l'ai trouvée dans la maison. Elle avait tout renversé, elle avait cassé tout ce qu'elle avait pu. Une folle, j'imagine. (Son visage s'assombrit, elle se sentit coupable sans avoir pourquoi et chassa vivement cette impression.) La fille d'une victime de la sécheresse, à mon avis. (Elle regarda la lumière du porche éclabousser l'herbe humide.) Une victime de la banque. Indirectement... mais je suis sûre qu'elle ne voyait pas les choses sous cet angle.

Tom s'approcha d'elle et pressa son corps contre le sien. Il la saisit avec douceur par la taille. Elle était chaude. La pluie dégoulinait de ses cheveux sur ses épaules. Il colla sa bouche contre son cou mouillé et goûta sa peau.

Elle ne lui raconta pas la suite. Il n'y avait rien d'autre à dire, rien sur quoi elle pût mettre des mots, et d'ailleurs, quelle différence cela faisait-il pour lui ? C'était son problème à elle. Quelle drôle d'impression, ce sentiment de connaître la fille, la façon dont elle avait plongé ses yeux dans les siens... Elle était folle ; l'affaire était close. C'était peut-être une schizophrène. Karen ne voulut pas gâcher le délice de l'instant, Tom tout contre elle. « Raconte-lui tout ».

— Tu savais que si on faisait quatre fois l'amour dans la même journée on gagnait un prix ? lui souffla-t-il à l'oreille.

— Un prix ? sourit-elle. Quel prix ?

— Le droit de recommencer.

Il se colla contre son corps et lui caressa le ventre. Sa main glissa le long de sa hanche, descendit à l'endroit où sa robe s'arrêtait, pétrit la chair brûlante de sa cuisse.

Elle ne lui raconta rien.

# 14

La pluie cessa juste avant l'aube.

Dans les secondes suivantes, un nuage sombre surgit de la terre, d'abord dans Parson's Road. La longue crevasse qui avait fendu la route en deux abritait ce qui parut d'abord être un gaz. En fait, c'était une fine poussière brune, des restes desséchés de la terre autrefois fertile, de ce qui avait poussé et fleuri dans la commune agricole, poussière à la fois vivante et morte. Elle s'éleva de la crevasse tel un brouillard malfaisant, dériva d'abord avec paresse, puis flotta en gros nuages denses et gagna en puissance. Lorsqu'elle atteignit la hauteur d'un étage, elle commença à tournoyer avec une lenteur irréelle et calculée.

Elle s'éleva par vagues, et tourbillonna, blafarde, dans toutes les directions, grossit et vacilla, multiforme, chaque atome lancé dans une danse imparfaite. Chaque brin d'herbe, chaque caillou, chaque trou dans la terre en fut recouvert, étouffé, comblé, couche après couche, tandis que le nuage s'étendait et enveloppait tout sur son passage.

Le nuage se déplaçait avec une telle lenteur qu'il paraissait immobile. Les arbres, bien qu'imbibés de pluie, hurlèrent leur cri de mort longtemps avant l'arrivée de la poussière, et ils furent bientôt vaincus par l'arrivée de ce nouvel ennemi. Ce qui avait pu être sauvé de la terre aride par l'averse miraculeuse était désormais étouffé par les flots de poussière qui s'élevaient et retombaient en remontant vers la ville.

Le sol détrempé, gluant de boue l'après-midi, fut de nouveau asséché par les vagues houleuses qui se dégageaient des fissures de la terre. Dans des dizaines de champs et de routes, la poussière surgit. Elle boucha la faible lumière, créant une sorte de lueur grisâtre qui virerait bientôt à la nuit opaque, plus sombre que les cieux. Pour l'instant, la poussière avançait avec méthode, roulait sur elle-même autour de la ville, s'insinuait à travers les fissures invisibles à l'œil nu, se glissait sous les portes, filtrait par les moustiquaires, enveloppait les habitants dans leur sommeil, l'épais brouillard les ensevelissant sous une couverture de suie. Pendant ce temps, comme embrumée, la ville dormait.

Les bêtes hurlèrent dans les étables, les basses-cours et les champs ; plongée dans un profond sommeil cataleptique, la population n'entendit pas leurs cris. Mais elles cessèrent vite de hurler.

Partout dans Goodlands, les gens dormaient, ignorant la peste sournoise qui s'abattait sur eux avec lenteur. A l'aube, le baume que la pluie avait apporté était balayé par les milliards de particules hargneuses qu'une main invisible poussait sur Goodlands, et nulle part ailleurs. Les nuages tourbillonnants noyaient les frontières de la commune, depuis le sol lui-même jusqu'à perte de vue.

La ville entière se réveilla d'un coup et suffoqua.

Janet et Butch s'étaient réfugiés chez des voisins ; ils dormaient d'un sommeil agité dans une chambre mansardée. Janet se réveilla la première, car une violente sensation de claustrophobie l'avait fait hoqueter en dormant. Comme beaucoup d'habitants de Goodlands cette nuit-là, elle avait rêvé de pluie. Une pluie qui avait d'abord inondé son corps d'une fraîcheur triomphale, mais avait ensuite empli ses yeux, sa bouche, ses oreilles, ses narines d'une chaleur moite et enduit les pores de sa peau d'une couche si épaisse que son corps ne pouvait plus respirer.

Tandis que sa gorge s'emplissait de la pluie rêvée, sa salive poussiéreuse lui arracha une toux. Une petite toux qu'elle perçut comme extérieure à son sommeil. Janet naviguait entre le rêve et l'éveil, la pluie lui échappa, elle eut l'impression de se trouver sous une bâche où l'air se raréfiait et elle sentit les parois de l'univers se refermer sur elle. Elle toussa de nouveau, plus fort cette fois, et se réveilla à temps pour entendre la voix rauque et étouffée de son fils.

— Ma... man...

Elle voulut appeler Butch, mais ne put articuler un mot. Sa bouche était remplie d'une chose qui collait sa langue à son palais.

Ses yeux brûlaient, irrités par des paupières sablonneuses. Elle porta les mains à ses yeux, toussa, suffoqua, oublia l'appel angoissé de Butch, rechercha avec avidité une bouffée d'oxygène désespérée.

A force de se frotter les yeux, elle réussit à les humidifier suffisamment pour les ouvrir. Butch était là, dans un lit gigogne de la chambre sous les combles qu'ils partageaient chez Mary Tyler. C'était une maison proprette, à moins d'un kilomètre de chez eux.

— Butch... hoqueta Janet.

Elle se leva, de la poussière vola quand elle rejeta ses draps, et elle vacilla sur le sol qu'une fine pellicule de poussière rendait glissant comme une patinoire.

Hébétée, elle regarda autour d'elle, vit la poussière flotter dans la faible lumière qui filtrait par la faîtière, comme si on avait secoué un chiffon dans les rais du soleil. Janet sentit la poussière sous ses pas, vit la couche grise sur la table près de la porte. Comment ne l'avait-elle pas remarquée malgré la pénombre quand elle avait emménagé, la veille ? Elle mit un moment à chasser cette question.

Assis sur son lit, courbé en deux, Butch se frottait énergiquement les yeux, comme sa mère avant lui ; un couinement était tout ce que sa gorge ensablée lui permettait, la poussière jaillissait de sa bouche à chaque quinte de toux, telle la buée par une matinée d'hiver.

Janet se laissa tomber sur le lit de Butch dans un nuage grisâtre. L'enfant toussa encore avant de gémir :

— J'étouffe...

Il n'alla pas plus loin. Il empoigna sa mère à deux mains, avec une force inattendue, la bouche ouverte, à court d'air. La panique s'empara de Janet ; elle fit la première chose qui lui vint à l'esprit, elle lui tapa vigoureusement dans le dos, envoyant valser des cumulus de poussière. De sa main libre, elle se couvrit la bouche et le nez.

— Mets ta main devant ta bouche, conseilla-t-elle. (Et sans attendre qu'il s'exécute, elle lui prit la main et la lui plaqua sur la bouche.) Respire sans desserrer les dents, ajouta-t-elle.

Butch regarda sa mère de ses yeux ronds, rougis d'avoir été frottés, l'un montrant une traînée de sang.

— Qu'est-ce qui se passe ? crachota-t-il.

— J'en sais rien. (Elle le tira hors du lit.) Viens, sortons d'ici. Baisse la tête.

Ils se dirigèrent en tanguant vers la trappe. Janet jeta un regard vers la faîtière mais ne vit rien. Comme si on avait jeté, de l'extérieur, une couverture sur la vitre.

— Allons-y, dit Janet en tirant le loquet.

La situation était meilleure au premier étage, la poussière n'y voletait pas comme sous les combles.

— Mary ? appela Janet.

Elle entendit au loin une fenêtre qu'on fermait, puis des bruits de pas.

— Janet ? Qu'est-ce que c'est ? Une tornade ?

Mary, Butch et Janet se retrouvèrent dans le couloir, entre la salle de bains et les chambres.

— Il faut fermer les fenêtres, décréta Janet.

Non, elle ne croyait pas à une tornade. Elle se couvrait toujours la bouche d'une main et parlait entre ses dents. Mary aussi. Mais l'air était respirable. Janet ôta sa main, fit une tentative, mais plaqua de nouveau sa main sur sa bouche. Inutile d'avaler de la poussière.

— Oui, c'est ce que je fais, dit Mary en allant dans la chambre d'amis. C'est ça qui m'a réveillée, lança-t-elle par-dessus son épaule. J'ai cru que j'allais étouffer.

Janet lui fit signe de garder sa main devant sa bouche. Les yeux plissés, Butch suivait, une main agrippée à la chemise de nuit de sa mère.

— Je m'occupe de la fenêtre de la salle de bains, dit Janet, après je descendrai fermer les autres.

Mary acquiesça d'un signe de tête et disparut dans la chambre.

Au rez-de-chaussée aussi, une épaisse couche de terre fine s'accrochait partout, la poussière volait à chaque geste.

Ils fermèrent toutes les fenêtres de la maison. Des nuages de poussière s'élevaient sur leur passage ; tout était recouvert d'une couche grisâtre : les sols, les tables, le panier de fruits dans la cuisine. Même les rideaux.

Après avoir fermé la dernière fenêtre, ils se réunirent dans le salon d'où ils scrutèrent le monde extérieur par la baie vitrée.

— Ça va se dégager, assura Janet. Ici, en tout cas.

Dehors, on aurait dit qu'il y avait eu une tempête de neige, sauf pour la couleur, sale, une couleur d'herbe morte. « Beige », pensa Janet. Elle ne voyait pas la route ; elle ne distinguait même pas le parterre de fleurs que Mary avait planté au bout de l'allée. Or, c'était à quelques mètres.

— Tu crois qu'il y a eu une tornade ? insista Mary.

Un fond de panique faisait encore trembler leurs voix, mais fermer des fenêtres, s'agiter, leur avait fait du bien. Elles parlaient toujours les dents serrées, une main devant la bouche. Mary ne voyait pas le tracteur qui était sans doute garé dans le pré, de l'autre côté de la route, inutilisé depuis deux mois. Janet pensa à Carl, seul chez eux.

— Je ne sais pas, répondit-elle enfin, mais ça m'étonnerait.

— Maman, j'ai soif, pleurnicha Butch.

Ses yeux étaient rouges et gonflés.

331

— Va te servir, Butch, dit Mary en tapotant l'épaule du garçon. Tu n'as pas besoin de demander, fais comme chez toi. Pauvre chou, ajouta-t-elle à l'adresse de Janet.

— Je viens avec toi, dit Janet à son fils.

Elle appellerait Carl plus tard. Ils allèrent dans la cuisine d'un commun accord, évitant le plus possible de soulever la poussière qui venait de retomber.

Janet prit un verre dans le placard. Il était recouvert d'une pellicule grise, comme tout le reste.

— Rince-le bien, Butch, recommanda-t-elle.

Elle alla au téléphone, composa son numéro ; le cadran grinça, grippé. Elle porta le combiné à son oreille, ôta la main de sa bouche et respira entre ses dents. C'était supportable.

Il faisait chaud dans la maison, comme les autres jours, sinon pire à cause des fenêtres fermées. Janet transpirait. Ses mains étaient moites, glissantes, crayeuses, la poussière s'accrochait à la sueur dans son dos, ses jambes et surtout sous ses aisselles, comme une pellicule de craie. Lorsqu'elle était petite, à l'école, la maîtresse lui demandait parfois de secouer le chiffon à effacer le tableau. La craie qui s'envolait lui entrait dans la bouche, elle en gardait le goût pendant des heures. Elle avait la même sensation écœurante.

Le téléphone venait juste de sonner à l'autre bout du fil quand elle entendit le gargouillis de la tuyauterie derrière son dos. Un bruit malheureusement trop familier.

— Maman ! cria Butch. Y a plus d'eau !

Janet ferma les yeux.

— Prends à boire dans le frigo, mon ange ! lança-t-elle.

Le téléphone sonnait, sonnait. Carl ne répondit pas.


Lorsque Carl entendit la sonnerie du téléphone, il faillit aller répondre, fuir la poussière et se réfugier à l'abri de la maison. Cependant, il ne bougea pas. Il resta dans l'allée en ciment — même s'il ne voyait pas bien à travers le nuage dense, il sentait l'allée sous ses pieds, recouverte, comme tout le reste, d'une nappe de poussière sablonneuse. Cependant, le porche qui se trouvait entre lui et la maison n'offrait pas davantage de sécurité que la cour. Carl voulait à tout prix rejoindre son camion.

Il s'était fabriqué une sorte de protection avec son coupe-vent, la capuche rabattue sur la tête, serrée autour de sa figure et de son cou. Il avait chaussé ses lunettes de soudeur par-dessus la capuche, et noué un mouchoir sur sa bouche. C'était efficace mais chaud, et le mouchoir rendait la respiration difficile. Peu importe, il prenait son temps. Tout irait mieux à l'intérieur du camion.

Il avançait avec précaution, de mémoire, étant donné qu'il ne voyait pas à un mètre. Il ne s'était pas encore demandé comment il conduirait dans cette purée de pois, mais il savait que les vitres du camion étaient fermées, une habitude qu'il tenait de son père. Ainsi, il était convaincu que la cabine serait à l'abri de la poussière.

Au téléphone, c'était sans doute Janet. Comme elle n'avait pas appelé de la soirée, elle devait s'inquiéter pour lui, mais tant pis. L'appel téléphonique et la tempête de poussière confortaient ses prévisions. Franchement, si Janet ne le croyait pas maintenant, s'ils ne le croyaient pas tous, c'est qu'ils étaient aveugles... ou stupides.

Il se dirigea à tâtons vers le camion, nommant mentalement les objets qu'il rencontrait sur son chemin.

La tondeuse, l'abreuvoir des oiseaux, la clôture... Le camion était garé deux mètres après la clôture. Il y était presque lorsque son front heurta le piquet de la vieille corde à linge.

Il sortit les clés de sa poche, les serra dans sa main moite et s'approcha, confiant, du camion. Vu l'épaisseur de l'air et la durée de la tempête, Carl n'était pas sûr de pouvoir démarrer. Il mit le contact, le moteur toussota, mais démarra et tourna normalement.

Carl alluma les phares et devina plus qu'il ne vit l'allée qui menait à la route. Lorsqu'il entrevit la haute clôture, il tourna maladroitement, une roue à cheval sur le fossé, mais redressa à temps. Une fois sur la route, il roula tout droit en se fiant à son sens de l'orientation.

Il s'aperçut qu'il allait avoir des ennuis en atteignant le croisement de la départementale 5 et de la route de traverse qui menait à Goodlands. Le moteur toussota et cala.

Le filtre à air était bouché. Carl avait espéré rouler davantage, mais il avait à peine parcouru plus d'un kilomètre. Par une journée claire, il aurait pu distinguer sa maison et peut-être faire un signe à Janet.

Il fallait s'y attendre. Sans filtre à air, il pourrait peut-être aller jusqu'au croisement. Il hésita, puis ajusta ses lunettes et descendit du camion.

La route de traverse, c'était mieux que rien. Il continuerait à pied.


Aux premières heures de l'aube, alors que la pluie crépitait toujours sur le toit, Tom et Karen s'étaient endormis après avoir fait l'amour une dernière fois. Karen avait raconté une histoire drôle et ils s'étaient endormis avec le sourire. Leurs corps étaient entremêlés, la pluie avait rafraîchi l'air, la fatigue les avait enveloppés, le grand lit était moelleux et l'éventualité d'une nouvelle danse érotique les attendait.

Le réveil leur apporta une vision toute différente.

Ils recherchèrent d'abord leur souffle, désespérément, puis un vent de panique les prit et ils fermèrent toutes les fenêtres. Karen avait plaqué une serviette sur sa bouche et son nez pour filtrer la poussière envahissante. Tom attrapa un T-shirt blanc immaculé dans son sac à dos qu'il avait rangé près du lit.

— Qu'est-ce que c'est ? cria Karen.

Tom secoua la tête d'un air impuissant. Il l'ignorait mais craignait de le deviner, s'efforçant surtout de recracher le plus de poussière possible en toussant.

C'était sa ville à elle ; c'était sa prairie.

Tom ne connaissait pas davantage les tempêtes de prairie que la prairie elle-même. Il avait souvent eu l'occasion de juger des résultats d'une tempête de poussière, mais n'avait jamais été pris pendant son déroulement. D'après les tourbillons qu'il vit dehors lorsqu'il ferma les fenêtres, il se dit que c'était peut-être une tornade, ou, pour ce qu'il en savait, un ouragan. Il repensa aussitôt à la drôle de façon dont le vent couchait les champs de blé en vagues successives quand il avait traversé Goodlands. Un ouragan de prairie.

Tom boucha le jour sous la porte d'entrée avec un chiffon. Dès que le souvenir lui revint, il se raidit, suspendit un instant son travail. Non, pas un ouragan bien sûr, ni une tornade. Il se rappela le petit restaurant à la périphérie de Bellsville, les visages vides et inertes de ceux qui, sans le savoir, étaient déjà en route pour l'au-delà. Il se redressa pour regarder par la fenêtre la lumière pâle et les tourbillons de poussière.

Accroupi, il posa une main sur le plancher et sentit ce qu'il soupçonnait déjà. La vibration était légère, difficile à cerner à cause du bruit que faisait le vent dehors. Son cœur se mit à battre, une frayeur fugitive le saisit. Sans même prendre la peine de le vérifier, sans envoyer ses antennes dans le ciel, il comprit que la pluie était partie depuis longtemps, qu'elle avait disparu de l'endroit où il était allé la chercher. Au-dessus de lui, le ciel était dénué d'air, dur comme une coquille.

Karen passa devant lui en courant, un chiffon à la main, et alla fermer la fenêtre des toilettes. Tom lui jeta un coup d'œil crispé. Elle ne parut pas remarquer son expression. En passant, elle lui lança un regard d'une telle noirceur qu'il en resta pantois.

— Qu'est-ce qui va se passer, maintenant ? lui cracha-t-elle.

C'était une question de pure forme, bien sûr, mais sa grimace était éloquente. Elle aurait aussi bien pu dire : « Qu'est-ce que tu as encore fait ? »

Tom avait parfaitement compris.

Il l'entendit claquer la fenêtre des toilettes, mais Karen n'en ressortit pas tout de suite. Il coula un œil vers le réveil qu'une mystérieuse visiteuse, dont Karen refusait de dévoiler l'identité, avait la veille lancé à travers la pièce. Le réveil indiquait dix heures. La grande aiguille avait disparu et Tom n'avait aucun moyen de savoir s'il marchait encore. Il alla consulter l'horloge de la cuisine. Il était neuf heures dix, c'est-à-dire tard.

Et pourtant la lumière qui entrait dans la maison était faible, crépusculaire. Depuis combien de temps la pluie avait-elle cessé ? Il ne restait même pas l'ombre d'un parfum dans l'air, rien qui rappelât la pluie, pas même en lui. Elle avait complètement disparu.

« Karen croit que c'est mon œuvre. » La poussière qui voletait autour de lui semblait l'accuser, en suspension, comme pour témoigner contre lui.

Surpris d'en être blessé, il esquissa un sourire à la fois timide et désabusé. Elle le croyait coupable, et pourtant elle devrait être tout à fait réveillée et comprendre qu'il n'y était pour rien.

Et maintenant ? La blessure le perturbait. Un lourd bagage après des années à voyager les mains dans les poches. Il valait mieux éviter les sentiments, surtout s'agissant de cette femme. Eprouvait-il des sentiments pour elle ? Il dut se l'avouer avec surprise. Depuis quelques jours, il avait tellement refusé de penser à ses sentiments qu'il était incapable de les assumer.

Il eut brusquement envie de partir, de prendre ses affaires et, en route, d'oublier toute cette histoire. La vibration silencieuse mais bien présente, ajoutée à la responsabilité qu'il ressentait envers Karen, le força à réfléchir. Il ne pouvait pas s'enfuir. Il y avait autre chose à l'œuvre, et même si cela n'avait aucun rapport avec lui, même s'il ne pouvait rien y faire, même si la sécheresse était une affaire entre Goodlands et Dieu, il devait malgré tout rester. Il ne pouvait laisser Karen affronter seule cette calamité. Et si cela empirait ? Et si autre chose se produisait ?

En outre, défié deux fois de suite dans le même lieu, il était désormais à la merci de sa fierté. Aussi prétentieux que cela pût sembler, il se sentit obligé de faire front.

Quoi qu'il advînt, Tom était concerné.

Au moment même où la pluie s'était arrêtée, la tempête de poussière avait commencé. Petit à petit, elle s'était abattue autour de Goodlands, mais les vents tourbillonnants qui la soulevaient avaient ralenti puis avaient cessé de souffler et la poussière parut planer au-dessus de la commune. Cependant, autour de la maison de la banquière, la véritable tempête commençait seulement. Un nuage prit forme et se déplaça dans l'air surchargé de poussière. C'était vaguement allongé et incurvé, presque une silhouette féminine, cela gonfla et flotta au-dessus des routes et des champs de Goodlands, avec une destination précise. Personne ne s'en aperçut, parce qu'au beau milieu de la tempête tout le monde était occupé à chasser ses propres démons.

Karen regrettait ses mots durs. C'était la peur panique qui avait dicté sa remarque. Elle l'avait blessé, elle le savait. La grimace douloureuse qu'elle avait vue sur son visage l'avait surprise. Il s'était vivement repris, mais elle avait eu le temps de voir son âme à nue.

« Imbécile ! » Elle s'était conduite comme une imbécile depuis le début. Elle avait cru qu'on pouvait jouer avec la nature et s'en tirer. Elle repensa à sa vieille idée selon laquelle Goodlands était en pénitence... une pénitence doublée d'une nouvelle punition, désormais, et elle se figea. Non, c'était impossible ! La colère l'aveuglait.

Sous la colère, trop faible pour faire surface, se posait une question cruciale : « Pourquoi ? » Elle l'ignora au profit d'une déduction logique. C'était la pluie de Tom, donc, c'était sa poussière.

Mais comment pouvait-il détruire ce qu'il venait juste de créer ?

Il était dans la cuisine quand Karen entra. La poussière était presque retombée. Au moins, l'ouragan avait cessé.

Karen évita son regard. Elle alla à l'évier et tourna le robinet qui gémit et crachota, mais rien n'en sortit. Elle s'y attendait. Penchée au-dessus de l'évier, elle se prit la tête à deux mains. La ville était peut-être maudite. A moins que ce ne fût elle, Karen.

Elle fut surprise de sentir la main de Tom sur son bras et de la force avec laquelle il l'obligea à se retourner.

— Tu crois que c'est ma faute, dit-il. (C'était davantage une constatation qu'une question.) Après tout ce que j'ai fait, tu crois que c'est de ma faute !

Elle continua de fuir son regard.

— Je ne sais pas, finit-elle par dire.

Cela manquait de conviction.

— Pourquoi aurais-je fait ça ?

Là, c'était une question, mais il n'implorait pas, il ne se défendait pas, c'était de la pure logique. Il eut un rire amer.

— Ne serait-ce que pour l'argent... glissa-t-il, sans terminer sa phrase, réduisant leurs dernières vingt-quatre heures à leur arrangement initial.

Karen en fut choquée et, sans l'admettre, profondément blessée.

— Ah, c'est donc ça ? rétorqua-t-elle d'un ton neutre.

Elle se dégagea, mais il la rattrapa et la força à rester.

— Non, dit-il.

L'espace d'un instant, le temps parut suspendu. Ni l'un ni l'autre ne croyait que c'était uniquement pour l'argent ; ni l'un ni l'autre n'était prêt à retirer les mots blessants. Karen désirait plus que tout au monde qu'il s'adoucisse, qu'il abandonne ce regard impitoyable. Tom aurait voulu dire que l'argent ne comptait plus, qu'il resterait de toute façon. Qu'il arrangerait les choses. Pour elle. Pour Goodlands, si tel était son désir. Pendant ce court instant, ils firent leur choix.

— Tu peux arranger ça ? demanda-t-elle enfin.

— Je n'en sais rien.

— Tu essaieras ?

Il sentit sous ses pieds le sourd bourdonnement palpiter, tel un battement de cœur. C'était au-delà de la pluie et de la poussière. La vieille rumeur selon laquelle Goodlands était en pénitence lui revint.

— Tu m'aimes ? demanda-t-il.

Elle mit du temps à répondre, crut qu'elle ne le pourrait pas. Elle secoua la tête ; il crut d'abord qu'elle répondait par la négative.

— Oui, dit-elle enfin, et elle leva les yeux pour croiser les siens.

Il sourit mais ne lui dit pas qu'il l'aimait.

— J'essaierai, promit-il, et il lui lâcha doucement le bras.


Henry Barker commençait sa tournée à Goodlands. Comme il avait interrogé son répondeur à distance, il ne s'arrêta pas à son bureau de Weston. Il n'y avait qu'un message : un chien avait aboyé toute la nuit, deuxième avertissement. Le sommet de la criminalité nocturne aboutirait à une contravention, Dieu merci.

Une fois dans sa voiture, Henry s'aperçut que la journée serait superbe. Cette découverte, plus le fait qu'il n'avait rien raté pendant la nuit, contribua à lui raffermir le moral. Bon dieu, il avait plu à Goodlands ! Les choses allaient peut-être enfin s'arranger. A midi, il ferait une chaleur torride, mais, pour l'instant une agréable brise rendait la matinée supportable. Il abaissa sa vitre, laissa pendre son bras hors de la portière et se dirigea vers Goodlands afin de s'occuper de Carl avant qu'une catastrophe arrive. Il siffla l'air du *Andy Griffith Show*, le seul qu'il connaissait par cœur.

A environ six kilomètres de Goodlands, sa gaieté s'éteignit brusquement.

Devant lui, au bout de la longue ligne droite, se dressait à perte de vue un mur aussi haut que le ciel. La muraille de Chine, transportée en pleine nuit à Goodlands, dans le Dakota !

— Nom de... !

Henry relâcha instinctivement l'accélérateur. Il s'escrima en vain pour comprendre ce qui se passait. Tandis que la voiture avançait au ralenti, il entendit un objet érafler le pare-brise. Le bruit était assez distinct pour le faire réagir. Il plissa les yeux dans la lumière aveuglante du soleil.

Des gravillons ?

Une ligne de saleté se forma à la jointure du pare-brise et du capot. Non, pas de la saleté, du sable. Du sable sur la route ?

La poussière se densifia à mesure qu'il approchait de Goodlands. Elle voletait dans l'air, tourbillonnait et le força à rouler au pas.

« Bonté divine ! C'est de la purée de pois ! » Il s'arrêta à trois ou quatre mètres de la muraille... il n'y avait pas d'autre mot, c'était bien une muraille.

Henry descendit de voiture et contempla la scène, bouche bée. Puis, à droite et à gauche, il s'aperçut que la muraille était sans fin. Abasourdi, il l'examina de nouveau en détail. C'était une masse tourbillonnante de fine poussière grise... non, plutôt incolore. Du sable ? Il n'y avait pas de carrière à des kilomètres à la ronde.

La poussière soufflait tout autour de lui, s'accrochait à sa chemise trempée de sueur. Lorsqu'il referma enfin la bouche, il sentit les grains de terre craquer sous ses dents. Ils avaient un goût de craie. De la poussière. De la poussière de prairie.

Il frotta ses yeux qui commençaient à le picoter. « On aurait pu croire que la pluie allait nettoyer tout ça », se dit-il.

Il s'approcha de la muraille mouvante et la contempla, incrédule. Incapable de se contrôler, ignorant la peur qui lui glaçait le dos en sueur, il planta une main dans la chose.

C'était comme un sac de poudre : au début, soyeux et pas désagréable. Mais au bout de quelques secondes, la poussière lui racla la peau et il retira vivement sa main.

Il fallait qu'il entre. Il allait falloir évacuer. Il contempla sa main qui disparaissait sous une épaisse couche de poussière et il se demanda comment ils respiraient là-dedans.

Déchiré entre le devoir et la peur, il vit la muraille cesser de s'agiter... et se déposer lentement.

La poussière enveloppait tout. On ne pouvait pas voir à quel endroit elle était le plus dense, les nuages le plus épais, on ne voyait pas la source apparente de la tempête. C'était un endroit marqué par l'histoire, mais personne n'aurait pu le savoir.

Dix ans après la mort de William Griffen, le médecin des années dorées de Goodlands, une famille prospère du nom de McPherson acheta quarante hectares de la meilleure terre — des prés en rase campagne protégés par un boqueteau de pommiers sauvages qui donnaient des pommes acides et rabougries. Cette terre de choix se révéla moins bonne que prévu. Divisée en parcelles, elle fut vendue et revendue, cette fois à trois familles différentes. Joseph Mann acheta les vingt hectares du devant, contigus à la route qui menait en ville. A la fin du siècle précédent, les vingt hectares furent de nouveau divisés et revendus, sauf l'hectare de terrain avec la maison familiale, près de la route.

Depuis, la maison avait été louée à deux familles, chacune y laissa sa trace. Lorsque Karen Grange arriva, elle décida de construire un belvédère pour décorer le jardin dénudé.

Les habitants de Goodlands avaient oublié depuis longtemps Molly O'Hare lorsqu'elle fut déterrée au cours des travaux, avec aussi peu de cérémonie qu'elle avait été enterrée. Plus personne ne la connaissait. Peu après que l'énorme engin eut entaillé et labouré la terre qui avait recouvert son cadavre, la ville de Goodlands s'installa dans la sécheresse.

Le bourdonnement lointain que Tom percevait sous ses pieds était le cri de cette femme, resté sans réponse depuis un siècle.

On punissait bel et bien Goodlands. Mais Dieu n'y était pour rien.

# 15

La poussière retomba.

Quelque peu protégés des tourbillons de poussière, les habitants se terraient dans leurs maisons et contemplaient le paysage qui commençait à se dévoiler sous leurs yeux incrédules.

Il y eut d'abord des ombres, puis des formes familières quand la lumière s'éclaircit. La poussière se déposait en épaisses couches sur le rebord des fenêtres et les toits. Les véhicules étaient ensevelis jusqu'au capot, les trottoirs avaient disparu.

La poussière se déposa lentement sur les cours, les routes, les maisons, les jardins, telle la neige des gadgets pour touristes.

On ne devinait pas le désastre à travers les fenêtres encore maculées d'une fine pellicule grisâtre. Mais on l'imaginait, on le redoutait, et dans bien des cas on ne se trompait pas. Le bétail, les animaux de compagnie, restés dehors ou dans des granges ouvertes à tous vents, étaient d'un silence de mort. Les puits n'étaient plus remplis d'eau, mais d'une boue crayeuse, méconnaissable, imbuvable.

Tous étaient effrayés. Pire, ils ne savaient sur quoi focaliser leur peur. Ce n'était pas la sécheresse familière, ni une inondation, ni aucune des calamités naturelles qu'on pouvait inscrire sur un contrat d'assurance. Cela échappait à l'entendement. Les habitants de Goodlands avaient peur de leur propre ville... ou de ce qui la hantait.

Lorsqu'ils s'extirpèrent avec peine de leur maison, lorsqu'ils virent ce qui leur arrivait, ils firent ce que tout le monde fait dans ces cas-là. Ils se réunirent.

Carl Simpson, l'homme qui aurait le plus apprécié le rassemblement de ses compatriotes, n'y assista pas.

Il avait couvert une distance impressionnante, vu les circonstances ; il était parvenu jusqu'à Parson's Road quand il commença à faiblir sérieusement.

Eût-il attendu un peu, eût-il recherché un abri, il serait peut-être arrivé à bon port. Mais il ne fit ni l'un ni l'autre et sombra lentement dans la tempête, qui avait déjà commencé à décliner lorsqu'il trébucha.

Il ne pouvait plus respirer. Le mouchoir qui lui recouvrait la bouche et le nez était maculé d'une épaisse couche pâteuse, mélange de poussière et de sueur. Ses poumons en étaient noyés.

Il avait parcouru le dernier kilomètre grâce à sa seule volonté, tel un homme envoyé en mission suicide. Il était, croyait-il, en train de sauver sa famille, sa ville, et son pays, et c'était ce qui l'avait fait tenir bon. Lorsqu'il finit par tomber, il pensa avant tout à la lettre qu'il avait en poche, et qui expliquait où il se rendait.

Il trébucha sur le bas-côté, ne sachant plus où il se trouvait. Il avait essayé, avec quelque succès, de rester au milieu de la route, tâtant la solidité du sol, ajustant ses pas quand il sentait la mollesse du bas-côté. Mais lorsqu'il heurta une motte de terre, il perdit l'équilibre et bascula dans le fossé.

C'étaient de véritables sables mouvants. Il s'enfonça jusqu'aux genoux et fut comme aspiré. Il n'eut pas la force de remonter sur la route — il resta immobile, reprit son souffle et réfléchit. Décidant de se reposer un instant avant de repartir, il se pencha en arrière et s'allongea de tout son long sur la poussière.

Au-dessus de lui, un singulier nuage se mit à flotter, oblong, d'environ un mètre soixante de haut et trente centimètres de large. Il se déplaçait en ondulant, comme guidé par la brise, tout en gardant sa forme, celle d'une femme. Elle s'incurvait depuis le sommet, dessinait un cou, puis s'évasait pour inclure des épaules graciles et deux bras déliés. Les bras étaient étendus comme pour une étreinte, le torse s'effilait pour faire place à une taille fine qui s'arrondissait et moulait deux hanches féminines. Carl vit tout cela en quelques secondes, et, malgré sa foi protestante, il crut que c'était la Sainte Vierge.

La forme se terminait par une longue robe qui oscillait et tourbillonnait dans l'air. Elle plana au-dessus de Carl et la robe de poussière l'enveloppa. Des particules emplirent sa bouche, ses narines, sa gorge, comme aspirées en lui, traversèrent sa chair délicate et le coupèrent des faibles réserves d'oxygène dont son cœur avait besoin pour continuer à battre.

Juste avant de fermer les yeux pour la dernière fois, il crut percevoir son sourire tandis qu'elle suçait son dernier souffle.

Lorsque son corps abandonna la tâche fastidieuse de le maintenir en vie, Carl ne ferma pas les yeux. Il resta allongé, le regard fixe, et l'épaisse couche de poussière du fossé le submergea lentement. Alors, son corps ne fut plus qu'un léger monticule parmi d'autres.

Au-dessus de lui, la forme plana encore quelques instants avant de se fondre dans le vent et de s'éloigner. Elle souriait effectivement en regagnant la route.


La poussière avait commencé à retomber quand Henry Barker entreprit de rejoindre Goodlands à pied, le visage recouvert d'un chiffon qu'il avait récupéré dans sa voiture, et qui puait le tabac froid et l'essence.

Le plus spectaculaire était l'immobilité des choses. En dehors des limites de la commune, une brise agréable avait accompagné Henry, la chaude matinée était adoucie par l'air que brassait la voiture en roulant. Ensuite, il était entré dans un vide. L'air était dense et épais, il respirait avec difficulté, il y voyait à peine. Il maintint le chiffon sur sa bouche et marcha d'un pas mesuré.

Il était à peine arrivé à la première maison quand il entendit un appel à l'aide. Ce fut le premier d'une longue série.

Lorsqu'il atteignit le ranch Revesette, il y avait une caravane devant lui : une vingtaine d'hommes, de femmes et d'enfants avançaient, toussant et crachant dans la poussière, à l'endroit de la route où elle était le moins abondante, car elle avait reflué vers les fossés ; on avait du mal à distinguer la route des bas-côtés.

On n'entendait que les quintes de toux. Même les enfants étaient silencieux, regardant tour à tour leurs parents et le monde qu'ils ne reconnaissaient pas. La scène rappela à Henry les files de réfugiés hagards fuyant les combats. Sauf qu'il n'avait jamais assisté au long et douloureux calvaire des civils ; il n'en avait vu que des images, certes spectaculaires, mais dont la force était atténuée par l'indifférence du petit écran. Là, c'était vrai.

Lorsqu'un nouvel arrivant rejoignait le groupe, il posait toujours la même question :

« Qu'est-ce qui se passe ? » demandait-il à Henry, le regard implorant.

Henry n'avait pas de réponse. Il disait qu'ils se dirigeaient vers la ville, qu'on saurait peut-être là-bas. Que des secours arriveraient. La ville n'était pas très éloignée. Il fallait marcher lentement, s'efforcer de ne pas soulever trop de poussière. Sitôt les nouveaux arrivants intégrés, les conversations cessaient. On se contentait d'échanger des regards. Les enfants s'accrochaient à leurs parents. La petite troupe avançait en masse.

Dave Revesette les rattrapa sur la route avec deux de ses quatre rouans, seuls survivants de la tempête, attelés à une charrette. Les enfants et les vieux s'y entassèrent, les autres continuèrent à pied et la caravane redémarra. Dave conduisait les chevaux dont les naseaux étaient protégés par des carrés de tissu, tels des voleurs à quatre pattes. Les pauvres bêtes essayaient de se débarrasser de leur masque en s'ébrouant, toussant et hennissant.

— Qu'est-ce qui se passe, Henry ? demanda Dave.

— J'en sais rien, répondit celui-ci sans le regarder. On va en ville, ajouta-t-il.

Ils n'en dirent pas davantage parce que les autres les observaient, anxieux, redoutant ce qu'ils allaient apprendre. Ils les épiaient avec des yeux ronds, le visage inexpressif.

Lorsqu'ils arrivèrent à Goodlands, ils étaient soixante.

Grace et Ed Kushner avaient observé la tempête depuis leur appartement au-dessus du café. Lorsque la poussière avait commencé à retomber, ils étaient descendus ouvrir, sachant que les habitants viendraient. Ceux qui vivaient intra-muros y venaient tout naturellement parce que c'était le seul lieu de rencontre.

Les Kushner criaient aux arrivants de refermer la porte derrière eux. Ed et Grace portaient des masques en papier de l'épicerie, de ceux qu'on utilisait pour faire les foins. Il y en avait un plein carton près de la porte, apporté par John Waggles qui avait traversé la rue avec Chimmy. Les masques étaient maculés de poussière comme tout le reste, mais si on prenait la peine de les secouer souvent, ils protégeaient assez bien.

Ed et Grace entassèrent la poussière dans un coin de la salle. Kush proposa de l'arroser, mais il n'y avait pas d'eau. La panique les saisit. Kush et Waggles se mirent en quête de toutes les boissons qu'ils pouvaient trouver. Il y avait des bouteilles d'eau minérale dans la réserve, des boîtes de limonade, des briques de lait — nature et chocolaté —, des cruches de jus de fruits. En faisant attention, il y en aurait pour tout le monde. En faisant

346

attention. C'était ce qu'ils répétaient à ceux qui réclamaient à boire.

Les habitants se réunirent. Une fois installés, ils se mirent à discuter avec animation. Tout le monde se souvenait de ce que Carl Simpson avait dit.

Personne ne remarqua la forme poudreuse et lumineuse qui déferla des faubourgs de Goodlands. Ni au milieu de la tempête, ni après, parce qu'elle ressemblait précisément à ce qu'elle était, un nuage itinérant qui errait sans but au-dessus de la ville. Le soleil, toujours obscurci par le brouillard sablonneux, ne projetait pas l'ombre de la forme. Elle était indéfinie, tantôt ronde, tantôt ovale, une vague, un mouvement, un caprice.

Elle tournoya au-dessus de la ville, passa et repassa au-dessus des têtes de ceux qui s'étaient rassemblés pour conjurer leurs peurs. Elle se déplaçait sans l'appui du vent, poussée par une énergie propre. Personne ne la remarqua lorsqu'elle s'incurva et dériva lentement hors de vue, vers la maison de Parson's Road.

Henry essaya de téléphoner de l'appartement des Kushner, afin de ne pas effrayer les habitants qui s'entassaient dans le café. Mais l'appareil était en dérangement.

Il alla dans la petite pièce de devant, que la poussière accumulée faisait ressembler à un musée oublié, avec ses traces de pas presque effacées. La poussière possédait une vie propre. Le téléphone à la main, Henry attendit d'entendre un son à l'autre bout du fil. Mais le téléphone resta muet.

Henry redescendit, traversa la rue et alla tenter sa chance à l'épicerie. Là aussi, le téléphone était en dérangement.

Tandis qu'il attendait, impuissant, derrière le comptoir, John Waggles entra, le visage en partie caché par un masque de papier. Voyant Henry pendu au téléphone, il comprit.

— En dérangement ? grommela-t-il à travers le papier. (Henry acquiesça.) T'as essayé chez les Kushner ?

— J'en viens, dit Henry. Mais il vaut mieux garder ça pour toi.

Il raccrocha à contrecœur. Il ne voulait pas que John voie la panique qui commençait à le saisir et ne voulait pas la trahir en tapant frénétiquement sur les touches. Le téléphone ne marchait pas, c'était aussi bête que ça, s'acharner dessus n'y changerait rien.

— Je ne dirai rien, promit John.

Et sans un mot de plus, il alla dans la réserve où Henry l'entendit déplacer des caisses.

Lorsque John reparut, Henry était toujours derrière le comptoir où, l'esprit embrouillé, il envisageait différentes possibilités. John portait une petite caisse qui paraissait lourde.

— Tu veux un coup de main ? proposa Henry.

— Pas la peine. Fais ce que tu as à faire.

Le conseil était lourd de sous-entendus. Henry sentit presque son regard accusateur le transpercer.

Qu'est-ce qu'il insinuait ?


Henry partit à pied. Il se dirigea vers le seul endroit où il pensait trouver une réponse. Parson's Road... Mais ce n'était qu'un point de départ ; dans la police, on commence toujours par la fin et on procède par élimination. Dans ce cas précis, au bout de Parson's Road.

La tempête de poussière était terminée, mais il restait quelque chose dans l'air, autre chose que la poussière orpheline qui flottait encore autour de lui quand il marchait. L'air avait un goût de soufre, comme si un violent orage approchait. Il y avait un goût électrique. Henry ne vit aucun signe annonciateur d'orage, mais il ressentit une bouffée d'espoir. Ils auraient peut-être encore de la pluie, comme la veille.

Il y avait des monticules méconnaissables le long de la route, dont certains aux formes vaguement familières. L'immobilité de l'air était telle, la lumière si sourde qu'il avait du mal à définir ce qu'il voyait. Il passa devant des maisons dont les portes étaient grandes ouvertes, bouches béantes, et les fenêtres comme des yeux écarquillés. La poussière donnait à toute chose une couleur monochrome, accentuée par la luminosité diffuse et l'air immobile. Tout semblait mort depuis longtemps, comme sur des photos de villes fantômes. Cette immobilité, les maisons vides avec leurs énormes yeux, le goût de l'air commençaient à affoler Henry.

Il bifurqua dans Parson's Road dès qu'il vit la crevasse dont il avait entendu parler avant la pluie. Elle était gigantesque. La poussière s'était accumulée en tas de chaque côté de la faille, mais du plus loin qu'Henry pouvait voir, une tranchée courait au milieu, et dix bons centimètres de poussière en masquaient le fond. Henry s'appliqua à marcher le long de la crevasse. On pouvait tomber et disparaître dans ce fossé. La force de gravité l'entraînerait vers le fond tandis que la poussière boucherait les tissus, emplirait d'abord sa bouche et ses narines, s'incrusterait dans les pores de sa peau et recouvrirait ses yeux. Terrifié, il aspirerait désespérément ses dernières bouffées d'oxygène, la poussière envahirait ses poumons jusqu'à ce qu'ils explosent...

Henry sentit son cœur battre follement. Il se reprit, fixa un point à l'horizon, se frotta doucement les yeux, tira sur ses paupières pour nettoyer les grains de poussière qui se collaient sur sa rétine et piquaient comme des cailloux.

Devant lui, sur le côté de la route, il vit un long monticule que la poussière en suspension avalait lentement. Il s'en servit comme point de repère et avança avec prudence, un pied devant l'autre.

Derrière lui, les traces de ses pas disparaissaient. Il sentit soudain un changement : l'air n'était plus immobile, une brise s'était levée de nulle part. Les yeux plissés, Henry contempla le chemin parcouru. Quelques particules de poussière voltigeaient autour de lui. Devant lui, au loin, c'était pire.

Henry s'approcha du monticule. Il se concentra sur la forme étrange allongée sur la route et s'y dirigea sans faillir. Lorsqu'il l'aurait dépassée, il choisirait un autre point de repère. Plus loin, une ombre se dressait dans la poussière, sans doute une boîte aux lettres, mais l'air était si dense que rien n'était sûr. Après avoir dépassé le monticule, il se repérerait sur la boîte aux lettres, et ainsi de suite jusqu'à la maison de Karen Grange.

Avançant à grand-peine, Henry se demanda ce qu'était la forme ensevelie, trop petite pour être un véhicule, trop grosse pour être un objet jeté d'une portière, trop étrangement informe pour être...

Un déclic se produisit dans sa tête. Henry eut un coup au cœur, ses cheveux se dressèrent sur sa tête. Il ralentit l'allure... C'était juste assez long pour... une image de Vida Whalley lui revint à l'esprit, non celle de la jeune fille vivante, mais son corps sous la couverture, allongé, immobile. Henry comprit soudain ce qui était enseveli sous le monticule de poussière.

Lorsqu'il ne fut plus qu'à deux pas, il s'accroupit. Il ne se souvenait pas d'avoir jamais eu la bouche aussi sèche.

— Oh, doux Jésus ! marmonna Henry.

Il se releva et avança d'un pas. Le monticule avait un mètre quatre-vingts de long et s'incurvait vers la route. La poussière avait entièrement recouvert la chose qui semblait aspirée vers le fossé. La partie la plus mince ressemblait à... un membre, sans doute un bras. Sans doute quelqu'un qui avait essayé d'aller s'abriter chez des voisins.

Henry avança la main avec répugnance.

Un cadavre pèse affreusement lourd, Henry le savait. Il connaissait cette sensation pénible, une rigidité reconnaissable, même avant que la *rigor mortis* s'installe. Au toucher, on sait si la mort a fait son œuvre.

Henry plongea sa main dans la poussière, sentit la chair froide et empoigna un morceau de tissu. Il tira.

Il crut d'abord à une plaisanterie grotesque, car le type n'avait pas de main, puis de la poussière tomba, dévoilant des doigts. La chair avait pris la couleur de la poussière, comme une statue de sable. Luttant contre la nausée, Henry se releva et finit par vomir sur le bord de la route.

Il découvrit un blouson bleu et des lunettes de soudeur recouvertes d'une fine pellicule qui empêchait de voir les yeux, et un mouchoir devant la bouche. Le type s'était protégé du mieux qu'il avait pu, songea Henry. Il s'était préparé pour une longue marche, il n'allait pas chez des voisins...

Henry souleva le bras au poignet duquel une montre scintillait. Une montre en toc. En tombant, la poussière dévoila le verre brisé du cadran.

« La vacherie m'a frappé. » Henry revit la main brandie devant lui, le sourire du visage familier. « M'aurait cassé le poignet, mais c'est la montre qui a pris... » Il revécut la conversation dans le café, les rires...

Son cœur vacilla. Il se pencha en avant et arracha les lunettes de soudeur. En glissant, la poussière mit au jour deux yeux bleus et ronds.

— Carl ! s'étrangla Henry.

Il reposa doucement le bras, hocha la tête et ferma les yeux, ce n'était pas tout à fait un ami, mais il faisait partie du paysage, comme n'importe quel autre habitant de Goodlands. Une pointe de culpabilité tenailla Henry. Il savait, il aurait dû l'empêcher.

— Bon sang, Carl ! pesta-t-il.

Il hésita au-dessus du cadavre, se demanda s'il devait lui tâter le pouls. Une brise balaya la poussière du visage de Carl, s'accrochant encore à la peau autour des yeux grands ouverts. Henry les ferma, puis se détourna et se releva.

Il ne pouvait rien faire d'autre pour l'instant. Il ne pouvait pas appeler le fourgon de la morgue. Il devait y avoir pire que d'attendre, mort, dans un fossé sur le bas-côté de la route, mais Henry n'arrivait pas à imaginer ce que cela pouvait être. Dégoûté par son impuissance, il s'efforça de chasser sa culpabilité.

— Navré, l'ami, il faut que je te laisse ici, dit-il tout haut.

Il recula sur la route, puis s'aperçut qu'il ne pouvait laisser Carl à moitié enseveli dans le fossé. Du bout du pied, il recouvrit complètement le corps de poussière, puis reprit sa marche. Plus tard, il s'assurerait que Carl retrouve sa dignité. Il distingua au loin une forme qui se dressait dans la poussière virevoltante, à environ deux cents mètres. C'était la boîte aux lettres de Karen Grange, plus près qu'il ne l'avait cru. Il se dit que son copain, le faiseur de pluie, était sans doute avec elle. S'il avait quelque chose à voir avec la pluie, avec la tempête de poussière, il avait intérêt à fournir des explications. Ou au moins à réparer les dégâts. Henry se sentit un peu ridicule d'ajouter foi aux sornettes, et cependant il croyait suivre la bonne piste. Il était comme attiré.


Tendus, Tom et Karen attendirent que la tempête se calme, en silence. Un changement subtil s'était opéré en Tom ; il semblait sûr de lui, et Karen avait accepté de le laisser faire. Elle avait capitulé, en lui avouant qu'elle l'aimait.

Tom arpenta la maison, de fenêtre en fenêtre, fit le tour complet des lieux, puis recommença. On aurait dit qu'il prenait des mesures, qu'il évaluait le monde extérieur sur une sorte d'échelle mentale, comparant ses forces à celles de l'ennemi.

Assise dans un fauteuil près de la baie vitrée, Karen essayait de voir ce que Tom voyait. Il paraissait si loin qu'elle s'en inquiétait. Alors qu'elle était pâle et soucieuse, Tom resplendissait. Il semblait dans l'attente d'un événement, dans son monde.

Lorsque la tempête ce calma suffisamment pour qu'on puisse voir la boîte aux lettres au bout de l'allée, il sortit sans un mot. A la porte, il se retourna, sourit à Karen, puis s'éloigna d'un pas décidé, vague silhouette dans le brouillard persistant.

Karen, de l'intérieur, le regarda aller et venir dans le jardin comme il l'avait fait dans la maison ; il s'arrêtait parfois, s'accroupissait, reniflait la terre, inclinait la tête comme pour tendre l'oreille, les gestes vifs, résolus. Il tourna autour du belvédère. Il parut choisir un endroit, jetant de temps en temps des regards vers le ciel. A la façon dont il se tenait, à son expression, même de loin, Karen comprit ce qu'il faisait. Il cherchait la pluie.

Fascinée, elle ne quittait pas Tom des yeux. Mais ni l'un ni l'autre n'entendirent ni ne virent ce qui arrivait.

Karen ne vit pas la poussière sablonneuse qui s'infiltrait sous les portes. Elle ne sentit pas le léger courant d'air qui soulevait un grain par-ci, un grain par-là. Peu à peu, l'air se mit à tourbillonner avec violence. Un nuage de poussière et d'énergie commença à tournoyer dans le salon, puis il se déplaça, fureta tel un maelström, à la recherche de quelque chose ou de quelqu'un.

Lorsque Karen sentit les grains de poussière s'insinuer sous sa peau, il était trop tard.

Elle était possédée.

Tom s'aperçut tout de suite que tout était plus clair dehors, plus proche. Il avait une conscience aiguë de l'air, de la terre, de l'entité qui habitait la terre. Sous ses pieds, la vibration qu'il avait toujours sentie avait crû en intensité. Dirigé par son compas interne, Tom chercha l'endroit où la vibration était la plus forte, l'endroit qu'il évitait depuis le début.

Il se trouvait dans le jardin, à l'est du belvédère. La construction gothique était enterrée jusqu'aux colonnes sous la poussière grise et sablonneuse. Tom lui tourna le dos.

Il ne ressentait plus la fatigue. Une énergie nouvelle l'habitait, qui provenait de la terre, de la vibration. Finalement, il ferma les yeux et chercha la pluie. Il la trouva facilement et n'en fut pas surpris.

Elle était là, juste au-delà des limites de la commune, qui l'attendait. Il pouvait se brancher dessus à travers la coquille qui emprisonnait Goodlands et refoulait la pluie. Tom laissa le bourdonnement, étouffé par trente centimètres de poussière, parcourir son corps.

Il y eut un craquement d'électricité statique... Tom le sentit zébrer son corps, le vit presque dans la lueur brumeuse du jardin. Tout fut sur lui d'un coup ; chaque molécule du ciel, chaque brin d'herbe, chaque gramme de terre était à lui. Il n'avait qu'à les prendre.

Il avait peur, mais il voulait savoir.

Avant de s'élever au-dessus de Goodlands, Tom jeta un dernier regard vers la maison, vers Karen. Il scruta le trou noir que formait la fenêtre de la cuisine, mais ne la vit pas. Il ignorait si elle l'observait ; si elle le croyait, cette fois, si elle pensait qu'il pouvait réparer les choses. Bien sûr qu'il le pouvait. Et il le ferait. Il le ferait autant pour elle que pour lui-même.

Il sentit l'étrange sensation de défi. Il y avait dans cette ville quelque chose qui demandait à être vaincu, ou du moins combattu. Qui voulait se mesurer à lui. Or c'était ce qu'il désirait par-dessus tout. En finir. Il avait trouvé son but, la raison pour laquelle il était un faiseur de pluie.

De l'autre côté de la barrière, le ciel était menaçant. Derrière le léger voile qui recouvrait Goodlands, les éclairs fusaient, l'orage grondait, comme si lui aussi était prêt à en découdre.

Tom s'éleva encore plus haut.

# 16

Environ trente mètres après avoir laissé Carl, Henry s'aperçut qu'il ne voyait plus la boîte aux lettres. Une minute plus tôt, elle était encore visible. Désormais, elle avait disparu. Henry écarquilla les yeux dans la lumière opaque.

Provisoirement perdu, il s'efforça de reprendre ses esprits et se demanda s'il n'avait pas tourné en rond sans s'en rendre compte. Apercevant derrière lui le sinistre monticule, il comprit qu'il était dans la bonne direction. Mais c'était comme si la maison de Karen Grange s'était volatilisée. Soudain, il comprit pourquoi.

La tempête, qui avait presque cessé dans Goodlands, semblait s'être réveillée juste devant ses yeux. Un mur de poussière entourait la maison de Karen... il tournoyait avec fureur.

Henry était mort de peur. Il s'arc-bouta, planta ses deux pieds dans le sol et s'enracina.

Il fallait qu'il y aille. Les raisons pour lesquelles il voulait interroger Karen et son ami devenaient plus urgentes que jamais. Un nœud lui serrait le ventre, il aurait aimé se persuader que son instinct de flic était bon.

Mais comme il scrutait l'endroit où la maison aurait dû se trouver, à l'endroit où le mur vacillait et tournoyait, son intuition aurait pu aisément passer pour de la peur. Côtoyer l'inconnu faisait pourtant partie du quotidien d'un policier, que ce soit dans les quartiers chauds des banlieues-dortoirs ou dans les rues plus paisibles de Goodlands.

Cloué sur place, il suivait de l'œil la montagne de poussière qui montait, descendait et tourbillonnait au loin — loin, Dieu merci ! Quel besoin avait-il de se montrer si intrépide ? Il n'avait aucune envie d'aller chez Karen. Mais il y allait néanmoins. Toute prudence rejetée, il était attiré par l'endroit. Quelle que fût la malédiction qui pesait sur Goodlands, là était sa source.

Se forçant à mettre un pied devant l'autre, Henry se dirigea résolument vers la maison de Karen Grange.

Le maelström parut redoubler d'intensité à mesure que Henry approchait, se couvrant la bouche et le nez de son mouchoir. La poussière tourbillonnait avec une violence malfaisante. Lorsqu'il atteignit la boîte aux lettres, il l'empoigna solidement, content d'avoir du concret sous la main, au milieu de cet ouragan irréel. Au-delà, la tempête s'était épaissie au point que la maison n'était plus qu'une ombre dans un nuage grisâtre. Il ne pouvait pas y entrer, c'était la mort assurée. Il avait l'impression que le vent déchirait ses vêtements, pénétrait dans ses chairs. Ils étaient forcément morts. Personne ne pouvait survivre dans un tel cauchemar. La maison, si elle était encore debout, devait être en miettes.

Malgré cela, il continua, à tâtons, courbé en deux, les yeux fermés, les paupières serrées.

La poussière entrait dans ses oreilles, douloureusement ; les bruits, le hurlement plaintif du vent résonnaient comme un écho. Il avança dans la cour où ses pieds s'enfonçaient dans la poussière molle dont il s'extirpait avec difficulté. Il trébuchait plus qu'il ne marchait, jusqu'au moment où son genou se cogna contre le porche. Il perdit deux fois l'équilibre avant de réussir à empoigner la rampe. La poussière était glissante, sa main n'avait pas de prise, et à peine avait-il grimpé deux marches qu'il faillit dégringoler en bas de l'escalier. Il se rattrapa, regretta de ne pas peser quinze kilos de moins et de ne pas avoir vingt ans de moins, le cœur tambourinant, ses poumons en feu réclamant une grande bouffée d'air frais.

Les mains tendues, les lèvres pincées, il fonça sans respirer. Il se dirigea vers la gauche de la rampe, tâtonnant à deux mains : il lui fallait trouver la porte, et vite ! Il serait en sécurité à l'intérieur. Dieu merci !

Il rampa à quatre pattes, se redressa, trébucha de nouveau, puis sa main rencontra un vide dans le mur, la porte, puis le bouton. Il ouvrit.

Il entra en bolide, incapable de retenir son souffle une seconde de plus. Le mouchoir plaqué sur sa bouche, il se releva en s'aidant du bouton et claqua la porte derrière lui au moment où ses poumons allaient exploser.

Appuyé contre le battant, concentré sur sa respiration, il s'efforça de se calmer.

Il se sentait davantage en sécurité. Dans le vestibule, il ne pensa qu'à respirer, et l'air coula dans son corps tel un nectar. Il en avait la tête chavirée. Lentement, très lentement, les battements de son cœur reprirent leur rythme normal.

Le hurlement du vent ayant cessé dans ses oreilles, il trouva la maison plongée dans un silence surnaturel, brisé seulement par le crissement de la poussière sur les vitres. Il s'adossa à la porte, les jambes tremblantes.

« Reprends-toi, Barker. »

Ses yeux s'accoutumèrent à la pénombre. Il régnait un tel silence qu'il se crut seul. Il devina les contours d'une table dans un coin, de couleur sombre. La vaste baie vitrée laissait entrer tout le jour qu'elle pouvait, et dans les rais de lumière Henry vit les particules de poussière flotter avec paresse. Il y avait un canapé, une sorte de placard, et au-delà la pénombre. Hormis la poussière, tout était immobile.

« Ils sont morts. » Si Karen Grange était chez elle, elle était morte.

— Il y a quelqu'un ? lança-t-il, mais sa voix n'était qu'un faible murmure.

Qu'espérait-il, d'ailleurs ? Il n'y avait personne. Et même dans le cas contraire, que pensait-il faire ?

— Il y a quelqu'un ? répéta-t-il.

Les mots moururent dans sa gorge lorsqu'il vit une ombre se glisser dans l'encadrement de la porte, entre la pénombre du salon et la cuisine à peine mieux éclairée. L'ombre qui emplit la voûte entre les deux pièces était à n'en pas douter une silhouette féminine.

— Karen ! s'exclama-t-il, soulagé. Je croyais que vous étiez...

— Désolée, dit l'ombre. Karen Grange ne peut pas venir pour l'instant. (L'ombre leva une main.) Que les cendres retournent aux cendres ! grinça-t-elle.

Henry fut balayé et heurta un objet dur et aigu. Son souffle, ou ce qu'il en restait, sortit de sa bouche avec un « Ouf ! » sonore. Des milliers d'étoiles scintillèrent devant ses yeux, puis ce fut le noir complet.

— Et la poussière à la poussière, termina l'ombre.


— Ça s'est calmé, annonça Jeb depuis la fenêtre.

C'était superflu. Tout le monde l'avait vu. Ceux qui n'avaient pas trouvé de place devant la fenêtre se tassaient en rangs serrés derrière les privilégiés.

Les habitants remplissaient le café, et les retardataires avaient trouvé refuge dans l'épicerie, de l'autre côté de la rue. La mairie était tout aussi peuplée. Ceux qui n'étaient pas dans un des quatre bâtiments que comprenait la ville proprement dite étaient enfermés chez eux ou dans leurs voitures. Ceux qui étaient restés dehors étaient morts.

Dès que la tempête se calma, la poussière retomba rapidement, scintillant dans les rayons du soleil tels des flocons de neige en plein juin. Certains le firent observer, d'autres le crurent. De la neige en juin leur paraissait plus facile à accepter.

A l'intérieur du café, l'air était confiné, la salle bourrée par quatre-vingts personnes serrées les unes contre les autres. Enervés de rester enfermés, les enfants gigotaient et gémissaient, mais la peur — alimentée par l'affolement qu'ils lisaient sur les visages blêmes de leurs parents — clouait le bec aux plus grands. On n'entendait que des murmures étouffés, des cris d'effroi, et les voix apaisantes de ceux qui étaient sûrs que tout redeviendrait bientôt normal.

— Je sors, annonça Bart. J'en peux plus.

Il se dirigea vers la porte, ce qui déclencha presque une ruée. Seuls quelques froussards refluèrent vers l'arrière de la salle, trop effrayés pour s'aventurer dehors. La porte s'ouvrit et un flot se précipita dans la rue, à l'air libre, faisant voler des nuages de poussière. La tempête avait cessé, l'air était immobile.

La même ruée se produisit de l'autre côté de la rue. Les habitants se réunirent dans la grand-rue, comme la veille dans des circonstances plus triomphantes. Cela paraissait déjà bien loin.

On se sépara en petits groupes, par famille, par voisinage, par inclination. Le principal sujet de discussion était, bien sûr, que faire ? On échangea les informations. Les lignes téléphoniques étaient coupées... et l'eau ? Environ vingt minutes avant la fin de la tempête, le courant électrique avait été coupé, lui aussi. Les discussions étaient animées et bruyantes. On devrait envoyer quelqu'un sur la route d'Oxburg, pour qu'il téléphone depuis la station-service et demande des secours. Des gens manquaient à l'appel. Il faudrait que quelqu'un aille de porte en porte dénombrer les disparus.

Il y avait plus de cent personnes présentes, mais malgré le nombre, il restait pas mal d'absents. Leonard Franklin grimpa sur le banc, devant l'épicerie, et siffla dans ses doigts pour réclamer le silence. Les gens se turent aussitôt et tout le monde se tourna vers lui, soulagé de voir quelqu'un prendre les choses en main. Leonard était unanimement respecté ; on écouta en silence ce qu'il avait à dire, car il saurait quoi faire.

— Ecoutez-moi tous ! Il est très important que vous restiez où vous êtes ! Vous m'entendez ? Ne rentrez pas chez vous ! Vous êtes plus en sécurité ici. Le téléphone est en dérangement, le courant est coupé. Le mieux pour l'instant est de rester calme. Les véhicules ne pourront pas démarrer non plus, les moteurs sont encrassés. Ce que nous avons à faire, nous le ferons à pied.

Un frisson d'effroi secoua l'assemblée.

— Pas de panique ! déclara Leonard. Il faut qu'on trouve une solution, la peur ne nous aidera pas !

Il aurait préféré ne pas parler des absents, il ne voulait pas ajouter à la peur ambiante.

— Je sais que certains manquent à l'appel, dit-il. S'ils sont restés chez eux, ils sont sains et saufs. (Il aurait aimé en être persuadé.) Restez où vous êtes. Ici, il y a de l'eau. Vous n'en trouverez pas chez vous. Le café possède un générateur, on est en train de le nettoyer afin de le mettre en marche. C'est pour ça que vous serez en sécurité ici...

Le formidable grondement qui déchira le ciel interrompit Leonard. Une violente vibration fit trembler la terre.

Un lourd silence tomba, entrecoupé de cris. Les têtes se tournèrent en direction du bruit, qui venait de l'ouest. On regarda le ciel qui s'assombrissait. Au loin, de gros nuages noirs accouraient, telles de gigantesques chauves-souris, et étouffaient la lumière. Soudain, en plein milieu de la journée, Goodlands fut plongée dans l'obscurité.

Tom était tellement concentré sur le ciel que lorsque la tempête se leva pour la seconde fois de la journée, lorsqu'elle commença à déferler sur lui, il ne s'en aperçut même pas. Le visage tendu vers la lumière, il planait au-delà de la barrière entre Goodlands et les cieux. Dans la chaleur aride de l'été, son corps était aussi sec que l'air qui l'enveloppait. De l'autre côté de la barrière, si près qu'il pouvait presque le toucher, naissait un orage d'une autre qualité, l'antithèse de l'endroit brûlant dans lequel son corps se trouvait. Il sentit l'électricité s'accumuler de l'autre côté de la coquille qui maintenait Goodlands dans la sécheresse.

Les yeux clos, il était concentré, et son esprit naviguait à des lieues au-dessus. Il entendit alors prononcer son nom, comme un murmure à l'oreille.

— Tom, soufflait la voix.

Il s'aperçut que cela ne venait pas de l'extérieur, on ne chuchotait pas son nom dans le creux de son oreille, mais la voix résonnait dans son crâne, insistante. Il se retourna malgré lui.

La poussière étant épaisse, il ne vit rien. L'appel impérieux de la voix le tira de son travail. Il plissa les yeux, battit des paupières, le visage enflammé, à moitié conscient. Il avait envie de chasser cette mouche exaspérante.

Du tourbillon de poussière, une silhouette de femme s'avança.

Karen ?

Elle parut sortir du nuage, glisser vers Tom, sa chevelure et sa robe l'encadrant de leur masse ondulante. Dans le corps de Karen, il n'y avait pas de coin sombre auquel la chose pouvait s'accrocher. Il n'y avait pas de puits de colère. A travers Karen, la chose scintillait d'une beauté éthérée.

Fasciné par sa beauté inattendue, Tom ne la quittait pas des yeux. Les lèvres de Karen étaient d'un rouge profond, comme peintes, mais douces, humides, tirées dans un demi-sourire riche de promesses turbulentes. Ses joues étaient en feu, ses cheveux, noirs comme du jais, rehaussaient la pâleur de son front. Elle tendait les bras. Sa robe ondulait, le tissu léger se collait à sa peau et voletait tour à tour, dévoilant son corps nu, les seins comprimés, les mamelons bruns.

— Tom, murmura-t-elle.

La voix résonnait dans le crâne de Tom, l'hypnotisait, exigeait toute son attention, l'excitait.

Chancelant, incapable de se détourner de la vision qui s'approchait, il l'attira dans ses bras, les pensées obscurcies, la tête vide, son être tout entier hanté par l'apparition céleste.

Elle lui sourit et ouvrit les bras pour qu'il l'étreigne.

Leurs lèvres s'unirent. Celles de Karen étaient chaudes, humides, douces. Il se pressa contre elle, se perdit en elle, il ne désirait qu'une chose, la pénétrer entièrement. Quelque part dans sa tête, très loin, la pluie crépitait.

Il pressa sa bouche contre sa bouche, se noya en elle. Elle était souple, malléable, humide. Une excitation dévastatrice anéantit Tom. La bouche de Karen l'aspira, il se sentit fondre en elle, disparaître.

Derrière lui, tel le signal d'un danger, le ciel gronda. Tom l'entendit ; le grondement le réveilla. Il essaya de lever la tête vers le ciel, mais n'y parvint pas.

Il essaya de se dégager. Les bras qui l'enserraient refusaient de le lâcher.

Il ouvrit la bouche pour parler, et suffoqua. Il ouvrit grand les yeux et regarda ceux de Karen.

Ce n'était pas Karen.

C'était bien son visage, en plus doux, à la fois familier et étranger. Tom recula et dans ses bras elle se transforma subitement, la chair brûlante se glaça. Tom fut soudain dégoûté par le corps qu'il étreignait. Les battements du cœur, le souffle lui parurent soudain factices et menaçants.

Alors, la vision rit. D'un rire espiègle, comme si elle venait de lui jouer un bon tour. Tom se débattit pour se libérer. Les yeux de Karen étaient vides, son visage tordu et figé. Seul le rire paraissait l'animer.

— Karen ! hurla Tom.

— Karen ! singea la voix. Karen !

Tom recula en trébuchant, l'esprit en alerte, en entendant une voix qui n'était pas celle de Karen sortir de la bouche de Karen.

— Qu'est-ce qui t'est arrivé ? s'écria-t-il.

Il vacilla dans la lourde poussière qui tournoyait autour de lui et toussa.

— Karen est là, avec moi, susurra la voix. Elle est en danger, ajouta-t-elle avec une inquiétude moqueuse.

— Quoi ? Qu'est-ce qui te prend ?

— Je dois t'arrêter, dit la voix, et Karen fit un pas vers lui.

Le ciel gronda et craqua. Il se noircit d'un coup.

Tom et Karen levèrent les yeux vers les épais nuages noirs qui se déployaient. Karen détourna les yeux la première, furieuse. Elle sauta sur Tom, l'empoigna à deux mains par surprise.

Le sol trembla. La fissure qui était apparue sur Parson's Road s'agrandit soudain, se divisa en deux bras qui s'étendirent jusqu'à l'allée dans un violent craquement. Ils virent tous deux le sol se fendre entre eux.

Tom repoussa Karen. Elle tomba sur le sol avec un bruit qui se noya dans le fracas du tonnerre. Tom la perdit de vue dans le noir qui suivit l'éclair. Un nouvel éclair déchira le ciel, illumina le jardin. Une longue et profonde crevasse les séparait. Karen gisait sur le dos, les yeux fermés, raide.

Tom la sentit le premier.

— C'est la pluie ! Elle arrive !

La poussière qui saturait l'air se chargea d'humidité.

La terre qui s'était ouverte entre les jeunes gens continuait à se fendre. La crevasse atteignit bientôt un mètre de large et le craquement de la terre étouffa presque le combat qui se déroulait dans le ciel. Les éclairs illuminaient le ciel. La pluie approchait.

Tom détourna les yeux de la femme qui gisait par terre, de l'autre côté du cratère. Il s'envola dans le ciel, pressentant que le temps allait lui manquer.


Ils réunirent des torches électriques, des lampes à huile et des flambeaux trempés dans le pétrole. Ils se partagèrent en groupes et débattirent pour savoir qui irait, qui resterait. Finalement, presque tous choisirent d'y aller.

Tous se souvenaient de ce que Carl Simpson avait dit de la maison de la banquière, et de ce qui s'y passait.

Ils se dispersèrent rapidement. On fouilla l'épicerie, le café et le garage de Bart à la recherche d'armes. Les fusils étaient rares, mais ils réussirent à en trouver quatre. On aurait dit une scène de film d'horreur — celle où les villageois pillent le château, songea Grace Kushner avec un frisson de terreur et une pointe de culpabilité. Les pensées se bousculaient dans sa tête. Sans raison apparente, la culpabilité la hantait depuis son réveil, comme si elle était responsable de la tempête de poussière. C'était ridicule, bien sûr, mais elle était incapable de s'ôter l'idée de la tête.

— Nous n'y allons pas avec des intentions meurtrières, lança Jeb, perché sur le banc à côté de la statue. Nous voulons juste parler à celui qui est là-bas, c'est compris ? On ne lui fait rien, d'accord ?

Des murmures d'approbation accueillirent ses paroles, démentis par les battes de base-ball, les pelles et les fourches brandies.

— Restez ensemble !

Jeb parcourut la foule des yeux, espérant que son visage rassurant la calmerait, tout en sachant pertinemment que lorsqu'il prendrait place en tête de la colonne tout risquait d'arriver.

— Nous passerons devant la banque et nous remonterons Parson's Road, reprit-il. Quand nous serons là-bas, c'est moi qui parlerai, d'accord ? Allons-y.

Il sauta du banc et, calant son fusil dans le creux de son bras comme son père le lui avait appris quelque quarante ans plus tôt, il se plaça en tête de la troupe et se mit en route. Les autres le suivirent. Ils se dirigèrent vers l'ouest, vers la tempête.

Henry ouvrit les yeux et cilla. Une douleur lancinante lui vrilla le crâne. Il se palpa la tête, craignant une grave blessure. Il ne saignait pas.

Il voulut s'ébrouer pour s'éclaircir les idées, mais il avait trop mal pour bouger. Il s'efforça de se concentrer sur ce qui s'était passé.

« Karen Grange, sur le seuil de la cuisine. Elle m'a frappé. »

Sauf que, à moins de s'être cogné la tête plus gravement qu'il ne le croyait, il ne se souvenait pas de l'avoir vue bouger. Quelqu'un d'autre l'avait donc frappé. Le type. Caché dans un coin, il avait dû lui sauter dessus par-derrière.

Henry fit le mort, l'oreille aux aguets. Il n'entendit que le hurlement du vent et le crissement de la poussière qui voltigeait autour de la fenêtre derrière lui. Il plissa les yeux pour s'en protéger. Il faisait noir. Il entendit alors un roulement lointain de tonnerre, suivi par le fracas d'un éclair, et la maison s'illumina l'espace d'une demi-seconde.

Henry sursauta en laissant échapper un cri.

Au loin, l'orage grondait. Henry se demanda si cela allait faire la une de Canal Météo. Orages bizarres à Goodlands. Non, pas bizarres... quel était ce mot que les gosses utilisaient ? « Hallucinants. » Il sourit presque.

Il tendit l'oreille, s'efforçant de chasser la bouillie qui paralysait son cerveau. Il voulut se relever, abandonna, se reposa, essaya de nouveau. Il lui fallait sortir de la maison, et pour une fois, il ne mit pas en doute son intuition.

Il se remit sur pied en chancelant, tâtant autour de lui à l'aveuglette en se demandant sur quoi il allait poser les mains, l'esprit traversé par d'horribles visions de gens cachés dans le noir, craignant d'empoigner de la chair visqueuse, pensées ridicules pour un adulte. Il s'agrippa à la table qu'il avait dû heurter en tombant. « Je dois être couvert de bleus. Lilly va croire que je me suis bagarré. » Il s'accroupit en s'aidant de la table, trouva un fauteuil renversé et se tapit derrière.

Il écouta le silence. La pièce était déserte, mais noire. Il avança à tâtons, faisant le moins de bruit possible.

Karen l'avait frappé sans le toucher. Non, c'était impossible, le type devait être caché dans un coin. Ce n'était pas parce qu'il ne l'avait pas vu que... « Il y a bien d'autres choses dans le ciel et sur la terre », songea-t-il alors. « Par la force, il a vaincu presque tous ses ennemis. »

— Je me suis cogné plus fort que je ne l'aurais cru, bougonna-t-il.

Toujours accroupi, il se dirigea vers la cuisine, légèrement mieux éclairée, devina les contours de la table et des chaises, distingua presque la porte. Au mois de juin, en pleine journée. A inscrire dans le livre des records.

Son crâne tambourinait toujours. « Quel mal de tête pour aller avec les bleus ! »

La cuisine était vide. Henry se redressa sur le seuil de la porte ouverte et glissa un coup d'œil par la moustiquaire. Il remarqua pour la première fois le changement dans l'air. Il remarqua l'odeur, l'humidité. Comme avant l'orage.


La violence du choc avait rendu Karen inconsciente, enterré sa volonté dans les profondeurs de son corps. Quelque chose l'obligea à se relever.

Quoi que pût faire la chose à Karen, elle ne semblait pas pouvoir atteindre le faiseur de pluie. Lorsqu'elle essaya de le frapper comme elle en avait frappé d'autres, elle se heurta à un mur. Cela la força à abandonner la tempête de poussière qui faisait rage autour de la maison, autour du site de ses derniers souvenirs. Le hurlement du vent mourut peu à peu. Les propres pensées de Karen étaient enfouies dans son inconscient. La chose ne les écoutait pas. Karen ne comptait pas pour elle. Elle était obnubilée par le faiseur de pluie.

Il y eut un autre changement dans l'air. Karen le sentit quand la poussière retomba autour de son corps. Une odeur l'accompagnait.

Sous le ciel, la silhouette du faiseur de pluie se dégageait. Il était debout, les bras étendus. Il ne regardait pas vers la jeune femme. La chose ne pouvait pas l'atteindre, mais elle détenait la femme.

La chose força Karen à se lever. Elle vacilla, faillit retomber, puis se remit debout, et observa en tanguant le faiseur de pluie à travers les particules de poussière.


La pluie était toujours là, elle attendait de l'autre côté de la barrière. Cette fois, Tom comprit sans même regarder qu'il n'y avait pas de porte. Il lui fallait trouver une autre issue. Une puissance colossale était à l'œuvre de l'autre côté du voile, il devait l'exploiter. Elle le parcourait de part en part. Telles des milliers d'épingles, elle titillait ses muscles et ses terminaisons nerveuses, faisait vibrer sa peau.

Tom sentit toute l'autorité de la nature au-dessus de lui, retenue par un linceul fragile. La pluie que le voile arrêtait était noire, lourde d'eau, mais elle ne pouvait percer le voile.

Tom pensa à Karen... et à la pénitence.

Les habitants de Goodlands dépassèrent le cadavre de Carl Simpson, leur héros mort sans avoir été vengé, sans même savoir qu'il reposait là. Il n'y avait plus un seul monticule pour trahir sa présence. Partout la poussière avait comblé les creux et les bosses, et rendu le paysage aussi uniforme qu'un désert. La file ininterrompue des habitants avançait en s'arrachant à la poussière qui voletait sous les pas.

Un formidable craquement résonna dans le ciel. Telle une chambre noire éclairée par un flash, le désert s'illumina, et ils virent la maison blanche qui luisait comme un phare dans la lumière bleutée. Le craquement avait surgi du ciel au-dessus de la maison. Sans se concerter, ils accélérèrent l'allure, inquiets mais résolus à affronter ce qui les attendait chez la banquière.

Lorsque le premier d'entre eux fut assez près pour toucher la boîte aux lettres qui marquait la fin de l'allée, la foule s'était étirée en une longue file mince.

Henry observa du pas de la porte, incapable de percer les épaisses ténèbres, hormis pendant les éclairs qui frappaient le jardin à intervalles de plus en plus rapprochés.

Il vit le faiseur de pluie, immobile comme un roc au centre de la tempête, les bras étendus, le visage trop lointain pour être déchiffré.

Alors la femme hurla.

Le temps d'un éclair, Henry aperçut Karen Grange à demi accroupie, la tête renversée par la douleur. Ses yeux étaient hermétiquement clos et ses bras croisés sur sa poitrine comme pour se protéger des coups.

Henry poussa la moustiquaire et sauta en bas du porche ; il faillit tomber en heurtant un fauteuil renversé. Il avait l'impression d'avancer au ralenti, une illusion due aux éclairs.

— Hé ! appela-t-il, mais le faiseur de pluie avait déjà reporté son attention sur la femme.


— Elle est là, avec moi, Tom Keatley !

Ce n'était pas la voix de Karen. Tom détourna son attention du ciel juste à temps pour être témoin du dernier des cris d'agonie de Karen, car c'était bien sa voix, cette fois. Il pivota brusquement vers elle et lui tendit les bras.

Au même moment, le visage de Karen se vida et son corps fut visiblement la proie de violentes douleurs. Tom arrêta son geste, indécis et mal assuré.

— Elle est avec moi ! Je la sens mourir ! hurla la voix étrange qui sortait de la bouche de Karen, dont une main se redressa avec des gestes mécaniques et pointa vers lui. Toi seul peux la sauver !

Alors, l'espace d'un clin d'œil, Tom vit Karen se métamorphoser. Ses traits devinrent flous, et un autre visage, celui d'une étrangère, se superposa au sien. Et Tom comprit : la barrière. Le voile.

— C'est toi !

C'était une constatation ; pour Tom, tout s'éclaircissait. Soudain, Karen poussa un cri affreux.

— Karen ! s'écria Tom.

Un éclair zébra le ciel, puis l'obscurité revint.

Tom devait tendre l'oreille pour entendre malgré le fracas de la foudre.

— Viens, dit la voix.

Tom était rivé au sol, ancré par la promesse de la pluie si proche. Il ne bougea pas tout de suite, déchiré entre le ciel et la terre. Un éclair jaillit en silence et, du coin de l'œil, Tom aperçut une ombre qui se précipitait vers Karen. Le flic ?

Il y eut un autre éclair, puis ils furent tous trois replongés dans le noir. Une vibration gronda sous les pieds de Tom, et elle ne provenait pas du tonnerre.

Karen — son corps — n'écoutait pas et ne put donc l'entendre.


Henry dévala les marches et se précipita vers Karen ; il n'entendit que son cri tourmenté, perçut à peine le sombre craquement de la terre. La crevasse s'étendait du côté de l'homme, Henry était plus proche de la femme.

Un autre éclair fusa, le jardin s'illumina puis replongea dans le noir, et un silence inquiétant s'abattit de nouveau ; Henry entendit un grondement moins violent, mais il ne ressemblait pas au tonnerre et paraissait provenir de la terre, sous ses pieds. L'angle de la maison s'éclaira, comme si une lampe s'allumait dans une chambre. La lumière s'accrut et Henry vit une foule surgir du coin de la maison.

Il reconnut d'abord Jeb Trainor, suivi par Leonard, puis par Bart, et tous les autres.

La foule se déversa dans le jardin et s'étendit en demi-cercle. Henry s'arrêta net.

— Qu'est-ce que ça signifie ?

Ils avaient des fusils. Henry plissa les yeux, s'attendant à entendre un autre craquement, un roulement de tonnerre, un éclair... ils arrivaient si vite que le jardin semblait sous le feu des lampes stroboscopiques que Clancy utilisait les samedis soir. Lorsqu'il put de nouveau voir, Henry ne distingua que Jeb, le fusil à l'épaule, maintenu d'une seule main. Le cran de sûreté ôté, sans doute, prêt à tirer.

— Jeb ! lança Henry.

Jeb se tourna vers lui et lui fit un signe de tête.

— C'est nos affaires, Henry. T'en mêle pas.

Le doigt de Jeb se recourba sur la détente, il dirigea le canon en l'air et tira. La détonation se perdit presque dans le fracas des éclairs. Le faiseur de pluie contemplait la foule, mais Karen paraissait à des lieues de là.

— C'est bon, l'ami ! cria Jeb par-dessus les déflagrations de l'orage. Tu ferais mieux de nous dire ce qui se passe.

Karen poussa un nouveau cri qui força Tom à se retourner.

Derrière Tom, le ciel se déchaînait. Il en sentait le poids sur ses épaules, de même qu'il voyait les éclairs illuminer les visages.

Elle était en route.

Un chatouillis prit naissance au creux de ses omoplates, qui aurait pu être de la sueur. Immobile entre ciel et terre, il sentit l'eau perler entre ses épaules et imprégner son T-shirt. D'autres gouttes — et ce n'était qu'un début, songea-t-il avec un sourire — ruisselaient dans son dos et mouillaient le haut de son jean.

La pluie était assez proche pour embuer l'air.

Karen hurla comme si on lui avait percé le cœur.

— Non ! rugit Tom. Non, pas maintenant !

Il fit un pas vers elle, sans remarquer son large sourire sans joie ni l'énorme crevasse qui coupait le jardin en deux. Il perdit l'équilibre, glissa dans la faille et se tordit la cheville en essayant de se rétablir.

Un rire méprisant jaillit de la bouche grimaçante de Karen. Elle tendit les bras vers lui.

— Viens la chercher ! siffla la voix qui n'était pas celle de Karen.

Son visage se crispait dans une expression de douleur et de joie.

Jeb cala son fusil contre son épaule et appuya le doigt sur la détente. Derrière lui, les gens encerclaient Karen et le faiseur de pluie. Sur la gauche, Henry approchait à grands pas.

— Arrête, Jeb ! lança-t-il, et il accourut en trébuchant.

Henry ne savait pas ce qui se passait exactement, mais il avait le sentiment qu'il fallait laisser les choses se dérouler. Karen Grange n'était pas dans son état normal, et il lui était difficile de comprendre ce qui lui arrivait ; à l'évidence, elle était la proie d'une sorte de folie. Dans la lueur diffusée par les dizaines de torches, les lampes à pétrole et les flambeaux surréalistes, Henry soupçonna aussi autre chose. Il avait le sentiment confus que le faiseur de pluie n'était pas l'ennemi que tout le monde croyait.

Il arriva sur Jeb, empoigna le canon du fusil et l'abaissa le plus lentement qu'il put, étant donné son manque d'équilibre. Un coup d'œil furtif vers les habitants lui confirma ce qu'il ressentait. La confusion et la peur régnaient. Il y avait quelque chose dans l'air. Les gens s'en rendaient compte.

— Henry, je t'ai dit de...

— Ça suffit, Jeb. C'est pas ce que tu crois. Attends un peu, ordonna-t-il en désignant l'homme et la femme au milieu du jardin...

— Prends-la et je lâche tout... ou elle mourra, dit la voix.

Pour faire bonne mesure, elle ferma les yeux et autorisa la voix de Karen à s'exprimer. Ses cheveux volaient autour d'elle, tels des serpents.

— Karen, dit Tom d'une voix douloureuse.

Il tendit les bras vers le ciel et relâcha sa prise. Il avait fait son choix.

Un éclair fusa et, dans la lumière aveuglante, Tom vit son visage. Cette fois, c'était Karen, sa Karen. Elle ouvrait grands les yeux, consciente, effrayée.

371

Se retenant d'une main pour garder l'équilibre, Tom tendit un bras vers elle.

— Non, Tom, supplia Karen de sa propre voix épuisée. Non, ne fais pas ça.

C'était trop tard. Leurs doigts s'effleurèrent, et de la même bouche parvint un croassement de triomphe.

— Que les cendres retournent aux cendres, et la poussière à...

Un effrayant craquement lui coupa la parole. Il y eut une violente explosion, suivie d'une odeur de chair grillée. De la fumée se dégagea entre Tom et Karen, entre leurs mains soudées.

Et la pluie arriva.

Deux cris distincts jaillirent en même temps de la bouche de la banquière. Tom referma la main sur celle de Karen et l'attira vers lui. Il sentit une brûlure déchirante lui parcourir le corps.

Lorsque l'électricité explosa, le ciel s'embrasa comme une torche, plus éclatant que le soleil. Deux bras de lumière jaillirent d'un tronc commun. Derrière lui, Tom entendit une chute, puis le crépitement des flammes.

Il y eut des cris, mêlés à ceux de la foule. Tom les perçut de loin, aveuglé.

Le visage de Karen devint flou. Tom vit deux masques de douleur se superposer. Il serra la main de Karen, assura sa prise, puis tomba à genoux.

— Karen ! supplia-t-il. Accroche-toi à moi !

Sa prise se relâcha. Karen poussa un hurlement d'horreur, soit à cause de la chair brûlée, soit à cause de ce qui se passait en elle, Tom n'aurait pu le dire. Mais il tira, s'accrocha de son mieux. Il fallait qu'il l'attire de son côté.

Les éclairs zébraient le ciel en traits incandescents qui fusaient d'une seule et même cicatrice, comme des veines.

Tom tira jusqu'à ce que le corps de Karen tombe à cheval sur la crevasse ; il empoigna le bras avec lequel elle faisait des moulinets pour retrouver l'équilibre. Tom tirait de toutes ses forces, sa volonté arc-boutée... pour la vaincre. Karen pendait, impuissante, au bord du cratère, sombrait peu à peu dans l'inconscience, l'autre étrangement absente ; Tom réussit à la hisser de son côté.

— Un sacré tremblement de terre... râla Bart. Qu'est-ce qu'il va y avoir maintenant ? Un ouragan ?

Tom attira Karen à lui et la serra dans ses bras. Elle lui murmura à l'oreille :

— Karen n'est plus avec nous, et elle s'esclaffa.

Le rire explosa dans le crâne de Tom, qui sentit les griffes de la femme lui labourer le dos, à l'endroit où la pluie s'était rassemblée peu auparavant.

Il la repoussa, mais ne réussit pas à lâcher la main qui brûlait dans la sienne. Il la secoua en vain. Karen était devenue flasque, son haleine chargée d'une odeur de pourriture suave et écœurante, si épaisse qu'elle mouilla la joue de Tom. Si suave qu'elle en était irrésistible.

Et sous l'odeur horrible, il y avait le parfum de la pluie.

Tom aspira une bouffée d'un air épais, douceâtre, qui sentait la fraîcheur humide. Tom remarqua pour la première fois que la robe de Karen était plaquée contre sa peau ruisselante d'eau.

Son tour était arrivé.

— Trop tard ! brailla-t-il en se tournant vers la foule. Vous la sentez ? La voilà, elle arrive !

Un murmure parcourut la foule, audible malgré le grondement de tonnerre. Les têtes se dressèrent vers le ciel dans lequel les veines bleuâtres s'étaient répandues, déversant des éclairs flamboyants. Les gens commencèrent à prendre conscience de la chaleur moite, de l'épaisseur cotonneuse de l'air, des vêtements qui collaient à leurs corps en sueur. Les murmures se changèrent en cris d'allégresse. Ils avaient compris, ils avaient perçu la pluie. Elle arrivait.

Le corps de Karen était encore rigide dans les bras de Tom.

Alors, la chose laissa échapper un long cri perçant et Tom l'entendit résonner, non seulement dans son propre crâne, mais dans tout son corps, comme si elle s'était glissée au plus profond de ses entrailles et les déchirait. Il eut l'impression que ses poumons se vidaient d'un coup ; il aspira goulûment de grandes bouffées d'air, chargées de l'odeur putride de la chose et du doux parfum de l'orage à venir.

Des éclairs illuminèrent le ciel. Tom les sentit frapper son dos, étendre leurs filaments sur la pluie qui s'y était rassemblée. Ils le transpercèrent et traversèrent les chairs de Karen.

Elle hurla, l'odeur putride prit forme et un nuage de poussière brûlante s'envola de la bouche de Karen. Tom détourna la tête. Un dernier craquement déchira les cieux ; le ciel s'ouvrit et la lumière inonda le jardin.

La pluie jaillit, bouillonnante, telle une rivière en crue, et emplit les seaux, les tonneaux, les réservoirs.

Karen glissa des bras de Tom ; lorsqu'il se baissa pour la rattraper, il fut soudain repoussé par l'impressionnante bouffée de poussière qui jaillit de sa bouche. Les volutes l'enveloppèrent et elle disparut dans un brouillard grisâtre.

La pluie tombait, régulière et implacable, balayant la poussière, se répandant en rigoles, en flaques, aspirées dans l'immense crevasse.


— Karen ? chuchota Tom, agenouillé à côté d'elle.

N'obtenant pas de réponse, il glissa ses mains sous ses épaules et l'attira dans ses bras. La tête de Karen brinquebalait, molle et abandonnée.

— Karen ?

Il sentit le faible battement de son cœur. Il lui prit la tête, la protégea de la pluie battante et dégagea les mèches de cheveux plaquées sur ses yeux.

Les paupières de Karen battirent, ses yeux s'ouvrirent, terrifiés. Voyant Tom, elle se détendit.

La pluie dégoulinait de ses cheveux trempés et ruisselait sur son visage étonné. Elle cilla, essaya de voir par-dessus son épaule mais, épuisée par l'effort, y renonça et se contenta de sourire. Tom lui renvoya son sourire.

— Tu as fait pleuvoir, murmura-t-elle.

## Epilogue

Goodlands attira enfin l'attention des médias, quatre ans trop tard.

Dans l'affaire des pluies diluviennes, les médias en question se résumèrent à une petite équipe de télévision, celle de l'émission populaire *Thirty* spécialisée dans les célébrités surprises dans leur intimité ou les mystères inexpliqués. Le jour du retour de la pluie, à moitié perdue, l'équipe cherchait un endroit pour déjeuner après avoir passé la nuit dans les buissons, aux abords de Goodlands, dans l'espoir de surprendre le fantôme d'Arbor Road. Elle n'avait pas réussi à le filmer. A l'aube, son principal souci était d'avaler un copieux petit déjeuner. Remontant Arbor Road, elle pénétra dans une « zone sinistrée », comme la journaliste la décrivit par la suite. La camionnette de l'équipe cala dans la poussière, juste à la limite de la commune de Goodlands. Angela Coltrain attendit, atterrée, que l'enfer se dissipe.

Intriguée, Angela, ancien mannequin d'une marque de jeans célèbre, reniflait le scoop.

— On continue à pied, décréta-t-elle.

Outre le preneur de son, un deuxième homme complétait l'équipe : Jake, le cameraman, qui protesta, arguant que la poussière l'empêcherait de filmer. Mise en minorité et dégoûtée, Angela passa le reste de la matinée à se refaire une beauté.

Quand Jake décida de repartir, la tempête était presque terminée, mais les tonnes de poussière qui recouvraient encore les routes firent plusieurs fois caler le moteur. Les deux hommes poussaient leur véhicule pendant qu'Angela essayait de redémarrer, propulsant des nuages de poussière dans les yeux de ses équipiers. La quatrième fois, au bord de la mutinerie, ils décidèrent d'abandonner la camionnette et de poursuivre à pied.

Le spectacle irréel des maisons, des champs et des véhicules ravagés par la tempête leur coupa le souffle. Ils étaient presque arrivés en ville quand toutes les lumières s'éteignirent d'un coup.

Comme ils possédaient une caméra infrarouge, ils filmèrent des kilomètres de pellicule de l'Apocalypse, comme devait l'appeler Angela, qui leur prédit qu'ils allaient devenir riches et célèbres.

Lorsque commencèrent les éclairs d'électricité statique et que le sol vibra comme dans un tremblement de terre, la panique s'empara des trois habitants de Los Angeles. Dépourvus de la protection de leur camionnette, ils cherchèrent refuge dans une maison. Angela insista pour que Jake continue à filmer. Ils remontèrent un chemin et allèrent frapper à la première porte. Après plusieurs minutes, n'obtenant pas de réponse, ils entrèrent par effraction.

Alors que la nature se déchaînait, ils attendirent la fin du monde, les yeux rivés sur le spectacle dantesque.

Tandis que les cieux s'ouvraient pour déverser des trombes d'eau, ils patientèrent encore une heure avant de mettre le nez dehors. A l'intérieur de la maison régnait une atmosphère à donner la chair de poule ; tout était calme, la poussière avait recouvert toute chose, les habitants s'étaient enfuis, songèrent-ils sans y croire vraiment. Il était impossible de se livrer à une fouille complète des lieux, il n'y avait pas d'électricité. Le téléphone ne marchait pas.

Vers quinze heures, après avoir enveloppé les caméras de plastique, ils quittèrent leur abri. Angela trouva un parapluie recouvert de poussière au fond d'un placard, derrière des chaussures, des bottes d'hiver et une paire de bottes en caoutchouc que Brad, le preneur de son, enfila aussitôt.

Bravant la pluie torrentielle, ils se dirigèrent vers la ville. En y arrivant, ils tombèrent sur ceux qu'on avait crus perdus.

« C'était comme s'il y avait eu... une espèce de rituel satanique », expliqua plus tard Angela à ses producteurs, pour justifier la journée supplémentaire passée sur les lieux.

— Continue à filmer, ordonna Angela à Jake. Je m'occupe des victimes, ajouta-t-elle.

L'équipe de *Thirty* filma quatre heures de plus.


Ils n'arrivèrent pas à interviewer la banquière. Mais sous le porche de la petite maison perdue au bout d'une route déserte, ils trouvèrent l'homme dont tout le monde parlait.

Angela fut la première à l'apercevoir.

Il était grand, athlétique, de longs cheveux trempés noués en arrière, des vêtements dégoulinants plaqués contre un corps musculeux ; Angela en perdit un instant son flegme professionnel. Elle le gratifia de son sourire le plus séducteur et fit signe à son équipe de continuer à filmer. Elle était parvenue à mi-chemin quand l'homme l'arrêta d'un geste.

Les trois membres de l'équipe se figèrent.

Angela inclina la tête d'un air mutin.

— Bonjour, dit-elle, je suis Angela Coltrain, du magazine télévisé *Thirty*. Vous avez eu une sacrée journée, on dirait. Pouvez-vous nous accorder un entretien ?

Tout en parlant, elle fit quelques pas en avant. Dans son dos, la caméra de Jake ronronnait.

— Désolé, fit l'homme, avec un large sourire rehaussé par son bronzage. (Le cœur d'Angela se mit à palpiter.) Il n'y a pas grand-chose à dire, vous savez.

— Est-ce que Karen Grange est chez elle ? On m'a

dit qu'elle habitait ici. J'aimerais lui parler, si ça ne vous dérange pas. (Imperturbable, son sourire exhibé comme un passeport, Angela continua à avancer.) Je vais frapper, à moins que vous ne préfériez l'appeler...

— Arrêtez ! tonna l'homme, dont le sourire s'était effacé. Karen Grange se repose. Si ça ne vous ennuie pas, Angela, reprit-il, traînant délibérément sur le prénom, je préférerais que vous restiez où vous êtes.

Sur ce, il lui tourna le dos et s'apprêta à rentrer.

— Attendez ! s'écria Angela. Vous n'allez pas nous laisser sous la pluie, quand même ?

Elle écarquilla les yeux, afficha une moue enjôleuse et, en cinq foulées, se rapprocha davantage.

Il lui sourit et la regarda dans les yeux. Son sourire était contagieux, elle lui sourit à son tour, désarmée, avec une sincérité non feinte. Elle s'entendit même glousser malgré elle.

Plusieurs secondes s'écoulèrent. Angela s'aperçut qu'elle souriait béatement. Derrière elle, Jake l'appela d'un ton impérieux. Elle sursauta.

— S'il vous plaît, implora-t-elle. J'aimerais vous poser une ou deux questions sur la pluie. On dit que vous avez fait... euh... (Elle hésita, rougit, gênée d'être obligée de dire une telle bêtise à un homme aussi séduisant.) Euh... une danse de la pluie, bredouilla-t-elle.

Elle émit un petit rire embarrassé. Jake quitta le viseur de la caméra et lança un coup d'œil interrogateur à Brad. Le preneur de son haussa les épaules.

Tom continuait à fixer Angela de son regard perçant.

— Il n'y a pas eu de danse, répondit-il. Pas de magie... juste une averse, comme vous pouvez voir.

— En effet, consentit Angela, rayonnante.

— Bon. Au revoir, Angela, j'ai été ravi de vous connaître.

Tom fit un dernier signe de la main et entra dans la maison. La porte se ferma dans un claquement de bois étouffé par la pluie.

Angela brandissait toujours son micro, un sourire aux lèvres.

— Qu'est-ce qui t'a pris ? grogna Jake en éteignant la caméra. T'as perdu la boule ?

Angela cilla, encore écarlate, puis elle pinça les lèvres, pivota sur les talons et, sans un regard pour Jake, se dirigea vers le camion qu'ils avaient emprunté.

— On l'emmerde, fit-elle. On a des heures de pellicule, ça suffira. On couvrira ça avec une voix off. (Elle ouvrit la portière et s'installa sur la banquette.) Allons-y, on lève l'ancre.

Et ils regagnèrent leur propre véhicule qui redémarra quand Bart le poussa avec le camion.

— On passera à la télé ? demanda Gooner.

— On vous préviendra, promit Angela, et elle le pétrifia de son sourire éclatant avant de remonter en vitesse dans la camionnette.

Sur la route de New York, Angela trépignait ; elle ne pouvait attendre de voir leurs prises aux infrarouges. A deux minutes de Goodlands, Jake lui passa les rushes.

— C'est pas possible ! hurla Angela. La saleté de caméra n'a pas marché !

Jake regarda l'écran de contrôle. Il n'y avait que des vues désertiques d'Arbor Road. Et, bien sûr, pas de traces du fantôme.

— Ça ne doit pas être la bonne cassette, déclara Jake, mal à l'aise.

Il en mit une autre dans l'appareil, mais c'était le même film. Ils commencèrent à s'affoler sérieusement quand ils écoutèrent les bandes magnétiques.

Elles étaient toutes vierges.


Ensuite, il plut pendant deux semaines. Après être tombée avec une fureur passionnée, la pluie ralentit au bout de deux jours, mais continua avec une régularité d'horloge, absorbée avec une vigueur égale par la terre, les arbres et les habitants. Les premiers jours, déçus par la pluie précédente, les habitants l'accueillirent avec défiance, puis ils se laissèrent peu à peu convaincre du retour à la normale.

Angela Coltrain fut interviewée par le *Weston Explorer*

qui titra sa une sur « l'orage mystérieux qui apporta la pluie à Goodlands ». Aucun autre journal n'en parla.

Henry Barker raconta toute l'histoire à sa femme mais ne regarda pas une fois Canal Météo pour voir si on en parlait à la télé. Lilly le regarda à sa place, mais on ne citait que des pluies dans le centre du Dakota. Elle n'en dit rien à son mari.

Le rapport de Henry se concentra sur le chien qui avait aboyé dans la nuit. Il sortit la pochette en plastique dans laquelle il avait rangé le mégot de cigarette (qui ne contenait pas de produit illicite) et la jeta dans la corbeille, près de son bureau. Affaire classée. Il s'arrangea pour oublier le cas Carl Simpson, sachant qu'il ne pourrait jamais l'expliquer. Il laissa Goodlands tirer ses affaires au clair.

Larry Watson, les Campbell, les Bilken, les frères Greeson, les Sommerset, les Paxton, les Trainor et presque tous les autres occupèrent les deux semaines de pluie à préparer les semailles. Tout le monde passa son temps dehors, dans le froid, et plus d'un s'enrhuma avec plaisir.

Surchargé de travail, George Kleinsel n'eut pas le loisir de réparer la vitrine de l'épicerie. L'orage avait causé bien des ravages, surtout aux toitures, et quelques bâtisses légères s'étaient effondrées. Comme les fermiers étaient occupés aux champs, George et son partenaire eurent des commandes pour tout l'été.

Ed Clancy ne fit pas d'affaires mirobolantes. Il regarda *Guiding Light* et se repassa de temps en temps de vieux feuilletons.

La façon dont Carl Simpson était mort causa quelque consternation au village, jusqu'à ce que Bob Garrison attribue son décès à l'asphyxie. Les poumons de Carl étaient plus noirs que ceux d'un mineur, déclara le coroner à un de ses collègues, mais il ne s'étendit pas sur le sujet dans son rapport officiel. Après l'enterrement, Janet emmena Butch au Minnesota, où elle avait de la famille.

Malgré le revirement spectaculaire de situation, beaucoup de gens quittèrent Goodlands. Les Franklin maintinrent leur vente aux enchères et, malgré les circonstances, ce fut une journée heureuse. Quelqu'un de Telander acheta effectivement le John Deere, mais le paya au prix du neuf.

Vers la fin des deux semaines, quand la pluie allait virer au désastre, on cessa de jaser sur la façon dont elle était arrivée pour se concentrer sur des sujets plus banals, tels le prix des semences, les semailles et le jardinage. La vie reprit son cours normal.

La main gauche de Karen était encore bandée, mais le Dr Bell lui déclara qu'il lui retirerait son pansement d'ici deux jours. La cheville de Tom n'était pas fracturée, juste des ligaments froissés, et elle perdit sa raideur au bout d'une semaine.

Tom était le seul à qui Karen raconta, entre deux sanglots, ce qui lui était arrivé le fameux jour où la pluie avait commencé. Tom la serra dans ses bras. Elle fit quelques cauchemars, qui cessèrent avant que Tom puisse marcher sans boiter.

Le cinquième jour de l'averse, Tom lui avoua qu'il l'aimait. Il lui dit qu'il ne partirait pas si elle le souhaitait.

La pluie continua. Au milieu de la deuxième semaine, leurs blessures en voie de guérison, sa déclaration amoureuse faite, Tom commença à ne plus tenir en place.

Il passait ses journées dehors, tandis que Karen, en congé de maladie, lisait ou dormait. Elle dormit beaucoup les premiers temps — les cauchemars étaient plus violents et elle avait un sommeil agité. Elle observait parfois Tom par la fenêtre. Il restait souvent sous le belvédère, la tête penchée au-dehors pour recevoir la pluie, parfois des heures entières.

Les gens venaient par dizaines. Ils apportaient de l'argent, de la nourriture, des cadeaux. Ils venaient surtout pour exprimer leur gratitude, mais parlaient peu. Karen leur disait que c'était grâce à lui, mais c'était toujours à elle qu'on serrait la main d'abord.

A part cinquante dollars, Tom refusa l'argent. Il n'accepta ni celui qu'on apportait, ni les deux mille cinq cents dollars qui étaient toujours dans le sac à main de Karen. Elle avait l'impression que cela faisait des mois qu'elle l'avait retiré de la banque. Tom refusa même d'en discuter et Karen finit par abandonner.

Quelque chose avait changé en lui. Ils le voyaient bien l'un et l'autre.

Karen le sentait ressasser ce qui s'était passé, alors qu'elle-même s'efforçait de chasser les souvenirs pesants du fameux après-midi. Les premiers temps, quand elle était au lit et qu'elle essayait de se remettre des nuits et des jours de terreur, elle entendait Tom se lever et arpenter la pièce, comme le jour de la tempête. Elle entendait la porte du fond grincer et Tom partir marcher sous la pluie.


Karen avait vu juste ; Tom s'efforçait de comprendre ce qui était arrivé. Les années qu'il avait passées à faire pleuvoir ne l'avaient pas préparé aux événements de Goodlands, à l'ampleur du phénomène qui l'avait traversé et avait atteint Karen. Il l'avait ressenti pour la première fois. Il avait besoin de savoir si une autre force était à l'œuvre ce jour-là. Il avait besoin de découvrir qui il était, ce qu'il était. Et cette perspective l'effrayait.

Ils avaient fait l'amour, dépassant le cadre purement physique de l'acte. Ils avaient parlé, et avaient même ri. Ils avaient regardé la télévision, mangé dans le salon, s'étaient assis sous le porche. Et pendant tout ce temps planait la réalité non dite de ce qu'ils feraient lorsque la pluie cesserait.

Un soir, Tom demanda à Karen si elle voulait qu'il reste. Elle perçut une telle supplique dans sa voix qu'elle fut incapable de lui répondre.

Le lendemain, à leur réveil, la pluie avait cessé et le soleil brillait.

— Il ne pleut plus, remarqua Karen, qui se sentait lourde et fatiguée.

Tom acquiesça. Ils prirent leur café sous le porche de devant, mais Karen le but sans plaisir. Sous sa peau se terrait une terrible douleur qui refusait de s'exprimer, qui ne s'exprimerait peut-être jamais, mais qui, cependant, était bel et bien là, refoulant toute autre émotion, et la paralysait.

Ils discutèrent de choses et d'autres. Karen déclara qu'elle retournerait travailler la semaine suivante. Tom lui prit la main et contempla la peau rose qui donnerait plus tard une cicatrice. De son pouce, il effleura la chair tendre de ses doigts avec une telle douceur que Karen en fut parcourue de frissons. Elle savait qu'elle devait lui parler.

— Tom... commença-t-elle, la bouche soudain sèche.

Il la regarda en silence, et les mots flottèrent dans l'air entre eux.

— Je crois que tu devrais partir, déclara-t-elle enfin.

A peine avait-elle terminé qu'elle regretta ce qu'elle venait de dire.

— Je ne serai pas absent longtemps, promit-il en détournant les yeux. Six mois, tout au plus.

Elle ne lui demanda pas ce qu'il allait faire, ni où il comptait aller ; elle était persuadée qu'il n'en savait rien lui-même. Sauf qu'il ne pouvait pas rester. Pas encore, en tout cas.

— Ça ira ? s'inquiéta-t-il.

— Mais oui, répondit-elle avec un faible sourire.

Les deux dernières semaines avaient vu son retour dans la communauté de Goodlands. Sur ce plan-là, cela irait.

— Où iras-tu ? ne put-elle s'empêcher de demander.

— J'ai cinquante dollars, fit-il avec un haussement d'épaules.

Il termina son café puis alla faire ses bagages.


Il retrouva Karen assise sur les marches du porche. Elle ne se retourna pas quand elle entendit la porte s'ouvrir.

Tom jeta son sac entre eux deux et elle s'esclaffa car il avait pris son sac à dos luxueux. Il était bourré à craquer, la couverture roulée au fond et attachée avec les vieux lacets de hockey.

— Faudra me le rendre, dit-elle.

— J'ai laissé le mien sur ton lit... au cas où tu irais quelque part.

— Merci, sourit-elle.

Il s'assit à côté d'elle, prit sa main valide et la couvrit de baisers.

— Je penserai à toi, dit-il.

— Tous les jours ?

— Toutes les nuits, susurra-t-il à son oreille.

«Non, je ne pleurerai pas», se jura Karen. Elle se tourna, se jeta à son cou et y enfouit son visage.

— Au revoir, murmura-t-elle.

— Six mois. Pas plus. Peut-être moins.

Elle acquiesça. Tom se leva, descendit les marches, ramassa son sac et le mit sur son dos. Il était exactement comme le soir de son arrivée.

Il sourit et repoussa sa casquette en arrière.

— Le héros s'en va dans le soleil couchant, plaisanta-t-il.

— Il est dix heures du matin.

— Le soleil se couche quand même quelque part, dit-il, et son sourire s'effaça. (Il leva les yeux vers le ciel.) Elle est là, dit-il en la regardant pour voir si elle savait.

Karen ferma les yeux et huma le ciel. Oui. A six ou sept jours à l'ouest.

— Je la sens, assura-t-elle.

Elle ne se leva pas quand il tourna à l'angle de la maison. Elle resta sur les marches. Avant de disparaître, il lui lança un dernier regard hésitant, son visage s'éclaira d'un ultime sourire, puis il se retourna et se dirigea vers la route.

Karen écouta ses bottes crisser sur le gravier de l'allée, puis le bruit mourut peu à peu. Lorsqu'il ne fut plus qu'un grain de sable dans le lointain, elle ferma de nouveau les yeux et offrit son visage à la caresse du soleil... et à la pluie lointaine.

# Martin SCHENK
# Le Puits d'Andromède

**L'histoire terrifiante d'une famille et d'une ville qui ont déchaîné les forces du mal. Et doivent désormais en payer le prix.**

Les temps sont durs à Wishbone, une petite ville du Kansas. Les bonnes récoltes y sont aussi rares que les emplois dans une Amérique frappée par la récession. La maison de Peter Wiley, ancienne star de l'équipe de football du lycée, de Sandra, sa femme, ex-reine de beauté, et de leurs enfants, Will et Andromède, est sur le point d'être saisie par la banque. La situation des Wiley semble sans issue. Jusqu'au moment où ils apprennent que les parents d'une fillette tombée accidentellement dans un puits abandonné ont reçu de leurs concitoyens des milliers de lettres d'encouragement... et de chèques...

Pourquoi cela ne marcherait-il pas pour eux aussi ? se demandent Peter et Sandra. Appâtés par la perspective d'une solution facile à leurs problèmes d'argent, ils décident de passer aux actes.

Un geste qui aura, pour eux et pour leur ville, des conséquences imprévisibles... et terriblement meurtrières.

A paraître

# Daniel HECHT
# Etat second

**Skoglund, Paul. Trente-huit ans. Divorcé. Un fils, Mark, huit ans. Vit dans le Vermont avec sa compagne, Lia. Souffre d'une maladie neurologique incurable.**

Depuis qu'il a quitté l'université, Paul a exercé trente-six métiers. Instable ? Non. Atteint du redoutable syndrome de Gilles de La Tourette, caractérisé par des gesticulations, des cris, des aboiements, des tics, des grimaces et autres incongruités irrépressibles. Un ensemble de troubles qui ne facilitent pas l'insertion sociale. Et obligent Paul, homme pluriel au cerveau singulier, à se démener plus que d'autres pour trouver du travail.

Voilà pourquoi l'offre de son excentrique tante Vivien, qu'il n'a pas vue depuis des années, tombe particulièrement bien : Paul accepte de remettre en état le domaine de Highwood, un pavillon de chasse qui a été sérieusement endommagé, probablement par une bande de jeunes vandales. Mais Paul ne s'attendait pas à un tel chaos. Du manoir de son enfance ne subsistent que décombres : murs enfoncés, meubles détruits, sol jonché de livres déchiquetés. Paul est choqué, troublé aussi. Et nullement rassuré, surtout lorsqu'il reçoit la visite de l'inspecteur Morgan Ford qui enquête sur la mort violente d'un adolescent dans les environs et la disparition étrange de plusieurs autres...

*Achevé d'imprimer en septembre 1998*
*sur presse Cameron*
*par **Bussière Camedan Imprimeries***
*à Saint-Amand-Montrond (Cher)*

N° d'édition : 6679. N° d'impression : 984380/1.
Dépôt légal : octobre 1998.
*Imprimé en France*